广西民族传承书目

石头里藏着一匹马

SHITOU LI CANGZHE YIPIMA

ZHOU HAILIANG ZHU

周海亮 著

图书在版编目（CIP）数据

石头里藏着一匹马 / 周海亮著 .—太原：山西人民出版社，2017.5
（全国中考热点作家美文典藏书系）
ISBN 978-7-203-09903-1

Ⅰ．①石… Ⅱ．①周… Ⅲ．①散文集—中国—当代
Ⅳ．①I267

中国版本图书馆 CIP 数据核字（2017）第 078075 号

石头里藏着一匹马

著　　者：	周海亮
责任编辑：	郝文霞
复　　审：	刘小玲
终　　审：	员荣亮
装帧设计：	张慧兵

出 版 者：山西出版传媒集团·山西人民出版社
地　　址：太原市建设南路 21 号
邮　　编：030012
发行营销：0351-4922220　4955996　4956039　4922127（传真）
天猫官网：http：//sxrmcbs.tmall.com　电话：0351-4922159
E - mail： sxskcb@163.com　发行部
　　　　　 sxskcb@126.com　总编室
　　　　　 jfjb-lx2007@163.com　主编
网　　址：www.sxskcb.com

经 销 者：山西出版传媒集团·山西人民出版社
承 印 厂：山西出版传媒集团·山西人民印刷有限责任公司

开　　本：890mm×1240mm　1/32
印　　张：10
字　　数：210 千字
印　　数：1—5000 册
版　　次：2017 年 5 月　第 1 版
印　　次：2017 年 5 月　第 1 次印刷
书　　号：ISBN 978-7-203-09903-1
定　　价：39.80 元

如有印装质量问题请与本社联系调换

目 录

第一辑　只要七日暖

只要七日暖　　003
陪你五分钟　　006
亲爱的，特雷西　　009
嗨，迈克！　　013
父亲的秘密　　016
父亲的光头　　020
暖　冬　　023
起身的饺子落身的面　　026
父亲的午餐　　030
男人的怀抱　　033
两只小蜜蜂，飞在花丛中　　037

040　八个烧饼

043　母亲的一年

047　忧伤的红薯

052　一碗锅巴饭

054　奶奶的药粒

056　特雷西的单车

059　墙那边的花开了

062　红加吉

066　小山的骆驼

071　丢失的梦

第二辑　请参观我的花园

077　洗手间里的晚宴

081　天使的产房

084　一路沙拐枣

088　回　　家

091　天　　籁

095　十八年前的承诺

098　爱的隐瞒

出它的尊贵和崇高。

如果仅仅从建筑外观上看，它还没有什么特别之处，任何一个国家和民族几乎毫无例外地都有这样的建筑，用来供奉自己民族的英雄。但是，当我们走进它的正殿之后，当我们参观了它的内容以后，我们就不得不惊诧法国人的用心和细腻了。这里供奉的伟人有开国元勋，有共和国的缔造者，但更多的是法兰西民族的作家和艺术家们！

看到有那么多的作家和艺术家被供奉在这里，我们自然会想到法国文学的顶尖人物，以《人间喜剧》笑傲世界文坛的巴尔扎克；想到以一部《红与黑》征服世界的司汤达；还有世界短篇小说之王莫泊桑。但是令人遗憾的是，这里没有供奉他们。也就是说，他们在法国人的心目中还不是伟人级别的。

那么，什么样的作家艺术家才可以成为法国人心目中的伟人？

卢梭是最早被供奉在这里的作家。法国人为卢梭选择了非常精美的棺木，棺木的正面有一扇门，门微开着，里面有一只拿着一束花的手伸出来，象征着法国古典主义的巨人卢梭把自由、平等的思想永远带给法兰西。大概只有浪漫的法国人才会想象得出这样的创意。

伏尔泰也很早就被供奉在这里，他同样因其文学作品中具有启蒙意义的思想性而受到法国人的尊敬。

以鸿篇巨制《悲惨世界》享誉世界文坛的雨果也被供奉在这里，但是我们看到他棺木前的说明中强调的并不是他的文学巨著，而是他坚决反对拿破仑的政变，坚持自己的政见，即便回国

法兰西的良心和尊严

提起法国，我们很自然想到的是罗浮宫、凯旋门、埃菲尔铁塔等历史建筑的寓意和壮美，想到的是法国人的浪漫和优雅，想到的是法兰西民族对不同文化和信仰的宽广的胸襟。但是，如果说起坐落在巴黎拉丁区的先贤祠，就很少有人知道了。

如果要真正认识了解法国，即便其他的都可以忽略，也不可以忽略巴黎的先贤祠。因为，恰恰是这座建筑，向我们展示了法国人的艺术价值观，展示了法兰西民族的精神取向。也就是在这里，我们会发现，法兰西民族生动起来，丰满起来，可爱起来。

按照法国人的解释，这座建筑是供奉伟人的，建筑的大门采用的是古希腊神庙的样式，肃穆典雅而庄重，象征着至高无上的威仪。门楣上镌刻着的"献给伟人们，祖国感谢他们"更加显示

> 每一个人都有独到之处,如果他没有成功,要么是他没有努力,要么是他还不到时候。我们不要瞧不起任何一个人,而是要对每一个人都有敬畏之心。

第一辑

276	明月照秋夜
279	乡间的清晨
282	夏日的黄昏
285	乡村的星辰
288	秋色斑斓
291	乡村的月光
294	挺直的腰杆
298	月饼的故事
301	乡村的年景
303	山里的雪
306	不灭的灯盏

生命的甘泉　222
恩重如山　225
处处是福地　228
读书是风雅乐事　231
时刻被这个世界感动着　234
拒绝阅读就是拒绝美好　236
灵魂的芬芳　239
生命的绿洲　242
做真正的自己　245

第四辑

留下麦穗给过路的人　251
美好的时光　254
梦想何时开始都不算晚　258
女性的魅力　261
只记住那些感动和美好　264
遥远的炊烟　267
春天的气息　270
秋天的况味　273

161　椅子上的尖钉

164　奥克斯福的骄傲

第三辑

171　你的生日也像圣诞一样值得庆祝

174　不要停下你的追问

177　争辩不能解决任何问题

180　你同样拥有内在的光华

183　不要因暂时的挫折放弃梦想

186　机会留给有教养的人

190　杰斐逊小道

194　德国人的百年坚守

196　大师的友谊

200　睦　邻

204　天空有朵美丽的云

207　柳色如烟

210　城市的灵魂

216　扶桑掠影

219　如歌的青春

生命的豪情与感动　095
生命的旅行　098
十步之内必有芳草　101
未来是靠现在决定的　104
常问问内心　108
西村的沙漏　111
先拴好自己的骆驼　114
行走在路上　116
许　　愿　119
有多少才华失落在人世间　122
与命运许下承诺　125
约翰的困惑　130
中年以后　133
种夹竹桃的道士　137
总有一个目标召唤着我　140
暴雨之后会有彩虹　143
很多事情是不需要弄清楚的　146
谁也不能推卸掉自己的担当　149
东山再起　152
问心无愧　156

038　成长的力量

042　见贤思齐

044　给自己买只"鸟笼"

047　你也有一座潜能的宝库

050　每一个片刻我们都在创造着自己

053　每个人都有别人羡慕不已的东西

056　你也有天生的禀赋

060　那张床不属于我

063　你可以让自己永远年轻

066　努力去做不擅长的事

069　朋友是闪闪发光的星火

第二辑

075　谦虚是一种美德

078　让我们在各自的灵田里辛勤地工作

080　让心灵安静下来

083　如果我们都能够安顿身心

087　人生都可以如诗如梦

091　生活总会重新洗牌

目 录

第一辑

法兰西的良心和尊严　003
瓦尔登湖的木屋　006
蜉蝣花季，蝉，荆棘鸟　009
敬畏之心　012
湖边的思索　016
时光的恩赐　021
生命的低吟　024
生命中有些东西不能丢失　026
另一条道路上繁花似锦　029
仗剑走江湖　032
杰出的素质　035

图书在版编目（CIP）数据

时光的恩赐/鲁先圣著. —太原：山西人民出版社，2017.8
（全国中考热点作家美文典藏书系）
ISBN 978-7-203-10064-5

Ⅰ. ①时… Ⅱ. ①鲁… Ⅲ. ①散文集—中国—当代
Ⅳ. ①I267

中国版本图书馆 CIP 数据核字（2017）第 186079 号

时光的恩赐

著　　者：	鲁先圣
责任编辑：	员荣亮
助理编辑：	王晓斌
复　　审：	贾　娟
终　　审：	秦继华
装帧设计：	张慧兵

出 版 者：	山西出版传媒集团·山西人民出版社
地　　址：	太原市建设南路 21 号
邮　　编：	030012
发行营销：	0351-4922220　4955996　4956039　4922127（传真）
天猫官网：	http：//sxrmcbs.tmall.com　电话：0351-4922159
E - mail：	sxskcb@163.com 发行部
	sxskcb@126.com 总编室
网　　址：	www.sxskcb.com

经 销 者：	山西出版传媒集团·山西人民出版社
承 印 厂：	山西出版传媒集团·山西人民印刷有限责任公司

开　　本：	890mm×1240mm　1/32
印　　张：	10
字　　数：	200 千字
印　　数：	1—5000 册
版　　次：	2017 年 8 月　第 1 版
印　　次：	2017 年 8 月　第 1 次印刷
书　　号：	ISBN 978-7-203-10064-5
定　　价：	39.80 元

如有印装质量问题请与本社联系调换

鲁先圣 著
LU XIANSHENG ZHU

SHIGUANG DE ENCI
时光的恩赐

山西出版传媒集团
山西人民出版社

请参观我的花园　103
小诊所里的病人　107
一扇门　111
两棵树　115
鸽子归来的理由　117
大山深处的土屋　119

第三辑　烟花灿烂

长凳　125
大义　129
儿啊，我来看看你　133
父亲的祭日　136
隔壁的父亲　141
五张纸条　145
悬崖　148
给您换一碗　153
我讨厌身上的汗味　157
烟花灿烂　161
四大冥捕　165

170　婴儿的救赎

173　军　　装

177　沉默的子弹

180　枪口的小花

184　战　　壕

188　战地医院

192　带他回家

196　满　　子

200　匪兵甲

204　天大地大

第四辑　一条鱼的狂奔

211　寻找桃花源

215　石头里藏着一匹马

217　茶　弈

222　胭脂剑

227　空瓶子

230　一簇塑料花

234　处　境

春光美　238
最漂亮的鞋子　242
尊重每一扇门　245
把脸洗干净　248
水　果　251
弯下你的腰　255
一条鱼的狂奔　258
茶书故里　262

第五辑　老人的忧伤

孩子，有些东西不属于你　267
最高雅的画作　270
穷人节　274
放龟记　278
鱼的启示　282
我们吓坏了自己　284
老人的忧伤　287
心与心的距离　290
请求支援　294

298 千眼菩提

302 怕

305 领养一条狗

第一辑 只要七日暖

后来我想,其实这样也挺好。当他的儿子领着漂亮的女朋友从上海回来,当他发现整整一个冬天,他的父亲母亲都生活在冰窖似的家,也许,从那以后,他会更深切地懂得父母的艰辛,他会给自己的父母,比现在多出几倍的温暖吧。

只要七日暖

几年前,我在市供暖公司上班,负责收取供暖费。我们这座北方小城,到了冬天,家里如果不通暖气,似乎连空气,都能结成坚冰。

那年冬天来得特别早,仿佛秋天刚过一半,就到了隆冬。那个下午,在窗口前等待交费的人排成长龙。我注意到一个男人,总是在轮到他的时候,就站到一边,独自待一会儿,似乎后悔了,再从队尾排起,等再一次轮到他,却又站到了一边,待一会儿,再一次回到队尾。好像,他想跟我说什么,却总也开不了口。

临下班的时候,整个交费大厅,终于只剩下他。我问:"您要交费吗?"男人说:"交费,交费。"声音很大,很突然。语速快得有些夸张。似乎一下午的勇气和力气,全都聚集在了这一刻。

我问他家庭住址，他急忙冲我摆手。不忙不忙，他说，先麻烦问一下，能不能只交七天的钱？

我愣住了。心想，只交七天的钱，开什么玩笑？

他急忙解释，我知道这违反规定，我知道，供暖费应该一次交足四个月。可是，我只想交七天的钱。你们能不能，破个例，只为我们家，供七天的暖气？

男人五十多岁的样子，已经满脸皱纹，包括嘴角。那些话便像是从皱纹里挤出来的。每个字，似乎都饱经了风霜，苍老且浑浊。

可是为什么呢？我迷惑不解。

是这样的，男人说，我和我爱人，下岗在家，还要供儿子念大学，没多余的钱交供暖费。——其实不交也行，习惯了，也不觉得太冷。可是今年想交七天，从大年三十，交到正月初六……

可是，一个冬天都熬过来了，那几天又为什么要供暖呢？因为过年吗？我问。

不是不是。男人说，我和我爱人，过年不过年的，都一样。那几天通暖气，是因为我儿子要回来。他在上海念大学……念大三，两年没回家了……我也不知道他在忙些啥，忙着打工，还是忙着读书。不过今年过年，他要回来……写信说了呢，要回来……住七天……要带着女朋友回来……他女朋友是上海的，我见过照片，很漂亮的闺女。男人慢吞吞地说着，眉毛却扬起来。

您儿子过年要回来住七天，所以您想开通七天的暖气，是这意思吧？我问。

是的是的。男人搓着手，有些不好意思。我算过，按一平方每天一毛钱计算——是这个价钱吧？我家五十八平方，一天是五块八毛钱，七天，就是四十块六毛……错不了。男人从口袋里，掏出一小摞钱，递给我。我数过的，男人说，您再数数。

我盯着男人的脸。男人讨好地冲着我笑，又怯怯的。那表情极其卑微，为了他的儿子，为了七天的供暖费。

当时我极想收下这四十块六毛钱。非常想。可是我不能。因为不仅我，连供暖公司，也从未有过这样的先例。

于是我为难地告诉他，我得向上级请示一下。这件事，我做不了主。

那谢谢您。男人说，您一定得帮我这个忙……我和我爱人倒没什么，主要是，我不想让儿子知道，这几年冬天，家里一直没通暖气……

我站起身，走向办公室。我没有再看男人的脸，不敢看。

最终，公司既没有收下男人的钱，也没给男人供七天的暖气。原因很多，简单的，复杂的，技术上的，人手上的，制度上的，等等。总之，因为这许多原因，那个冬天，包括过年，我想，男人的家，应该冷得像个冰窖。

后来我想，其实这样也挺好。当他的儿子领着漂亮的女朋友从上海回来，当他发现整整一个冬天，他的父亲母亲都生活在冰窖似的家，也许，从那以后，他会更深切地懂得父母的艰辛，他会给自己的父母，比现在多出几倍的温暖吧。

陪你五分钟

五分钟能干什么事情？烧一壶开水，喝一杯咖啡，打一个电话，或者坐累了，站起来，舒展舒展筋骨，伸一伸懒腰。五分钟太过短暂，很多时候我们认为，五分钟可以忽略不计。因为生命如此漫长，因为生活太过闲散，或者太过急迫。

五分钟是他陪父亲的时间。也许五分钟，也许远不足五分钟。五分钟是他听父亲说的，可怜的父亲将时间拉长，又将他美化。

父亲年事已高，常常忘事。睡觉前他会忘记关上窗户，忘记脱掉袜子，或者忘记关灯。甚至有一次，临睡前的父亲突然想喝茶，他去厨房点燃燃气灶，才想起来水壶忘在卧室。他返回卧室，却又忘记了该干什么。父亲就这样睡去，让燃气灶着了一夜。这是一个危险的信号，他认为自己有必要在临睡前检查一遍父亲的卧室。

检查，就像部队里的班长检查刚入伍的士兵，就像学校里的老师检查新入校的学生，他认为这跟"陪伴"相去甚远。他去到父亲的卧室，只想看看他是否关上窗户，是否关掉开关，是否将一杯开水放在床头。非常短的时间里，他坐在床头，与父亲闲聊几句，或者，为父亲再加上一条毛毯。然后，他替父亲关好房门，去客厅小坐片刻，或者去厨房看一下，就该睡觉了。他睡得很沉。他很累，很忙。也许五分钟对他来说，已经太过奢侈。

他真的很忙。大多数时间里，他不在家里吃饭。一天里可以与父亲打上几个照面，然而他们之间的交流直接并且简单。醒了？醒了。饿吗？不饿。药吃了吗？吃了。去上班？嗯。又去上班？嗯。还去上班？嗯。那也许是世界上最简短的交流，他与父亲都不是那种健谈和善于表达的人。

可是那一天，当他下班回来，他见到正在小区凉亭和一个老哥儿们喝茶聊天的父亲。父亲端着一杯茶，对他的老哥儿们说，我儿子每天至少陪我五分钟！

语气和表情里，都充满着自豪。

那一刻他想起童年。童年时，当他参加完学校的运动会，当他学会了弹琴，当他考出了好成绩，甚至，当他玩了一整天衣服却还干干净净，父亲都是这样的语气和表情。父亲喜欢在别人面前夸他，那是父亲最大的快乐。

童年时，他喜欢父亲陪着他。他喜欢钓鱼，父亲陪着他；他喜欢滑冰，父亲陪着他；他喜欢捉蚂蚱，父亲陪着他；他喜欢躺在床上盯着天花板发呆，父亲陪着他。那时候，一天里，父亲会陪伴他多长时间？五个小时？十个小时？二十四个小时？似乎，整个童年岁月里，父亲无时无刻不在身边。

然而现在，当父亲老去，当老去的父亲如同童年时的他一样需要人陪、需要人照顾，当父亲不过希望他每天多陪伴一段时间，这小小的愿望竟也那么难以实现。他只挤出五分钟，短短的五分钟，然而父亲已经满足。

他的鼻子一酸，他忍住眼泪，走上前跟父亲说："爸，回家吧！"他想拥抱父亲，终归是没有。

可是那天，他是牵着父亲的手回家的。就像童年时，父亲牵着他，走在霞光里。

亲爱的，特雷西

母亲为儿子找出一件睡衣，一双拖鞋，两本书。想了想，又找出一个魔方。魔方是儿子最喜欢的玩具，即使闭上眼睛，他也能在极短的时间内将彻底打乱的魔方复原。

儿子二十二岁，非常聪明。二十二岁的非常聪明的儿子上了前线，母亲知道，那里需要的不是睡衣和拖鞋，而是钢盔和子弹。可是母亲还是希望这些东西对儿子有用——战斗的间隙，儿子可以穿上睡衣和拖鞋，倚在战壕里读两页书，或者，拧几下魔方。

母亲将这些东西装进一个纸箱。母亲在纸箱上写下：亲爱的，特雷西。旁边的女儿静静地看着母亲，说，您好像还忘记了哥哥的抱枕。

哦，抱枕。母亲说，他会需要吗？

当然。女儿说，您给他寄去睡衣、拖鞋、魔方、他喜欢的书籍，您还可以让他睡得更舒适一些。

母亲笑了。她将纸箱重新打开，然后，去儿子的卧室取来抱枕。儿子的卧室十分整洁，保持着他在时的样子，墙壁上贴满猫王、梦露和李小龙的照片。每天早晨母亲都会来到儿子的卧室，有时她知道儿子不在，而有时，她会忘记儿子已经开赴前线。她低声唤着儿子的名字，温柔地说，该起床了，特雷西。

抱枕太大，这让她不得不换了一个更大的纸箱。她想当纸箱寄达前线的时候，儿子也许在吃饭，也许在睡觉，也许在站岗……也许，他已经冲出战壕，身边的子弹如同乱飞乱撞的蝗虫。她重新在那个纸箱上写下：亲爱的，特雷西。这时她看到一位穿着军装的士兵走进院子，士兵站住，身子挺得笔直，轻轻摁响门铃。

女儿跑过去。母亲的心，开始狂跳起来。

她听到士兵说："我很遗憾……"

她听到女儿说："你们一定搞错了！"

她听到士兵说："我们也希望如此……"

她听到女儿发出撕心裂肺的嘶喊："哥——"

她听到士兵说："对不起……"

母亲已经抱起那个纸箱。如果没人摁响门铃，此时的她，应该已经走出小院，走在大街上。母亲的身体开始抖动，纸箱跌落在地上，人跌落进椅子里。她用手捂住脸，整个人都在战栗。很久以后，母亲站起来，重新抱起那个纸箱。

她从女儿身旁走过。女儿坐在沙发上，手里捏着一张早已被泪水打湿的讣文。母亲扫了一眼，她看到那个她日夜牵挂此刻却令他肝肠寸断的名字：

特雷西。

她从大兵身旁走过。她冲他凄然一笑。她说："谢谢你。"

"请相信，我同您一样悲伤。"大兵挺挺身体。

母亲再笑笑，走出小院，走上大街。天气晴朗，阳光明媚，街上很热闹，城市很繁华。母亲抱着纸箱，一直走，一直走，一直走。终于她将纸箱重新放到桌子上，她对面前的大兵说，我想给我前线的儿子，寄一个包裹。

大兵看看纸箱上的名字。扭过头去，跟另一个士兵悄悄耳语。大兵转过头来，对母亲说，您确定吗？

母亲说，是的。我想给他寄去一件睡衣，一双拖鞋，一个魔方，两本书，还有一个抱枕……

可是太太，我知道这很残忍，但我仍然很遗憾地告诉您，您的儿子……

别跟我说这些。母亲弯了弯身子，求你，别跟我说这些。我只想给他寄一个包裹：一件睡衣，一双拖鞋，一个魔方，两本书，还有一个抱枕……

大兵盯着母亲，母亲一头白发，一袭黑衣。大兵咬了咬嘴唇，朗声说，好的。请您再核对一遍您儿子的名字，他是叫特雷西吗？

特雷西。亲爱的，特雷西。

大兵收下纸箱，在一份表格上恭敬并且郑重地写下：亲爱的，特雷西。大兵抬起头，立正，然后，为素不相识的母亲，缓缓地行了一个标准的军礼。

嗨，迈克！

迈克得了一种罕见的病。他的脖子僵直，身体僵硬，肌肉一点一点地萎缩。他的病情越来越重，最后完全失去了自理能力。他只能坐在轮椅上，保持一种固定且怪异的姿势。他只有十四岁，十四岁的迈克认为自己步入了老年。不仅因为他僵硬的身体，还因为，他的玩伴们，突然对他失去了兴趣。

母亲常常推着迈克，走出屋子。他们来到门口，来到阳光下，背对着一面墙。墙上爬着稀疏的藤，常常有一只壁虎在藤蔓间快速或缓慢地爬行。以前迈克常盯着那面墙和那只壁虎看，他站在那里，手里握一根棒球杆。那时的迈克，健壮得像一头牛犊。可是现在，他只能坐在轮椅上，任由母亲推着，穿过院子，来到门前，靠着那面墙，无聊且悲伤地看面前三三两两的行人。现在他看不到那面墙，僵硬的身体让那面墙总是伫立在他身后。

十四岁的迈克曾经疯狂地喜欢诗歌。可是现在，他想，他没有权利喜欢任何东西——他是一位垂死的老人，是世间的一个累赘。

可是那天黄昏，突然，一切都发生了改变。

照例，母亲站在他的身后，捧着一本书，给他读一个又一个故事。迈克静静地坐着，心中盈满悲伤。这时有一位美丽的女孩从他面前走过——那一刻，母亲停止了朗诵。迈克见过那女孩，她曾和自己在同一所学校就读。只是打过照面，他们并不熟悉。迈克甚至不知道女孩的名字。可那女孩竟在他面前停下，看看他，看看他身后的母亲。然后，他听到女孩清清脆脆地跟他打招呼："嗨，迈克！"

迈克愉快地笑了。他想，原来除了母亲，竟还有人记得他的名字，并且是这样一位可爱漂亮的女孩。

那天母亲给他读的是霍金的故事。霍金，一位杰出的物理学家，一位身患卢伽雷氏症的强者。他的病情，远比迈克严重和可怕百倍。

从那以后，每天，母亲都要推着他来到门口，背对着那面墙，给他读故事或者诗歌。每天，都会有人在他面前停下，看看他，然后响亮地跟他打招呼："嗨，迈克！"大多是熟人，偶尔，也有陌生人。迈克仍然不能动，仍然身体僵硬，可是他不再认为自己是一个累赘。因为有这么多人记得他，问候他。他想这世界并没有彻底将他忘却，他没有理由悲伤。

几年里，在母亲的帮助下，他读了很多书，写下很多诗。他用微弱的声音把诗读出，一旁的母亲帮他写下来。尽管身体不便，但他过得快乐且充实。后来他们搬了家，他和母亲永远告别了老宅和那面墙。再后来他的诗集得以出版——他的诗影响了很多人——他成了一位有名的诗人。再后来，母亲年纪大了，在一个黄昏，静静地离他而去。

　　多年后的一天，他突然想给母亲写一首诗，想给那座老宅和那面墙写一首诗。于是，在别人的帮助下，他回到了曾经生活过的地方。

　　老宅还在，那面墙还在。不同的是，现在那上面，爬满密密麻麻的青藤。

　　有人轻轻拨开那些藤蔓，他看到，墙上隐约可见几个用红色油漆写下的大字。那些字已经模糊，可他还是能够辨认出来，那是母亲的手迹：

　　嗨！迈克！

父亲的秘密

假期里,父亲和他八岁的儿子,去森林里游玩。他们一直往密林深处走去,不知不觉迷了路。四周的古树遮天蔽日,像一只巨大的笼子将他们困在中间。父亲背起疲惫的儿子,试图走出去。可是他无奈地发现,无论他怎么转来转去,都只是一次次地重新回到原地。

眼前是一个废弃的木屋。木屋里也许住过守林员,也许住过伐木工人,现在它空着,破烂不堪,仿佛随时可能倒塌。可它毕竟是一间屋子,这能够为父子俩增加一些安全感。晚上他们挤在里面,生起一堆火。外面传来野兽的叫声,似乎距离他们很遥远,又似乎近在咫尺。儿子呜呜地哭起来,他说我们会不会死在这里?父亲用力拍拍他的肩膀。父亲说:"不怕,我们会走出去的。"

可是第二天，他们仍然围着木屋不停地打转。让父亲稍感欣慰的是，木屋外面有一口水井，水井里面有干净的水。他小心地踩着井沿探下身去，用随身携带的军用水壶，打了一壶水。可是他们已经没有任何可吃的东西，恐惧的乌云笼罩了他们。

第三天，父亲放弃了那种徒劳的尝试。他对儿子说，这里有木屋，有水井，很有可能是一些路过者的临时驿站。我们只要等在这里，就肯定会有人来……你留在这里等我回来，我到附近找些吃的。儿子问：附近有什么吃的？父亲就笑了，他说森林里还能饿死人吗？你难道忘了野生蘑菇很有营养吗？他为儿子打来一壶水，然后一个人离开木屋。他一边走一边回头对他的儿子说，守着屋子，千万不要乱走……等我回来，我们一起吃晚饭。

父亲并没有马上去寻找蘑菇。他把衣服撕成很多布条，系在木屋周围的树干上。系好之后，仔细检查一番，调整了几个布条的位置。他想如果有人经过，就会发现这些布条，然后发现小屋，然后发现小屋里的他们，并将他们带出森林。他想这可能是他们唯一获救的机会，他不敢有丝毫马虎。

那天父亲很晚才回来，他拣回来一小把蘑菇。虽然仍然走不出去，虽然仍然没人经过这里，可是有了蘑菇，他们就有了活下去的希望。儿子问，这蘑菇不会有毒吧？父亲说，不会……在走出去之前，我们天天喝鲜蘑菇汤。儿子问，这附近蘑菇多吗？父亲说，不多，可也不少。儿子说，明天我也去拣。父亲说，不行，你得守在这里，万一有人经过怎么办？我们的目的是走出森林，不是在这里吃蘑菇宴。父亲朝儿子做了一个鬼脸,儿子发现父亲的脸,有些浮肿。

父亲一连出去拣了三天蘑菇。他出去的时间一天比一天长,拣回来的蘑菇却一天比一天少。每一次回来,他都是筋疲力尽,脸色蜡黄,一副大病初愈的样子。儿子问,您怎么了?父亲说,没事,有些累。儿子害怕地哭起来,他说,爸爸,我们是不是真的走不出去了?父亲说,不会的,只要我们坚持住,就会有人发现我们……你别动,我再去打一壶水来。

第二天果真有人经过。是一位猎人。是父亲的布条把他引到了小木屋。猎人把他们带出森林,他们再一次回到了城市。从那以后,每次谈起这次经历,父子俩仍然心有余悸。

家里的饭桌上,从此再无蘑菇。甚至,儿子说,哪怕在菜市场见到了蘑菇,他都想吐。

可是时间会改变一切。十几年过去,有一天,儿子回家时,竟提回一小袋蘑菇。他告诉父亲,这是真正的野生蘑菇,是农民从大山里采来的,刚才在街边叫卖,他看着不错,就买了一袋。十多年没吃蘑菇了吧?儿子对父亲说,我想您可能都忘记蘑菇是什么味了。

父亲笑笑,没说话。他似乎对蘑菇并不反感。

父亲把蘑菇倒在水池里仔细清洗。突然他低下头,从那些蘑菇里挑出两个,扔进旁边的垃圾筒。儿子问,爸,您干什么?父亲说,这两个蘑菇有毒。

有毒?儿子怔了一下,您怎么知道?

父亲狡黠地笑了。他说，还记得十几年前我们的那次历险吗？那三天的时间里，我可能，尝遍了世界上所有的蘑菇……你当然不会知道，这是我的秘密。

父亲的光头

年轻的父亲和六岁的儿子正做着游戏,突然父亲问道:"爸爸帅吗?"

儿子仰着脑袋,无限崇拜地看着自己的父亲。"当然帅!"他使劲儿点着头。

父亲问:"比罗纳尔多怎么样?"

儿子说:"他哪儿能跟你比?"

"比贝克汉姆怎么样?"

"比他更帅!"

父亲接着问:"那比陈佩斯呢?"

儿子快乐地笑了。"比他帅多了。"儿子斩钉截铁地说。

"那么,"父亲说,"假如我现在把头发剃光,还会比他们帅吗?"

儿子想了一会儿,说:"我想仍然比他们帅。"

父亲站起来,拉着儿子的手:"走!现在就陪爸爸理发去。"

儿子有些不愿意了。六岁的他隐隐地感觉到似乎落入父亲的圈套。他不解地问父亲:"为什么要剃成光头?"

父亲说:"你都可以剃成光头,我为什么不可以?"

儿子说:"我是小孩嘛!"

父亲说:"大人也爱美啊!难道你不知道罗纳尔多、贝克汉姆常常剃成光头吗?还有那个陈佩斯,更是一直光着脑袋……并且你想,假如我剃个光头,一会儿回来,猛地推开厨房的门,冲你妈做个鬼脸,再大叫一声,你妈她会怎么样?"父亲指了指厨房,压低了声音。

"她会吓一跳!"儿子拍起巴掌。

"还有呢?"父亲眨眨眼睛。

"她不认识你啦!"儿子兴奋得满脸通红,"她会大声喊,快抓坏人啊!到那时我就给她介绍说,这位不是坏人,他是你的丈夫。"

父子俩一起大笑起来。然后,父亲牵着儿子的手,一起去街角的理发店剃光了头发。

只剩下厨房里的女人,偷偷抹泪。

一天以后,父亲来到医院,开始接受一个月一次的化疗。

每隔几天,他都要偷偷来到理发店,把刚刚长出来的头发剃光。

半年以后,他的头发终于全部掉光。他不再需要光顾理发店了。

一年以后,父亲永远地离开了这个世界。

多年后,男孩长成一个男人。他做过装修工、送奶员、业务员、小区保安。他勇往直前,无所畏惧;他积极向上,乐于助人。一次与朋友谈起各自的性格,他说在自己性格形成的过程中,父亲起了很大的作用。

"可是你的父亲不是在你七岁的时候就去世了吗?"朋友不解地问。

他说:"是的,父亲在我七岁的时候离我而去。可是他在离去以前,一直微笑着将疾病和死亡藏起,不让我看见,使得我弱不禁风的心灵,没有感到丝毫恐惧,没有留下任何阴影……"

暖 冬

小的时候,他是那么野。数九寒天,跑到村东头的小河边,砸开一块冰,人蹿上去,兴奋地尖叫。拿一根细竹竿撑着河床,那冰就开始滑行,宛如一条冰船,满载着童年的快乐。

照例是午后。照例,他是唯一的舵手,把一根竹竿挥得虎虎生风。突然,脚下传来断裂的咔咔声。低头看时,冰面已经破裂,在他的两腿之间,裂开一条半尺宽的口子。一块冰分离成两块,慢慢飘向相反的方向。他慌了,怪叫一声,扔开竹竿,人一下子掉进了河里。冰水像无数把刀子,扎得他浑身刺痛,继而麻木。

好在他落水的地方离岸边很近,河水仅没到胸。他颤抖着咬紧牙关爬出来,缩成一团,高呼救命。恰好此时村里的一位老人经过,把他抱上独轮车,送回了家。

他被母亲大骂一通。母亲越想越后怕,流着泪,用笤帚狠狠地打了他。母亲说那条河很深,你不知道?母亲说怎么不淹死你?母亲说棉袄棉裤都湿了,晒不干,你明天穿着炕席上学?他缩在炕头的棉被里,说,我明天不上学了。母亲说,你敢?辛辛苦苦供你读书,你不去上学?你敢!

母亲把他的湿衣裤拿到院子里晒。冬天的阳光无精打采地洒在上面。那些衣服,很快冻成冰棍。母亲坐在炕沿,看着他,愁眉不展。

那个年月,家里不可能有多余的棉衣棉裤。是啊,明天,冰天雪地的,他怎么上学?

他一直把自己包在棉被里,看母亲愤怒的眼苦难的脸。他小心翼翼地吃饭,小心翼翼地和母亲说话,小心翼翼地写作业和睡觉。他知道自己闯了大祸。他知道自己得一直待在炕头,直到他的棉袄棉裤彻底晾干。

夜里他醒来,看到微黄的光晕和一抹年轻的剪影,那是母亲和她的油灯。

早晨他被母亲推醒。母亲说快起床上学,要迟到了。他惊奇地发现,母亲竟给他捧来崭新的棉袄棉裤。穿在身上,暖和又贴身。每一个扣子都亮闪闪的,像从夜空摘下的星星。他背着书包上学,走到院子里,突然回头,母亲正趴在窗户上看他。那目光是从冬的缝隙抽出的春的阳光,伴随着他,静静地织成一条温暖的路。

那天他突然长大了。他不再爬墙上房,不再去河面滑冰。那一天，母亲年轻的容颜，深深地烙进他的记忆，永远无法抹去。

那年冬天特别冷，但他一直认为，那是他今生最温暖的一个冬天，因为他有两套棉袄棉裤和母亲用目光织成的路。

可是那个冬天，母亲却落下一身的病，是类风湿。那天，她用了整整一夜，将自己的棉袄棉裤改小，套在他的身上。

整整一个冬天，母亲没有棉衣。

起身的饺子落身的面

起身的饺子落身的面,这风俗令我幸福和忧伤。

父亲是一位石匠。石匠意味着健康而强壮的身体,单调且超负荷的劳动。石匠长年累月与脚下的石头与手中的铁锤做伴,让双手从秋天开始,便裂出一道道纵横交错的血口子。

每个星期,父亲都会回来一次。骑一辆旧"金鹿"自行车,骑至村头,铃铛便清脆地响起。我跑去村头迎接,拖着两行鼻涕,光亮的脑壳在夕阳下愈发显眼。父亲不下车,只用一条腿支地,侧身,弯腰,我便骑上他的臂弯。父亲将我抱上前梁,说,走嘞!然后,一路铃声欢畅。

那时的母亲,正在灶间忙碌。年轻的母亲头发乌黑,面色红润。鸡蛋在锅沿上磕出美妙的声响,小葱碧绿,木耳柔嫩,爆酱的香气令人垂涎。晚饭自然是纯正的胶东打卤面。那时的父亲，可以干掉四海碗。母亲的手艺在村里是数一数二的。

父亲在家住上一天，就该起程了。可是我很少看见父亲起程。每一次他离开，都是披星戴月。

起身的饺子落身的面。我在睡梦里仿佛听见母亲下地的声音。那声音轻柔舒缓，母亲的贤惠，与生俱来。母亲和好面，剁好馅，擀面杖在厚实的面板上，擀出岁月的安然与宁静。然后是拉动风箱的声音，饺子下锅的声音，父亲下地的声音，两个人小声说话的声音……满屋子水汽。父亲就在水汽里上路，自行车后架上，驮着他心爱的重达二十多公斤的开山锤。父亲当了近三十年石匠，回家，进山，再回家，再进山，两点一线，一千五百多次往返，母亲从未怠慢。起身，饺子；落身，面。一刀子一剪子，扎扎实实。即使在那些最难熬的岁月，母亲也不敢马虎。除去吃饺子和面的时日，一家人，分散在不同的地点，啃着窝头和咸菜。

父亲年纪大了，再也挥不动开山锤；渐渐长大的我，却开始一次次地离家了。那时我的声音开始变粗，脖子上长出喉结，见到安静的穿着鹅黄色毛衣的女孩，心就会怦怦怦跳个不停。学校在离家一百多里的乡下，我骑着父亲那辆笨重而结实的自行车，每逢周末，便回一趟家。

迎接我的，同样是热气腾腾的面。正宗的胶东打卤面，加了鸡蛋，葱花，木耳，虾仁，肉丝，绿油油的蔬菜，油花如同琥珀。学校的伙食很差，母亲的面，便成为一种期盼。

返校前,自然是一顿饺子。晶莹剔透的饺子皮,香喷喷的大馅,一根大葱,几瓣酱蒜,一碟醋,一杯热茶,猫儿幸福地趴在桌底。我狼吞虎咽,将饺子吃出很大的声音——那声音令母亲心安。

毕业后,我留在城市。那是最为艰难的几年,工作和一日三餐都没有着落。当我饿得实在受不住了,就会找个借口回家。

回家,坐在门槛上抽烟,看母亲认真地煮面。从我迈进家门的那一刻起,母亲就开始忙碌,一直忙碌到我再次出发为止。几天时间里她会不停地烙饼,她会在饼里放上糖,放上鸡蛋,放上葱花,放上咸肉,然后在饼面上沾上芝麻,印出美丽的花纹。那些烙饼是我回到城市的一日三餐,母亲深知城市并不像我描述的那么美好。可是她从来不问,母亲把她的爱和牵挂,全都变成了饺子、烙饼和打卤面。母亲看着我吃,沉默不语。沉默的母亲变得苍老。对我的牵挂,加速了这苍老。

起身的饺子落身的面,我真的不知道这样的风俗因何而来。也许,饺子属于"硬"食的一种吧,不仅好吃,并且耐饥,较适合吃完以后赶远路;面则属于"软"食的一种,既好吃又易于消化,较适合给风尘仆仆远道而回的人吃吧。一次说给母亲听,母亲却说,这应该是一种祝愿吧!饺子,交好运的意思;面,象征着长长久久。出门,交好运;回家,长长久久,多好的寓意。还图个什么呢?

母亲的话不无道理。平凡的人们,还图个什么呢?出门平平安安,回家长相厮守,足矣。

母亲很少出门,自然,她没有机会吃到我们为她准备的"起身的饺子落身的面"。可是那一次,母亲要去县城看望病重的姑姑——本计划一家人同去,可是因为秋收,母亲只好独行。头天晚上,我和父亲商量,第二天一早为母亲准备一盘饺子,可是当我们醒来,母亲早已坐上了去往县城的汽车。

前一天晚上,我几乎彻夜未眠。我怕不能够按时醒来,我怕母亲吃不到"起身的饺子"。但我终于还是没能按时醒来,似乎刚打了一个盹儿,天就亮了。可是,从前的那些日子,无论父亲出门还是我出门,母亲从来不曾忘记做"起身的饺子",从没有耽误过哪怕一次。我觉得,母亲已经超越了一个母亲的能力,她变成一尊神,将我和父亲守护。

轮到她自己,却是空着肚子走出家门的。家里有她伺候了大半辈子的儿子和丈夫,却无人为她煮上一碗饺子。

起身的饺子落身的面,这习俗让我忧伤并且难堪。

母亲是在三天以后回来的。归来的母亲,疲惫不堪。我发现她真的老了,苍老显现在她的神态里,显现在她的举手投足之间,而绝非斑白的头发和佝偻的身体。走到院子里,母亲笑了。她闻到了蛋花的香味,小葱的香味,木耳的香味,虾仁的香味——"落身面"的香味。幸福的微笑,让母亲在那一刻变得年轻了。

母亲吃得很慢,很郑重。吃完一小碗,她抬起头,看看我和父亲。母亲说,挺好吃。

三个字,一句话,足够母亲和我们,珍惜一生。

父亲的午餐

大概有那么两年的时间,父亲在中午拥有属于他的两个包子,那是他的午餐。记忆中好像那是二十世纪八十年代初期的事,我和哥哥都小,一人拖一把大鼻涕,每天的任务之一就是想办法在一日三餐之外搞到一点儿美食。那时候我们每天琢磨的就是这个。

父亲在离家三十多里的大山里做石匠,早晨骑一辆破自行车出去,晚上骑着这辆破自行车回来。两个包子是他的午餐,是母亲每天天不亮点着油灯为父亲包的。其实说那是两个包子,完全是降低了包子的标准,因为里面没有一丝肉末,只是剁碎的白菜帮子里加了两滴猪油而已。

父亲身体不好,干的又是重体力活,母亲心疼他,特意为他准备了这样的午餐。近五十斤重的大锤，父亲每天需挥动几千下，两个包子，只能维持基本的体力。

记得那时家里已经能吃上白面了，只是很不连贯。小孩子嘴馋，我和哥哥对于顿顿的窝窝头和地瓜干总是充满了一种刻骨的仇恨。于是，我们开始觊觎父亲的午餐。

现在回想起来，我仍然对自己的年幼无知而感到羞愧。我们太不懂事了，太自私了。

为了吃到父亲的包子，我和哥哥每天都会跑到村口去迎接父亲。看到父亲的身影，我们会高声叫喊着冲上前去。这时父亲就会微笑着从他的挎包里掏出两个包子，我和哥哥一人一个。

包子虽然并不特别可口，但仍然能够满足我和哥哥最原始最单纯的欲望。

这样的生活持续了两年，期间我和哥哥谁也不敢对母亲说，父亲也从未把这事告诉母亲。所以母亲仍然天不亮就点着油灯包两个包子，那是父亲的午餐，却成了我和哥哥的零食。

后来家里可以顿顿吃上白面了，那时我和哥哥已经上了小学，逐渐对那两个包子失去了兴趣，这两个包子才真正成为父亲的午餐。

我一直觉得对不住父亲。为了我和哥哥，在长达两年的时间里，他竟然没有吃过午餐。多年来，这样的反思经常折磨着我的心，我觉得我们可能一生都偿还不起父亲的这两个包子。

前几年回家，饭后与父亲谈及此事，父亲却给我讲述了他的另一种心酸。

他说，其实工地上供应窝窝头，他每天中午都会买个硬窝窝头吃。有一天，他为了多干点儿活儿，错过了吃饭时间，没买到窝窝头。后来他饿极了，就吃掉了本应属于他的两个包子。傍晚在村口，我和哥哥照例去迎接他，当我们高喊着"爹回来了爹回来了"跑到他身边，父亲局促地搓着双手，他感到很内疚，因为他无法满足儿子小小的要求。

他说："我为什么要吃掉那两个包子呢？其实我可以坚持到回家吃晚饭。我记得那时你们很失望，当时，我差点儿落泪。"

父亲说，为这事，他内疚了二十多年。

其实这件事我早忘了，也许当时我是有些失望，但我确实忘了。我只记得我年幼时的贪婪、自私。然而我的父亲，他因为让儿子们失望了一次，竟内疚了二十多年。

男人的怀抱

多年以前,我曾在乡下度过整整一个夏天。那时我刚刚遭遇人生中的一场重大挫折,整天萎靡不振,除了睡觉,就是去他那里打牌。村子里总有些闲人天天凑在一起打牌,几张毛票倒过来倒过去,直到倒成碎纸片。那时我和他,都是这群闲人中的一员。

那天我们玩到很晚。房顶上扯一个灯头,一副破旧的扑克牌让几个男人争得面红耳赤。他年幼的儿子先是在一边玩耍,后来实在太困了,便躺在旁边的竹席上睡着了。他一边与人争论一边不时看一眼儿子,说,你们能不能小点儿声?

他独自拉扯着儿子,生活很不容易。妻子在两年前与他离婚,因为他的不求上进,因为他的残疾。由于从小身患重病,他只有一条健康的腿。

牌局结束，几个牌友很快离去，我和他却仍然在为刚才的牌局做着世界上最无聊的争吵。终于，我站起身，准备回家。

他这才注意到一个很重要的问题：儿子睡得正香。

他拉住我，说，先别走。我问，还有事？他尴尬地说，能不能帮我把儿子抱到房里去？

我们在房顶上打牌，有台阶通到地面，很陡——这个可怜的人可以一个人上下，但是，他绝无办法抱着他的儿子走下台阶。

你可以叫醒他。我说。

不要吧！男人看着儿子，说，他睡得那么香……疯玩了一天，他累了……你帮我，把他抱回屋吧！

我答应了他。遵照他的嘱咐，我动作很轻，生怕将他的儿子惊醒。他先走了下去，动作迅速得让我不敢相信。当我抱着他的儿子进屋，我看到，他已经为儿子铺好了被褥。

把他放过来，尽量轻一点儿。男人对我说。我看到，他粗糙黝黑满是胡须的脸上，突然多出几分柔情。

他向我致谢，并将他一直力争的几张毛票塞给了我。

谢谢。男人说。

他是农民，是个粗人。他没有文化，不够文雅。之前我从未听他在任何时间任何场合说过"谢谢"。当然很多时候，我相信他的心中也会萌生感激之情——但是，他不说。那天，为了他的儿子，他竟说出那两个字。我看到，说完，他的脸飞快地红了一下。

我重回城市，很多年没有再回老家。前些日子回去，听别人说，他几年前就带着儿子进城了。我问，不再天天打牌了？答，早不打了。说是为了他的儿子——儿子长大了，尽量找个好一点儿的学校。问，可是他靠什么生活？答，摆了个修鞋摊。就在百货大楼对面。

那是这座城市最繁华的路段，几乎每一天，我都会经过那里。可是我从未留意到，在某个角落，他的修鞋摊摆在那里。城市就是这样，纵然是最熟悉的两个人，纵然每天擦肩而过，也很难发现对方的存在。

我开始敬佩他了。为了儿子，他不仅学会了以前未曾接触过的修鞋技术，还戒掉了牌瘾。凭此一点，他便是一个伟大的父亲。

我回到城市，很快找到他。他正在专注地修着一双鞋子，他比从前苍老了很多。

晚上找了一家酒馆，我们喝了很多酒。席间男人喊来他的儿子，小伙子已经长得高高大大，正在这个城市读大学。他对我说他功课很忙，所以很少过来看望他的父亲。

还记得我吗？我问他。

他摇摇头。毕竟我离开老家已经很多年。毕竟我离开时，他还那么小。

男人很快醉倒，歪在椅子上呼呼大睡。我与他的儿子碰杯，借着酒劲儿，我说，你不常来看你父亲，不仅仅是因为功课忙吧？

他低下了头。

因为你父亲是残疾人。我说，还因为他在最繁华的路段修鞋，无法向别人掩饰你有一个残疾的父亲。你靠他赚来的钱读大学，却觉得他给你丢脸了……

我没有。他急忙辩解。

我笑笑。然后，给他讲了多年前那个故事。我说你肯定忘记了，但是我不会忘记。那天我们刚刚争吵完，他求我把你抱下台阶，抱回屋子——因为这件事，从他的嘴里，我第一次听到"谢谢"两个字……

小伙子静静地听着，脸上的表情起伏不定。他扭头看了一眼父亲，那个男人搂着酒瓶，睡得正香。

夜已深，男人仍然没有醒来。我去门口打出租车，回来时，我愣住了。我看到他的儿子将他轻轻抱起，小心翼翼地躲避着桌椅，出门，走向出租车。见我盯着他看，小伙子腼腆地笑笑，解释说，父亲累了一天，又喝醉了酒，不想叫醒他……

那天他一直将父亲抱上出租车。出租车停在马路的另一侧，那段路，他走得并不轻松。他以为怀里的父亲仍然熟睡，可是我知道，他的父亲，其实已经醒来。

当他的儿子迈过花坛，我分明看到，他的眼角，悄悄滑下一滴眼泪。

两只小蜜蜂，飞在花丛中

十二岁，却还在上小学二年级。他不能连贯地读出课本上任何一句话，不能计算出两位数以上的加减法。换句话说，他是个智力低下的孩子。

他从来不笑。对一个孩子来说，不笑，代表他不快乐。好像他没有笑神经——他是一个忧郁的智障少年。

学校领导几次找来他的母亲，问她能不能把孩子领回家。他说您儿子极可能读一辈子小学二年级……能不能把他带回去。每到这时，那个头发蓬乱的中年妇女就会紧张得语无伦次。她说让他留下吧……就算他一辈子都在读二年级……我相信他会变聪明的……就算一辈子这样我也认了……一辈子读二年级我也认了……求你们，留下他。学校领导说我们已经尽力了，可是他连笑一下都不会。她说没关系，笑不笑都没关系，只要你们能够留下他，让他继续读书。她的表情卑微而固执。她的执着让人不忍拒绝。

他继续读小学二年级。仍然念不出完整的句子，仍然不会计算两位数以上的加减法。并且，从来没有人，看见他笑过。

那个女教师终于决定，和他的母亲做一次长谈。她是他的班主任。她想他这样下去毫无意义，不过是在浪费时间和金钱。也许，让他时刻守着自己的母亲，会是一种更好的选择。她一路打听，来到了他的家。他的母亲轻轻开了门，把她让进屋子。他的母亲给她倒了一杯水，抱歉地说，您坐一会儿，我先哄他睡着。

那是怎样的一个家啊！只有两间屋子，空空荡荡，阴暗潮湿，散发着难闻的异味。他的床，就安放在客厅里。屋里没有成年男人用的东西，很明显，这是一个单亲家庭。他已经躺下，盖着一床破棉被，却睁着眼睛，表情严肃。在家里，他也不会笑——年轻的女教师，有一种深深的绝望。

他的母亲坐在床头，轻轻抚摸着他的头。他看着母亲，似乎在等待什么。于是她清清嗓子，轻轻唱起来："两只小蜜蜂，飞在花丛中，飞啊飞啊——"她的声音沙哑。她的歌声没有丝毫的感染力，可是年轻的女教师却惊奇地发现，他竟然笑了！这个从来不会笑的智力低下的孩子，因为这样一首歌，竟然笑了！他的母亲没有停下，继续轻轻哼着："两只小蜜蜂，飞在花丛中……"他继续咯咯地笑着，表情快乐无比。

母亲的声音慢慢舒缓下来，他的表情也渐渐平静下来。从兴奋，一点一点归于恬静。终于，他睡着了。睡梦中的他，脸上挂着孩子应有的单纯明净的笑容。

他的母亲一边为他掖好被角，一边说：只有听到这首歌，他才会笑，才肯睡觉……他一生下来，智力就有问题……那时他爸还在，那时他才两岁……他爸有一次喝了酒，抱着他，唱了这首歌，他就笑了……于是我学会了这首歌……如果他永远不会好起来，那么，我就一直给他唱下去……也许，这世上，只有这首歌，他才能够听懂吧？

她说，您来，是劝他退学吧？

女教师说，不是。我来，是想让您，教我唱这首歌。

第二天上课的时候，女教师对全班的孩子说，今天，我来教大家唱一首歌。

然后，她用世上最动听的声音轻轻地唱了起来："两只小蜜蜂，飞在花丛中，飞啊飞啊——"

八个烧饼

女人上了火车,倚窗而坐。她将头朝向窗外,一言不发。车厢里闷热异常,然而她似乎毫无察觉。她要去一个遥远的城市,她得坐一天一夜火车。

乘务员推着午餐车走了过来。她扭头看了一眼,又将脸转向窗外。

女人保持着这样的姿势,直到晚餐车推了过来。这一次,她终于开口说话。她问卖晚餐的乘务员:"盒饭,多少钱一份?"

"二十!"

"最便宜的呢?"

"都一样,二十!"

"哦。"女人欠欠身子,表示抱歉。她将脸再一次扭向窗外。

正是黄昏时分,她看见一轮苍凉的落日,急匆匆落下山去。

女人已经老了。她的脸似乎由皱纹堆积而成。新的皱纹无处堆积,便堆积到老的皱纹之上。皱纹与皱纹之间,她凄苦的五官挣扎而出,令人同情。

她身边坐着一位男人。男人问道,您不饿吗?

哦。女人说,不饿。

可是男人知道她饿。男人听到她的肚子发出咕咕的声音。男人想为她买一份盒饭,可是又怕她难堪。

即使不饿,您也可以吃一个烧饼。这些烧饼……是您烙的吧?

男人指指桌子,桌子上放着一个塑料袋,里面装着八个烧饼。烧饼们金黄酥脆,摞得整整齐齐。似乎,隔着塑料袋,男人也能够闻到烧饼的香味。

是的,我烙的。女人看一眼烧饼,捎给我儿子的。

他喜欢吃烧饼?

是的。女人说,明天七月七,你知道,七月七,该吃烧饼的。

他一下子能吃八个?

能。他饭量大。他在家吃的最后一顿饭,就是我烙的烧饼。他一口气吃掉了八个。这孩子!怎么吃起来没个够?

女人的目光,突然变得柔和,似乎儿子就坐在她的面前,狼吞虎咽。

他在城里?

哦。

因为明天七月七,所以您给他送烧饼?

哦。

您坐一天一夜的火车，只为给他送八个烧饼？男人笑了，我猜您是想进城看他吧？送烧饼只是个借口……

哦，咳咳。女人说。

他该结婚了吧？男人看一眼女人的脸，说，他在城里干什么？我有个儿子，也在城里。他很忙，几乎从不回家。有时我想他了，就找个理由去看他。男人耸耸肩，笑着说。

女人看着烧饼，不出声。

反正送烧饼只是个借口，男人说，您为什么不吃上一个呢？

这是儿子的八个烧饼。

现在它们还是您的……

不。这是儿子的八个烧饼……

男人无奈地摇摇头，不说话了。十二个小时之后火车才能抵达终点站，他知道，这位母亲，必将固执地守着她的八个烧饼，一直饿到终点。

……

女人下了火车，转乘公共汽车。汽车上，她仍然守着她的八个烧饼。汽车一路向西，将女人送到一个距离城市很远的地方。女人下了汽车，步行半个小时，终于见到了她的儿子。她将八个烧饼一一排开，四十多岁的儿子，便捂着脸泣不成声。

儿子身着囚服。身着囚服的儿子，在这里熬过整整二十年。二十年里，每逢七月初七，他的一步步走向苍老的母亲，都会为他送来八个金灿灿的烧饼。

母亲的一年

强子你还好吧？你还好，妈就放心了。过年你没回家，我和你爸都挺想你……知道你忙，工作要紧……秀玲还好吧？她脾气不好，你要多让着她。你娶她时，咱家那么穷，连间新房都没有，她能嫁过来，你该知足了……你胃病好些了吧？别不吃早饭，熬点儿粥，煮个鸡蛋，用不了多长时间……小宝还好吧？他想奶奶吗？很长时间没见他了，他又长高了吧？……别让他吃太多糖。过几天就元宵节了，强子你回家吗？回？好。这几天我和你爸包点儿汤圆，记得你和秀玲都爱吃。对，糯米粉，黑芝麻，熟猪油，白糖……不买现成的，现成的不可口……不费事的。你小的时候，妈不是常给你做？你回家，我和你爸都高兴。你爸？坐在旁边听我打电话呢！这老家伙，笑出满脸褶子……那就聊这些吧，电话费挺贵的。挂了吧强子！你先挂……

强子你还好吧？你还好，妈就放心了。元宵节你没回来，我和你爸都挺想你……知道你忙，工作要紧……秀玲还好吧？她身体不好，你让她注意休息。家务活儿，你多做些。你娶她时，咱家穷，连件像样的衣服都没给她买，她能嫁过来，你该知足……你换工作了？别总是换来换去，这山望着那山高，不好。能吃饱，安安稳稳的，健健康康的，就挺好……小宝还好吧？他想奶奶吗？几个月没见他，他又长胖了吧？……上学和放学，你和秀玲要去接他，城里车那么多……过几天就清明了，强子你回家吗？回？好。我和你爸给你留了些汤圆，在冰箱里冻着呢，坏不了。对，糯米粉、黑芝麻、熟猪油、白糖……清明时天就暖和了，你回来，带你们到山上走走，给你奶奶烧些纸钱。转眼你奶奶走了有三年了，都说人走三年，就是真走了，世上留不住了……你爸？坐在旁边听我打电话呢！这老家伙，笑出满脸褶子……那就聊这些吧，电话费挺贵的。挂了吧强子！你先挂……

强子你还好吧？你还好，妈就放心了。清明节你没回来，我和你爸都挺想你……知道你忙，工作要紧……秀玲还好吧？前几天她打电话回来，说你们吵架了，我和你爸一宿没睡好觉。强子，不管什么事，多迁就她，她是你媳妇，伺候你和小宝这么多年，不容易……工作稳定了吗？稳定了就好。和同事搞好关系，别使性子。世界上哪有什么坏人？不过是一句话的事情……小宝还好吧？他想奶奶吗？半年没见他了，他可能早把我忘了……过几天就端午了，强子你回家吗？回？好。给你留的汤圆还在冰箱里，每次开冰箱,一眼就瞅见了。这几天我和你爸去摘点儿粽叶,给你们包粽子……糯米,火腿,粽叶,小宝去年喜欢得不得了呢。不买现成的,现成的不可口……不费事的。你回家,我和你爸都高兴。你爸?坐在旁边听我打电话呢!这老家伙,笑出满脸褶子……那就聊这些吧,电话费挺贵的。挂了吧强子!你先挂……

强子你还好吧?你还好,妈就放心了。端午节你没回来,我和你爸都挺想你……知道你忙,工作要紧……秀玲还好吧?前几天她打电话回来,说你给她道歉了,这就对了。秀玲不容易,嫁过来时,咱家那么穷……听秀玲说你工作不顺心,下班后多出去走走,别总闷在家里。在家靠父母,出门靠朋友,多交几个朋友,比什么都强……小宝还好吧?他想奶奶吗?大半年没见他了,怕是他连我的模样都想不起来了吧……近来也没什么节,你忙你的,别想着家里……对了强子,重阳节你回来吗?回?好。重阳节,老人节,妈转眼之间,就成了人见人嫌的老人啦!重阳节,天气好,你回来,我带你和小宝去山上看看。山上的苹果快熟了,红彤彤的……你和秀玲可以带一些回去,没有打农药,是绿色食品……你爸?坐在旁边听我打电话呢!这老家伙,笑出满脸褶子……那就聊这些吧,电话费挺贵的。挂了吧强子!你先挂……

强子你还好吧?你还好,妈就放心了。重阳节你没回来,我和你爸都挺想你……知道你忙,工作要紧。别惦记我,你什么时候都能回来看我……秀玲还好吧?她脾气不太好,你多让着她点儿。她嫁给你时,咱家那么穷,连个金戒指都没给她买,妈一直过意不去……你胃病好些了吧？早晨别不吃饭，熬点儿粥，煮个鸡蛋，用不了多长时间……小宝还好吧？他想奶奶吗？快一年没见他了，真有点儿想他……你寄的钱，收到了。以后别再寄了，你和秀玲还得还贷款，知道你们日子过得紧巴。冰箱里有汤圆，有粽子，还有苹果，每次开冰箱，一眼就瞅见了。天凉了，你和秀玲多加些衣服，别冻感冒了……再有几个月就过年了，要是你工作太忙，就等过年再回家吧！过年你和秀玲总该放假的，是吧？你爸早说了，等过年，给你们宰只羊。宰只羊，才有过年的气氛。外面飘着雪，一家人坐在热炕头上喝羊汤，吃羊肉，啃羊腿……不累的，我和你爸又不是没宰过羊……你回家，我和你爸都高兴。你爸？坐在旁边听我打电话呢！这老家伙，笑出满脸褶子……那就聊这些吧，电话费挺贵的。挂了吧强子！你先挂……

强子你还好吧？你还好，爸就放心了。过年你没回来，我不知道你到底在忙什么……想打电话给你，你妈不让……清明你肯定回来？如果太忙，就不用回来了……回来也看不见你妈了……你妈她走了，昨天刚走，很突然……冰箱里还有她给你们留的汤圆、粽子、苹果、羊肉馅水饺……临走前，她对我说，她想你们，她没活够……

忧伤的红薯

女人很少去看她的儿子,近些日子尤为如此。有时在校门口匆匆见一面,塞给儿子一包零食和一些钱,表情局促不安。女人把话说得飞快,好好学习注意安全……像背台词,千篇一律。然后她说,我该回去了。做出要走的样子。儿子说,再聊一会儿吧。眼神却飘忽不定。女人笑笑,转身,横穿马路,走出不远,又躲在一棵树后面偷偷回望。她想再看一眼儿子,哪怕是背影。儿子却不见了。儿子像在逃离,逃离女人的关切。

女人很满足——读大学的儿子高大英俊,担任学生会干部,年年拿奖学金——还有什么不满足的呢?她知道,儿子正在偷偷恋爱。她曾远远地看过那姑娘一眼,亭亭玉立,和儿子很是般配。她不知道儿子和姑娘在一起会聊些什么,应该不会谈到她这个收废品的母亲，有什么好谈的呢？或者，就算谈起，她知道，儿子也会说谎。比如说她是退休干部、退休工人，等等。这没有什么不好，女人想，既然她不能给儿子带来荣耀，那么，就算儿子说她已经过世，她都不会计较。

她真的不会计较。她真的很满足。

可是今天她很想见儿子一面。其实每天她都想见儿子一面，今天，她有充足的借口。老家的人送她一小袋红薯，个头大皮儿薄，脆生生喜人。煮熟了，香甜的红瓤化成蜜，直接淌进咽喉。女人挑了几个大的，煮熟，装进保温筒，又在外面包了棉衣，然后骑上她的三轮车。儿子从小就爱吃红薯，一路上女人偷偷地笑出了声。她想应该叮嘱儿子给姑娘留两个，尽管城里满大街都有烤红薯卖，可是不一样的。这是老家的红薯，有着别处红薯所没有的香甜滑嫩。

冬天的街道，积雪未及清理就被车轮和行人压实，变成光滑的冰面。家离学校约五公里，女人顶着寒风骑了一个多小时的车。雪还在下，女人头顶白花花一片，分不清是白发还是雪花。她把三轮车停在街角，然后抱着那个保温筒横穿马路。她想万一在校门口遇到儿子，就说，她是打出租车来的。想到马上就能见到儿子，她再一次偷偷地笑了。

她没有注意到有一辆轿车从侧面开过来。

车子在冰面上滑行了好几米才刹住。司机摁响喇叭，女人一惊，忙往旁边躲闪，却打了一个趔趄，猝然滑倒。她慌慌张张地爬起来，未及站稳，又一次摔倒。

她的手里，仍然稳稳地抱着那个保温筒。

司机紧张地扶她起来，问道，你没事吧？女人摇摇头说，没事。她的脸被一块露出冰面的玻璃碴子划开一条口子，现在，已经流出了血。

司机吓坏了。他说我得陪你去医院看看。

女人笑笑说，真的没事。

司机说，可是你的脸在流血……

在流血吗？女人变了表情。果然，在汽车的反光镜里，她看到自己流血的脸。

我得陪你去医院看看。司机坚持着。

真的不用。女人说，可是这样一张脸，怎么去见我的儿子呢？

司机打开车门，把女人往车里拉。女人被他的举动吓坏了，似乎比撞上汽车还要紧张。真的不用，她说，你忙你的吧！

司机看着她，好像除了脸上的伤口，没别的事。司机掏出两百块钱，一会儿你自己去医院看看吧。然后又掏出一张名片，上面有我的电话，他说，如果钱不够，随时打电话给我。

女人一只手抱着保温筒，一只手推搡着，不肯收下名片和钱。突然她停下来，认真地对司机说，你真的想帮我吗？如果你真的想帮我，那么，能不能请你把这个保温筒转交给我的儿子……他在这个大学读书，他功课很好……

女人指了指那座气派的教学楼，脸上露出骄傲的神情。

司机在校门口见到她的儿子。的确是一位英俊的男孩，又高又壮，穿着宽大的毛衣和干净的牛仔裤。司机将保温筒递给男孩，说，你妈让我带给你的。

男孩说，哦。眼睛紧张地盯着校园里的一条青石小路。小路上站着一位高高瘦瘦的长发女孩。

司机提醒他说，里面装的是煮红薯。你妈让你先吃一个……她说，还热着呢。

男孩突然想起一个问题，他问司机，她人呢？

司机说，她不敢见你。

不敢见我？

她受伤了。

受伤了？

她摔倒了。她横穿马路，我的车开过来，她一紧张，滑倒了……脸上划出一条口子，流了血。她可能，怕你担心……也可能，怕给你丢脸……她倒下的时候没用手扶地……她任凭身体跌在冰面上，却用双手紧紧护着这个保温筒……她嘱咐你要趁热吃……

司机掏出两百块钱，硬往男孩手里塞。

男孩愣愣地看着保温筒，慢慢将它打开。那里面，挤着五六个煮红薯。它们土气，甚至丑陋，却香甜，温热，像老家的乡亲，更像母亲。

司机拍拍男孩的肩膀，说，她还没走。顺着司机的手指，男孩看到了风雪中的母亲。她躲在一棵树的后面，偷偷往这边张望。儿子似乎看到了母亲的笑容，母亲似乎发现了儿子的目光。她慌慌张张地上了三轮车，转一个弯，就不见了。她的头发，银白如雪。

男孩没有追上去。他知道母亲不会让他追上去,不想让他追上去。可是他已经决定,今晚就回家看看母亲。他还会告诉女友,他的母亲并不是退休干部,她一直靠收废品供他读书。她是一位伟大的母亲,她是他的骄傲。

一碗锅巴饭

朋友给我讲他小时候的故事。讲他的三弟,他的母亲,讲曾经的一碗锅巴饭。

朋友有两个姐姐和三个弟弟,这么多张嘴要吃饭,家境可想而知。他小的时候常常吃不饱饭。朋友说,他的童年时代和少年时代,几乎有一大半时间,是在饥饿中度过的。

他说,母亲煮的饭,有时上面的还是生的,下面的却已经煮煳。没办法,人口多,煮饭的锅就大,锅里的内容就多。那饭煮得,当然就有些粗糙。隔三岔五,总会出现把饭煮煳的情况。母亲给一家人盛饭,盛到最后,就会盛出一碗锅巴饭。有时色泽焦黄,大多数时候那碗锅巴饭是焦黑色的。当然不舍得倒掉,母亲便把那一碗锅巴饭,放在桌子的一角。

三弟总是抢那碗锅巴饭吃。对家境贫寒的孩子来说，这无疑是一点难得的零食。朋友说，吃饭的时候，他坐在三弟身边，三弟把锅巴嚼得咔咔直响，那香味，直挠他的鼻子，馋得他一个劲儿地咽口水。

朋友说，三弟最喜欢吃那种略带焦黑的锅巴饭，味道极香。稍微有些苦，又脆又硬又韧，极有嚼头。

三弟是家里最小的孩子。吃饭时，母亲总爱跟他开开玩笑。她和三弟一起去抢那碗锅巴饭，却总是慢了半拍。三弟紧张地护着那个碗，吃得满嘴黑灰。母亲就笑了，抹抹额前的乱发。那时的母亲，还很年轻。

朋友上到初中一年级时，有一天，从学校里拣到半张报纸。报纸上的一篇文章，让朋友胆战心惊。他忘记了文章的题目，却记住了里面的内容。报纸上说，常吃焦煳的东西，很容易致癌。特别是煮煳的锅巴饭。

朋友把报纸带回家，那时母亲正坐在院子里择菜。朋友把报纸递给母亲，说，锅巴可以致癌。母亲便拿了报纸，仔细地看。她看了一遍，又看了一遍，然后把报纸还给朋友。"瞎说。"母亲说，"报纸上净瞎说。"

隔三岔五，朋友家的饭，仍然会煮煳。这是没有办法的事。母亲给一家人盛饭，盛到最后，仍然会盛出一碗锅巴饭。在那个饥饿的年代，那一碗锅巴饭，仍然不可能倒掉。母亲仍然会和最小的儿子，去抢那碗锅巴饭。

只是，朋友说，从那以后，总是他的母亲，抢到那碗锅巴饭。然后，紧张地护着那只碗，吃得满嘴黑灰。

奶奶的药粒

奶奶住到我家的时候,已经有些神志不清。

经常,奶奶在吃完午饭后小睡片刻。醒来,就一个人念叨,午饭呢,怎么还不吃午饭?弄得母亲不得不向偶尔来做客的人解释。

奶奶会长时间地盯着床边的一角,然后一边挪动着身子,一边叫着爷爷的名字,你倒是向里坐一坐呀,一半屁股坐着,你累不累?

其实那时爷爷已经过世两年,奶奶的话,让每一个听到的人毛骨悚然。

奶奶每天都要服药,她经常说,怎么这些药粒都不一样呢?花那么多冤枉钱,干什么呢?奶奶以为,世界上的药,都是治同一种病的，应该长得一模一样。

奶奶吃药，需要别人提醒。即使这样，她也是嘴上答应得好好的，一会儿就会忘得一干二净。

那几年父亲的生意不景气。我病休在家，也是天天吃药，家里的日子捉襟见肘。

后来，姑姑从南京回来，说什么也要把奶奶接走。家里人拗不过，只好放行。

临走前，奶奶把我叫到身边。她一边笑着，一边从床角摸出了一个黑塑料袋，哆哆嗦嗦地打开，里面竟装满了大大小小花花绿绿的药粒。

奶奶说，这都是我每天吃药时，特意省下来的。我去你姑姑家了，你留着慢慢吃。别再让你爹买药给你吃了，家里没钱。

奶奶以为，她省下的药，可以治好我的病。

奶奶在我家住了三个多月。三个多月的时间里，奶奶为我省下了一百多粒廉价的药。那些能让奶奶的生命得以维系的药粒，对她的孙子来说，却毫无意义。

奶奶上车时，仍然朝我挤眉弄眼。只有我知道她的意思。

奶奶已在几年前辞世。我常常想，假如奶奶不为我省下这一百多粒药，那么，她会不会活到现在？

特雷西的单车

特雷西是凯瑟琳的儿子。

外乡人来到一座花园,见到那辆单车。单车拴在一棵树上,那棵树很细,很矮。看得出树刚栽下不久,也看得出单车刚买来不久,似乎还没有被人骑过。外乡人向她讨一杯水,慢慢喝着,与她讨论着刚刚打响的战争。临走时,外乡人问,谁的单车?凯瑟琳说,特雷西。特雷西的单车。特雷西是我的儿子。外乡人不说话了。刚才,她跟他说过特雷西。

特雷西是露西的哥哥。

露西坐在花园的秋千上,母亲坐在她的身边。露西对母亲说,我想要一辆单车。母亲说,战争打个没完没了,面包都开始限量供应,哪儿还能买到单车?露西看看拴在树上的单车,那棵树长高了，长粗了，单车变得破旧。她说这辆单车再不骑的话，就再也骑不了了。母亲说，这是特雷西的单车。露西不说话了。那是哥哥的单车，她不能碰哥哥的东西。

特雷西是男孩的舅舅。

男孩仰起头，看着那棵树。树很高，枝繁叶茂。他看到了那辆单车。单车锈迹斑斑，车轮被树干挤得改变了形状，一部分深深扎进树干里去了。男孩有些好奇，问，这是谁的单车？他的母亲说，特雷西。特雷西的单车。男孩说再不取走的话，它要和树长到一起了，永远也取不下来了。他的母亲说，我母亲说过，谁也不能动特雷西的单车。男孩不说话了。男孩上前，摸摸单车。他的手像被烫了似的缩了回来。似乎那辆单车刚刚被人骑过，尽管它已变成一堆废铁。

特雷西是一段往事。

战争早已结束，城市早已重建。现在，一条建设中的公路需要穿过花园。露西带着人，来到树旁。现在单车悬空，完全嵌进树干之中，似乎是从树里面生长出来的。来人问她，谁的单车？露西说，特雷西。我哥哥特雷西。来人说，可是这条公路需要穿过花园。露西说，不行。特雷西的东西，谁也不能动。她给来人讲特雷西的故事，一点一滴，时间回到从前。来人上前，摸摸单车，叹一口气，说，我会转达您的建议，夫人。

特雷西是一辆单车。

两年以后，公路修好，却小心地绕开了那棵树。树的周围多出一圈围栏，围栏上挂着一块木牌，上面写着：特雷西的单车。下面有两行小字：

1914年，男孩把自行车锁在这棵树上，就去参加战争了。从此以后，他再也没有回来。

这个男孩就是特雷西。他在战场上死去，在参加战争一个月以后。他的母亲得知这个消息的时候，单车还是新的。除了这辆单车，特雷西没有留下任何东西，包括遗体和骨灰。甚至，当他的母亲死去，世上再无人记得他的模样。

现在的特雷西，只是一辆长到树里的单车。

墙那边的花开了

已经在病床上躺了两个多月,她不知道自己还能熬多长时间。

他来了,扶她靠着枕头坐一会儿,她就能望见窗外的一条土路,和紧挨着土路的一堵斑驳的土墙。初春,有不知名的藤顺着土墙偷偷地攀爬,在春风里竞相吐绿。

他给她削好一个苹果,她慢慢地啃,突然说,这堵墙真是讨厌呢!土墙遮挡了她的视线和墙那边的风景,这令她有些烦躁。

他赔着笑说,这堵墙马上就要拆了。他说墙那边有个花园。花园里长满月季、紫藤、鸡冠花、江斯腊、毛竹、剑麻、石榴、四季菊、金边兰,满满的一园子。他说,等这些花开了,墙就拆了,到时候我们出去走走。他的眼睛眯起来,眼神里充满了期待。

她静静地等着。从初春等到初夏。墙依旧在,她却越来越虚弱了。

她靠着枕头,剧烈地咳嗽。她说,我还能等到这些花开吗?现在这些花开了吗?他什么也没说,快速跑出去。她看到他在窗外匆匆向她做了个鬼脸,然后消失在路的尽头。过了一会儿,他跑回来,捧着一朵近似透明的月季花苞。偷摘的!他大声说。她愉快地笑了。

他告诉她,花园里的很多花儿都鼓出了花苞,看样子马上就要开了,只要这墙一拆,她倚在床上也能看见这些花了。这墙到底什么时候拆?她问。他踱到窗前,望着窗外说,应该快了吧。

墙仍然屹立在那里,她愈发地虚弱了。盛夏,天很热,有时她一整天都在咳嗽,生命仿佛正在离她而去。他扶她倚靠在床上,他说,再过一个月,这墙肯定会拆,市政部门在电视上发布通告了。说这话的时候,他握着她的手。他感觉她的手冰凉。等你病好了,我们去那边散步。他说着,指着那堵墙,却不敢看她。

她把他的手攥得紧紧的,她说我可能等不到那一天了。其实不拆也没关系,反正我知道墙那边有一个花园,花园里的花都开了,姹紫嫣红,煞是好看。梦里,我们在那里相拥。她微笑着,表情有些羞涩,然后她开始吐血。大片大片鲜红的血溅落到雪白的床单上面。恍惚中她觉得床单上开满了玫瑰,她和他牵着手在玫瑰园里散步、说笑。后来,她的手便垂了下来。

他守着空空的病床,哭了整整一夜。他痛恨自己的无能,他的谎言仅把她多留了两个月,却不能留住她的一生。后来他嗓子哑了,发不出声。他盯着那堵墙,好像墙的那边,真的有一个花园。

护士交给他一本日记,日记是她偷偷写的。他翻开日记本,扉页上画着一个漂亮的花园,花园里有月季、紫藤、鸡冠花、江斯腊、毛竹、剑麻、石榴、四季菊、金边兰,满满的一园子。

旁边有两行字:

我知道,墙那边其实并没有花园。

可是在黄昏,我真的闻到了花香。

红加吉

　　加吉鱼，肉质细嫩，味道鲜美，极为名贵。由于常作为喜庆宴席上的佳肴，并有"一鱼两吃"的习惯，故称"加吉鱼"。其中，红加吉鱼尤其堪称上品。

　　刘老汉吃过多少条红加吉，连他自己也数不过来。一鱼两吃，从来没有过。他总是将鱼刮鳞开膛，洗净，扔进锅里，撒盐，咕咚咕咚炖一阵儿，盛盘上桌，吃净鱼肉，完事。鱼头喂猫。一鱼两吃？鱼头还要熬汤？扯淡。这世上，没有刘老汉觉得名贵的鱼。

　　刘老汉是个渔民。

　　刘老汉年轻时，有自己的渔船。每次出海归来，刀鱼、青鱼、黄花鱼堆满船舱。并且，他总有办法弄回一两条红加吉。红加吉不卖，只留给自家人吃。天天吃顿顿吃，直吃得刘老汉的儿子刘葵见了红加吉就哭。后来他的船归了集体，他和十几个人上了一条更大的渔船。可是刘老汉仍然能够弄到红加吉，不多，就一两条。船上的规矩，弄到红加吉，不超过三条，自己拿回家。这规矩怎么来的，没人知道。

刘老汉家的红加吉，还是天天吃顿顿吃。那时刘葵已渐渐长大，见了红加吉不再哭，却是皱眉撇嘴，好像与这鱼中极品结下了深仇大恨。这时他的脑袋上必会挨娘的一个凿栗。娘说，不识好东西吗？吃鱼！

刘葵进城后，很长一段时间，对鱼市毫无兴趣。直到有一天，在路边，一位鱼贩子扯开嗓子自豪地叫卖："红加吉！红加吉！"他顺嘴问了一下价格，竟吓得差点儿摔倒。他做梦都没有想到，这种令他深恶痛绝的鱼，竟卖到三十多块钱一斤！

回到乡下，刘葵跟父亲说起这事儿，刘老汉并未表现出丝毫惊讶。刘老汉说，这鱼以前也不便宜啊。

刘老汉那时已经老了，不能再出海。大多数时候，他坐在渔家小院，浇浇花，吼两句杨延昭的"见老娘施一礼躬身下拜"，老伴儿就在旁边接一句佘老太君的"不消！"两位老人哈哈大笑。那时她身体还好。不管刘老汉还是刘葵，都想不到她会走得那样突然。

去年春天的一个黄昏，她在门口喂鸡，忽然跌了一跤，等送到医院，人已经断气。刘老汉哭了一天一夜，鼻涕和眼泪在胸前扯成了网。哭过后，就跟着刘葵进了城。他几乎不出门，只是把自己闷在屋里,唱"见老娘施一礼躬身下拜",却没人接那句"不消!"刘老汉就开始叹气,一声接一声,让刘葵也跟着抹眼泪。刘葵说,爹,您出去走走吧,去海边转转。刘老汉说转什么呢?在海上漂了一辈子,又不能打鱼了,转什么呢?

刘葵想不到对什么都不感兴趣的父亲,会突然对红加吉产生兴趣。

那天刘老汉问刘葵,现在红加吉多少钱一斤?刘葵说前几年三十多块,现在不清楚,得五十吧。刘老汉说你下班路过鱼市时,顺便买一条回来。刘葵说,好。刘葵想,人老了,有时像个孩子,以前出海打鱼那阵子,不是也不特别喜欢吃么?何况又那么贵。

他去了鱼市,从东头走到西头,又从南头走到北头,他问遍每一个摊子,就是找不到红加吉。他又去了超市,仍然不见红加吉。他问别人,现在不正是吃红加吉的时候吗?人家告诉他,是啊,不过这玩意儿现在奇缺,想吃,只能去大酒店。刘葵说我不想去大酒店吃鱼,我只想买一条新鲜的红加吉鱼。那人就笑了。他说买红加吉?去码头吧!运气好的话,或许能碰到一两条。

刘葵没去码头。他空着两手回家。他没跟刘老汉解释,刘老汉也没问。不过他还是从刘老汉的眼睛里读出了深深的失望。刘葵想,至于吗?不就一条红加吉嘛!

第二天下班,刘葵去了一家大酒店,找到领班。他问,有红加吉吗?领班说,吃红加吉不用找我,直接点菜就行。他说到底有没有?领班说当然有。他问多少钱一盘?领班说,二百六。

他说那我只买一条活的,一百三行不行?领班说你来酒店买活鱼?……你能去澡堂子买拖鞋吗?你能去公安局买手枪吗?刘葵说我没工夫跟你开玩笑……到底行不行?领班说当然不行。刘葵说那这样,我点一盘红加吉,不过别下锅,从水箱捞出来,把活的盛到盘子里端给我就行。领班说不行,没这个规矩。刘葵说求您了,我就想买一条活的红加吉。领班说,不行。刘葵说真不行吗?把你们经理找来。领班说经理出去了……好吧,就破个例。受不了你。

刘葵打了辆出租车,急忙往家赶,可是回到家,鱼还是死了。他问儿子,爷爷呢?儿子说,去海边了。刘葵说他不是不喜欢去海边吗?都这么晚了,他去海边干吗?

刘葵看到父亲坐在海边默默地抽烟。刘葵说,爹,你要我买的红加吉,我买回来了。刘老汉看了看儿子,说,用不着了。刘葵说,不是你让我买的吗?刘老汉说,我是让你昨天买……昨天是你娘的祭日。

刘葵脑袋嗡一声响,身体晃了晃。他恨不得狠狠抽自己两记耳光。他看到父亲紧闭着双眼,似乎想阻止苍凉的眼泪。他想安慰一下父亲。他说:"爹,娘吃了一辈子红加吉,恐怕她对红加吉不会有太多兴趣了。"

刘老汉的眼泪,终于肆意奔腾。他盯着刘葵,一字一顿地说:"可是你娘看到饭桌上没有红加吉,她会为咱爷儿俩伤心啊!"

小山的骆驼

小山喜欢骆驼，却不喜欢父亲。骆驼救了他，父亲却将他抛弃。八岁以后，小山只在动物园里见过骆驼——灰色的无精打采的皮毛，一个或者两个软塌塌的驼峰，以及异常难闻的腥臭气味。而小山对父亲的记忆，则仅仅停留在他八岁和八岁以前的支离破碎的片断。父亲在小山八岁那年离开了他。换句话说，父亲在小山八岁那年抛弃了他，还有他的母亲，父亲的妻子。

那时父亲和母亲已经分手。八岁的小山判给了母亲。那天，父亲蹲在门口，抽了一夜的苦烟。过了几日，父亲来找母亲商量："能不能让我带着小山，出去玩一趟？"小山说好，母亲说不行。父亲说，只是一次旅游……以前没机会……你就答应了吧。小山兴奋地说好啊好啊，母亲却斩钉截铁地说不行不行。父亲的目光就黯淡下来。他转过身,来到大门口,蹲下不动,头顶升起一个又一个巨大的灰色烟圈。父亲在那里蹲了很久,像一尊逼真的远古泥塑。后来母亲给他端去一杯水,父亲却没有伸手去接。母亲说,你哭什么呢……你别哭了行不行……好——吧!

这样父亲就带着小山出了门。那是父亲留给小山的最后回忆。母亲和父亲,父亲和小山,小山和骆驼,在那个夏天,毫无章法地相互纠缠。后来他们被硬生生剥离,小山回到现实。回到现实的小山无奈地发现,他的世界里,只剩下自己和母亲。

父亲先带小山去了郑州。他们在那里待了两天,喝掉六碗胡辣汤。

然后他们去了青岛,在那里,小山第一次看见大海。看大海的时候,小山突然说我还想看沙漠。父亲说看沙漠,我们得去新疆。小山说那我们就去新疆。八岁的小山认为新疆很近,穿过一条马路就是。父亲说那我们不回去了,你永远跟着我。小山说,好。父亲说我们也不要妈妈了,我们不让她知道,好不好?小山想了想,说,好。为了看到沙漠,年幼的小山学会了不露痕迹地撒谎。他看到父亲高兴地笑了。父亲摸摸他的头,说,好儿子。

父亲带着小山来到乌鲁木齐。父亲并没有急着带他去看沙漠,而是在一个个居民区乱转。小山说,不是要去看沙漠吗?父亲说,我们先住下。八岁的小山并不理解这句话的真正含义。他说我不要住下,我要看沙漠。父亲说听话,先住下,再看沙漠。小山说先看沙漠。父亲说,信不信我揍你?小山说你没有权利揍我。我被判给了妈妈,你以为我不知道?父亲急了,一巴掌拍下去，小山号啕大哭。他说我要回家，我不看沙漠了，我不要你了，我要妈妈。父亲的目光突然黯淡下去，露出绝望的表情。仿佛长久的努力顷刻化为泡影，小山再次看到了升腾着灰色烟圈的泥塑。

多年后小山一直坚信，正是他的最后一句话，让父亲下定抛弃他的决心。父亲得不到小山，就要抛弃他。离婚是一回事，抛弃是另一回事。

父亲和母亲分手，只是一种形式上的终结；而抛弃，却是彻头彻尾的终结。本质上的终结。

父亲和小山在某个凌晨登上一趟列车，奔向沙漠。父亲在列车上不停地向人请教一些问题，他对沙漠所有的认知，都来自列车上几个小时的恶补。他匆匆买了指南针，水壶，干粮，然后带着小山，踏进无边无际的黄沙。他们不小心迷了路。他们看见十二个太阳。骆驼刺和仙人掌告诉他们，这是真正的大漠深处。他们顺着指南针所指的怪异方向，胡乱地走。他们争抢水壶里的水，胜利者总是小山。后来小山喝掉最后一滴水。他的嘴唇上裂开口子，淌着鲜血。小山说爸爸我要晕过去了。父亲说再坚持一会儿，我们很快就走出沙漠了。

父亲牵着他的手。父亲说驼队来了。小山果真看到远处走来一队骆驼。骆驼们有着金色的皮毛，迈着优雅的步子。驼队慢慢走向他们，终于来到近前。领头的骆驼跪下，一个汉子翻身下来。他的脸庞像烈焰般红，头发像烈焰般飞舞。他和父亲轻轻交谈，露出轻松愉快的微笑。他喊来一头骆驼，骆驼跪倒在小山面前。父亲把小山抱上驼背。父亲说，回家喽！小山揪住骆驼的皮毛。那是很温暖的皮毛，散发出炙热的芳香。那是驼队里最漂亮的一头骆驼，健硕并且修长。父亲骑上随后的一头骆驼，他说，小山，坐稳了别动，我要给你讲故事了……小山忘记了故事的内容。父亲的故事断断续续，像沙漠里随风摇摆的驼铃。小山听着故事，睡着了。后来他再一次听到父亲的声音，父亲说，到了。小山醒来，看到夜色里成排的胡杨林。他坐在驼背上，像一名凯旋的将军。迷迷糊糊的小山不知怎么又睡去了。再次醒来，父亲就不见了。他躺在一个陌生的地方，旁边坐着他的母亲。那天小山喝了很多水，他认为这些水可以灌满一个池塘。后来他想起父亲，他问，爸爸呢？母亲说，他跟着驼队走了。咬牙切齿刻骨铭心的表情。小山说，他不要我们了？母亲说，是……骆驼救了你。你要感谢骆驼。

　　小山记住了母亲的话。他要感谢骆驼。他心里记恨他的父亲，他认为母亲并不知道。在对他的抢夺战中，父亲完全处于下风。处于下风的父亲于是走得无影无踪。他抛弃了从前的一切。以至于随着年龄的增长，小山竟一点点忘记了父亲的样子。

　　每个星期天，小山都要去动物园看骆驼。骆驼漠然地盯着他，似乎他们之间，并没有丝毫的联系。那天小山突然接到一个电话。电话是妻子打来的。妻子说，妈要走了。

　　小山赶到医院，母亲正在等他。母亲吝啬地节约着每一口气息，将她的生命顽强地抻长。母亲看到他，艰难地招手，喉咙里发出鸽子般咕咕的声音。小山坐到母亲旁边，低下身子。

母亲说小山，我要走了。

小山握住了她的手。

母亲说小山，妈只有一个要求。

小山用力握紧她的手。

母亲说小山，我知道你记恨你爸。别再恨他了。那天，其实没有驼队，没有骆驼……是你爸，把你背出了沙漠……然后，他走了……没有骆驼？小山想起抓在手里的温暖皮毛。那应该是父亲浓密的头发吧？

我知道他走了。小山说，可是他抛弃了我们。

他没有抛弃我们。母亲努力扭动身子，嘴巴张得很大。他把你背出沙漠。他见到了我。他累死了……

小山整理母亲的遗物，在一个箱子的底层，发现了父亲的照片。照片上的父亲英姿飒爽。年轻的父亲，并不像一头骆驼。

小山把父亲和母亲的相片小心地摆到一起。那是年轻的父亲和苍老的母亲。然后他在相片旁边，摆上一尊泥塑的骆驼。

后来，小山给他的儿子，取了个名字，叫骆驼。

丢失的梦

母亲对槐说,槐啊,昨天夜里,你爸的眼镜上蒙了层厚厚的雾水。我给他擦,怎么也擦不干净。

槐说,后来呢?

母亲说后来你爸找来一只大木盆,把我,还有你,抱上去。他推着木盆,划啊,划啊。我闭着眼睛,给你爸唱歌。我不停地唱。唱啊,唱啊。突然一个大浪打来,你爸就不见了……

那时他们正在吃午饭。母亲夹起一块鱼,小心地择去上面的刺。她的表情,平静得像黄昏的湖面。

槐不厌其烦地听母亲讲她的梦,听了三十年。母亲的梦千姿百态,千奇百怪,千头万绪,千变万化。进到她梦里的人,可能有两个,可能有两百个,可能有两千个;梦中的地点,可能在小屋或者马路，可能在河川或者森林……甚至有一次，母亲对槐说，那时我正在月亮上赶刘庄大集……可是她的梦不管如何变化，有一点永远不变。那就是，槐年轻的父亲，总是固执地出现在她的梦里。

槐完全忘记了父亲的样子。槐的父亲没有留下任何一张照片。那时母亲还很年轻，鲜花般娇艳的脸，谷穗般饱满的身子。那时槐还在襁褓之中，像未及睁眼的粉色透明的小狗或者小猫。大水眨眼间就冲过来了，房子成为落叶，在水中翻着跟头。父亲说，快走。他抱起女人，女人抱起槐，他把女人和槐抱进木盆。木盆漂起来了，他也漂起来了。他凫水的姿势怪异而笨拙，从母亲多次的描述中，槐判断出父亲用了狗刨。母亲说你累吗？父亲说眼镜湿了，你帮我擦擦。母亲就帮他擦干眼镜，再帮他戴上。擦干的眼镜在几秒钟后被重新打湿，巨大的水珠像镜片淌出的汗。

槐在母亲怀里号啕大哭，父亲在漫天洪水里微笑。母亲说你累吗？父亲说你唱支歌给我听吧。母亲就开始唱。她不停地唱，不停地唱。后来她睡着了。睡梦中的她，仍然唱得声情并茂。当她醒来时，只看见一片银亮黄浊的水。

从此，母亲只能在梦中见到自己的丈夫。她和他牵手或相拥，缠绵或怄气，卿卿我我或剑拔弩张，吵吵闹闹直到白头偕老。梦成为母亲游离于现实之外的另一个世界，她深陷其中，不能自拔。每天她都要给槐讲述自己的梦。有一天她说，昨天我给你爸，拔掉十二根白头发。有一根，分了叉……槐盯着母亲，他发现母亲是那样苍老。母亲的身体飞快地僵化，像一枚风干的枣，落下了，静静等待着寒冬的掩埋。

槐说，妈，您睡眠不好吗？

母亲说习惯了。这么多年，天天晚上做梦，醒了，就再也睡不着。母亲再一次陷入沉思。槐知道，父亲每天都会在母亲的梦中出现，三十年来，一夜也没有落下。母亲在梦里兴奋异常，在醒后伤心不已。

母亲对槐说，槐啊，昨天夜里，你爸嫌我把菜炒咸了。这个死老头子……年轻的父亲，竟然在母亲的梦里，一点点地变老。槐想着这些，心隐隐作痛。

槐找到学医的大学同学。他把他请到家中，吃了一顿饭。饭后，槐的同学悄悄告诉他，你的母亲，需要更多的休息。

槐说可是她并不累。

同学说可是她睡眠不好。这样下去，她的身体会彻底垮掉。

槐说可是她三十年来一直这样。

同学说可是她现在年纪大了。年纪大了，就不比从前了。总之，她不需要梦，她只需要深度睡眠。

槐听了同学的话。他严格按照同学的吩咐调整食谱。茶几上有水果茶，客厅里有悠扬的曲子。所有的一切，全是槐的精心安排，全都有助于母亲的睡眠。槐不想让母亲过早地衰老。尽管，他似乎无能为力。

终于，那天饭桌上，母亲没有讲她的梦。母亲静静地吃饭，眼睛盯着碗里的米粒。母亲不说话，槐也不敢吱声。后来母亲放下筷子，叹一口气，站起来。槐说，妈。

母亲抬起头,眨一下眼,眼角多出一条皱纹;再眨一下眼,再多一条皱纹。槐说,妈,您今天没给我讲您的梦。

母亲若有所失地说,昨天夜里,我没有做梦。昨天夜里,我把你爸弄丢了。槐啊,你说,是不是人老了,连梦都会躲开?

槐说,妈,您睡得好,是好事情。听说,这样可以长寿。

母亲笑了,笑出两行泪。那泪顺着她的笑纹,蜿蜒而下。她说可是这样的话,活一千年,又有什么用呢?如果没有梦,如果梦中不能与他相见,我靠什么活下去呢?

第二辑 请参观我的花园

男人说,当然,她的快乐非常重要。尽管她是疯子,可是她和你一样,不过是一个小女孩……更何况,她用了半个小时的时间,给我描述了一个非常漂亮的花园……

洗手间里的晚宴

女佣住在主人家附近,一片破旧平房中的一间。她是单身母亲,独自带着一个四岁的男孩。每天她早早帮主人收拾完毕,然后返回自己的家。主人也曾留她吃晚饭,却总是被她拒绝。因为她是女佣,她非常自卑。

那天主人要请很多客人吃饭。客人们来自上流社会,个个都很尊贵。主人对女佣说今天您能不能辛苦一点儿,晚一些回家。女佣说当然可以,不过我儿子见不到我,会害怕的。主人说那您把他也带过来吧……不好意思,今天情况有些特殊。那时已是黄昏,客人们马上就到。女佣急匆匆地回家,拉起自己的儿子就往主人家赶。儿子问,我们要去哪里?女佣说,带你参加一个晚宴。

四岁的儿子并不知道，自己的母亲是一位佣人。

女佣把儿子关进主人家的书房。她说你先待在这里，现在晚宴还没有开始。然后女佣进了厨房，做菜切水果煮咖啡，忙个不停。不断有客人按响门铃，主人或者女佣跑过去开门。有时女佣进书房看看，她的儿子正安静地坐在那里。儿子问：晚宴什么时候开始？女佣说：不急。你悄悄在这里待着，别出声。

可是不断有客人光临主人的书房。或许他们知道男孩是女佣的儿子，或许并不知道。他们亲切地拍拍男孩的头，然后随手翻看着书架上的书，并对墙上的名画赞不绝口。男孩始终安静地坐在一旁。他在急切地等待着晚宴的开始。

女佣有些不安。到处都是客人，她的儿子无处可藏。她不想让儿子破坏聚会的气氛，更不想让年幼的儿子知道主人和佣人的区别，富有和贫穷的区别。后来她把儿子叫出书房，并将他关进主人的洗手间。主人的豪宅有两个洗手间，一个主人用，一个客人用。她看看儿子，指指洗手间里的马桶，这是单独给你准备的房间，她说，这是一个凳子。然后她再指指铺着大理石的洗漱台，这是一张桌子。她从怀里掏出两根香肠和几片面包，放进一个盘子里。这是属于你的，母亲说，现在晚宴开始了。

盘子是从主人家的厨房里拿来的。香肠和面包是她在回家的路上买的。她已经很久没有给自己的儿子买过香肠和面包了。女佣说"晚宴开始了"的时候，努力抑制着泪水。没办法，主人的洗手间是房子里唯一安静的地方。

男孩在贫困中长大。他从没见过这么豪华的房子，更没有见过洗手间。他不认识抽水马桶，不认识漂亮的大理石洗漱台。他闻着洗涤液和香皂的淡淡香气，幸福得不能自持。他坐在地上，将盘子放在马桶盖上。他盯着盘子里的香肠和面包，为自己唱起快乐的歌。

晚宴开始的时候，主人突然想起女佣的儿子。他去厨房问女佣，女佣说她也不知道他去哪儿了，也许是跑出去玩了吧。主人从女佣躲闪的目光中看出端倪，就在房子里静静地寻找。终于他顺着歌声找到了洗手间里的男孩。那时男孩正将一块香肠放进嘴里。他愣住了。他问：你躲在这里干什么？男孩说：我是来这里参加晚宴的，现在我正在吃晚餐。他问：你知道这是什么地方吗？男孩说：我当然知道，这是主人单独为我准备的房间。他说：是你妈妈这样告诉你的吧？男孩说：是……其实不用妈妈说，我也知道。主人一定会为我准备最好的房间。不过，男孩指了指盘子里的香肠，我希望能有个人陪我吃这些东西。

主人的鼻子有些发酸。用不着再问，他已经明白了眼前的一切。他默默走回餐桌前，对所有的客人说，对不起，今天我不能与你们共进晚餐了，我得陪一位特殊的客人。然后他从餐桌上端走两个盘子。他来到洗手间的门口，礼貌地敲门。得到男孩的允许后，他推开门，把两个盘子放到马桶盖上。他说这么好的房间，当然不能让你一个人独享……来，我们一起共进晚餐吧。

那天他和男孩聊了很多。他让男孩坚信洗手间是整栋房子里最好的房间。他们在洗手间里吃了很多东西，唱了很多首歌。不断地有客人敲门进来，他们向主人和男孩问好，他们递给男孩美味的苹果汁和烤得金黄酥脆的鸡翅。他们露出夸张的羡慕的表情。后来他们干脆一起挤到小小的洗手间里,给男孩唱起了歌。每个人都很认真,没有一个人认为这是一场闹剧。

多年后男孩长大了,拥有了自己的公司,有了带两个洗手间的房子。他步入上流社会,成为富人。每年他都要拿出很大一笔钱救助一些穷人,可是他从不举行捐赠仪式,更不让那些穷人知道他的名字。有朋友问及理由,他说,我始终记得多年前,有一天,有一位富人,小心地维系了一个四岁男孩的自尊。

天使的产房

我有一个儿时的伙伴,父母都是乡医院的大夫。那所医院虽然破败,却很大,很空旷。古老的建筑横七竖八,花园有足球场般大小,一棵近百年的银杏树亭亭如盖。记得那一年夏天,我几乎每晚都要往他家里跑,好像是学校成立了学习小组,又似乎是别的什么原因。家属院就在医院里,在那个花园的后面。去时,需要先穿过一条阴冷逼仄的走廊,再经过空无一人的漆黑的花园。现在我已经很难将当时的情景描述清楚,我只记得夏夜里那个光着脑袋的小男孩胆战心惊地走在空旷黑暗的医院里,心中的恐惧,被自己一点一点地放大。

起初几次,都是小伙伴的母亲送我回家。她是一位三十多岁的纤细小巧的女人,头发剪得很短,喜欢笑,喜欢柔声细语地说话。她会一直将我送到医院大门口，然后目送我走上医院门前那条沙土路。她不停地与我交谈，她知道交谈能够驱散我的恐惧。她问我的学习成绩，问我的课余游戏，问我的书包，甚至问我的虫牙……她什么都问，却不会令我产生丝毫不快。她还会给我介绍她的医院，她说这几间房子是门诊部，那几间房子是挂号部和取药处，那边的几间是手术室，中间这两间是中医门诊室，后面那整整一排，是病房……

那么，那几间呢？我扭过头，问她。

那几间房子挤在医院的角落——医院虽然空旷，可它们还是被挤到了角落。我从那里经过几次，我只见到了两扇油漆斑驳的厚重的木板门和一个好像从来没有打开过的铜锁。我想屋子里肯定是黑暗的，那时我认为所有我没有去过的地方都是黑暗的。房子前面有一条小路，小路两边开满了五颜六色的花：鸡冠花、串串红、月季、夹竹桃、金边兰、太阳花……可是我从来没有见过任何人去那里看过花或者摘过花。那地方让我充满好奇，也让我骇惧。

哦。她笑笑说，那是天使的产房。她的声音不大，柔柔的，有着绸缎般明亮细腻的质地。

我们可以偷偷去看看吗？我来了兴致。

不要。她笑笑说，我们应该尊重他们，我们还是不要去打扰他们吧。

那时候我并不知道什么是天使，可是我知道什么叫产房。我知道产房是新生命诞生的地方，那么，天使的产房就是天使诞生的地方。她还告诉我所有的天使都长了翅膀,他们生活在我们看不到的地方,他们是单纯、美丽和善良的,可是他们诞生于人间。

她送过我几次,再以后,就不再送我了。她说我完全可以一个人走出医院,走上医院门前的那条沙土路,然后走回家。她说医院是救死扶伤的地方,没什么好怕的。

说来也怪,从那以后,我似乎真的不再害怕。夜晚的乡间医院里有什么呢?有门诊部,有挂号处和取药处,有手术室,有病房,有鸡冠花,有串串红,有夹竹桃,有太阳花,有偶尔出来打扫卫生的老者,还有天使的产房……天使们长了翅膀,住在我们看不见的地方。医院到底有什么可怕的呢?尽管几年以后,突然在某一天,我知道了原来那几间房子,就是医院的太平间——当一个人在尘世的生命结束,就会走进去,从此与人间再无瓜葛。

可是,难道她说的不对吗?那是"天使的产房",那是天使们诞生的地方。

她让我单纯快乐的心田,没有留下丝毫关于死亡的阴影。现在我想,那个时候的她,不正是人世间最美丽最善良的天使吗?

一路沙拐枣

汽车在荒漠里穿行，公路两旁有胡杨、刺山柑、红柳、沙拐枣……他喜欢沙拐枣，莫名地喜欢，如同莫名地喜欢新疆。收录机里播放着《玛依拉》或者《美丽的姑娘》，有时也会播放《十二木卡姆》，这些他都喜欢。他喜欢独自驾驶着汽车，扬起一路风尘。

汽车需要在荒漠里穿行两天。两天以后，眼前的沙拐枣多起来。黄昏时分，一个很小的酒店突然出现在眼前。他将汽车停下，走进店里，坐定，稍后，买买提便将沙湾大盘鸡端上来。他们之间有一种最简单的默契，简单到不必用语言就可以进行交流。买买提和他的酒店，已经守在这里多年。

第一次遇见大盘鸡，他就喜欢上了它。金黄色的鸡块、翠生生或者红艳艳的辣椒、又绵又糯的土豆,配上又宽又韧的皮带面,他一个人能够将满满一盘吃个干净。吃完以后他会在这里住一个晚上,待天明时,驾车离开。终点是一座美丽的江南小城,那里不仅有他的家,还有他的妻子和儿子。

他是货车司机。因为有了荒漠里的沙拐枣和又香又辣的大盘鸡,他孤独的旅程有了些滋味。

可是那一次,当他吃完大盘鸡和半个伽师瓜,当他喝掉一壶买买提自酿的美酒,当他踏踏实实地睡了一觉,清晨醒来,当他准备离开时,却惊讶地发现钱包找不到了。

"没关系。"买买提说,"钱,下次来一并给吧。"

"可是我明明记得昨天钱包还在。"说完他就后悔了——昨夜的酒店里,除了买买提一家,只有他。

"我说了没有关系。"买买提说,"不过是一只鸡,一壶酒。"

买买提与他告别,送给他几个伽师瓜。"出门一趟,总得给老婆儿子带点儿东西。"说着,拿出二百块钱,硬塞给他,"留着路上用。"

一路上,他想着钱包,想着说错的话,看沙拐枣树从身边一闪而过。几天以后他回到细雨霏霏的小城,见到妻子和儿子。他将伽师瓜切开,满屋清香。他给妻子和儿子讲他一路上的故事,却没有告诉他们他弄丢了钱包。下次出行将在几个月以后,那时白雪皑皑,荒漠中的沙拐枣已经枯萎,不变的,唯有《玛依拉》的旋律和买买提的大盘鸡。

可是冬天里，他没有再去；第二年，他没有再去；第三年，他没有再去……十几年过去，沙拐枣和买买提没有等到他的到来。沙拐枣每年都会抽枝，开花，凋零，枯萎，然而这一切，已经与他无关。

现在，另有一辆汽车穿过荒漠。公路两边是绵延不断的胡杨、刺山柑、红柳、麻黄、沙拐枣……年轻人喜欢沙拐枣，喜欢新疆。收录机里播放着《玛依拉》或者《美丽的姑娘》，有时也会播放《十二木卡姆》，这些他都喜欢。他喜欢驾驶着汽车，扬起一路风尘。

汽车在酒店门前停下。年轻人走进店里，坐定，买买提看到他，像石化了似的愣在那里。

年轻人冲买买提笑笑。买买提回过神来，冲厨房喊："沙湾大盘鸡！"

他们坐在餐桌边喝酒。他举举杯，买买提就干了；买买提举举杯，他就干了。依然是简单的默契，似乎他们已经相识多年。

买买提说："你像极了你的父亲。"

年轻人说："他常说起你。"

"他失约了。"

"对不起。"年轻人拿出几张钞票，分成两份："这些是他借您的钱，这些是他欠您的钱。"

"我不是这个意思……他为什么不来？"

"他走了。"年轻人抬起头，说。

十五年前，他遭遇了一场可怕的车祸，在那个安静潮湿的小城，在他决定启程的前一天。临死前他告诉儿子，一定要找到买买提，吃一盘沙湾大盘鸡，啃几片伽师瓜，喝几杯酒，把欠他的钱还上。最重要的是，他说错了话，他想求他原谅。他说他从没有怀疑过买买提一家，那句话，不过随口而出。

那一年，年轻人才七岁。七岁的他，记住了父亲的嘱托。

假如不是年轻人的突然出现，这件事，买买提已经彻底忘记。他已经老了。他帮过太多的旅行者。再说，这是一件多么微不足道的事情啊。

可是对于年轻人和他的父亲来说，这是一桩很大的心事。现在，他与父亲，终于可以释怀了。他驾驶着汽车穿过荒漠，如父亲一样，他喜欢那些欢快的乐曲，喜欢道路两旁那延绵到天边的沙拐枣。

回　家

那排双人座上坐着一位老人和一个年轻人。老人的脸上沟壑纵横，年轻人的脸上长满粉刺。他们是一起上车的，年轻人小心地搀扶着老人，微笑着，让她坐在靠窗的座位上。车子马上就要启动，老人打开窗子，把头伸到窗外张望。乘务员对年轻人说，让你妈把车窗关上吧，要开车了，那样很危险。年轻人于是轻轻地推了推老人。老人不好意思地笑笑，关上了窗子。她靠着椅背，很快打起了盹儿。

车子驶出车站，在土路上颠簸。车厢里很快挤满了人，车子被挤得几乎变了形。有人提着鼓鼓囊囊的旅行袋，有人扛着脏兮兮的蛇皮口袋，有人抱着色彩鲜艳的纸箱，甚至有人手里拿着钓鱼竿和新买的拖把。车厢里也许是世界上最嘈杂最拥挤的空间。何况，快过节了，似乎所有人都急着往家赶。

年轻人承受着拥挤，端坐不动。他的姿势有些别扭，细看，才知是因为老人。老人睡得安静而香甜，脑袋歪靠在年轻人的肩膀上。汽车不停地晃动，年轻人用一只胳膊支撑着座椅，努力保持上半身静止不动。看得出来，他所做的努力，只为身旁的老人能够睡得更舒服一些。后来他干脆将一只胳膊护在老人面前，以防有乘客不小心撞到老人，或者他们手里的钓鱼竿和拖把突然打到老人身上。年轻人小心翼翼地像保护一个孩子般保护着老人。

乘务员挤过来，年轻人掏出钱，买了两张车票。乘务员看了他一眼，说，您可真是孝顺。年轻人笑一笑，不说话。他费力地将找回的零钱揣进口袋，上半身仍然静止不动。老人灰白的头发被风吹乱，粘到淌着汗水的脸上。于是他冲前面的乘客轻轻地说，劳驾关一下窗户。他指指身边的老人，她睡着了，怕着凉。

车子一直往前开，车厢里的人越来越少。有那么几次，年轻人似乎想推醒身边的老人，他把手一次次抬起，又一次次放下。终于，年轻人在一个小站推醒了老人。他对她说，到站了，该下车了。

他扶着似乎仍然停留在睡梦中的老人，慢慢下了车。车子继续前行，将他们扔在小站上。

老人看着离去的公共汽车，忽然想起了什么。她说我好像还没买票吧？年轻人笑着说，车已经开走了，您现在不用买票了。老人说这怎么行！刚才，我一直在睡觉吧？年轻人微笑着点点头，他说，是，您一直在睡觉。老人说我记得上车时，你说你在东庄站下车,你坐过了两站吧?年轻人说是这样。不过没关系,我再坐回去就行。或者我可以走回去,反正也不远。老人说你怎么会坐过站呢?你也在睡觉?年轻人继续微笑着。他点点头说,是的,刚才我也在睡觉。好在您没有坐过站。

老人跟年轻人道别,踏上一条小路。年轻人大声说,需要帮忙吗?老人说,不用了,五分钟后我就到家了。年轻人问,您是要回老家过节吗?老人说,是啊。闺女在城里,儿子还在乡下呢。老人站在阳光下,一边说一边笑。她没有办法不笑。五分钟后,她就能够见到日夜思念的儿子了。

年轻人独自站在站牌下,等待返程的公共汽车。阳光照着他生机勃勃的脸,照进他的内心,他感到温暖并且幸福。

天　籁

男孩迷上小提琴，如醉如痴。

每天他都站在小区花园的一棵馒头柳下面，用小提琴"锯"出杀鸡般的声音。有路人经过，便陡然皱起眉头。这噪音令他们的头发根根竖立，让全身起一层密密麻麻的小疙瘩。他们的表情让男孩伤心不已，于是他把练琴的地方，挪到自家阳台。

他拉出的仍然是噪音。或尖锐或沙哑的声音刺透清晨或者黄昏，折磨着每一个人的耳膜和神经。有人忍无可忍，跑过来敲门，求他不要再拉，求他的父母管管他。他们说艺术需要天赋，既然他没有天赋，就算再拉下去，也只是浪费时间罢了。他们的话让男孩伤心欲绝，他咬着嘴唇关紧门窗。

于是每个夜里，房间里总是回荡着令人不堪忍受的杀鸡或者锉锯的声音。那声音让父亲无法集中精神读完一页书，让母亲无法不受干扰地看完一集电视剧，更让他年迈的奶奶，心脏难以承受。他的父亲想，这样可不行，得给他找一个真正不打扰别人的地方。

地点选在一个偏僻的公园。虽然偏僻，但毕竟还有几个游人，每当琴声响起，那些游人立刻消失得无影无踪。

男孩的自尊心和意志力被一点一点地蚕食。好几次，他动了摔琴的心思。

可是那一天，男孩练琴时，偶然遇上一位老人。老人静静地坐着，手指和着他的琴声打着拍子。一曲终了，老人甚至给他一个微笑。那一瞬间他有几分受宠若惊的感觉。他想莫非他的琴声变得悦耳了？回去，站在小区里，琴弓刚刚滑动，路过的行人便一齐皱了眉头，匆匆逃离。

他大惑不解，在公园里偷偷打听老人的情况。有人说那老头是个聋子啊！几年前开始耳背，越来越厉害，现在，几乎听不到任何声音。男孩刚刚鼓起的信心再一次受到打击，他垂头丧气，几乎真的要放弃了，这辈子都不想拉琴了，下辈子也不想。

没想到，次日早晨，老人却主动和他搭讪。

老人说，你肯定听别人说起过我的事情吧？其实我一点儿都不聋，只是稍稍有些耳背罢了。他给男孩看了看他的助听器，说，不信的话，咱们可以测试一下。男孩跑到很远的地方跟老人打招呼，果然，老人的耳朵灵敏得很。老人说我喜欢听你拉琴绝不是装出来的，虽然你拉得并不是很好，但绝不像他们说得那样糟。你知道吗？我有个儿子，在一个著名的交响乐团拉小提琴。刚开始学琴的时候，拉得可比你难听多了。一度也曾有过放弃的打算，我跟他说，世间事，只要是你喜欢的，对你来说，就是值得去做的。哪怕将来不从事这个职业，当作一个业余爱好不也挺好么？这样他便坚持了下来，两年以后终于能够拉出动听的曲子了。现在有人夸他的演奏宛如天籁呢。老人自豪地说。

男孩向人打听过，果然，老人有一个在交响乐团拉小提琴的儿子。看来老人没有骗他。看来老人喜欢听他拉琴，并非出于对他的同情和怜悯。在这个世界上，老人是他唯一的知音。

每一个清晨，老人都会准时等候在那里，听男孩用小提琴拉出一支支不成调的曲子。老人说听到这宛如天籁的琴声，就想起远在他乡的儿子，想起儿子小时候练琴的情景。老人说得很诚恳。后来男孩的听众竟然慢慢多了起来，他终于可以拉出一支还算悦耳的曲子了。

几年以后，男孩的小提琴已经拉得很娴熟了。他如愿以偿地考上一个文工团，成为一名小提琴手。他不是团里最聪明的，但他无疑是整个团里最刻苦的。他知道自己永远成不了顶尖的小提琴演奏家，但他对自己已经很满意了。

春节回到老家，顺便去探望老人，恰巧老人的儿子也在。说起他小时候练琴的事情，老人的儿子只是淡淡一笑。

他问，你笑什么，难道我说错了吗？难道那时候你的琴声不是很难听吗？

老人的儿子笑而不语。老人也笑了。他解释说，其实我儿小时候就拉得非常好,他天生就是拉小提琴的。可是如果我不那样说,你极有可能彻底放弃小提琴。其实我说的宛如天籁,并非完全在骗你,只不过我把时间,提前了十年……可能你没注意到吧?很多次,在你演奏时,我曾偷偷摘下助听器。不然的话,我的耳朵可能真的会聋……

　　老人的话,沙哑低沉,在他听来,却字字宛若天籁。

十八年前的承诺

中午时分,有个男孩给他送来一个大大的生日蛋糕。男孩站在门口,扶着单车,汗流浃背。

好不容易才找到你,请收下蛋糕。男孩说。

也许你们弄错了,我没有订过生日蛋糕。他说。

这是你母亲为你订的。

那更不可能。他说,我母亲在我出生那年就去世了。

是这样的,男孩说,当你母亲得知自己将不久于人世,她找到我的父亲,给你订了一个蛋糕,并嘱咐一定要在你十八岁生日那天送到你的手里。她说过了十八岁,你就成年了。对了,她还给你留下一张卡片。

卡片已经泛黄,上面写着一行字:儿子,十八岁生日快乐。

除了偶尔听父亲谈起母亲,他对母亲没有任何印象。可是此刻,他非常想念他的母亲。

他有一种想哭的冲动。

母亲去世那年,他和父亲还住在甘竹滩附近。后来他们搬到清晖园附近,再后来搬到宝林寺附近……十八年里,他和父亲搬了好几次家。他纳闷这个送蛋糕的男孩是如何找到他的。

这几年,我一直在找你。男孩说,我去过你住过的所有地方,也问过很多人,可是他们都不知道你搬到哪里了。幸运的是,就在今天早晨,我终于打听到了你的住址。蛋糕是刚出炉的,虽然做得不好,可是我已经尽力了。

收下蛋糕,他问男孩,多少钱?

十块钱。你母亲十八年前已经付过账了。

十块钱?连蛋糕上的巧克力也买不到……

你母亲和我父亲都没有料到物价会涨得这么快。男孩笑笑说。不过既然答应了她,就得恪守承诺,尽管兑现承诺的时间,在遥远的十八年以后……

你的店在哪里?他说,以后,我还想去你的店里订蛋糕。

店已经不在了。男孩说,五年前父亲去世后,蛋糕店就转让出去了。临终前他嘱咐我,一定要把蛋糕亲自交到你的手里。他说,人生在世,诚信最重要……

男孩还说,他喜欢李小龙,更喜欢李小龙的功夫,也许大学毕业以后,他会开一家武馆。

你母亲和我父亲教给我太多东西,让我受用一生。男孩说。

临走以前,男孩告诉他,今天也是他的十八岁生日。所以,这个蛋糕不仅是你母亲送给你的,也是我父亲送给我的。男孩冲他眨眨眼睛,笑着转身而去。

爱的隐瞒

刚当兵那会儿，他沉浸在难以抑制的兴奋之中。每天他都要穿上军装，让他的战友用数码相机给他拍摄一组英姿飒爽的照片；每天他都要跑到微机室学习电脑，他不但学会了打字，还学会了用打印机给家里打印一封封家书。他的家在遥远的大山里，那里有虬曲苍劲的古树和瘦骨嶙峋的石头，有多情的土地和古老的村落。家静静地卧在村落的一角，家里有几亩薄田和一头黄牛，有十四岁的小妹和六十岁的母亲。

字迹工整的家书散发着油墨的清香飞回大山，母亲自然喜上眉梢。她眯着眼坐在院子里，在细碎柔软的阳光下细细打量照片上英俊挺拔的儿子。女儿站在一旁轻轻为她朗诵儿子寄来的一封封家书，她认为世界上最幸福的事情莫过于此。有时她会抬眼看一看延绵起伏的青山,看一看栖在树上的喜鹊或者玉鸟,那眼里就满含着笑意了。她仿佛看见了自己的儿子。腼腆的儿子复员回来,明显长高了,似乎消瘦了许多。儿子站在她的面前,叫一声:"娘!"满肚子的话却不知从何说起。

夏天他参加了抗洪救灾。他乘着冲锋舟,一次又一次冲进被洪水围困的村落。在山里他也见过大水,七八月份,洪水轰隆隆从山上滚落下来,裹挟着断木、残枝、泥土、石块,裹挟着兔子或者狐狸的尸体。可是他从来没有见过这样的水。这样的水无边无际,这样的水就像海洋。抬眼是黄浊的天,低头是黄浊的水,天与水之间,没有一丝缝隙。他的冲锋舟满载着被救的村民,有的像他的妹妹,有的像他的母亲。可是在大水的深处,在摇摇欲坠的大坝和随时可能坍塌的屋顶上面,他知道,还有无数个妹妹和无数个母亲。他的冲锋舟再一次狠狠地切进去,在天与地之间扯开一线草绿色的缝隙。忽然,一个巨浪扑来,他和冲锋舟都不见了。水面上出现一个巨大的漩涡,漩涡的深处,可怕并且邪恶的利齿一点一点将他吞噬。

他消失了。听不到声音,见不到尸体。他立了功,被表彰,被奖励,被追悼,被怀念。这一切,远在大山里的母亲浑然不知。不能让她知道。百病缠身的母亲怎么能够承受如此巨大的打击呢?那时候,距离他当兵的日子,不过才半年时间。

仍然有家书飞回大山,飞到母亲手里。母亲坐在小院里,听女儿一遍又一遍地念着儿子的来信。信里依然夹了照片,照片是他留在战友相机里的,足有几百张。照片上的他稚气未脱,照片上的他看着自己的母亲浅浅地笑着。秋风萧瑟，头顶的大雁排成"人"字形向南飞去，脚下的蚂蚁们匆匆忙忙。母亲闭上眼睛，有一滴眼泪从眼角滑落。一年里她几乎无时无刻不在想念自己的儿子，甚至在梦中也未曾停止思念。儿子是母亲的血和肉、身躯和灵魂。儿子几乎是她的一切。

信是他的一位战友寄来的。每隔一段时间，战友都会替死去的他写一封信。虽然生前他没有任何嘱托，但是他的战友认为自己必须这样做。当然用了打印机，为此他需要徒步去到几公里以外的镇上；当然夹了照片，那是让母亲相信和放心的唯一凭证；当然还会汇点儿钱。有时他会随信夹上一枚绿叶，清晰的脉络，像一道道皱纹刻在心上。他躲在暗处偷偷哭泣，他想起冲向汪洋中的一叶孤舟，想起自己远在故乡的母亲和心爱的姑娘。

回信很及时，母亲口述，妹妹代笔。信里说庄稼丰收，说黄牛产崽，说门前的槐树和院子里的月季花，说冬天的大雪和夏天的暴雨。信末，不忘嘱咐他好好当兵，好好训练，好好照顾自己。他把这些信收起来，然后，等到清明或者他的祭日，一个字一个字读给他听。他是朝着曾经洪水肆虐的方向读给他听的，现在那里风调雨顺，鸡犬相闻。

这件事，他一直做了五年。两年义务兵，再加三年志愿兵。他绞尽脑汁编造出各种各样的谎言，欺骗着远在大山里的可怜的母亲。有时候，写到动情处，他会偷偷掉两滴眼泪。大多数时候，他认为这已不再是谎言，而是一位健在的儿子真的在给远方的母亲写信——现在这世上，他有两个妈妈。

他深知这件事终究不会隐瞒太久。当他复员,大山里的母亲便会得知儿子的死讯。当然别的战友可以接替他,当然相机里还有很多可用的照片,可是他怎么忍心让一位失去儿子的母亲永远蒙在鼓里呢?最后他决定去看望那位可怜的母亲,他会小心翼翼地将可怕的噩耗告诉她,他会请她原谅自己的隐瞒和欺骗,他会帮她修一修破烂不堪的老屋,会陪着她坐在小院里说说话,如果有可能,如果有能力,他还想资助他的妹妹读书。他知道她们生活困顿,他知道从此以后,她们的生活将会更加艰难。

他在小院里见到已经十九岁的女孩,和他死去的战友很像。他问:"你妈妈呢?"她说在屋子里。他说:"我得见见老人家,我有很重要的事情跟她说。"她点点头,说,你随我来。他穿过院子里的青石甬道,她告诉他这是哥哥当兵前替她们铺的;他看到墙角开得热烈的月季花,她告诉他这是哥哥当兵前替她们栽的。他轻轻掀开门帘,走进屋子。屋里阴暗潮湿,却很干净。然后,他惊愕万分地看到,堂屋正中的桌子上,摆放着一张老人的照片!

黑白照片,遗照。周围黑纱环绕。

我妈妈。女孩指着照片说,前年去世的……癌症。

前年……去世的?他不敢相信自己的耳朵。

没治好。女孩低下头,尽力掩饰凄然无助的神情。本以为能治好的,本以为至少……她能熬过那个冬天。

他愣在那里,久久无语。怎么跟她解释呢?他欺骗了她的母亲整整五年,现在可怜的母亲已经去世,他永远没有机会请求她的原谅。也许弥留之际的母亲,还在念叨着自己的儿子吧?可是她竟然不知,儿子早已先她而去。

世界上最悲伤的事情,莫过于此吧?

可是他突然想到一个细节——在他收到的那些信里,竟然没有母亲病危的任何消息!这显然不合常理。就算母亲不想让儿子分心,就算母亲不忍打扰儿子的军营生活,可是在临终之际,她怎么可能不想见儿子最后一面呢?何况每个人都知道,军人是可以休假的。

母亲知道哥哥走了。女孩递给他一杯水,说,她早就知道。

早就……知道吗?他的身子晃了晃。

是的……学校里有报纸……村子里也有……报纸是不会骗人的……还有你寄来的那些照片,同一个季节,同一个背景,同一套军装……我和妈妈,都知道哥哥走了。

可是你们为什么仍然给我回信?可是你们,为什么假装不知道?

妈妈说你是好人,就让你替他做这件事吧。妈妈说如果揭穿你,你肯定会自责,肯定会伤心。妈妈说当她看到你的来信,她宁愿相信这是他的亲生儿子寄来的,她的儿子还活着!妈妈说当她给你回信,她宁愿相信这些信真的是寄给她远在军营的儿子的。妈妈说在远方的军营,有我未曾谋面的哥哥,有她未曾谋面的儿子,他总有一天会来看望我们。妈妈对我说,记住,当他来了,你一定要替我谢谢他……

年轻的士兵,早已跪倒在母亲的遗像前,泣不成声。

请参观我的花园

请参观我的花园吧。女孩说,这是世界上最漂亮的花园。这是花园的栅栏,栅栏上爬着许多牵牛花。春天,我亲手播下种子,如今已开出最美的花。栅栏很低,行人即使站在街上,也可以看见花园里的鲜花。你知道栅栏外边正开着什么花吗?你当然不会知道。是金银花!难道你没注意吗?一黄,一白。一金,一银。春天时我栽下,想不到这么快就开了花……

我带你进花园里看看吧。女孩说,你慢慢看,这个花园很大很大。你跟着我,沿着卵石小路走,千万小心长着尖刺的蔷薇枝。你还要小心蜜蜂,这个季节的蜜蜂是最多的。当然,只有花开得多,开得好,开得香,才能引来成群的嗡嗡叫的蜜蜂……你知道这丛金黄色的花是什么花吗?是四季菊!人们说四季菊只能栽在花盆里，我却成功地将它们移到了花园……

这棵树叫作合欢树。女孩说，你认识合欢树吗？你读过作家张贤亮的《绿化树》吗？我在收音机里听过。那里边说的绿化树，就是合欢树。你来晚了，没赶上它开花。如果早几天来，早上十天，或者早上半个月，你就会看到它粉红的绒毛一样的花。花开得很盛，一簇一簇，就像撕了一片晚霞铺到树上，远远的，你能闻到甜丝丝的花香。合欢花，又叫绒花……

这棵树你肯定认识。女孩说，是的，这是桃树。这棵桃树是我从乡下带回来的，一开始它只是一棵树苗，又瘦又小。你知道这是什么桃树吗？是仙桃。你看到枝丫上的桃子了吗？是扁的，不大也不红，但是非常甜呢。你要不要尝一个？你应该尝一个。你知道这种桃子又叫什么桃吗？叫蟠桃！我猜你肯定大吃一惊吧。当年孙悟空看守王母娘娘的蟠桃园，看的就是它。所以你千万别小瞧我这个花园，有王母娘娘的蟠桃呢……

知道这几株花是什么花吗？女孩说，你说对了，都是玫瑰花。这是红的玫瑰，这是紫的玫瑰、黄的玫瑰、白的玫瑰……知道一天里什么时候玫瑰花最漂亮吗？当然是早晨。早晨，花苞上还沾着露珠，花瓣好像是透明的，蝴蝶在花苞上跳舞，淘气的猫咪在花丛间扑戏蝴蝶……玫瑰是爱情的象征吧。等我穿上白色的裙子，也许会有一位王子送我红红的玫瑰花……

你再看看这边，女孩说，这边的花更多。江斯腊，鸡冠花，夜来香，巴西红，老来娇，太阳花，一串红，石榴……这边还有一棵无花果树。你知道吗？无花果树是世界上唯一一种一年结两次果实的果树呢。无花果成熟了，外面仍然是绿的，里面却早已红艳艳的了。熟透了，就会裂开一点点，你站在树下，满树的无花果都在朝着你笑……

我的花园还不错吧？女孩说，很多人对我说，这是世界上最漂亮的花园。我让你看了花园里所有的树所有的花，你肯定很高兴，是吧？看看，你的嘴都笑歪了。当然这是不能白看的，你知道，每天我都要给这些花花草草施肥、浇水、喷洒农药……我为这个花园付出了辛勤的劳动……给多少钱？你看着办，多一些，少一些，都行。你放心我从不乱花钱，我会把这些钱存起来，等我弟弟上了大学，给他用……你小心别被这些蔷薇枝扎伤了腿……好了，现在我们关起栅栏门……

男人微笑着，从口袋里掏出十块钱。非常感谢你，他把钱递给小女孩，这的确是我见过的最漂亮的花园。并且我相信，你的花园会一天比一天漂亮……

男人跟女孩道别，走向不远处等候的女儿。女儿不高兴地撅起了嘴巴，说，整条街道的人都知道她是疯子，你竟然还给了她十块钱……

男人冲女儿笑笑说，刚才她真的很快乐呢。

女儿说，她的快乐非常重要吗？我在这里，等了你半个小时……

男人说，当然，她的快乐非常重要。尽管她是疯子，可是她和你一样，不过是一个小女孩……更何况，她用了半个小时的时间，给我描述了一个非常漂亮的花园……

远处的女孩,安静恬淡,脸上洒满阳光。她的膝盖上放着一张卷了毛边的纸,纸上胡乱地涂抹着一些简单的线条和各种杂乱无章的颜色,你根本分不清哪些是树,哪些是花,哪些是蜜蜂,哪些是栅栏……

小诊所里的病人

流感说来就来了。好像城市里每个人都在流鼻涕。这让他的诊所里,总是挤满了人。

诊所不大,靠墙并排放着两个长凳,人们坐在那里,一个挨一个,有秩序地等着他开出药方,或在头顶挂一个吊瓶。这场面让他稍感欣慰。他不喜欢有人插队,正如他不喜欢有人生病,尽管他是一个大夫。

他已经忙了整整一上午,病人依然没有减少,这让他有些烦躁。后来他更烦躁了,因为他看到一个没有排队的女人,身子有些佝偻,头发已经花白。女人紧抱着打成筒的被子,踉踉跄跄地直接挤到他面前。他看到女人在皱纹间顽强地挣扎出一双浑浊的眼。女人声音沙哑地说,给孩子看病,感冒了。

他皱了皱眉,用手指了指长凳上等候的病人,说,都是来看病的。请排一下队。

女人说,我给您钱。

他的眉毛马上打成结,他说都给钱,这里没有赊账和赖账的。

女人并不理会他的话,她把沾满灰垢的干枯的手伸进自己的怀里,摸啊摸啊,终于摸出一张皱巴巴的人民币。女人说,孩子感冒了,很严重,您快给他看看。女人轻轻拍打着怀里的被筒,露出焦急的神色。

女人递过来的,是一张破旧的两毛钱。看得出,这张钱已经有些年头了。

女人小心翼翼地揭开包得严严实实的被筒的一角,他歪着头,向里面看了一眼。只一眼,他便愣住了。他突然记起有人曾给他讲过一个故事,他想,也许面前的女人,就是故事的主人公。

您不要理她。坐在凳子上的一个男人说,我认识她,这附近所有国营医院和个体诊所的医生,没一个理她的。

他摆摆手,示意男人不要说下去。他轻轻问女人,孩子病得很重吗?

是的,很重。女人说,您快给他看看,他们都不给他看……他很可怜,整夜整夜地咳嗽。

还有呢?他问,他把听诊器小心地塞进被筒。

不吃饭,有时候发高烧……夜里总是哭呢!女人说。

还有呢?他继续问。

就是咳嗽,发高烧,不吃饭,夜里总是哭。女人重复着。

哦，知道了。他抽出听诊器，是感冒，没什么大问题，开些药吧？

不行啊！女人说，他怕苦，他会吐药的。

那么输液吧。他说。

不行，不行！女人慌忙说，他怕疼。

您别理她！坐在凳子上的男人又说话了，这么多人等着看病呢！

请您耐心等一会儿！他冲着男人吼道。

男人撇撇嘴，不说话了。

那给他打一针吧。他朝女人笑笑，马上就好，不会疼的。他站起来，把椅子让给女人。他从药架上取下两瓶针剂，仔细看了看标签，摇匀，将封口割开，然后把药液抽进一个小针管里。您抱着他，别让他动，很快就好。他一边说着，一边小心地揭开被筒，缓缓将一管药液推进去。不疼，不疼，他轻声哄着。

现在好了。您摸摸看，是不是不烧了？过了一会儿，他对女人说。

好像是呢。女人的表情终于平静下来，嘴角带着笑意。

回去的时候，把被子包严实点儿，别让他受凉。他叮嘱道。

谢谢您了……明天我还能来吗？请您再给他复诊一次，行吗？女人说。

当然行。他收下女人推过来的两毛钱。

以后呢？女人说，我想每个月都带他来看看……他的病总是不见好……

绝对没问题。他笑着说，您什么时候来都行。

女人终于走了，心满意足，脚步也变得轻盈。走到门口的时候，女人回过头来朝他笑笑，笑得他心酸。

他开始给下一位病人开药、输液，他心里想着那个故事：单身的母亲和十七岁的儿子。儿子辍学，外出打工，摔下脚手架，夭折……母亲疯了，每天抱着一个被筒，到处找人给儿子看病。她总说，儿子刚满两岁……没有人理她……一个也没有……没有……

他想，被子里包的那个干瘪的、脏兮兮的枕头，应该是她儿子枕过的吧。

他流下一滴眼泪。

他想，无论如何，他得把这个诊所开下去。他答应过女人，随时可以带着儿子来看病。

一扇门

　　涉世不深的少年，做过一些傻事。他想悔改，可是，声誉和尊严一旦失去，就很难挽回。他每次出现总会引来异样的目光，邻居们防他，像防一只带着传染病的狗。

　　少年并不记恨他们。他认为这是他应得的惩罚。他只剩下无奈和自卑。似乎世界在他面前关起一扇门，又加上无数把锁。少年站在那扇门前，看不到温暖灿烂的阳光，看不到希望。

　　少年只有十六岁。从前他干过很多荒唐事。他在果园偷过苹果，在公园偷过盆花，偷过同学的铅笔和饼干，偷过邻居的茶杯和腊肉。甚至，他偷过大街上的自行车。他被一次次带进派出所又被一次次放出来。母亲的死，给了他沉重的一击。母亲临终前的眼泪，让他幡然悔悟。他决心悬崖勒马，痛改前非。可是同时,他也意识到自己已经失去了所有人的信任,意识到邻居们对他的鄙夷和厌恶,意识到那扇关紧的门是多么冰冷。

少年意志消沉,孤独苦闷。

整整一个暑假,他把自己关在家中,每天上午,透过窗子看外面的树。下午,悄悄到楼下转一圈,吸两口清新的空气,看两眼空中的飞鸟。他还是一位少年,耐不住寂寞。

人们远远地看着他,目光中充满敌意。少年不敢与他们对视——他失去了与任何人交流的勇气。他垂着头慢慢地走,脚尖轻轻踢着一粒石子。那时没有阳光,少年却感觉到后背的灼热。

忽然听到有人喊他,是一位坐在凉亭里的老人。老人朝他招手:"喂!年轻人!"

他不敢相信自己的眼睛和耳朵。他抬起头,呆呆地问:"您是在喊我吗?"他指指自己。

"过来!年轻人!"老人说。

他走过去,胆战心惊。他想逃离,可是却说服不了自己的脚步。老人嘴里叼着一根没有点燃的香烟,摸摸口袋,问他:"有火柴吗?"

他说:"没有。"

"打火机呢?"

"也没有。"说完,急急地低了头,试图离开。

"别急着走。"老人再一次喊住他,"去帮我把打火机取来!我的家,你知道的。"

他当然知道。老人与他住在同一个单元,他住七楼,老人住一楼。虽然这里看不到老人的家,可是只需几分钟,他就可以进到老人的家里。

"我的腿脚不中用了。"老人笑呵呵地说,"打火机放在茶几上,麻烦你帮我取来。"

少年心中划过一道闪电,可是那闪电转瞬即逝。闪电毕竟不是恒久的光明。

"钥匙呢?"他问。

"在这儿。"老人说着将钥匙递给他。

少年心中又是一道闪电。虽然再一次转瞬即逝,可是少年却感觉,那闪电已经将乌云撕开一条小小的缝隙,一缕阳光分明从云缝里钻了出来。

少年开始飞奔,途中情不自禁地流下眼泪。他用钥匙开了门。茶几上放着果盘,放着零钱,放着打火机。少年抓起打火机,返身跑出屋子。

老人点燃那支烟,郑重地对少年表示感谢。然后,他对少年说:"如果你有时间,如果你愿意,不妨陪我下一盘棋。"

少年当然愿意。他坐下来,聚精会神地和老人对弈。下棋的时候,太阳偷偷从云隙里钻了出来,他们一起抬头看天,然后相对而笑。

少年知道,面前的那一扇门,终于彻底打开。

不可思议的是,少年后来成为一名警察。老人仍然精神矍铄,闲暇时,他们仍然会凑到一起喝喝茶下下棋。偶尔谈起往事,少年满怀感激地说,是您救了我,您为我打开一扇门,用宽容和真诚接纳了我。我知道,那天,您的口袋里,其实装着打火机呢。

老人笑而不语。

两棵树

两粒种子落到悬崖边的石缝里。那里土壤少得可怜,那里雨水更是稀少。可是种子的要求并不苛刻。它们同时发芽,同时长成两棵小树。

两棵小树一起生长,长出树冠和枝杈。可是它们很快发现了环境的恶劣和残酷。很显然,悬崖边上没有充足的水分和养料可以供两棵小树同时生长。想活下去,只有将另一棵小树彻底打败。

两棵小树于是开始了明争暗斗。它们把根部挤到一起,在地下进行着一场水分和养料的惨烈的抢夺战;它们把枝干挤到一起,使出浑身力气,试图将对方推下悬崖;它们的枝杈和叶子也挤到一起,试图遮挡对方所需的阳光,让对方在痛苦中慢慢死去。

它们的战争,持续了一天,持续了一月,持续了一年,持续了三年。仿佛，它们的战争将永远延续下去，无休无止。

是的。似乎它们谁也战胜不了谁。它们一起忍受难挨的痛苦，它们将对方折磨得死去活来或者被对方折磨得死去活来。它们的战争耗费了大量的阳光、水分和养料，它们失去了生长成一棵大树的最佳时机。终于，在某一个夜里，它们奄奄一息，每棵树都感觉自己即将死去。

可是第二天清晨，两棵树却突然发现，它们竟变成了一棵树！两棵树彼此推挤，树干早已融为一体，树根早已互相缠绕，树冠也早已不分彼此。虽然养料和水分仍然奇缺，可是它毕竟是一棵树。一棵树，抛弃掉一部分枝叶和旁根，就可以生存；一棵树，停止了彼此间的争斗和内耗，齐心协力地与大自然抗争。

那棵树，长得很快。它现在等于同时拥有两盘强劲的树根可以吸收水分和养料，同时拥有两根粗壮的树干可以抵挡悬崖边上的狂风，同时拥有两个树冠可以充分接受阳光和雨露。死亡的威胁不复存在。它生长得越来越好。它终于长成一棵苍天大树。

既然如此，为什么不从一开始就放弃战争而紧紧相拥到一起，将长成大树的时间提前几年呢？

毫无疑问，合作是摆脱绝境的最佳选择甚至唯一选择。

鸽子归来的理由

老家的朋友养了一群肉鸽,要送我两只。他把两只鸽子装进一个铁笼里,让我钉上楼房的外墙。"好养!"朋友说,"谷粒加清水就行,比养母鸡容易多了!"

"可是把它们关在笼子里,是不是太残忍了?"我说,"我总感觉,鸽子是应该属于蓝天的。"

"那你早晨把它们放出去,晚上它们自己再飞回来不就行了?"朋友说。

"万一它们飞走了怎么办?"我问,"得把它们关多长时间,它们才肯老老实实地飞回来?"

"这可不一定。"朋友说,"比如我养的这一群,有些就得关很长时间,而有些,关的时间则比较短。放它们出去,是为了觅食，不然的话，这一大群，得喂多少谷粒啊……"

可我还是不明白，"那你怎么辨别哪一只鸽子晚上会飞回来呢？你又怎么能够确定它们不会从此一去不回呢？听说鸽子很聪明，它们知道自己迟早会被送进酒店屠宰的……"

"这个很容易！"朋友说，"得把它们关到下蛋。不管哪一只，只要下了蛋，你就可以把它们放出去了。不用担心，它们肯定会飞回来的。别说迟早会遭到屠宰，就算马上让它们下油锅，它们也会心甘情愿地飞回来。它们惦记着自己的孩子呢！"

我的心头猛地一震。我想，这就是伟大的母爱吧！为了自己的孩子，哪怕明知等待自己的将是死亡，也甘愿舍弃逃生的机会，毫不犹豫地赶回来。

人是这样，动物何尝不是如此？

大山深处的土屋

土屋隐藏在大山深处,周围古木参天。土屋里有一张桌子,一把椅子,一张木床,一个灶台,一堆木柴,一床被褥,一盒火柴,一把刀。除了他们父子二人,从没有人来过这间土屋,当然更不会动用这些东西。可是每个月,父亲都会领着他的儿子过来,擦一擦桌子和椅子,晒一晒被褥和木柴,磨一磨刀,装走灶台上已经潮湿的火柴并留下一盒新的干燥的火柴。当这一切忙完,父亲就会领着儿子静静地离开。门上挂一把锁,却从来不曾真正锁上。挂一把锁只是为了防止野兽们闯进土屋。它对任何人都不设防。

父子俩住在大山那边的山脚,距这间土屋大约一百多里。从家来到土屋,再从土屋回到家,需要整整三天。离开家走不了多远就没路了，三天时间里，父子俩几乎都是在密林中穿行。尽管世界上没有谁比他们更熟悉这一带山野，可是他们还是经常会在途中迷路。这绝对算得上一次艰苦而危险的跋涉。

父亲以前靠打猎为生，后来不让打猎了，就在山脚下开了几亩荒地，农闲时上山挖些草药，日子倒也安逸闲适。儿子第一次跟随父亲来到土屋时，只有五岁；现在他已经十五岁了，父亲仍然坚持着自己怪异的举动。整整十年，整整一百二十个月，父亲和他，在家和土屋之间整整往返了一百二十次。一百二十次，或许并不算多，可这是一百二十次毫无意义的举动。每一次，疲惫不堪的儿子都会忍不住抱怨几句。

他问父亲为什么要这么做，父亲总是笑着说："到时候，你就明白了。"

仍然，每个月，父子俩总要去一趟土屋。忙完，再锁上门离去。儿子认为这一切毫无意义：不会有人来到这片荒无人烟的山林，更不会有人找到这间土屋。父亲究竟想要干什么？

终于，那一次，当他们推开木门，竟然惊奇地发现，屋子里有人来过——灶台边的柴火少了，火柴被人用过，椅子挪动了地方，被褥尽管叠放得整整齐齐，却不是上次他们离开时的样子。并且，那把小刀也不见了。

父亲开心地笑了。他对儿子说，这就是我们十年来一直坚持的理由。

儿子茫然地望着父亲。

父亲说，很明显，有人在这里住过。这间小小的土屋帮他在山林里度过了最难挨最危险的夜晚。甚至，可能挽救了他的生命。

儿子问，难道我们每个月往返一次，每次用去三天时间行走一百多里，在这土屋里准备很多东西，就是为了等待这个人吗？

父亲说，是的，我们等待的虽然不一定就是这个人，但我们等待的无疑是来到这间土屋并需要帮助的人。

可是，万一这个人没来呢？

那我们就把这件事坚持做下去。

假如永远不会有人来呢？

即使没有人来，我们也要一直做下去。

这样做有意义吗？

当然有意义。父亲说，你知道吗？在你来到这个土屋以前，我已经一个人在家和土屋之间往返了十年。就是说，其实我们并不是用了十年时间才等来第一位需要帮助的人，而是用了二十年。

你是说这土屋是你垒起来的？

不是，我只是修了修。这土屋是一位老人垒起来的。他垒这个土屋，和我们每个月来这里一次的目的完全一样，那就是——帮助某位未曾谋面却真正需要帮助的人。他的家在很远的地方，每个月他都会从家来到这里，擦一擦桌子和椅子，晒一晒被褥和木柴，磨一磨刀，换走灶台上的火柴，然后离开。他也是用了整整二十年的时间，才等来第一位需要帮助的人。那个人在山里迷了路，筋疲力尽，急需一把柴火……

那个人是谁？儿子好奇地问道。

我。父亲淡淡地说。

几年后父亲老去,不能够翻山越岭来到土屋。不过每个月,土屋都会迎来一位酷似他的人。他在土屋里擦一擦桌子和椅子,晒一晒被褥和木柴,磨一磨刀,换走灶台上的火柴,然后离开,一个人回家。

一切只为了等待一位需要帮助的素不相识的路人,他可能永远都不会到来。

第三辑 烟花灿烂

男人解释说,我们崇拜和敬畏蝴蝶、水泡泡……这跟烟花有什么关系?漂亮呗。男人说,五彩斑斓的蝴蝶和水泡泡,美轮美奂却又如此短暂。烟花也是。

长 凳

乡下的雨比城里的雨大,我这样认为。

每年夏季,每逢大雨,古老的乡村便被浇得亮晃晃的,呈现出一种模糊而扭曲的景致。于是河水暴涨,浑浊,湍急,直冲而下,村人就跑出来,急匆匆的,却不是为了看景,村人没那个雅兴和时间,他们出来,是为了捞东西。

总会有可捞的东西。河的上游连着很多村落。河水里漂来垃圾、南瓜、巨木甚至家具,当然,更多的时候,只会漂来一些碎草。碎草被河边裸露的树根挡住,就有村妇拿了粪叉,捞半天,捆紧,带回家,晒干,可以煮五六碗稀饭。

方言里,这叫"捞浮",几乎村里的每一个人,都干过这事。

宝田与三麻同龄,论辈分,宝田管三麻叫"叔",但从不叫,亲哥俩似的友谊。那时三麻正跟一条鲢鱼搏斗，三斤多重的鲢鱼自己蹦上岸，三麻扑过去，手一滑，鲢鱼又蹦回到水里。三麻骂，成心逗老子呢你。这时他听到宝田的声音，凳子！

是长凳，放在堂屋，一次可以坐三四人的那种。凳子从上游漂下来，被雨后的阳光照着，闪着暗黄色的木质的光泽。等凳子靠近，宝田便拿一根粪叉，看准了，猛地向岸边一划。凳子在水中打了个旋儿，漂到叉子所不能及的地方。

宝田急了，凳子，漂了！凳子，漂了！他向着凳子喊，很无助的样子，却并不看三麻。凳子漂出很远，颜色开始黯淡。宝田往回跑，寻找更长的粪叉，或者棍子。三麻正是这个时候，跳下水的。

三麻是村里水性最好的一个，没费多大劲儿，就把凳子救回。他把凳子坐在屁股下，一边哆嗦，一边拿手抚摸。三麻说，多好的凳子啊！

三麻把凳子带回家，三个孩子争抢着坐。一个孩子跛脚，很严重，吃饭时，几乎趴在地上。三麻的女人说，这下好了，这下好了。三麻说，好个屁，那是宝田的凳子。女人便看着他，尽是不满。

宝田常来。他对三麻说，这凳子，是我先看见的。三麻说，是。宝田说，我的叉子，没捅准。三麻看一眼正在凳子上玩得起劲儿的跛脚儿子，说，是。宝田就不再说话，有时喝一碗三麻家的玉米粥，把嘴咂吧得夸张地响。

有时三麻去找宝田。三麻对宝田的女人说，要是我不去捞那个凳子，凳子就冲远了。宝田的女人说，知道。三麻对宝田的女人说，家里孩子，腿不好。宝田的女人说，知道。三麻对宝田的女人说，下次再捞浮，如果有凳子，我拼了命也为你家捞一条。宝田的女人就把嘴撅得老高。不会那么巧，她说，捞了这么多年，头一次看见你捞到凳子。宝田火了，丢了手中的筷子，大骂他的女人。女人就哭，数落着宝田的窝囊。

凳子就放在三麻家的堂屋。宝田来了，常常坐在上面。一边用手摸着，一边说，多好的凳子啊！

那年，没有为三麻和宝田再下一场大雨。天热得很，三麻的承诺，被太阳烤焦。

第二年夏天，终于下了一场大雨。好像所有的云彩都变成了雨，直接倒在了河里。河水再一次暴涨，更浑浊，更湍急，河面变得更宽。

雨还没有停，三麻就叫上宝田，要去捞浮。宝田说，等雨停了吧，会有凳子吗？三麻说，现在去，会有。

还没到河边，两人就发现河面上飘着一只凳子。影影绰绰，看不真切。三麻说，是凳子吗？宝田说，像。三麻就狂奔起来。宝田在后面喊，三麻！三麻没有回答，依然狂奔。他跳下了河。

三麻就这样被河水冲走了。宝田还记得，三麻在河水中举起的那条"凳子"，不过是一个窄窄的硬木板。

尸体是在下游很远的地方发现的，三麻被泡得肿胀惨白，像发过的笋。三麻的女人只看了一眼，就昏过去了；众人把她叫醒，她再看一眼，再昏过去；众人再把她叫醒，她就疯了。

她把跛脚儿子抓起来，扔到院子里。然后抱着凳子，去找宝田。她对宝田说，别再捞浮了，叫三麻回家吧。宝田嘿嘿笑，像哭。她再说，三麻水性好，但水太凉，别让他下水。宝田再嘿嘿笑，更像哭。她又说，三麻呢？宝田便不再笑了，抹一把泪说，对不住你，婶娘。宝田头一次叫三麻的女人婶娘，三麻的女人感觉不是在叫她。

自那以后，村人常常听到宝田在夜里打她的女人。女人的惨叫声传出很远。

有时我回老家，去三麻的女人那儿坐坐。那是一个已经六十多岁的女人，我也叫她婶娘。

我问她，婶娘，认识我吗？她说，认识，你是小亮。我问她，婶娘，身体还硬朗吗？她说，还好，什么病也没有。我问她，婶娘，家里日子还好吧？她说，还好。只是，三麻没有坐的地方。

她的家里，其实摆了一圈沙发。那是她的跛脚儿子添置的，他们一直住在一起。

后来我知道，她的家中曾经失火，那条被宝田送回来的凳子，早已化为一把清灰。

她盯着我说，三麻没有坐的地方。一遍遍地重复，直到我离开。

小的时候，在雨后，我也常常和大我十几岁的堂哥跑去捞浮。我们捞到了碎草、葫芦、树枝、油桶、南瓜、竹篓、八仙桌。我们捞到了很多东西，但我们依然贫穷。

大　义

老吴的叔叔，突然找到他。

叔叔说，如果你不帮我和狗娃，怕是没人帮得了我们。

狗娃酒后去镇上赶集，因为两句话，与一个后生动起手。狗娃顺手抄起旁边的锄头，后生的脑袋上就多出一个血窟窿。后生被送到了医院，十几天了，还没醒过来。后生的老母亲，整天哭天抢地。

后生的家人将叔叔家翻了个底朝天，又将村子围困数日，仍等不回狗娃。狗娃已经失踪十几天了，没人知道他到底逃到了哪里。

老吴的父母死得早，是叔叔把他养大的。叔叔不仅养大他，还勒紧裤腰带供他读完大学。假如没有叔叔，老吴也许早就饿死了，哪儿还能当上区法院院长！好多次，过年回乡下，老吴喝多了酒，拍着胸脯说，无论叔叔摊上什么事儿，他都会帮他。再喝一口酒，补充道，哪怕不讲原则。

尽管酒醒时，他挺讨厌自己说这些冲动的话。可是再喝酒，再喝多，他还会这么说。

现在老吴没有喝酒。没有喝酒的老吴，话说得就谨慎得多。

他问叔叔，狗娃去哪儿了？

叔叔说，狗娃这种情况，能判几年？

不好说……那后生不是还没醒来吗？老吴支支吾吾，还得看当时的具体情况……如果狗娃能自首……

生活刚好起来，怎么会出这样的事！叔叔擦一把泪，说。

狗娃刚刚大学毕业。他回乡下看望父亲，顺便等一个事业单位的录取通知书。狗娃出事那天，通知书恰好来了。狗娃的父亲——老吴的叔叔，捧着通知书，哭了半宿。

狗娃要面子。如果蹲几年监，怕他出来会干傻事。叔叔说，我太了解狗娃了，他把面子看得比什么都重要。狗娃绝不能坐牢。

叔叔老来得子，狗娃是他唯一的希望。

晚上叔叔在老吴家里吃饭，两个人都喝多了酒。老吴突然说，你把我当亲儿子，我也把狗娃当亲兄弟。

叔叔抬起眼，帮他吗？

老吴说，哪怕不讲原则。

然后，吐得昏天黑地。

送走叔叔，老吴从手机里翻出几个电话号码。每一串数字都代表着一个好兄弟,老吴知道,只要把狗娃送到他们那里,每个地方待上一年半载,几年后再回来,这件事也许就过去了。

他怕狗娃出事。不是现在,而是以后。因为狗娃好面子,他把面子看得比什么都重要。

有人敲门。从猫眼里看,是一个衣衫褴褛的乡下老农。开门,老农给他跪下。扶起来,老农再跪下。再扶,老农死活不肯起来。

知道狗娃是您堂弟……老农说,可是他打伤了我儿子。

这与我有什么关系?

当然没关系。老农说,我只想给您磕几个头。

老吴突然想哭。他知道老农有很多话想说。他知道老农什么也不敢说。他知道老农对他非常不信任。他知道老农的心里,尚存一线希望。

他试图扶起老农,他仍然没有成功。他只好陪老农跪下,他是那样卑微。他甚至陪老农抹眼泪,陪老农磕头。后来他起身去厨房给老农倒水,回来时,老农已经走了。老农刚才下跪的地方,那么坚硬的大理石地面上,似乎多出两个浅浅的小坑。

那夜,老吴再一次失眠。黑暗中,他把牙齿咬得咯咯直响。

早晨,老吴开着车,找到狗娃。狗娃并未跑远,他躲在一个看似极其危险实则非常安全的地方。之前,老吴并没有猜到他的堂弟竟有如此心机。

尽管狗娃比老吴小了近二十岁,但狗娃的确是他的堂弟。

狗娃钻进车子,说,我爸都对我说了。又说,我在那边绝不会再惹事。

老吴不说话。车子开得飞快,却不是去往高速公路的方向。

狗娃觉得蹊跷。哥,咱这是去哪儿呀?与其说是询问,不如说是哀求了。

老吴不说话。他将车子开到派出所门前。

自首吧!将车停下,他回头,看着狗娃。

狗娃打开车门,想逃。老吴紧紧地拽住了他。

你伤害了他人,就该付出代价。老吴说,你好面子,你有尊严,后生和他的家人也有尊严,法律也有尊严……

放开我!

自首吧。

狗娃掏出刀,比画着,试图逼老吴让开。在激烈的争夺与撕扯中,刀子稀里糊涂地刺出,老吴挣扎了几下,软瘫了身子,他的胸口,鲜血汩汩涌出。

昨晚老吴就猜到了这样的结果。他太了解狗娃了。现在,他想,不管狗娃会不会去自首,他已经做完了他该做的一切。阳光下,他无愧于心。

自首吧!失去知觉之前,老吴看着狗娃,微笑着说。

儿啊，我来看看你

儿啊，我来看看你，我只是来看看你，过一会儿就走，要赶火车，回去晚了，矿上要扣钱的。

我知道你记恨我，你说梦话时，骂过我。你怎么那么恨我？我是你爹啊！我有什么办法？念高中，一年得两千多块钱！

儿啊！我来看看你，坐一坐就走，你今天别骂我。

我知道你想念书，可我去哪里弄那两千块钱？就算把我的血抽干，只要能卖到钱，我就去卖。可是我知道卖血得有门路。没门路谁要咱的血？咱家里没门路。

好在咱乡里有煤啊。有煤，就得有人去挖。挖煤，一年能挣好几千呢。你三伯靠挖煤，不是供出了两个大学生吗？

他能挖，我为什么不能挖？我有类风湿？怕什么！你三伯不是还有哮喘吗?

儿啊!所以我去挖煤了。走的时候,我不让你娘告诉你。我不是怕你难受,其实你那时候已经不念书了。我跟学校的老师说,名额先给你留着,等我挣了钱,交了学费,你再回去。我去挖煤,我不告诉你,真的不是怕你难受,我是怕你也去挖煤啊!

其实挖煤也挺好的,吃的菜里有大片的白肉,馒头也挺大的。有塌方?对,小煤矿都有塌方。没塌方,哪能轮到咱们去挖?

你见过塌方吗?我正挖着煤,正挖着,天就塌下来了。到处都是石头,就像下冰雹一样。你三伯喊,塌方!我瞅了一眼,他就被埋起来了。我慌了,向外跑。跑不出去,洞口早堵死了。牛娃喊了声,向后跑啊!他也被埋住了。

牛娃认识吧?你认识的,他比你大六岁,小时候偷过咱家的玉米。

那次塌方,死了五个人。你三伯、牛娃……全死了。我命大啊!我晕过去八个钟头,八个钟头,没有再挨上一块石头……我命大啊!阎王爷知道你读书需要钱,他放我回来了。

儿啊!我挣的钱,够你一年的学费了。可是我回来了,你怎么不在家里?

你娘告诉我,我走后没几天,你也走了。我知道你想念书,可是,儿啊,钱我来挣,我是你爹啊!你怎么也跑出去挖煤了呢?你才十六岁,你告诉人家你十九了,其实你说十六岁,他们也要你,每个小煤矿都缺人。可挖煤是人干的活儿吗?

儿啊!挖煤有大馒头吃,有肉片吃,可是有塌方啊!你见过塌方吗?你见过?天塌下来了!到处是石头啊!你跟你娘说,遇到塌方,你能跑出去,你说你跑得比兔子还快。你怎么这么不懂事呢!

儿啊!我来看看你。我只是来看看你,现在我得走了……晚了就赶不上火车了……矿上要扣钱的……我还得去挖煤……你弟弟,他也要念书啊!

深秋,荒野,一个泪流满面的中年男人,朝一座新坟,狠狠地磕了三个响头……

父亲的祭日

从出生到死亡,只有两天与生命真正有关:一是生日,一是祭日。这是生命的两个端点,代表了起始和结束,中间是或漫长或短暂的过程。或许还可以这样理解,祭日是死亡的生日,是阴间的生日,或者是天堂的生日。

一位忘年交朋友几年以前突然去世,我想当死神降临的那一刻,连他自己都毫无防备。他留下写了一半的小说,画了一半的油画,剪了一半的盆景,以及交了一半的人寿保险。他有三个孩子,两个儿子一个女儿,全都在外地。他去世以后他们自然全都赶了回来,却只能守着父亲冰冷的尸体抹一把眼泪。几小时以后他们的父亲变成一捧灰一缕烟,伴着他们长长的哭泣。世间万物皆是如此,孤寂或者热闹的旅程以后,终将化为尘灰——无神论者的生命，只有一次。

去年因在外省开会，没有参加他的祭日。今年，推开一些琐事，我去了他的家乡。他的家在遥远的鲁西南，那里有延绵的群山，有凹凸不平的乡村路，有敢把一条毒蛇握在手里的脏兮兮的孩子，有一座低矮的土包般的坟茔。朋友长眠地下，一抔土一把灰代表他曾经来过这个世界。

那天，我见到了他的三个孩子。

小儿子从县城赶回来。他带着他的未婚妻，买了父亲最爱喝的酒，最爱抽的烟。他自己出钱为父亲出版了那部写了一半的小说，他说他相信父亲可以在那边将这部小说写完。他还说出版一部小说是父亲多年的愿望，今年，他终于帮父亲将这个愿望实现。他红着眼睛将酒洒到父亲坟前，又点燃一支烟，恭恭敬敬地放在父亲坟头。那天阳光炙烤着大地，我看到那支烟无声地燃着，终于熄灭。

唯一的女儿从省城赶回来。她带着她的丈夫和儿子，坐了整整一夜的火车。她说她必须赶在父亲祭日这天回来，她说她要赶回来看看她受了一辈子苦的老父亲。她买了很多纸扎：房屋，汽车，电脑，手机，打印机，宠物狗……火车上禁止运输这些东西，我不知道她是怎么弄回来的。那些纸扎忧伤而又滑稽，却代表着她的全部希望。她哭了起来，她的眼泪在干燥的地面击起灰色的烟尘。

大儿子从北京赶回来。他用上了所有的交通工具：飞机，汽车，三轮车。他带着他的女儿，他的女儿已经考上了大学。他带回来很多书，国内的，国外的，哲学的，文学的……那些书包装精美，价格不菲。他将那些书一本一本地烧掉，他说这些书可以陪伴父亲熬过无边无际的孤寂。他跟父亲说了很多话，从中午直到黄昏，一刻也没有停歇。那些话他以前或许跟父亲说过，或许没有说，可是现在，他希望他的每一句话，父亲都可以听到。

每个人都很忙，每个人都请了假。假是那样难请，他们几乎动用了所有的关系。他们请假，只为回来看看已故的父亲，看看隐藏在青山间的一座小小的土包，或者，仅仅是对于自己内心的一种交代。

我注意到他们的母亲没有来。她将孩子们送到门口，就返回了院子。她杀了鸡，切了腊肉，将菜园子里的青椒、黄瓜和西红柿摘光，然后专心致志地为孩子们准备晚饭。她坐在小院里择菜洗菜，阳光安静地照在她的脸上，你绝对看不到她的悲伤。可是她怎么可能不悲伤呢？后来我才知道，一年中的每一个月，她都会去老伴儿的坟头，默默坐一会儿，然后默默地离开。她在回忆他们相伴了大半生的日子吧？那些忙忙碌碌，琐琐碎碎，吵吵闹闹，或者安安静静的日子。她的悲伤是连续的、散开的，而不是集中的、爆发式的。我相信这悲伤驻扎在她的心里，像生了根一样。

她忙碌着，等待孩子们上坟归来，一家人围坐在一起吃顿饭，然后老伴儿的祭日就过完了。就这么简单。

第二天，她站到门口，送孩子们离开。她绝不远送，她知道送得再远，孩子们也是要走的。他们有自己的生活——他们奔跑在自己的生日与祭日之间,我们把这段过程叫作生命,叫作生存,叫作生活。

我跟她说,您真有福气,三个孩子这样孝顺。她听了,淡淡一笑,说,可是老伴儿过生日时,他们却很少回来……他们在电话里说,祝老爸生日快乐。他们总是忙、总是忙……

从她的眼神里我看不到任何不满,从她的语气里我听不到任何埋怨——这只是她对事实的一种陈述。并且我相信,那时候,即使她的孩子们要回来,她和她的老伴儿也会加以阻止。他们忙,不要打扰他们。他们的事情远比父亲的生日重要。事实上生日真的不重要。生命只有一次开始,那仅有的一次是你出生的那天,而不是你生日的那天。同样的道理,祭日也不重要。生命只有一次结束,那仅有的一次是你死去的那天,而不是你祭日的那天。"过"生日和"过"祭日,不过是世人交代自己或者交代他人的一种仪式,甚至只是一种形式。

可是我想说的是,生日是快乐的,祭日是忧伤的。你可以祝父母生日快乐,他们听得到,感受得到,触摸得到。他们笑着,喝着酒,讲着往事,吹灭蜡烛,脸上涂满奶油,哼着歌,打着饱嗝,他们会在心里说,哦,又过生日了。你们面对面坐着,你们可以愉快地交流。

可是祭日呢?你能祝他们什么呢?或许他们真的可以听得到——或许这仅仅是我们的一厢情愿。就算他们真的可以听得到,又能如何呢?你们面对面坐着,可是你所面对的,不过是一个骨灰盒,或者是一个长满杂草的土包。你们的交流,不过是你的自言自语。除此之外,你还能干什么呢?

说说你的生命吧!它自生日开始,至祭日终止,中间被切成很多个片断。切开一个个片断的是每一年的生日,是你来到这个世界的纪念日。那么这一天,你最需要感谢的人是谁?

当然是你的父母。

隔壁的父亲

父亲敲门的时候，我正在接一个电话。电话是朋友打来的，约我中午出去小酌。我从父亲手里接过一个很大的纸箱，脖颈间还夹着电话跟朋友叽里呱啦地聊着。

父亲寻出一双最旧的拖鞋换上。要出去？

朋友约我出去吃饭。不过，不着急。我打开纸箱，里面塞满烙得金黄的发面烧饼。

这才想起快到七月七了。我们这里的风俗：七月七，烙花吃。花，即发面烧饼。以前在老家，每逢七月七这天，心灵手巧的母亲都会烙出满锅金灿灿香喷喷的烧饼。自打我进城以后，母亲便会将烙烧饼的时间提前几天，然后打发父亲将烧饼送到城里。老家距我所在的城市不过两小时车程，然而，似乎我总是没有时间回家。

和父亲喝了一会儿茶，电话再次响起。我跟父亲说，要不一起去吧？父亲惊叫道，这怎么行？我一个乡下人，怎好跟你那些会码字的朋友吃饭？我说，那有什么？正好把您介绍给他们。父亲一听更慌了，说不去不去，那样不仅我会拘束，你的朋友们也会拘束。我说难道您来一趟，连顿饭也不吃？父亲说，没事没事，回乡下吃，赶趟儿。我说干脆这样，我下厨，咱俩在家里做点儿吃的算了，我这就打电话跟朋友们解释。

父亲急忙将我拦住。他说做人得讲诚信，答应人家的事情，失约的话，多不礼貌……你去吃饭，我正好回乡下。乡下好多事儿呢。我说您如果真不去的话，我也不去了。当爹的进城给儿子送烧饼，儿子却没管饭，等我下次回村，村里人还不把我骂死？再说，我早就想跟您吃顿饭了。

费了九牛二虎之力，终于与父亲达成协议——偷偷在那个酒店另开一间只属于我和父亲的小包间。这样，我既没驳朋友的面子，又能陪父亲吃一顿饭了。父亲勉强同意，但路上还是一个劲儿地嘱咐我别点菜，要两盘水饺就行了。一人一盘，聊聊天，多好。去了，小包间正好被安排在朋友预订的大包间的隔壁，我没敢惊动朋友，悄悄帮父亲点好菜，又对父亲说，等菜上来，您慢点儿吃，我去那边应酬一下，马上过来。父亲说，那你快点儿啊！还有，千万别说你爹就在隔壁啊！我笑了。父亲与刚刚进城时的我一样，见了生人就觉得不自在。

做东的朋友连敬三杯，废话连篇。我惦念着隔壁的父亲，心里有些着急。我说要不我先敬大伙儿一杯酒吧，敬完我得失陪一会儿，有点儿事。朋友说，还没轮到你敬酒呢！等我连敬六杯，然后逆时针转圈……又没什么事，今天咱哥儿几个一醉方休。我说可是我真有事。朋友说只要你说一条站得住脚的理由，就放你走，否则，罚酒六杯。我笑了笑，说，我爹在隔壁。

一桌人全愣住了。

我说，今天我爹进城给我送烧饼，我硬把他拉来。让他过来坐，他死活不肯。现在他一个人在隔壁，我想过去陪他一会儿。

朋友们长吁短叹，说你爹白养你这个儿子了，你这算什么？在隔壁给他弄个单间？虐待他？你愣着干什么快请他过来啊！

我说他肯定不过来。如果你们不想让他拘束让他难堪，就千万不要拉他过来。

朋友说，那我们现在过去敬杯酒，这不过分吧？

我说这挺好。不过你们真想敬他一杯酒的话，就一起过去，千万不要一个一个敬啊！他喝不了多少酒……

朋友们集体离席，奔赴隔壁。推开门，我顿时愣住了，房间里只剩一个埋头拖地的服务员。我问她，刚才坐在这里的那位老人呢？服务员说，早走啦！你点的菜，都被他退了！不过他还是打包带走一盘水饺，他说，想给乡下的老伴儿尝尝城里的水饺。

父亲进城一趟，给我送来五六十个烧饼，一兜大蒜，一兜土豆，一兜菜豆，一兜韭菜，两个丝瓜，八个南瓜，然后，在一个小包间里独自坐了一会儿，再然后，饿着肚子回家。而他的儿子，却在隔壁与一群朋友推杯换盏胡吃海喝，还美其名曰：周末小酌。

我端起杯,对朋友们说,咱们敬我父亲一杯吧!朋友们一起举杯,那杯酒,每个人都干了。

这一幕,我的父亲不会知道。此时他正坐在开往乡下的公共汽车上,怀里抱着一个装了城里水饺的饭盒。

五张纸条

暴风雪袭来时,卡车不幸在茫茫戈壁滩中抛锚。天地间霎时昏暗混沌,只剩下狂风、暴雪与彻骨的寒冷。似乎连空气都冻成冰刃,嘶嘶叫着,从每个人的脖子上划过去。六个人缩在狭窄的车厢里瑟瑟发抖,血和呼吸仿佛早已凝固。死神一步步逼近,每个人的心里都生出深深的恐惧。

这是一个很小的剧团,要去戈壁深处慰问一支驻扎在那里的部队。六个人里,年纪最大的四十二岁,是团长;年纪最小的十八岁,是剧团新成员。他们是一对父子。

六个人在暴风雪里坚持了一天一夜。周围除了风雪,连飞鸟都见不到一只。天气越来越恶劣,死神近在咫尺。他们也曾试图丢下车子徒步前行,可是这打算很快被放弃。走进无边无际的漫天风雪，等于选择死亡。挤在车厢里，等待风雪过去或者被救援人员发现，多少还有一丝生还的可能。

又熬过一天。风雪仍在肆虐，世界只剩一辆被埋了半截的卡车。所有人都知道，假如黄昏以前仍然没有人发现他们，他们将会无声无息地冻死在夜幕笼罩下的戈壁滩。

终于决定让一个人离开，徒步走进暴风雪寻找救援人员。他们认为这是最后的希望。假如运气好的话，假如那个人可以找到救援队并顺利返回，也许他们能够得救。团长宣布完这个决定，静静地看着每一个人。

没有人主动站出来。谁都知道一旦离开车子，生命会脆弱得如同高空中落下的鸡蛋——留在车厢里的生还机会，远比一个人在风雪中独行要大得多。

可是必须有人走出去，哪怕只有百分之一的希望，也要做百分百的努力。

车厢里死一般寂静。每个人都面无表情。团长看看儿子，儿子急忙低下头——他的身体是六个人里最好的，他可以在暴风雪里走得最远活得最长——他是最佳人选。

团长说现在必须做出决定。选到谁，谁就走出去。

仍然没有人说话。

团长说那么每人在纸上写一个名字吧，票数最多的人走出去。他掏出一张纸，撕成大小均匀的五份。他将纸条分别递到五个人手里，说，写完以后，折起来交给我。

大家用冻得僵硬的手在纸条上郑重地写下一个名字，然后将纸条小心地折好,交给团长。

团长将五张纸条依次打开,表情越来越严峻。纸条全部看完,他长叹了一口气,把纸条递给他的儿子。他说,大家的意思,改不了。

儿子从父亲手里接过纸条,一张张慢慢地看。看完抬起头,看了父亲一眼,又将目光从每个人的脸上扫过,然后推开车门走了出去。他没说一句话。他的眼睛里饱含泪花。他的表情很是壮烈。他深知走出去意味着什么。狂风裹挟着雪花刹那间涌进车厢,车厢里的温度骤然变得更低。再寻找他,风雪里只剩一个越来越小的暗灰色的影子,瞬间淹没在雪的海洋。

剩下的五个人缩在车厢里,开始了一生中最漫长的等待——等待救援或者死亡。

他们终于得救了。不是因为团长的儿子找到了救援人员,而是因为暴风雪停了。救援直升机在空中发现了这辆被困的卡车,又在三个小时以后,在雪地里找到团长的儿子。

他走出去很远。那绝对是别人不能到达的距离。事实证明他的确是六个人里最合适的人选。他努力了,可是失败了。他没有完成任务。他不是神,他只是一个爱唱歌的年仅十八岁的年轻人。

人们没能将他救活。他的死,看起来毫无价值。

整理遗物的时候,有人在他的口袋里发现了五张对折的小纸条。

五张纸条上,写着五个不同的名字。

悬　崖

他左边的裤兜里装了一把钳子和一把改锥,右边的裤兜里装了一把钢锉和一把尖刀。他把双手插进裤兜,吹着口哨,大摇大摆地走进小区。甚至,他还冲那个留着小胡子的保安,微笑着点了点头。

尽管此时,他的两条腿,绵软得几乎站立不住。

他观察了三天。他知道那个男人在黄昏时分才能回来。在男人回来之前,那个总是挂着厚厚窗帘的窗口,没有任何动静。这等于说,他有充足的时间,在空无一人的房间里翻找。

他的钢锉和改锥没有派上用场。他轻轻推了一下,门就开了,发出很大的声响。那声音将他的心脏震痛,他在那一瞬间几乎瘫倒。他待在那里至少有十几秒钟,一动不动。终于,他蹑手蹑脚地走进屋子。

他在客厅里胡乱翻找。他急得满头大汗。他没有翻到一分钱。茶几上有一筒打开的饼干,他抓起几块饼干向嘴里塞去。他吃得很快,却很绅士。尽管他知道,这屋子里空无一人。

他将近两天没吃东西了。

他一边吃,一边推开卧室的门。

他一下子愣住了。

床上躺着一个女人,侧着身子,正盯着他看。

他也盯着她看。其实他想逃走,很想。可是他的双脚似被钉住,不由自主地颤抖。他扶着门,努力使自己保持镇定。

女人笑了。她说,你好。女人脸色苍白,没有一丝阳光的影子。

他说,你好。这时他才发现自己的嘴里还塞着饼干,这让他的话含糊不清。

女人说,来了?他说,来了。女人说,你坐。他说,不用。他稍微镇静了些,脑子里闪出一千种可能和一千种应对的办法。

女人说,你是来做钟点工的吧?刚打出广告,你就来了……

他满腹狐疑地说,是。他把嘴里的饼干吞下,将右手伸进裤兜,抓紧了那把刀。

女人身边的床头柜上,放着一部电话。女人悄悄地、很隐蔽地把手伸过去。他往前走了两步。他想只要女人的手抓起电话,他就掏出那把刀子,毫不犹豫地冲上去。

女人的手,却在距离电话几厘米的地方停住了。她打开床头柜的一个抽屉，从里面取出五十块钱，递给他。说好了的，先给钱。女人说。仍是浅浅地笑着。

他走过去，接过那五十元钱，然后愣愣地看着女人。女人说，扶我起来。他就小心翼翼地扶女人起来。女人说，扶我去阳台。他就小心翼翼地扶女人去阳台。女人坐到一张宽大的椅子上，眯起眼睛。看得出女人很虚弱，她在轻轻地喘息。

女人说，我坐一会儿，你慢慢吃。她指着他手里的饼干筒，冰箱里还有，吃完了，你自己去拿。

他说，不用了。竟有些难为情起来。只是，他插在裤兜里的右手，仍然紧攥着那把刀子。

你多大了？女人突然问。

二十三，他说，是周岁。

和我儿子一样大。女人说，我儿子，和你一样帅，一样壮。

他的脸红了。

不过现在他在海南，在当兵。女人说，我有好几年没见到他了。

想他吗？他问。

当然想。女人说，你失业了？

是的。他老老实实地承认。

没关系的。女人说，像你这样的年龄，机会一抓一大把。钟点工，不也是份工作？女人开始咳嗽，仿佛要咳出五脏六腑。他不得不松开紧攥着刀子的手，握成拳，轻轻捶着女人的后背。

谢谢你，小伙子。女人说，我儿子以前也常常这样给我捶背。

他的脸再一次红了。你不闷吗？他说，要不把窗帘拉开吧。

女人笑笑，好。

要不，把窗子也打开吧？透透空气。他说。

女人再笑笑，当然好。

他拉开窗帘，然后把窗子打开。阳光和风灌进来，把阳台以及阳台上的两个人，镀成淡淡的金黄色。

女人再一次咳嗽起来，他轻轻地为女人捶着后背。现在他感觉，自己真的是一位优秀的钟点工，正照顾一个虚弱的女人。他甚至有一种越来越强烈的成就感。

突然他听到钥匙在门锁里转动的声音。他惊了一下：他竟陪着这个病恹恹的女人，在阳台上待了整整一个下午！

女人笑着对他说，时间到了，你该走了。冰箱里还有饼干，如果你喜欢吃，可以拿走。

他说真的不用了。转身往外走，正碰到走向卧室的男人。

他微笑着对男人点点头。男人的脸上，满是惊讶。

他听见男人走进卧室，问女人，谁啊？

女人说，钟点工。

钟点工？什么钟点工？……老天！医生嘱咐过你不能乱动！竟然还开了窗子！你不想活了？

男人的声音，惊慌失措。

他站在门口，一动不动。本想离开，此时却迈不开步。他重新敲门，走进屋子，在男人惊愕的目光中，从裤兜里掏出那五十块钱，然后掏出改锥、钳子、钢锉和尖刀。他把这些东西堆放到一起，压住那五十块钱。

现在他感到浑身轻松。

他重新走进卧室，朝女人深深鞠了一躬。

谢谢你。他说，是你把我，从悬崖边拉了回来。

给您换一碗

每个黄昏,年轻人都要过来吃碗拉面。面馆很小,板房改造而成,半露天。正是夏天,苍蝇成群。年轻人在一个建筑工地干活,这是离工地最近的面馆。

年轻人喜欢吃面。不仅因为便宜,还因为面的味道十分鲜美。

工地没有食堂,早晨和中午,年轻人在附近的商店买两个馒头和一包咸菜,就上一碗水,就能将两顿饭对付过去。可是晚饭,年轻人一定要吃一碗面。虽然不是山珍海味,但面里有油,有盐,有酱油,有醋,有几块牛肉和几点葱花。正是长身体的时候,年轻人需要这些东西。

一碗面当然不能让年轻人吃饱。所以,回去时,年轻人仍然会拐到商店,买个馒头,买包咸菜。年轻人坐在工棚里默默地吃,想着远方的父母和弟弟妹妹，一碗水喝得咕咚有声，心里充满幸福和忧伤。

面馆虽然很小，很脏，但那个秃头老板能把面做出特别的味道。年轻人认为他最大的幸福，就是坐在面馆的长凳上，冲秃头老板喊："来一碗面！多放点儿葱花……"

那天年轻人发现碗里有一只苍蝇。他吃下一口面，辣得龇牙咧嘴，低头的刹那，便看到苍蝇。年轻人唤来秃头老板，老板一个劲儿地给年轻人道歉。真的很对不起，老板说，这里马上就要拆迁了，不值得再装修，所以苍蝇多。年轻人摆摆手，表示谅解。老板笑笑说，请稍等，马上给您换一碗。他端走年轻人只吃了一口的面，然后给年轻人重新端来一碗。年轻人吃着面，突然感到有些可惜。那碗面里不过有一只苍蝇。那碗面他只吃了一口。那碗面里甚至还有两块薄薄的牛肉。年轻人想，假如他能将那碗面吃掉大半甚至吃得只剩下汤水，再喊来老板……年轻人坐在工棚里啃着馒头，仍然想着这件事情，他一想到那碗端走了的面，就觉得太可惜了。

假如再碰到这种情况，他一定会晚些时候喊老板过来。年轻人想，花一碗面的钱吃两碗面，多么合算。

可是这样的概率毕竟很小。谁都不希望碰到这样的事情：老板，食客——除了年轻人。

终于，三个月以后，年轻人的碗里，再次出现一只苍蝇。

是深秋，苍蝇已经极少。可能正因为如此，老板放松了警惕。年轻人吃下一口面，抹抹脸上的汗，他就是在那个时候发现碗里有只苍蝇的。

年轻人愣了愣，抬头看看忙碌的老板，又低下头，用筷子小心地将苍蝇拨到碗沿，然后，不动声色地继续吃了起来。

面的味道真的好极了。一只苍蝇并不能败坏年轻人的胃口。

可是年轻人不能将面吃光，他得做出突然发现苍蝇的样子，他得做出发现苍蝇便扔掉筷子的样子。年轻人大声喊："老板！"秃头老板慌慌张张地跑过来。年轻人扔了筷子，说："你怎么回事？面里有一只苍蝇！"

"苍蝇？"

"你看看。"年轻人说。

年轻人拾起筷子，拨动着剩下的几根面条。他没有发现苍蝇。年轻人继续拨动面条，没有苍蝇。年轻人找来一只空碗，将碗里的汤一点一点滗出去，苍蝇仍然没有出现。很多食客盯着他看，表情复杂。年轻人只觉一股热血冲上脑门。

他难受极了。他想哭。不是因为他不小心吃掉了那只苍蝇，而是因为这些人，食客，老板，都看出了他的伎俩。

"苍蝇呢？"老板问他。

"刚才……还在……现在……找不到了……我也不知道……"

"真有苍蝇？"老板目光如炬，似乎他的目光能够将年轻人穿透，似乎他知晓年轻人脑子里的所有秘密。

"真……有……"

老板轻轻叹一口气。老板冲周围的食客笑笑，以示抱歉。然后，老板端起碗，对年轻人说："对不起，我这就给您换一碗。"

年轻人愣了愣,终于伏在桌上,哭出声来。

我讨厌身上的汗味

我知道我身上有一股很重的汗味。我还知道,那气味很难闻。

现在是黄昏,我挤上12路公共汽车,从东城去西城。我喜欢12路公共汽车。每天我都要往返于东城和西城之间,在清晨与黄昏,12路伴我穿越小城。有时我嫌这段行程太短。我喜欢站在汽车上,欣赏城市的街景。

我讨厌一些作家把我们写得卑微而可怜,偏偏现在的作家就喜欢这么写我们。晚上,在睡觉之前,我喜欢翻阅杂志。我常常被杂志里的那些农民工所感动,我对他们心怀怜悯。但我与他们不一样。我不想让别人怜悯,我真的没有让他们怜悯的理由。事实上,除了偶尔的伤感、孤寂与无所适从,我过得挺快乐。

一瓶白酒、两包咸菜、一根火腿肠,就能带给我一个快乐的夜晚。我一边喝酒一边打量街景：我喜欢坐着轮椅的老人，挺着啤酒肚的男人，拎着坤包的女人，踩着滑板的孩子。我喜欢路灯投下的光影，汽车溅起的水花，男人打出的饱嗝，树叶沙沙的声响。我喜欢马缨花的气味，流浪狗的气味，女人飘然而过时散发出的香水的气味。城市里，一切都是美好的。我喜欢这个小城。

可是我身上有一股很重的汗味，这让我非常难堪。

清晨，我用冷水将身体一遍又一遍地擦洗。从西城去东城，公共汽车上，我非常自信。我挤在人群里，身体轻轻地晃，轻轻地晃。我迷恋这种感觉。我愿意被这种迷恋欺骗。我想起母亲的摇篮。

可是黄昏，当我带着一身臭汗回来，我就变成另外一副样子。我尽可能躲开人群，尽可能离他们的身体远一点儿，再远一点儿。然而，我仍然看到他们厌恶的表情。他们或扭过脸去，或捂住鼻子，或打开窗户，或干脆下车。每当这时，我就会羞愧得无地自容。仅有一次，一身臭汗的我被挤到一个女人身旁，那女人看看我，非但没有厌恶之情，还冲我笑了一下。那一刻阳光明媚，仿佛全世界的花儿，都在那一刻开放。

我常常想，假如我不必流汗，我就会像城里人一样，每时每刻都干干净净。或许我还会往身上喷点儿香水，淡淡的，甜甜的，若有若无，丝丝缕缕。轻轻翕动鼻翼，仿佛站在桂花丛中。我会靠近每一个城里人：老人，孩子，男人，女人。仅仅是靠近他们，不去打扰他们。

现在我被挤到角落。本来我站在车门口，可是乘客越来越多，我努力与他们保持距离，就缩到了角落。然后，一个男人挤过来，我看到他的嘴巴里，闪出一颗漂亮的假牙。他看着窗外，突然锁紧眉毛。他扭过脸，上上下下打量着我。他的表情，让我极不自在。

你身上的味儿？他问我。

我刚干完活儿……

我是问，是不是你身上的味儿？他有些不耐烦。

我住西城。我说，工地上不能洗澡……

真啰唆。他咄咄逼人地盯着我的鼻子，似乎随时可能将我的鼻子咬掉。我问你，是不是你身上的味儿？

是……

真是没素质。他冲我瞪着眼睛，大声吼道，离我远点儿！

我非常想离他远点儿，非常非常想。可是那个时候，我早已被挤得动弹不得。

车上太挤。我低眉顺眼地说，等再过几站，车里腾出地方……

那你快下车！他说，这么小的车厢，被你弄得臭烘烘的。

可是，我得到西城去……

我让你下车！男人冲我吼叫起来，你想把大家都熏死？真他妈没教养！

我不敢再说话，更不敢再看他。车厢里静悄悄的，我知道大家都在看着我们。我还知道，那些眼神太过复杂：怜悯、好奇、漠然、愤怒、幸灾乐祸、兔死狐悲……可是他们没一个人说话。我还知道他们并非都是城里人，我相信，他们之中，至少有一半人,刚刚来到城市。

我理解他们。他们没有必要帮我。他们也厌恶我身上的汗味,如同我讨厌别人的汗味。世界上,所有难闻的气味,都让人不舒服。

我下了车,一声不吭。我走回宿舍,路上,买了一瓶白酒、两包咸菜、一根火腿肠。八站路,我走了整整一个半小时——不是我走得慢,而是我太累了。

车上那个人的嘴脸在我眼前闪现。我非常难过,可是我并不恨他。城里人都爱干净,我也爱干净;城里人都讨厌汗味,我也讨厌汗味。

就是这样。

烟花灿烂

男人肯定知道他试图带上火车的东西属于违禁品,所以当值班警察把他叫到一边,问他纸箱里装了什么时,他老老实实地回答:液化气罐。

你抽烟吗?警察问他。

谢谢。他抬起手。

警察笑了。以为我要给你烟抽?他说,液化气罐加打火机,如果你是警察,会不会怀疑这个人有不良企图?

小题大作了吧?男人说,液化气罐当炸弹?坏人的装备应该比这先进得多!

为什么要带个液化气罐?

工地上用的,还剩半罐气,舍不得扔。男人说,带回乡下,还能接着用。

　　舍不得扔也得扔。警察说，不扔的话，你连火车都上不了，怎么回乡下？

　　太浪费了吧。男人说，还剩那么多……

　　你可以送给你的工友，或者，卖给他们也行。警察为他出着主意，你现在就可以给他们打电话。

　　都回家了，工地上早没人了。男人说，如果不是留我守工地，我也早回家了。要不这样吧！男人想了想，说，我把液化气放掉，把空罐拿回家。

　　在候车大厅里放液化气？警察哭笑不得，你以为这里是你家的院子？

　　那就去门口放。男人说，这么新的罐子，哪儿舍得丢掉呢！

　　警察问他，几点的火车？

　　男人看看墙上的大钟，说，还有一个小时。

　　这样吧！警察说，我带你去一个地方，但你得保证把液化气放干净，还得保证一路上都要守着你的空罐子。要装到纸箱里，用绳子扎紧……

　　男人笑笑，露出雪白的牙齿：好嘞！

　　警察开着车，与男人来到近郊的一条小河边。男人打开液化气罐的阀门，一股难闻的气味迅速在河滩上弥散开来。警察捂着鼻子，问，怎么今天才往家赶？

　　看工地啊！男人说，又是钢筋又是水泥，万一丢了，损失可就大了……你以为我喜欢在大年三十往家赶？明天晚上才能到家。

过年，过得就是个大年三十。对不对？看春晚、喝酒、打牌、吃饺子、放烟花、看烟花，多滋润啊！你喜欢烟花吗？我最喜欢烟花。

小孩子才喜欢烟花。警察撇撇嘴说。

我是苗族人。男人解释说，我们崇拜和敬畏蝴蝶、水泡泡……

这跟烟花有什么关系？

漂亮呗。男人说，五彩斑斓的蝴蝶和水泡泡，美轮美奂却又如此短暂。烟花也是。

转上词了？警察说，但是，不管你是哪里人，不管你敬畏什么，不管你怎么说，你都别想把液化气带上火车。

咱俩能不能合计点儿事？男人凑到警察身边，讨好地说，把气罐阀门开到最大，你躲远点儿，我拿打火机点上火……

你不要命了？警察睁圆眼睛，还点上火？轰！你要在这里煮饭？沏茶？你想干什么？

放个烟花。男人翻翻眼睛，不让拉倒。

半罐液化气，一会儿放个精光。警察使劲儿摇动着液化气罐，他绝对不允许罐里残存一点点液化气。男人有些不满警察的谨慎，说，这么多的液化气，说浪费就浪费了。放个烟花看，又不让……

警察笑笑，说，把液化气罐扛到车上，咱们该回去了。

男人坐在车上，一言不发，像个生气的孩子。警察说，真受不了你！按道理，连空罐都不应该带上火车。我给你三十块钱行了吧？三十块钱，你回乡下，再买半罐液化气。

刚才还能看烟花呢。

再给你十块钱！警察揶揄道，你好买个大烟花。

拿来！男人挺挺胸脯。

给你个大头鬼！警察笑了，你还白坐了我的车呢。

警察将男人送到车上，又嘱咐他，千万管好你的液化气罐。男人说好啦好啦快下去吧。警察说那么再见了。男人说见不到啦！这次回到乡下，就不回来啦。警察说，那给你拜个年吧。男人说，这还差不多。

火车开动的时候，远处的夜空，盛开出一朵很大的烟花。烟花很灿烂，转瞬即逝。然后，又一朵，一朵接着一朵，在夜空怒放。男人将脸贴在车窗上，笑着，那张脸，渐渐变得扁平。他轻声说道，看到了吗？烟花下面，就是我盖起来的楼房！

没有人听到他的话。除夕之夜，偌大的车厢空空荡荡，除了他，再无一人。

这个时候，人们大都在家里看春晚，喝酒，打牌，吃饺子，放烟花。

四大冥捕

杀父仇人吴屠,竟是小秋的师傅。

二十年前,吴屠提一把剑,横扫孔雀山庄。山庄四大高手未及出招便被他刺翻,每个人的颈上,只有一个针尖般大小的红点——吴屠的剑,薄到不能再薄,小到不能再小,快到不能再快。小秋的爹娘并肩作战,也仅仅支撑了几个回合。吴屠只有一把剑,一把剑似乎幻化成无数把。剑光将小秋的爹娘笼罩,他们无处可逃。

三岁的小秋眼睁睁看着爹娘被刺倒在地。爹扭着脖子看他,小秋明晓爹的眼神:报仇!

报仇,需要机会。机会是吴屠给的。

吴屠犯了两个错误:他没有斩草除根;他将小秋收为徒弟。

两个错误,足以致命。

他将躲在床底瑟瑟发抖的小秋倒提起来,像买一只鸡那样打量着他。吴屠说,他见过很多孩子,只有小秋将他打动。他还说,他会让小秋成为世间一流的杀手。

他太过自信。或许他认为三岁的小秋没有记忆,或许他认为小秋永远打不败他。

然而他忽略了岁月的威力。人人都会败给时间,包括杀手。当杀手老去,其命运往往是:被杀。

小秋跟着吴屠,过着居无定所、颠沛流离的生活。多年来吴屠的生活中只有两件事:杀人,教小秋杀人。二十年光阴匆匆而过。

二十年里,小秋从未放弃杀死吴屠的念头。现在机会来了。

因为小秋长大了。这是吴屠第一次带小秋出来杀人。

吴屠要杀掉的,是雷天。雷天武功高深莫测,且一直效忠于朝廷。小秋认为吴屠必将失手——关键时刻,他会帮雷天出剑。救雷天,救朝廷,救自己。

他与吴屠坐在"春来客栈"的大堂,面前是一坛陈年花雕。吴屠喜欢在杀人前喝一点酒,但过了今天,恐怕他再也喝不到这么好的酒了。

吴屠拍开封泥。

你想杀我。他盯着小秋,突然说。

小秋的手,猛地一抖。

这么多年,我待你如亲生儿子,你却一直都想杀我。

小秋看着吴屠，沉默不语。他的手悄悄绷紧。

多年来你一直想替父报仇，你甚至偷偷找到"四大名捕"，只因我有所警觉，才没得手。吴屠给小秋倒了一碗酒，说，你认为你长大了，能够打败甚至杀死我了。并且，你认为我对你毫无防范。

你可以在我动手之前杀死我。小秋说，二十年来，无论哪一天，你都可以杀死我。

我不能。世间只有你，能够接替我。吴屠说，这两年我真的老了，常觉力不从心……

我不会接替你。小秋盯着吴屠，我跟随你只有一个目的：杀你。

因为我杀了你的爹娘？

不仅如此。还因为我不想再看到无辜的人死去，比如雷天……

假如他们该死呢？

他们不该死。

我知道说出实情，你会非常难过，可是我必须说出来。

小秋的虎口开始跳动，藏在袖口里的软剑，随时准备刺出。

吴屠喝下一口酒，说，雷天依仗朝中有人，做过很多坏事，杀过很多无辜的百姓。可是这些事，既不能说出来，也不能将他押进大牢……

可是我爹娘是好人！

几乎所有人都认为他们是好人，但他们不是。吴屠低下头，表情痛苦。他们为先皇做了很多事，我指的是，坏事……并且，最让当今皇上头痛的是，他们所做的一切，全都绕开了律令……

那就光明正大地去查，去审！小秋说，有"四大名捕"……

当律令能惩处他们时，便需要"四大名捕"；当律令奈何不了他们，或者有些事情不便公开时，便需要我这样的人。知道"四大冥捕"吗？送该杀之人进地狱，却永远不能如"四大名捕"那样受人尊敬和传颂。"冥捕"需要承受太多危险、孤独、误会……更重要的是，"四大冥捕"并非四人，而是一人。

小秋听说过"四大冥捕"。然而在此之前，他认为"四大冥捕"不过是一个传说，就像"侠盗楚留香"那样的传说。他既不敢相信"四大冥捕"确有其人，也不敢相信他一直恨入骨髓的吴屠就是"四大冥捕"，更不敢相信他记忆里的爹娘，原是连律令都奈何不了的恶人。

知道你难以相信。可是皇上的御牌，你不会不知。吴屠张开手，御牌上"四大冥捕"四个字，让小秋表情扭曲。

"这么多年一直瞒着你，是怕你痛苦，更怕你不能明辨是非。现在，该是你做出决定的时候了。"吴屠说，"不过请你记住，你是唯一一个能够接替我的人。假如你愿意，现在就可以成为'四大冥捕'……"

小秋盯着吴屠，咬牙切齿。

杀父之仇，必报！他一字一顿，我发过誓，活着只为杀你！

烛动，风动，窗动。一个黑影闪进屋内，刀光剑影中，小秋听到一个声音：我雷天岂容尔等前来撒野！

吴屠挥剑，身形急闪。雷天的刀光，已逼近其咽喉。

小秋溅出一滴泪。剑,划出去。

却不是指向吴屠,而是指向雷天。

一剑,了却二十年江湖恩怨。

婴儿的救赎

男人潜回村子的时候，已是午夜。月光把银色的光华倾泻在地，夜凉如水，村子如同熟睡中的婴儿。男人翻墙而入，他果真见到了炕头熟睡的婴儿。那是他未曾谋面的一岁半的儿子。他逃走时，妻子刚刚有了身孕。

回想往事，男人又恨又悔。几个哥们儿凑到一起喝酒，一言不合，他抓起西瓜刀就把人捅了。其实刀子刺进对方腹部的瞬间他就开始后悔，他想送对方去医院，他想去派出所自首，他想向对方道歉，甚至，他想跪下来给对方磕头。可是他害怕。他从来没有那样害怕过，逃走之前他甚至没敢回一趟家。男人像一只惊恐的老鼠般隐匿在一个又一个城市里，每一天，他都在挂念身怀六甲的妻子和即将出世的孩子。

月光涌进屋子,照着他的妻儿,看起来他们睡得很踏实。他端详着儿子的五官,他认为儿子像他的地方多一些。妻子翻了一个身,一只手搭在儿子身上。儿子轻轻哼了一声,睡梦里的妻子毫无察觉。两年来妻子似乎老去很多,眼角有了皱纹,皮肤不再光滑。可是她依然漂亮,妩媚动人。他低下头,轻吻妻子的脸颊,睡梦里的妻子竟然露出笑容。也许妻子梦见了他,也许妻子梦见的,是长大的儿子。男人的心紧缩了一下,看看儿子,儿子的眼睛突然毫无理由地睁开了。他吓了一跳,身体猛地一颤——这次偷偷回来,他不想惊动他的妻儿。他只想偷偷看他们一眼,然后,匆匆逃走。

儿子没有发现他。儿子看看天花板,动动小嘴,又睡着了。他睡得并不安稳,男人看到他的眼珠在紧闭的眼皮下面骨碌碌地转动。男人咬了咬嘴唇,轻轻拿开妻子的手,然后,将儿子小心翼翼地抱了起来。儿子那般小,那般轻,那般柔软,那般惹人喜爱。儿子往他的怀里拱了拱,那一刻,男人的心,碎成无数瓣。

最初怀里的儿子似乎并不舒服,他不停地扭动身体,两条淡淡的眉毛凝成死结。可是渐渐地,儿子放松下来,呼吸也变得均匀了。他的鼻尖渗出细小的汗珠,他甚至在他的怀里放了一个无比放肆的响屁。他笑了,在儿子的脸蛋上轻轻亲了一下。他似乎看到自己小时候的模样。

男人抱着儿子,再也舍不得放下。他努力让儿子睡得舒服些,再舒服些;他努力让自己保持一种固定的姿势,一动不动。突然院子里传来一点动静,男人侧耳细听,表情陡然一惊。他甚至下意识地做出逃跑的准备，可是最终，他还是没有动。当警察出现在他的面前，他一手抱着儿子，一手朝警察做出一个"轻一点"的手势。他小心翼翼地将儿子放回妻子身边，然后，万般不舍地看了看他的妻儿……

男人本有机会逃跑，可是他选择了束手就擒。放弃逃跑的原因，除了他不想继续过那种提心吊胆的日子，还有很多。但他知道，其实最重要的原因只有一个，那就是：

他不忍惊醒睡梦中的儿子。

军　装

1937年，南京。

天空不见一丝蓝色，废墟般的城市里，烧焦的残肢断臂随处可见。溃败的中国士兵潮水般涌出挹江门，他们没有秩序，面无表情地踏上同伴的尸体。到处都是呼喊声，惨叫声，老人的呻吟声，孩子的哭泣声。子弹和炮弹编织成密集的网，城在网中，惨遭蹂躏。

第一波日本人很快扑进城中。他们嗷嗷叫着，惊恐地将每一个活动的目标射杀。他们越过一片又一片废墟，穿过一条又一条马路，他们就像在丛林里狩猎，动作愈来愈熟练，神色愈来愈悠闲。突然一排轻飘飘的子弹从一栋摇摇欲坠的楼房里射出，几个日本兵猛然栽倒。他们戴了钢盔的脑袋上，冒起淡淡的青烟。

埋伏在楼房里的，是最后一支战斗着的守军。只有三十多个人，忠诚地执行着"打光最后一颗子弹"的命令。三十多个人挤在狭小的建筑物里，就像捆绑在一起的手榴弹。他的左边挤着强子，右边挤着死去的连长。弹片将连长的半个脑袋削飞，仅剩一半脑袋的连长依然英俊。强子的手里紧攥着一挺机枪，那机枪严重变形，歪歪扭扭，好像一根天津麻花。机枪"嗒嗒嗒"地响起来，子弹击起远处的尘烟，切断日本人的喊叫。他认为强子是一名出色的机枪手，一名合格的士兵。

可是他呢？他是兵吗？也许是，也许不是。他参军没几天，他甚至没有一套属于自己的军装。记得他跟连长说过，连长说，哦。扔一杆枪给他，就指挥士兵垒沙袋去了。那些沙袋垒得很高，那些沙袋摆成怪异的阵式。到处都是沙袋、步枪、水壶、子弹、手榴弹、机枪、铁锹、书信和豪言壮语，以及壮烈的士兵。连长说他们的防线坚不可摧。可是当战斗打响，那些沙袋们，霎时同士兵的尸体一起飞上了天。

他跟连长说过三次。他说他得有一身军装。"穿上军装，我才是个兵。"连长终于恼了，他说你随便从哪个死人身上扒一套吧！他试了试，终于下不了手。他想那样的话，那些死去的战友，就不再是兵了。他们战死了，却不再是兵，他不能这么干。尸体们叠股枕臂，堆成小山，他趴在小山里，填子弹、瞄准、射击，再填子弹，再瞄准，再射击……他在死人的缝隙里坚守，就像坚守在隆隆战车前的螳螂。后来他们撤进了城里，躲进那栋随时可能坍塌的小楼。连长说，打完最后一颗子弹，咱们就可以走了……追上队伍，或者回家。然后弹片划过，他的脑袋仅剩一半。他用仅剩一半的脑袋冲他微笑，他的笑容凄惨中有一点悲壮。

日军迅速将他们包围，他们腹背受敌。甚至有日本士兵冲进小楼，他的枪筒几乎捅进日本人的嘴巴。子弹清脆地击穿日本人的后脑勺，那是他的最后一颗子弹。拖着血丝的子弹飞向天空，天空与天空之间，是无数的尸体。

他跑向广场，他知道战斗暂时结束了。突围的过程异常惨烈，三十多个人，仅剩他一个。广场上挤满了人，老人，女人，孩子，医生，学生，士兵。有人慌慌张张将枪扔掉，又慌慌张张地脱掉身上的军装；有人将军装埋进花坛，那些花儿全都失去了头颅；有人将军装投向烈焰，它们很快燃烧，如同猎猎战旗。脱掉军装的士兵马上变成牙医，变成铁匠，变成农民，变成酒馆伙计，变成菜市场上的商贩。他们挤进人群，试图以此来挽救自己的性命。

军装染上鲜血，军装熠熠生辉，军装五彩斑斓，军装坚硬如铁。军装躺在地上，缩在火焰里，沦为尘土，或者化为青烟。一座城沦陷了，一起沦陷的，还有军装。

他跑过去，泪飞如雨。他从火焰里抢出一套军装，动作迅疾滑稽。那是一套近乎崭新的军装，没有枪眼，没有鲜血，没有褶皱，甚至没有灰尘。他将军装抖开，浓重的草绿色刺伤他的眼睛。他向火焰跪下，向城池跪下，向废墟跪下，向军装跪下。他说，我还是一个兵。

仍然有人慌乱地脱着自己的军装,他却慌乱地往身上套着陌生的军装。连日本人都愣住了,他们赶过来,端起枪,眯起眼,却忘记扣动扳机。终于他穿戴整齐,他甚至有时间整理一下衣襟。然后他"啪"地立正,向火焰和废墟行了一个并不标准的军礼。

　　随着一声枪响,军装上多出两个圆圆的小洞。他嚎叫着伸手去捂,牙齿将舌头咬断。

　　他想捂住的不是鲜血,而是军装上的洞。

沉默的子弹

不过一束光,他就知道,生命不再属于自己。

光暗淡,微弱,灰白,转瞬即逝。他正掬起一捧水,水送至嘴边,光悄悄划过他的眼睛。他愣住,呆住,僵住,冻住,不敢蹲下,不敢趴下,不敢逃走,甚至,不敢呼吸。他知道那是瞄准镜反射的光芒。狙击步枪的瞄准镜,冷酷并且精确。

他能够想象瞄准镜后面的眼睛。眼睛靠近瞄准镜,他的眉心即刻与十字准星完美地重叠。现在,草丛间隐藏的狙击手随时可以将手指轻轻一勾,让他在瞬间死去。

甚至来不及挣扎,来不及惨叫。甚至来不及颤抖或者抽搐。他似乎看见子弹从草丛里蹿出,冲开稀薄的空气,螺旋状飞行,将他的眉心刺出一个圆圆的小孔。小孔散出淡淡的青烟,一缕金黄的阳光从小孔里灵巧地穿过，然后，照到枪手仍然冷峻的脸上。

恐惧排山倒海般将他吞噬。他弯着腰，不敢动。

其实他有两个选择：其一，他一个鱼跃，扑倒并且抓起旁边的步枪。填满子弹的步枪被扔在两米以外，两米的距离，半秒钟足矣；其二，他一个侧翻，滚向与步枪相反的方向。那里有一个茂盛的灌木丛，那些灌木或许可以救他。可是他没有动。他权衡很久，终于放弃。他知道不可能成功——他知道草丛里的狙击手绝不会给他任何机会——这样的距离，瞎子也不会射偏。

他在丛林里度过半个多月。半个多月时间里，他连睡觉都不敢松懈，白天更是高度警觉和戒备，头盔压得很低，手指扣紧扳机。他趴在河边的灌木丛里观察很久，直到确信这里就像自家院子一样安全。然后他走出来，卸掉步枪，卸掉干粮，卸掉水壶，卸掉头盔。他需要喝点儿水，吃点儿干粮。他需要让他的呼吸变得轻松。他需要让他的心脏正常跳动。他需要让紧绷的神经放松片刻。

于是他成为靶子，成为羊，成为猪，成为即将死去的士兵。百发百中的步枪近在咫尺，此时却显得多余和滑稽。是的，他仍然是兵，生命进入倒计时的兵。这想法令他绝望和悲伤。

他不知道他们对峙了多久。一分钟，一小时，还是一个下午？他弓着身体，捧着双手，如同在向看不见的敌人讨要一片饼干或者一颗子弹。当死亡被无限押长，当死亡带来的恐惧被无限押长，就等于经历过很多次死亡。似乎真是这样，一分钟、一小时或者一个下午，年轻的士兵在意念里被他的敌人射杀过多次。每一次他都闭上眼睛,每一次他都没有倒下。

枪手的枪,迟迟没有响起。

突然他很想坐一会儿。终是一死,为什么不死得舒服一些呢?为什么不痛快一些呢?甚至,为什么不试试运气呢?他慢慢放下双手,草丛不见动静;他慢慢往旁边挪一步,草丛仍然不见动静;他一点一点蹲下,草丛还是不见动静。坐上石头的那一刻他流出眼泪——滚烫的石头带给他前所未有的舒适感和幸福感。

枪手迟迟不肯将他射杀,或许,枪手根本不想将他射杀,或者他根本不值得枪手射杀。然而他仍然不敢拾起步枪。他深知步枪对他意味着什么,对潜伏的枪手意味着什么。他试探着抓起干粮袋,又试探着从干粮袋里拿出饼干。枪没有响。他从小河里掬起一捧水,又试探着将那口水喝下。枪没有响。他笑了。他知道现在,只要不去碰枪,他完全可以从容地离开。他向草丛举起双手,向一颗沉默的子弹举起双手。他高举双手退向岸边,又冲草丛做了一个滑稽可笑的鬼脸。他再一次看到那束光——当瞄准镜轻轻晃动,那束光才会出现——他知道枪手被他逗笑了。

他转身,枪没有响。他将粮袋背到身上,枪没有响。他戴上头盔,枪没有响。他一步步接近灌木丛,枪没有响。他将一只脚踏进灌木丛,枪没有响。突然他认为该给潜伏的枪手留下一点东西——饼干、罐头、巧克力、烈性酒、钞票……什么都行。枪手放过他,等于救了他。

他毫无戒备地将手伸进怀里,枪响了。

枪口的小花

他知道这样不好,可是他喜欢这样。

他喜欢将一朵淡蓝色的小花,插进他的枪口。

他们一直驻扎在战壕里——真正的驻扎,整整半年,吃在那里,睡在那里,警戒在那里,思乡在那里。战壕又深又宽,士兵们横七竖八地躺着,如同古墓里复活的全副武装的干尸。战壕前方,空旷的原野一览无余。草绿得失真,花开得灿烂,土拨鼠从洞穴里探出憨态可掬的脑袋,野兔红色或者灰色的眼睛机警地闪动。一切那般宁静美好,看不出战争的残酷。可是他们不敢离开战壕半步,长官说,对方的狙击手藏在岩石的缝隙里,藏在土拨鼠的洞穴里,藏在草尖上,藏在花粉间,藏在尘埃中,藏在阳光里。狙击手无处不在,他们是死神的使者。

他不相信。他不敢不相信。每一天他们都高度紧张，然而战争迟迟没有打响。

战壕的边缘，开满蓝色的小花。花瓣淡蓝，花蕊淡黄，花蒂淡绿。淡蓝色的花瓣晶莹剔透，如同巧匠精雕细琢而成。他探出脑袋，向小花吹一口气，花儿轻轻摇摆，淡黄色的花粉飘飘洒洒。蜜蜂飞过来了，嗡嗡叫着，抖动着细小的长满绒毛的腿。他笑了。他不知道小花的名字。他想起故乡。

故乡开满这种不知名的小花。初夏时，青青的草原，静谧的河畔，点缀着大片的蓝。有时候，他和她手拉着手在花间奔跑，笑着，闹着，一起跌倒在地，让淡蓝色的影子轻洒全身。有时候，他坐在木屋前，看她款款走来。她的头发高高挽起，两只手在阳光下闪出微蓝的光芒。她提着长裙，赤着脚，脖子像天鹅般优雅地伸着，长裙上落满淡蓝色的小花。她朝他走来，越走越近。天空掠过浮云，炊烟袅袅升起，一头牛在不远处唱起低沉而深情的乐曲。

一切都那般美好，看不到任何战争的迹象。可是战争还是爆发，他应征入伍。他迷恋草原，迷恋木屋和那些淡蓝色的花儿，迷恋她美丽的下巴和半透明的淡蓝的手。可是他必须入伍，从一个草原抵达另一个草原。缩在潮湿的战壕里，他紧盯着那些小花，如同凝望她湿润的眼睛。

他将小花小心地摘下，小心地插进枪口。小花在枪口盛开，蜜蜂嗡嗡飞来，绕着花儿盘旋。他笑着冲小花吹一口气，小花轻轻抖动，淡黄色的花粉纷纷飞落。

长官不喜欢他这样浪漫。长官说枪不是花瓶，枪的唯一作用，是杀人。他知道。可是他喜欢那些小花，更喜欢用小花将枪口点缀，将战壕装扮。他从战壕里探出脑袋，他看到蓝色的小花将草原覆盖。没有狙击手，至少他没看到。

长官说，再违抗命令的话，把你遣送回家。

家乡有花白的奶牛，笔直的炊烟，淡蓝色的小花和小花般芬芳的她。他想回家。可是，他不能被遣送回去。那是一个士兵最大的耻辱。

白天，趁长官不注意，他将小花插进枪口。夜里他抱着开花的步枪睡觉，梦里花儿开满全身，他幸福得不想醒来。

他必须醒来。他们终于发现了敌人。十几个敌人趁着夜色，爬行在淡蓝色的花丛间。他们拖着长长的步枪，头盔涂抹成花朵的颜色，眼神里充满恐惧和令人恐惧的杀气。长官冲他摆摆手，他弓起身。长官再冲他摆摆手，他将枪口捅进射击孔。长官又冲他摆摆手，他的枪口，便瞄准了离他最近的头盔。这样的动作他和长官演练过多次，只要他扣动扳机，对方的头盔上就会多出一个圆圆的小洞。死去之前对方甚至连轻哼一声的机会都没有。他是神枪手，百发百中。

他在等待最后的命令。

他看到枪口的小花。

他愣了一下。

刚才他忘记了枪口的小花。因为紧张，更因为兴奋。他应该将小花摘下，轻轻插进口袋，然后，端起枪，向敌人瞄准。多么美丽的小花啊，花瓣淡蓝，花蕊淡黄，花蒂淡绿，如同美丽的姑娘。小花将会被冲出枪膛的子弹击得粉碎或者烧成灰烬，是否太过残忍？

他的嘴角轻轻抽动。

长官的手向下劈去。他扣动了扳机，可是他迟疑了一下。或许一秒钟，或许半秒钟，或许四分之一秒钟、八分之一秒钟……他迟疑了一下之后，扣动扳机。可是一切都太晚了。他听到一声极轻的闷响，他的眉心多出一个散着淡蓝色青烟的小洞。

他轻轻地说了一句什么。仿佛是故乡的名字，仿佛是姑娘的名字。

战　壕

起初没有战壕，只有广袤的戈壁。戈壁上散落着两排房子，国界线从中间穿过。两排房子距离如此之近，你可以清晰地听到对方的交谈甚至咳嗽。

每一天他都无所事事。他躺在沙地上，看昏黄的天空，把枪胡乱地丢在一边。那边有人吹起口琴，曲子被黄风刮得支离破碎，却将他的两只耳朵灌满。他坐起来，看到了吹琴的士兵，有着和他一样魁梧的身躯，一样粗壮的胳膊，一样忧郁的表情，一样无所适从的青春岁月。

甚至，就连他们的五官，都是那般相像。他们就像兄弟。他想，如果两个人站在一起，脱去军装，不知会有多少人把他们当成兄弟。

一曲终了，对方抬起头，雾蒙蒙的眼睛打量着他。他笑了笑，竖起大拇指。对方也笑了，脸上带着拘谨和羞涩的神情。连他们的性格都有几分相似吧？入伍以前，他也是那样腼腆和羞涩。

两国的士兵，守护在国境线上，守护着自己国家的尊严和人民的安宁。更多时候，他们感觉对方就像是自己的战友。根本不需要语言，他们完全可以用动作和眼神彼此交流。

可是形势陡然紧张。他们在睡梦中被长官喊醒，每个人分到一只铁锹，在房子前面挖起战壕。他们不知道发生了什么事情，他们是军人，军人以服从为天职。战壕挖得很深，沙袋垒起射击孔，射击孔里塞上枪管，士兵们各就各位，似乎大战在即。他直起身子，看着对面，看着近在咫尺的对方的战壕。这样的距离也许根本用不着机枪步枪冲锋枪，只需一根长矛，就可以将对方刺杀。

战壕修好了，戈壁滩上却像往日一样平静。有时士兵们爬出战壕，坐在沙地上打牌、抽烟，将一泡长长的尿液射向天空。那个年轻的士兵仍然喜欢在黄昏时分吹起口琴，琴声让他泪流满面。他喜欢那个士兵，他们常常相视而笑。他认为他和吹口琴的士兵，已经成了戈壁滩上的朋友。

夜里他们再一次被长官喊醒。他们睡眼蒙眬，把地雷密密匝匝地排在战壕前面狭窄的空地上。那是极为奇异的一幕，以国境线为界，他们把地雷埋在这边，对方把地雷埋在那边。空间如此逼仄，双方的士兵甚至碰到了肘弯或者踩了脚趾。他们将地雷一颗颗埋进土里，就像将一颗颗土豆塞进空间很小的纸箱。长官说这是为了防止对方步兵的突然攻击,他不相信。如果对方真要攻击,这些地雷有什么用呢?士兵们只需先助跑,然后一个鱼跃……

他们只是在虚张声势。有人告诉他,真正的工事在他们身后十公里处,那里聚集着几个营的兵力,他们是真正的王牌军,战场上鲜遇敌手。那里战壕连成了片,那里有地对空炮火和反坦克火箭炮。那是一处堡垒,坚不可摧。而他们所做的一切,只是为了麻痹对方。当战争打响,他们或者撤退或者被对方击毙。

或许对方所做的一切也是如此用意吧?他想肯定是这样。

似乎战争一触即发。在夜里,他们每人搂着一杆枪,挤在寒冷的战壕眯一会儿。白天,他将头探出去观察,他发现对方也在观察他们。面前如同放了一面巨大的镜子,除了军装不同,一样的动作和表情。

趁长官不在,他和几个战友爬出了战壕。他们坐在沙石上静静地抽烟,享受正午炽热的阳光。他看了一眼对方的战壕,他看到那个年轻的士兵托着一支枪,正在认真地向他瞄准。他惊呆了,恐惧漫上心头,他不敢动,也不能动。后来他强递给对方一个微笑,那个士兵却没有理他。那一刻悲哀和绝望将他攫住,那一刻他想起远在家乡的母亲。然而那支枪,终于没有响。他看到枪口稍稍移动,瞄准身旁战友的头颅。然后,再移动,再瞄准。托枪的士兵就像一尊雕像,身体和表情都像。

他们再也不敢爬出战壕。每个人的精神高度紧张,几近崩溃。每天他们都在盼望战争打响。战端一开,他们或者撤走,或者死去。似乎哪种结果，都胜过漫长的等待。

战争终究没有打响。长官突然告诉他们所有的戒备彻底解除。长官说这是政治的胜利，外交的胜利。

战壕失去作用。长官说，如果喜欢，你们可以在里面栽一排树。

他又变得无所事事，黄昏时，他仍然喜欢躺在沙地上，看血色残阳。然而他再也没有听到悠扬的琴声，那个年轻的士兵，再也不肯吹响他的口琴。有时他们对视一眼，又匆匆将目光移开，脸上不知是厌恶还是受到惊吓的表情。似乎他们真的经历过一场大战，似乎他们变得不共戴天。

战地医院

医院只是连成一片的几顶帐篷,医生神色凝重,护士步履匆匆。空袭中城市被夷为平地,所有建筑被毁,所有百姓撤离。帐篷卧在近郊,与惨烈的前线近在咫尺。沾满鲜血的纱布扔了一地,止血钳变了形状,被锯掉的残肢断臂孤零零地指向天空。远处枪炮声此起彼伏,士兵们且战且退,脆弱的防线随时可能被对方撕成碎片。不断有卡车停在帐篷外面,车厢打开,摞在一起的伤兵们叠股枕臂。有些人早已死去,或伤到要害,或失血过多,或被上面的人压到窒息,眼球如气泡般迸裂干瘪;有些人还在痛苦地呻吟,呼唤着母亲、妻子、儿女的名字,一只拳头紧握。那只拳头突然垂下,松开,一张握得变形的照片轻轻滑落,血迹斑斑。

医生满头大汗。眼睛里噙满泪水。

又一辆卡车来到，又一堆伤兵扔下。他们喘息着，呻吟着，拉着护士的手，求护士叫着他的名字，求护士用石块砸烂他的脑袋。有人在艰难地嚎叫，试图推开压在身上的伤兵，却用不上力气。护士跑过来，慌忙拽住他的胳膊。护士用尽全力，却只拽下他的一只胳膊，一只粗壮结实的胳膊——尖锐的弹片从他的腋下呼啸而过，他感到一阵冰凉又一阵滚烫。手里还握着枪，胳膊挂在他的臂膀上，轻轻地晃荡。

六个人被抬上担架。卡车拉回十八个伤兵，只有六个人还有气息。医生用上吗啡，用上止血钳，用上手术刀，用上洗脸盆，绷带，镊子，纱布，酒精，叹息，《圣经》，微笑，咒骂……伤兵们不断死去，大喊大叫或者悄无声息。有的胸口被打出六个排成一线的圆形孔洞，血从其中一个窟窿汩汩流出，鼓着粉红绚丽的血泡。护士拿手去捂，血又从另一个小洞里冒出。再捂，再冒。伤兵平静地看着护士，他说你长得像我的妻子。他的身体越缩越小，目光愈来愈黯淡。他像一名婴儿般死去。临死前他想轻吻护士的手，却没有成功。

六个兵，死掉五个。他们的脸上涂满鲜血，没有人记住他们的样子。最后一个兵被抬上手术台，他的髋骨以下被炸得血肉模糊。医生看了看那张稚气未脱的脸，他还是一个孩子。他感觉不到痛苦，他说他的身体变得像云彩一样。"我的身体变得很轻"，他说，"现在我跑起来，一定飞快。"

医生盯着他的脸，冲他微笑。远处传来"嗒嗒嗒"的声音，医生知道，那是我们的防空炮火在吼叫。那些子弹或者炮弹在距离飞机尚有几百米的地方便停止上升，它们悬在空中，然后四处飞落。那些炮火形同虚设，它们甚至连恐吓或者警告的作用都起不到。否则的话，城市不会变成焦土。

有人跑进来，要求医生和护士马上躲进狭窄阴暗的防空洞。敌人的飞机就要来了，他说，他们会把这儿炸成粉末。

医生从士兵的身体里取出一块弹片。弹片扔到搪瓷盘里，兀自跳跃，叮当有声。

你救不了他……谁都救不了他……他终究会死的……我们需要马上离开……

医生从士兵的身体里取出一枚子弹。子弹夹在骨缝中，变了形状，就像一朵绽开的梅花。

听我的，我们先躲一躲……

医生停下手术，他抬起头，看着催他撤离的通讯员。很多人已经撤进防空洞，帐篷里只剩下九个人。他，通讯员，一名护士，手术台上奄奄一息的士兵，五个已经死去的叠在一起的士兵。似乎飞机就在头顶盘旋，他甚至听到投弹舱打开的声音以及驾驶员轻轻的咳嗽声。

医生没有走。他决定把手术做完。一颗炮弹在另一个帐篷里炸开，一把变形的剪刀划破帐篷落到他的面前。他拾起剪刀，丢在一边，继续他的手术。护士为战士止血，又替医生擦去额上的汗珠。战士是在手术后死去的。战士在临死前咧开他的嘴巴，笑了一下。他的牙齿很白，他有两颗调皮的虎牙。

没有人能够挽救战士的生命。在战场上，死亡是正常的，人们甚至来不及悲伤。

后来，医生被长官狠狠训斥了一番。

长官说空袭时必须躲进防空洞，这是命令，你不知道么？

他说，我知道。

长官说你是前线唯一的医生，你的生命远比十个伤员重要，你不知道么？

他说，我知道。

长官说那个士兵身负重伤，作为一名医术高超、经验丰富的医生，你不知道救不活他么？

他说，我知道。

长官说你什么都知道，可是在危急时刻，你为什么一定要冒着生命危险做一件毫无意义的事情呢？

他说，因为他还没有死去……他躺在手术台上，他还在喘息。我得让他知道，即使在生命的最后一刻，我们，还有他的祖国，也没有将他抛弃。

带他回家

加西亚发现他的时候,他已经死了。尽管他像在熟睡,但他的确已经死了。他死在战壕里,怀里紧搂着他的步枪。

几个小时以前,他还与加西亚、史密斯并肩作战。三个士兵顽强地猫在战壕,坚守了一天一夜。清晨时他们开始撤退,他对加西亚说,不管发生什么,只管逃命。他一连甩出六颗手榴弹,三个人一起跃出战壕。后来加西亚知道,他在跃出战壕的瞬间被子弹洞穿。他跃出战壕,又跌进战壕,子弹穿过他的后脑勺,他的眉心多出一个暗褐色的洞。

加西亚和史密斯逃进树林。他们藏进灌木丛,看敌兵风一般刮过来,风一般刮回去。然后便是一片死寂,苍蝇如直升机般从头顶"隆隆"飞过,一只虫子摔到地上,如同引爆一个炸弹。待他们颤抖着走出丛林,已是正午。阳光火一般炽热,加西亚却觉得寒气逼人。他们重新潜入战壕,他看到了他。

孤独的他已变得冰冷。

加西亚走上前,试图将他背起。

别动!史密斯慌忙制止道。

加西亚是个新兵。战场上隐藏的那些危险,他还知之甚少。

史密斯警告他,常有敌兵将地雷埋在尸体下面。当有人试图搬动尸体,就会被炸上天。这是最有效的袭击方式,他的两个兄弟就是因此送命的。

他让加西亚躲到远处,趴下,护住头。然后他蹲下来,检查尸体周围的每一寸地面。他甚至将鼻孔凑近泥土,像狗那样嗅来嗅去。稍后他扭过头,说,他们真的埋了地雷。

加西亚看着他,一脸惊愕。

泥土显然被铲过,这些石块也被动过。史密斯说,还有,他们翻动了他……他倒下时不该是这样的姿势,更不可能这样紧搂着枪……尽管他们做过伪装,但骗不了我……

怎么办?

他们埋了地雷。

怎么办?

只能放弃。史密斯站起来,尽管我很伤心,但咱们无能为力。

他们已经在战壕里逗留太久。敌兵随时都可能返回,他们必须马上撤离。加西亚看着死去的战友——他已经死去,他那样孤独。

能不能……把雷挖出来?

不可能。史密斯说,这种地雷一触即爆,即使是富有经验的排雷工兵,成功率也极低。并且这里到处都是石头,地雷又挤在大大小小的石头中间,更增加了排雷的难度。听我的加西亚,尽管我也不想把他留在这里,但我们没有别的选择。我们只会开枪,不会排雷……

两个人不得不痛苦地离开,留下战壕里孤独的战友。他们走进树林又走出树林,脚步越来越慢。阳光更加炙热,头顶上似乎有无数根滚烫的钢针倾泻下来,加西亚的心却愈来愈冷。每走一步,他都能听到自己颤抖的呼吸和心跳。终于他停下来。他说,我们得回去。

我们帮不了他……

我们试着把地雷挖出来。

肯定会爆炸。我们回去就是送死……

不能把他留在那里。

可是我们带不走他。地雷会爆炸!

必须试一试。加西亚说,试一试。

加西亚坚定地往回走,走得很快。史密斯追上去,试图阻止他。加西亚说,你留在这里等我。史密斯说,相信我的话,你真的是去送死。加西亚说,让开。史密斯说,求你了。加西亚将枪口对准他,给我让开!

加西亚走向战壕,却不是一个人。史密斯跟在后面,眼里满含泪水。两个人重回战壕,死去的战友仍然孤独地躺在那里。加西

亚将枪放到一边,蹲下来,轻轻抚摸着战友的脸,说:

兄弟,我们带你回家。

满　子

清明那天,将军来到山村。

他要祭奠满子。

两个士兵将满子送回来。回来的时候,满子早已死去。他的身体甚至已经变臭,然而他的脸,却被两个士兵清洗得干干净净。陪同满子一起回来的还有一沓钱,不多,却足以令满子的父亲和满子的女人熬过那段最难挨的日子。

士兵只待了一小会儿,便匆匆赶回战场。战场需要士兵,尽管等待他们的,极有可能是死亡。

满子是战死的。士兵说,他们趴伏在战壕里,一颗手榴弹在满子身旁炸开。满子喊了声"我的娘啊",就死了。满子的娘早就死了,满子当兵以前就死了。她是饿死的。死去以前,她像啃萝卜一样啃掉了自己的五根手指。满子埋葬了娘,头也没回,就去当了兵。当兵会被打死,炸死,熏死,刺死,可是当兵不会饿死。哪一种死法都比饿死好一千倍一万倍。满子认为世界上最痛苦最恐怖的死法,就是饿死。

可是一段时间以后,有关满子的死因不断传回村子。一种说法是满子系自杀而死。大战在即,满子让自己吃饱,然后偷偷躲进一间屋子,拉响手榴弹。他宁愿将自己炸死也不敢面对敌人,他恐惧到了极点。那个夜里,也许他认为,饿死并不是世界上最恐怖的死法。

另一种说法是,满子在他参加的第一次投弹训练中,怎么也扔不掉手里的手榴弹。手榴弹冒出白烟,满子五官狰狞,五指抽筋。他做出至少八种投弹姿势,他甚至将自己投出去,可是手榴弹仍被他紧紧攥在手里。手榴弹终于炸开,就像一朵灿烂的烟花,他喊了声"我的娘啊",就被炸飞。

当然还有其他传闻:他偷了枚手榴弹去河边炸鱼,一块三角形的弹片准确地切开他的脖子;梦里的他将手榴弹当成香喷喷的点心,他的嘴角飘着引线,脸上挂着贪婪的笑;他偷了老乡的核桃,然后用手榴弹猛砸坚硬的核桃壳,手榴弹就响了;他聚精会神地端着满满一碗稀饭,他摔了一跤,手榴弹就响了……每一种说法都与吃有关,每一种说法都与战场和杀敌无关,每一种说法都能够准确地命中他被炸烂的身体和完好无损的脸。

战争过去多年。现在,将军来到村子,他要祭奠满子。

他坐在小小的院落,面前坐着满子的老爹,稍远处,满子的女人在轻轻抚摸一条狗。狗已经苍老、衰颓,它活了整整十五年。满子娘被饿死,狗却没有。狗是满子从街边捡来的,狗在三岁以前,从没有见过真正的粮食。

满子他,到底怎么死的?满子爹问道。

将军摸出两根烟,递给满子爹一根。满子爹搓搓手,笑着,不去接。

有人说他用手榴弹砸核桃,"轰"一声响……有人说他从腰里往外拔手榴弹,却只拔出一条引线……他到底怎么死的?

将军摸出一沓钱,递给满子爹。满子爹搓搓手,踌躇了片刻,终于接下,却擎在手里,没有揣进口袋。

到底怎么死的?他擎着那沓钱,问将军。

当然是战死的。将军说,夜里阵地遭到袭击,一颗手榴弹甩进战壕,在满子身边炸响……

将军瞅一眼不远处的满子的女人。女人漫不经心地抚摸着那条狗,眼睛却倏忽一闪。

将军起身,我得去看看满子。他说。

山野萧瑟。虽是清明,绿意却很稀少。坟头上挣扎出几蓬灰色的野草,风吹来,草叶窸窣作响。细听,草叶间分明传出枪炮声、爆炸声、呻吟声、惨叫声……

将军跪到坟前,将那些杂草拔去。一根棘刺划伤他的手指,他将手指举到眼前,凄然一笑。

将军站起身来。身后,满子的女人扶着满子爹,狗趴伏在女人身旁,呜呜咽咽,泪光闪烁。

能不能，让我和满子单独待一会儿？将军说。

满子的女人和满子爹便转身离开。他们为将军留下一摞黄纸和纸钱，他们已经好多年没有来过满子的坟头了。没脸来啊，满子爹说，他没有参加过一场战斗，他用手榴弹砸核桃……

他是战死的。将军说，满子是好样的。

将军点燃黄纸，青烟袅袅。将军再一次深深跪下，对着坟头，连磕三个响头。

大战在即，我不应该关你禁闭。可是满子，我只知道下掉你的枪，我哪里知道你还藏了颗手榴弹啊！

一滴眼泪砸进土里。将军掏出手枪，对准左手手腕。将军说，满子，还你一只手，两清了吧。

枪响。山野空旷，万物萧瑟。

匪兵甲

他在戏园子里跑龙套，扮演匪兵甲或者群众乙。大多数情况下，他的台词只有一个字："是！"这个字被他磨练得字正腔圆，气吞如虎。

他本来是戏园子里的头牌，曾经红极一时。他扮相俊朗，英气逼人，一招一式，尽显风流。两道剑眉高高挑起，一双朗目皎皎如月，还有发青的刀削般的下巴和挺拔的雄鹿似的身姿。那时的他，只要往舞台中央一站，台下就有女人粉了腮，着了迷。

可他还是从头牌变成匪兵甲。因为小武。因为一匹马。

小武是老板的儿子。他看着小武长大。他给年幼的小武当马骑，脖子上套了七彩的缰绳。一次小武让他站着睡觉，理由是这样才像真正的马，他就真的站了一夜。小武渐渐长大，越发聪明。老板本想送小武出国读书，可他竟迷上了唱戏。小武学戏，不用拜师，就坐在台下看。看了几次，竟也唱得有板有眼。那时小武的嗓音开始变粗，下巴上长出淡青色的细细的绒毛。那时小武的个头，已经挨到了他的肩膀。他冲小武笑。他说，这样唱下去，用不了几天，你就是头牌了。小武也笑，一双眼睛盯着他，饶有兴趣地闪呀闪。老板说还是读书好，都民国了……再说戏园子有一个头牌就行了。他和小武一齐点头。戏园子有一个头牌就行了，他和小武都听出了这句话的深意。

春天他和小武去郊外骑马。他对小武说，带你骑一回真正的马。两匹马，一红一白，同样喷着响鼻，同样健硕高大。上午他和小武并驾齐驱，他骑白马，小武骑红马。下午，两人换了马进行比赛。两匹马像两道闪电往前冲，红的闪电和白的闪电缠绕在一起，将田野刺出一条含糊不清的裂隙。突然他的马摔倒了。一条前腿先一软，然后两条前腿一齐跪倒在地。马绝望地蹬着强壮的后腿，试图控制身体的平衡，可它还是重重地把身体砸在地上。小武的马从旁边一跃而过，他听到小武的嘴里发出一串兴奋畅快的呼哨声。马把他压到身下，压断他一条腿。

他想，怎么会这样？摔断腿的怎么不是小武？中午时分，他明明拔掉了白马蹄掌上的一颗铁钉。

他的腿终于没能好起来。从此他只能一瘸一拐地走路。自然，头牌的位置，由小武取而代之。小武也有一双皎皎如月的眼睛，也有雄鹿似的挺拔的身姿。小武成为新的偶像，镇上不少女人为他倾倒。

他成了匪兵甲。老板照顾他,留下他跑龙套。他不会干别的,只会唱戏。匪兵甲他也演,虽然只有一句台词。他"啪"一个立正,喊道:"是!"字正腔圆,气吞如虎。时间久了,戏迷们似乎忘记了他的名字,直接喊他"匪兵甲"。

几年以后,延绵的战火烧到了小镇。兵荒马乱的年月,戏园子逐渐冷清下来。老板开始裁人。他裁掉一个青衣,又裁掉一个熨戏服的帮工。现在老板亲自操起熨斗,那熨斗把他的身子拉成弯月。他说,老板,我不想唱戏了。老板说,不唱戏你干什么?他说干什么都行,反正我要走了。老板看着他,就流了泪。老板说我也是没有办法啊。他说不关您的事,是我不想唱戏了。

不唱戏了,却隔三岔五去戏园子看戏。和那些戏迷一样,小武一出场,他就鼓掌叫好。他叫好的声音很大,震得小武心惊肉跳。那段时间小武脸色苍白,卸了装,人不停地咳嗽。

小武终于病倒。他躺在床上,笑一下,吐一口血。老板请了最好的郎中,可他还是一天天消瘦下去,仿佛只剩了一口气。小武以前就脸色苍白,小武以前就经常咳嗽。没人把这当回事,包括小武自己。郎中一边写着药方,一边轻轻地摇头。郎中的表情让小武和老板有一种无力回天的绝望。

老板把熬剩的药渣倒在戏园子门前。他坐在窗口,愁容满面地等待。小镇的风俗,得了重病的人,都会把药渣倒在街上让行人们踩。那药渣被踩得越狠,病就会好得越快。据说,病会转移到踩药渣的人身上。不管有没有道理,小镇上的人都信。可是现在戏园子没有头牌了,来看戏的人就少得可怜。稀稀拉拉地来了几个戏迷，见了门口的药渣，要么掉头便走，要么捂着鼻子皱着眉，从旁边小心地绕过。没有人去踩，包括那些看见小武就脸红的女人。锣鼓寂寞地敲起来了，坐在窗口的老板，眼光一点一点地黯淡下去。

突然，老板看到了匪兵甲。他瘸着一条腿，慢慢走来。他看到门口的药渣，飞快地愣了一下。他蹲在地上，细细地研究了一番。然后站起身来，坚定地从药渣上踏过去。踏过去，再踏回来，再踏过去。如此三圈，每一步都跺着脚，激起干燥的尘烟和奇异的药味。他流下悲伤的眼泪。那眼泪浑浊不堪，恣意地流淌。

从那以后，他天天来戏园子看戏，天天在新鲜的药渣上踩来踩去。可是他终究没将小武救活。两个月后，病床上的小武在忽远忽近的锣鼓声中痛苦地死去。

老板请他喝酒。老板说，小武对不住你。他说，是我对不住小武……现在戏园子需要人手吗？老板说，需要。你肯回来？他说您肯要吗？老板说当然要……小武真的对不住你。他说那我明天就回戏园子来。老板说小武临终前告诉我，那次你们骑马，他偷偷拔掉了红马蹄掌上的一颗铁钉。他说都过去了。我明天，还演匪兵甲。我以后，只演匪兵甲。老板说你会原谅他的，是吗？

他喝下一碗烧酒，辣出两行眼泪。他抬起头，说："是！"声音从丹田发出，字正腔圆，气吞如虎。

天大地大

  少年骨瘦如柴,硕大的脑袋上,几乎仅剩两只眼睛。两只眼睛间隔很宽,中间塞得下一只拳头。他趴伏在地上,面前放着一个破旧的写着红色"奖"字的搪瓷茶缸。那茶缸跟随老杜多年,立下汗马功劳。

  少年不知道站立的感觉,更不知道行走和奔跑的速度。少年的腿是柔软的,细若芦柴,伸手可握。老杜常常握着他的腿说,可怜的娃啊!少年听了,咧嘴一笑,又俯下身子,整理一堆零钱去了。他数得很仔细,几枚硬币被他敲打出叮叮当当的响声。

  少年生来就像一条鱼。他有两条腿,可是他的腿总是拖在地上。将两腿抓起,便可以任意搭到身体的任何部位:腋窝、肩膀、头顶,甚至后脑勺。小时候他常常表演给他的伙伴们看,给村子里的大人们看，给认识或者不认识的大叔大妈们看。他的表演新奇并且刺激，常常赢得一片赞叹和糖果面包等奖励。后来他长大了些，这样的表演就少了。少了，他便从此失去伙伴，失去大叔大妈们的糖果和面包。每天他一个人趴伏在门口，盼着下地的母亲回来。他笨拙并灵活地游动着身体，越过砂砾、尖石、草丛、水洼……他的嘴里喊着娘、娘、娘、娘、娘，他的两只眼睛就像两枚熟透的会动的李子。

　　是老杜把他带出来的。确切地说是老杜把他租过来的，用了每年两千块钱的价格。那时母亲已经不在，那时他只有父亲。母亲患上乳腺癌，割掉一只饱满美丽的乳房。母亲在割掉乳房之后的半个月就下了地，她把他抱到地头，让他为她捉一只蚂蚱。那个夏天他捉到十几只蚂蚱，他相信他捉得越多母亲越开心。母亲是在第二年春天死去的，临死前母亲问医生，如果再割掉一只乳房，我能不能活下来？她的话让医生潸然泪下，医生说他至少二十多年没有流过眼泪了。母亲抻长脖子寻找他，他趴在地上，爬着，喊着娘，两只眼睛忽闪忽闪。然后母亲便死去了。死去的母亲仍然保持着怪异的姿势，脖子抻得很长。

　　老杜把他带出来，父亲是愿意的。父亲债务缠身，很多时候，他不敢待在家里。父亲到镇上打工，夜里就睡在镇上，搂着一条叫做秋菊的狗。父亲攥着他柔软的腿说，儿啊，你能帮家里赚钱了啊！那天父亲和老杜喝了很多酒，父亲拍着老杜的肩膀说，兄弟，娃以后就托付给你了。父亲把酒洒得到处都是，又把剩下的酒灌进鼻子。父亲扶着桌子摇摇晃晃地站起来，对老杜说，滚蛋吧!

下着小雨,少年趴在老杜的手扶拖拉机上,感觉凉意渗透了衣服和皮肤。少年于是成为老杜手下的一员。这样的生活他很满意,太阳懒洋洋地照着,他懒洋洋地趴着,任懒洋洋的人群将零钱扔进他面前的瓷缸。逢雨天,老杜甚至会给他们放假。那是幸福的时光,老杜从肯德基买来炸鸡翅和薯条,买来鸡腿堡和可乐。可乐泛起泡沫,凉入骨髓。少年喜欢这种感觉。少年见到一条只有两条前腿的狗。狗用倒立的姿势走路、跑步、嬉戏和进食,身体像杂技演员一样灵活。狗让少年开心不已羡慕不已,那几天他一遍又一遍地练习倒立。他磕破了胳膊磕掉了牙齿,他当然不会成功。没有成功,他便不再练。他继续趴在地上,任两腿扭曲成任意的形状然后搭到身体的任意部位。他赚来的钱总是最多的。老杜说他就像一条泥鳅般惹人怜爱。可是他不是泥鳅。他只是一个孩子。

他被警察们带走,又被警察们送回大山。临走前警察问了他很多话,他知道警察很想让他说些老杜的坏话。可是老杜有什么错呢?老杜让他学会了赚钱,让他喝到了冰镇可乐,老杜错在哪里呢?老杜哪里也没有错。他的态度让警察大为恼火,一个矮个子警察恶狠狠地说,真是不识好歹!

少年再一次见到父亲。半年不见,父亲黑了很多瘦了很多也老了很多。父亲为他炒了菜,开了酒,甚至为他买了一瓶可乐。父亲蹲在地上陪他吃饭,又将菜里所有的肉都拣出来堆到他的面前。父亲说查出来了,我得了肾炎。父亲说我还得去镇上打工,我不能侍候你。父亲说再说你长大了，我也侍候不动了。父亲说就算能侍候，只怕我也活不了几天了。父亲摸摸他的头，问他，以后，你怎么办？少年说我还想出去。父亲瞅着他，咬烂嘴里的烟蒂，不说话。父亲的喉结突然凸起很高。

　　老杜在两个月以后重新来到村子。他的脸上多出一道很深的伤痕，他说那是逃跑时磕的。他为父亲带来一千块钱，他说这是娃半年的工资。他和父亲坐在地上喝酒，两个人都把喝光的酒瓶使劲砸到墙上。后来父亲扶着老杜的肩膀站起来，说，滚蛋吧！

　　手扶拖拉机在土路上颠簸不止，少年就像一条脱水的泥鳅。他们重新回到城市，城市的秋天满目萧然。夜里老杜捏着少年柔软的腿，说，给我当儿子吧！少年就笑了，抬起头，说，爹。老杜也笑。老杜说天大地大……往下他没有再说。他看一眼窗外，一滴眼泪滴落在少年的额头。

第四辑 一条鱼的狂奔

他有一种强烈的想哭的冲动。座位就那样空着,没有人去坐,包括他。很多人都在看他,表情复杂。他感觉自己被他们的目光撕碎,每个人都拿着其中的一块,细细地研究。

寻找桃花源

寻找一处桃源,一处宁静和恬淡的所在。

那里有一片桃林,春天时扬起一簇簇粉红的云霞。那些桃树应该历经沧桑,长着老者的筋骨和白髯。那些桃树又应该风华正茂,结出少女般娇艳的果实。桃林近处有一口水井,青石砌成井台,苔藓爬上粉墙。井里有一只绿色的青蛙,睁着明澈的眼,唱着欢乐的歌。

有一处红色或蓝色的房子,不大,却很精巧。有尖尖的洒满阳光的屋顶,有直直的飘荡着炊烟的烟囱。房前有一个篱笆,外面是开满油菜花的田野,里面是开满玫瑰花的小院。田野里有一条羊肠小路,路边有几棵白桦或者香樟。玫瑰园里有一把躺椅,上面趴着一条土黄色的狗。狗吐着粉红的舌头。躺椅轻轻摇晃。

远处是无边无际的草地。清晨的草地是凉的,挂着露珠;夜里的草地是暖的,散着温香。空气中弥漫着或甜或苦的气息。草地就在那里,走上去或坐上去,跑几步或躺下来,都是一种美妙的享受。甚至可以把饭桌搬到这里,甚至可以不支帐篷在草地上露宿。没有人打扰你,你所做的一切都是自由的。

远处是连绵的青山。山上有松树,有野兔,有蘑菇和美丽的石头,有鸟儿的啾鸣。青山也是属于你的。

没有电话和网络,没有车水马龙,没有人来人往。世界是你的,只属于你一个人。

你向往这样一处桃源。你迫不及待地奔向你的桃源。我知道你厌倦了尘世的纷纷扰扰,你渴望恬淡、宁静、自由的生活。

然后呢?

你会在这里住一天,住一月,住一年,还是住很多年?我不知道。我只知道,你不可能在这里住一辈子。有一天你会厌倦,像厌倦世俗般厌倦桃源。

因为,桃林里不仅有桃花,还有害虫。那口水井里可能根本没有水,即使有,也被那只可恶的青蛙搞脏了。

你的房子夏天可能漏雨,需要你不停地修葺。冬天可能出奇得冷,你在屋子里生起一团火,浓烟将你的脸熏黑。还有草地。草地上虽然有鲜花,有蝴蝶,可是草地上也有蚊虫和毒蛇。山上有野兔和小鸟,也有蝎子和野兽。如此看来,你的隐居更似探险。

这种探险是异常艰苦的。你喝的水,需要自己挑;你吃的面,需要自己磨;你喝的酒,需要自己酿;甚至,你住的房子,也需要自己盖。你寂寞了，没有人陪你聊天；你生病了，没有人前来探望。那是真正接近于原始状态的生活。这样的生活对心灵或许是一种净化，但对身体，无异于一种折磨。

很多人经历过这种生活，比如陶渊明，比如梭罗。我相信他们是快乐的。但是绝大多数人，根本不可能忍受这种艰辛。把桃源当成度假胜地可以，但要定居，需要足够的勇气。

其实陶渊明和梭罗的桃源，并不是真正意义上的桃源。即使他们归隐田园，仍然算不上真正的隐居。他们有书籍，有猎枪，有芳邻，有聚会，甚至经常有朋友造访，诗酒酬唱。他们跟尘世仍然有着千丝万缕的联系，他们做不到完全隔离。

我想说的是，一个被世俗浸淫过的人，根本不可能回归桃源。即使你可以回归苦难。即使你抛开书籍和猎枪，朋友和聚会。或许肉体可以，但精神不可以；或许形式可以，但本质不可以。我们永远不知道真正的桃源在哪里，也许可可西里或者非洲丛林真有一处人类未曾抵达的地方，但假如我们知道，假如我们去到那里，那里便不再是桃源。那里变成现代社会的一角，它跟现代社会唯一的不同之处在于，那里的生活方式比较原始。

真正的桃源是不存在的。真正的桃源只是一个传说。

我认为，真正的宁静，或者回归，不是寻一处地理意义上的桃源，而是寻一处灵魂深处的桃源。那是一片虚幻的桃源，它藏在心里，由你构建。所以，每个人的桃源，其实都不一样。你的桃源是一片草场，一座青山；他的桃源，或许仅仅是一栋木屋，几句诗行。你生活在城市里，走在大街上，坐在办公室里，躲在咖啡馆的某个角落,只要心中藏一处桃源,那么,无论你身在何处,无论你干什么,你都是陶渊明或者梭罗。因为你为自己构建了一处灵魂的桃源。

不求独避风雨外,心境悠然是桃源。

石头里藏着一匹马

我给几个城市孩子讲述雕刻家与男孩的故事：

多年以前，有个雕刻家历经艰险，终于来到一座深山之中。他选中一块巨大的花岗岩，开始了他的工作。雕刻家每天都在认真地对付这块石头，叮叮当当，一斧一凿，他的工作烦琐而枯燥。有一天，一个男孩偶然经过这里，他盯着雕刻家看了半天，奇怪地问他："你在找什么？"雕刻家胸有成竹地回答："你就等着瞧吧！"

一个月以后，当男孩再一次来到这里，他大吃一惊：那块石头已经变成了一匹栩栩如生的骏马！再看那位雕刻家，抱着两臂，正得意地欣赏他的杰作。雕刻家对小男孩说："我说得没错吧？"小男孩张大嘴巴，诧异地问雕刻家："可是，你怎么知道石头里面有一匹马呢？"

按照一般的套路，故事讲到这里，便结束了。我问那几个孩子，听了这个故事，他们是否有话要说。

一个孩子说，雕刻家技艺精湛，以至于让那个男孩误认为出现在他眼前的是一匹真正的马。

一个孩子说，那个小男孩太幼稚，他根本不知道雕刻家不是在"寻找"一匹马，而是在"创造"一匹马。

一个孩子说，这个故事告诉我们：做事要持之以恒。

……

我对他们说，你们说得完全正确。本来，对于同样的故事，不同的人会有不同的解读。可是我想告诉你们的是，昨天我给一个乡下小朋友讲述这个故事，他竟然问我："是啊，石头里面怎么会藏着一匹马呢？"

尽管乡下的石头比城市的石头多，尽管这个小朋友天天盯着那些石头看，但他似乎有点儿蠢——他竟然会相信石头里面藏着一匹马。他真的有点儿蠢。几个孩子经过一番讨论，得出这样的结论。

"可是多年以前，有个小男孩也问过一个雕刻家同样的问题：你怎么知道石头里面有一匹马？"我说。

"后来呢？"孩子们问。

后来，那个小男孩也成了一个伟大的雕刻家。

茶 弈

子胥初居山野,心烦意乱。白天他与当地的农夫一起劳作,到了晚上,便手捧一杯清茶,面朝吴国所在的方向,久久不动。小院里雾气升腾,小院的一角,一株他从山上移来的茶树长得生机勃勃,片片嫩芽如同落上一层淡雪。

子胥叹一口气,将茶杯置于几上。身边的七星宝剑光辉夺目,子胥能够感觉到凛冽的寒光中正蕴藏着复仇的火焰。

有人敲门,来者是东山老翁。老翁离群索居,以务农为生,鹤发童颜,身姿矫健。见到子胥,笑着致礼,坐定,说,睡不着?

睡不着。

那么,我们何不对弈一乐?

无棋。

以茶代棋。

子胥亡命天涯，见多识广，对茶弈却是闻所未闻。老人寥寥数语，让他兴致盎然。

两把茶壶，两捧茶叶，两个人，两种心境。子胥洗茶温杯，井井有条。老人端坐不动，目光如炬。少顷，子胥沏出第一壶茶，茶色浅淡，茶香幽远。子胥为老人斟上一杯，说，请。

老人轻啜一口，笑曰，茶是上等好茶，只是这泡法，尚欠火候。

子胥愣怔半晌。

老人不说话，端起茶壶。洗茶温杯，与子胥别无两样。添水，静坐，表情淡然。

子胥问，有何不同？

老人用手指一点，说，请。

壶中之茶，形美，色透，香浓，味醇。细细品之，齿颊留香，甘冽醉人，确胜过子胥所泡之茶。

子胥不解。

老人说，好茶讲究的便是"形美，色透，香浓，味醇"，茶如此，人亦然。形美，要气宇轩昂；色透，要坦坦荡荡；香浓，要义薄云天；味醇，要情深义重。此为天赐此茶之品质，更是此茶赐人之品质。

天赐？子胥的眼睛亮了一下。

天赐。老人捋一把胡须。

子胥思忖良久，微微点头。

泡出好茶，工夫要足。老人顿了顿，接着说，所谓工夫，便是时间。水不能太烫，水太烫则味苦；时不能太短，时太短则味淡。大道至简，悟者天成。茶如人生，人生如茶。我看你身长一丈，腰大十围，目光如电，威武雄壮，定非池中之物。但是，听老夫一句：欲速则不达。一个人，纵有千般遗憾万般仇恨，也需修炼心性，切不可急于求成。

子胥豁然开朗，向老人颔首致谢。

从此子胥日出而作，日落而息，更加深居简出。七星宝剑早已锈迹斑斑，用坏的锄头却有三四把。

每个夜晚，与他相伴的，必是一壶天赐好茶。

是夜，东山老翁再一次敲开他的房门。

睡不着？

睡不着。

那么，我们何不弈茶一乐？

子胥将两个茶壶摆上方桌，气定神闲。这次子胥有了经验，洗茶，温杯，二十七道程序，一丝不苟，不急不躁。终于，第一壶茶沏出，子胥斟了一杯，恭恭敬敬递给老人。

不错。老人品一口茶，赞叹道，形美，色透，香浓，味醇，天之甘露。不过，既为茶弈，总得比个高低。

请。

老人开始洗茶。茶洗完，将之摊平，晾干。晾茶用时很久，老人用这段时间劈了一堆柴，又汲了井水，将那棵如落雪般的茶树浇灌。待老人将晾干的茶芽重新装进温好的茶壶，天已拂晓。接下来，老人的举动令本已昏昏欲睡的子胥目瞪口呆。老人往茶壶里滴了一滴水，仅一滴，然后，老人手握茶壶，摇动起来。

老人将茶壶摇动很久。老人的表情随着茶壶的摇动慢慢变得生动起来。茶壶如同兵器，裹起阵阵晨风。终于，啪的一声，老人将茶壶拍上桌子。老人取来茶杯，开始斟茶，但见一滴茶珠挂在壶嘴，温润透明，久久不落。老人端坐不动，目光幽远，晨光里，如同一尊雕像。终于，珠落杯底，轻灵一响。

老人说，请。

不用看，不用闻，不用品，子胥也知那是茶之精华———壶上等好茶，需要一把茶尖；一把上等茶尖，需要几亩茶林；一亩上等茶林，需要几座仙山；一座云中仙山，需要千年造化。这一滴茶，便是世间几千年光阴凝结而成！

对普通人来说，一壶茶便是一生，便可知足。老人笑笑说，可是对你来说，莫让一壶茶，误你一生。

误我一生？

老人说，上次所饮之茶为中庸之茶，此次之茶乃志士之茶。正所谓厚积薄发，十年磨一剑，茶与人，皆如此。还有，剑是用来指点江山的，绝不是用来挖挖山药的……

老人扭头，看一眼子胥那柄锈迹斑斑的七星宝剑，说，茶乃天赐甘露，你乃天赐良才。切莫辜负天意。

既是天赐，又何必……

人必自强，而后天助之。老人站起来，迎着一抹朝霞，飘然而去。

子胥沉吟良久,砰的一声,地朝老人离去的方向跪下,尊一声"师父",然后取了宝剑,来到院中,舞起剑来。

一舞剑气动四方,天地为之久低昂。

胭脂剑

江湖上很多人想杀小妹。小妹武功盖世,天下第一。天下第一总是让人烦,让人恨,让人不安。

天下第一,如何杀得掉?杀人不是比武,刀剑无情,九死一生。

小妹是一个女子,独门兵器胭脂剑。剑出,如胭脂漫天飞舞,让人沉醉,忘记躲避。当然只是传说,江湖上无人见过小妹,更无人见过胭脂剑。也许见过的,都成了死人。

小妹是很多人的噩梦。

可是小武决定去试一试。

小武并非一等一的高手。他决定试试,带有侥幸心理和冒险的成分。其实小武的理想是归隐山林,过与世无争的生活。但在退出江湖之前，小武希望江湖上能有他的传说。

临行前，小武有一种"风萧萧兮易水寒"的悲壮情怀。

找到小妹，颇费了一番周折。那是一处世外桃源，远离喧嚣。正逢三月，桃花盛开，漫山遍野，如粉红色的云霞。

桃源深处，鸡犬相闻。老人们喝茶，男人们劳作，孩子们逗着猫和狗，女人们让饭菜的香气飘得很远。人们从从容容地享受着男耕女织的欢乐生活，这里不应该住着一个叫作小妹的杀人不眨眼的魔头。

走进桃源，小武的腿便没了力气。见到小妹，小武的全身都没了力气。

小妹一袭白裙，一尘不染。见到小武，她款款而笑，弯腰施礼。累了吧？先坐下喝杯茶。

小妹就像一个知书达礼的邻家女孩。连小武都认为他不是来打架的，而是来做客的。

小武坐下，喝茶。山野的绿茶，山野的清泉，山野的炭火，茶香袅袅，清淡而绵长。然而再甘醇的茶，也抵不过小妹的一颦一笑。

你不会武功。小武喝着茶，低着头。他不敢再看小妹。

何以见得？

我没有看到胭脂剑。

胭脂剑来无影去无踪，你当然见不到它。

你身上也没有杀气。

会武功一定得有杀气？

小武笑笑，捧茶的手腕轻轻抖动了一下。

如果我会武功，我早就死了。小妹给小武斟茶，道上规矩，不杀不会武功的人……

可是江湖传闻，你是天下第一。

难道不是么？小妹指指过来续水的姑娘。姑娘唇红齿白，身段婀娜。她叫上官婉儿，听说过她吗？

小武当然听说过她。上官婉儿，独门暗器孔雀翎，十二岁开始行走江湖，人称江湖第一女杀手。

她前几年不是死了吗？小武说，来杀你，却被你杀死。

小妹不答，指指旁边劈柴的老汉。他叫鬼见愁，听说过他吗？

小武当然听说过他。鬼见愁乃黑道第一杀手，杀人如麻。据说他杀人从不用兵器，他只需冲你大吼一声，就会让你七窍流血而死。

鬼见愁不是死了吗？小武说，来杀你，却被你杀死。

小妹不答，指指坐在不远处的几个年轻人：肖凌飞，中原一点红，司徒傲然……这些人，你都听说过吧？

岂止听说过，他们都是传奇。随便哪一个，随便一招半式，都能把小武杀死十次。

现在这些人全都在我这里劈柴种田，你还认为我不是天下第一吗？

可是你不会武功……

谁说打败一个高手必须靠武功？小妹说，正因为我不会武功，所以没人与我交手。正因为没人与我交手，所以我是永远的胜利者。

如果有人不守道上的规矩呢?

小妹笑了。她看看上官婉儿,再看看鬼见愁、肖凌飞、中原一点红……

有他们在,有人敢不守规矩?

可是他们为什么会留在这里?

他们为什么不留在这里?赏世外美景,品人间美味,如果你肯在这里住一段时日,你也会喜欢上这里,不愿再踏入江湖半步。

如果我不想留下呢?

有他们在,你认为你还走得了吗?小妹看看小武,再看看鬼见愁、上官婉儿、中原一点红……

小武开始害怕了。自来到桃源,他第一次感到恐惧。

吓唬你呢。小妹嫣然一笑,你若想离开,随时可以离开;你若愿意在这里住些时日,就住些时日……不过我相信,几日之后,你就不想走了。

何以见得?

小妹又看看鬼见愁、上官婉儿、中原一点红……

他们不都是这样吗?

可是当初……

当初他们来此地的目的,与你完全相同……他们也厌倦了打打杀杀,也痛恨人在江湖,身不由己……他们认为只要打败我或者杀掉我,就可以成为天下第一,将来归隐山林,享受田园生活……可是为什么一定要成为天下第一才能享受田园生活呢?田园近在眼前，何不停下脚步……

小武低头不语。少顷，起身，对小妹说，可否带我去看看桃林？

不远处，落英缤纷。粉红色的花瓣随风飞舞，淡淡的香气如胭脂般流淌。小妹丢下小武，与一群妙龄女子穿梭于桃林之间，嬉笑打闹。那是世间最美、最动人的风景。

小武想起传说中的胭脂剑。剑出，胭脂漫天飞舞，让人沉醉，忘记躲避。

空瓶子

没有考上理想的大学,他心灰意冷。仿佛一切都失去了意义,他认为自己正在经历人生中最大的困难与挫折。整个暑假他浑浑噩噩,看什么都不顺眼,干什么都提不起精神。临开学时,父亲问他,想不想做个游戏?他问,什么游戏?父亲找出一个空瓶子,说,假设这个瓶子可以装得下你一生中所有的困难和挫折,那么现在,对没考上理想大学这件事,你认为装多少合适?他想了想,说,半瓶吧。父亲拿来一瓶酒,让他往空瓶子里倒,他毫不犹豫地将手中的空瓶装满一半。父亲用蜡和木塞将瓶口封紧,说,等你认为没考上理想大学这事完全不值一提的时候,再把这半瓶酒喝光。

上了大学以后,他发现问题并没有想象得那么严重。他竟然狂热地喜欢上了自己的专业，他甚至庆幸自己能够来到这所大学。假期回家，跟父亲说了自己的想法，父亲便拿出那个酒瓶，说，现在你认为你遭遇的挫折完全不值一提了吗？他笑笑，将半瓶酒匀进两个酒杯，和父亲对饮。是烈性酒，他喝了一口就有点醉了。父亲一边和他喝着酒一边说，现在你是不是觉得当初把困难夸大了？他不好意思地笑笑，说，好像是这样。

大三那年，他失恋了。被人抛弃的屈辱感让他突然对自己失去信心，对这个世界失去了信心。假期回家，在父亲的再三追问下，他把与那个女孩的故事告诉了父亲。父亲问，我们接着做那个游戏？他点点头。父亲问他，那么现在你认为，往里面装多少酒合适？他想了想，将空瓶装满三分之一。父亲问，感情难道没有学业重要？他笑笑，不语。父亲再把瓶口封紧，对他说，等你认为这件事情已经不能再影响你的心情时，就把这些酒喝光。

尽管失恋给他造成很大打击，尽管这打击让他在很长一段时间内神思恍惚，但恋爱毕竟不是生活的全部。半年过去，他又变得爱说爱笑了。失恋会让一个人成长，他甚至感谢命运赋予他这样一段经历。过年回家时，他和父亲喝掉了那三分之一瓶烈性酒。酒喝完，父亲说，你觉得这一次，你把失恋这件事情夸大了吗？他仍然笑笑，说，好像真的是这样。

毕业了，却找不到合适的工作。理想与现实的距离就像天与地的距离。他感到前途渺茫，一切充满了未知。父亲打电话过来，说不妨回家休息一段时间，待调整好状态，再回去找工作不迟。听了父亲的话，他再一次回到老家。父亲仍然拿出那个空瓶，说，把你现在碰到的困难装进去吧。这一次他想了很久，却只往里面倒进去一点点酒。父亲问：够了？他说：足够了。父亲问：你正在经历的，就这点儿困难？他说：是，就这些。即便如此，也极有可能被我夸大了。

一个月后他重新回到城市，竟然顺利地找到了满意的工作。过年回家时，和父亲一起，将那点儿酒喝干。

晚上和父亲一起去海边散步，父亲的手里拎着那个空瓶子。父亲说，其实你面临的困难和挫折越来越大——学业，情感，事业，这些对你的人生越来越重要，你却越来越认为它们是微不足道的。他说，的确是这样。当我喝掉那些酒时，我才发现，每一个困难和挫折都被放大了。父亲说，这个瓶子还有留下来的必要吗？他说，我认为没有必要了……也许今后我会遇到更大的困难和挫折，但我相信，所有的困难和挫折终会过去，再回首时，我看到的，不过是一个空空的瓶子。

父亲笑了笑，将手中的空瓶子，扔进了大海。

一簇塑料花

我注意那个男人已经许久了,他穿着洗得发白的中山装,身形修长而消瘦,背微驼,戴一副无框眼镜。只看长相和穿着,他应该是某个单位的领导或者某所大学的教授,然而,他却靠捡垃圾为生。

我发誓绝对没有瞧不起他。我只是心里纳闷,这样一个男人,做什么不好呢?也许有些卑微是自己寻来的,也许有些人,天生就喜欢卑微地活着。

从第一次见他,他就穿着中山装,冬天将尽,他仍然穿着那件中山装。奇怪的是他的中山装虽然很旧,却总是洗得干干净净,甚至带着叠压的褶皱。这让我怀疑他至少有两件完全相同的中山装替换着穿,或者,在晚上,他将衣服洗干净,想办法烘干,再小心地折叠起来，第二天早晨，郑重地穿上……

他常常在清晨来到这个小区，骑一辆虽然破旧却擦得锃亮的三轮车，手持自制的铁耙。他站在垃圾筒边仔细地翻找和挑拣，目不斜视。他做的是一件卑微的事情，却总感觉他在从事一项伟大的事业，从他的脸上你看不到任何卑微和渺小，只有专注和敬业。

后来听朋友说，以前，他真的是一位老师。不过不是教授，只是一所小学的民办教师。学校在大山里，他的工资极其微薄。后来那个学校撤了，他就进了城。他有一个读大学的女儿，他一个人靠捡垃圾供她读书，生活的艰辛可想而知。问他为什么不做别的，他说我一介书生，能做什么呢？朋友讲到这里，不禁感慨道：百无一用是书生啊！听得我心里很不舒服。朋友接着说，他还写得一手好字，常常把拣来的没有用过的纸张订成本子，练习他的硬笔书法。问他练书法有用吗？他回答说没有用。没有用，仍然要练。有人见过他写的字，说他用过的每一张纸，都可与庞中华的字帖相媲美。

我没有见过他写的字，我怀疑是朋友夸大其词。你看，他正在被这个社会抛弃，并且愈来愈彻底——这毋庸置疑——他空有一身本事，却无用武之地。

那天收拾衣柜，翻出几件虽然很新却不能再穿的衣服，心想，留之无用，弃之可惜，不如送给他好了。找来一个大纸袋将衣服装好，下楼，站在小区的健身广场等他。远远地看见他来了，忙把纸袋放进垃圾筒，再返回健身广场装模作样地伸伸腰、压压腿。我见他弯腰拾起那个纸袋，打开看了一下，又扭过头看看我，目光中满是疑惑。我赶忙逃走，像做了一件亏心事般紧张。

大约两分钟后，他敲开我的房门。他抱着那个大纸袋，问我，这是您放进垃圾筒里的吗？

我说，是的。这是一些我不能再穿的衣服……我近来胖了……衣服不合身了……

哦，这样。他笑笑说，您确定要丢弃它们吗？

我说，确定。

他笑一笑，转身离开，没有再说一句话。他的中山装洗得发白，他有了白发，他的背微驼。

第二天上午，他再一次敲开我的房门。首先映入眼帘的，是很大一簇花。塑料花，完全用废弃的方便面包装袋扎制而成。每一朵花、每一片花瓣都充分利用了塑料袋上原有的颜色和图案，缤纷绚烂，几乎比真花还美。男人的脑袋从花束后面伸出来，冲着我笑。

送你的花。他说，我亲手扎的。

你亲手扎的？我惊讶不已。

是啊，以前教过的一个孩子教给我的。他说，每当心情烦闷时，我就用拣到的方便面包装袋扎些花，然后送给帮助过我的人……我没有好东西送你，我只有一束塑料花。

他扎得非常棒，似乎那些塑料花正在恣意地绽放，散发出一缕缕清香。真想不到这个戴眼镜的男人竟会有这样灵巧的手和这样细密的心思，竟能化腐朽为神奇，将人们随手丢弃的废品，改造成一件艺术品。

那么，这个男人，这个仿佛已被时代抛弃的男人，也正焕发出新的生机和活力！

那天我们聊了很多，男人一直站在门口，死活不肯进来。最后他说，等他女儿大学毕业，他就回乡下找一份教书的工作。不在乎挣钱多少，他只是喜欢那个职业。他相信自己能够找到事做。因为，即使现在，他也经常翻阅那些课本。

现在做这些，全是因为女儿。他有些无奈地说，我得多挣些钱。

他送我的那簇塑料花，至今仍然摆放在我的茶几上。昨天突然接到他的电话，说他已经开始教课了，不过不是在乡下，而是在本市一所很有名的学校。他还告诉我，两年前我送他的衣服，他一直没有穿，但他肯定会好好保存。

他真的有两件一模一样的中山装。他并不需要那些衣服。当时他微笑着接受，是因为，他不想让我难堪。

其实，在那段日子里，试图帮助他的，不止我一人。很多人都悄悄给他送过东西。这些东西，有些用得上，有些用不上，他的回赠，永远是一簇塑料花。他说世界并没有将他丢弃，这么多人，没有一个人用令他不快的方式施舍他，就是证明。

还有什么可说呢？唯有沉默，唯有祝贺。一个一度靠捡垃圾度日的男人，竟然在最艰苦的岁月里，满怀信心地扎出一簇又一簇精美绝伦的塑料花，并努力维系着像我这样暗中帮助他的陌生人的自尊。这样的男人，即使卑微到尘埃里去，依然不坠青云之志，他用坚韧诠释了生命的价值和尊严。

处　境

某地一个煤矿塌方，五名矿工被困井下。

他们挤在一个狭小的空间里，黑暗，潮湿，空气稀薄。好在那里有一个浅浅的水坑，水坑里奇迹般地渗出些肮脏的淡水。这使得他们的生命，得以暂时延续。

五个人中，有一个是在井下工作了二十多年的老矿工，其余四人，全是刚下井时间不长的小伙子。已经挺过了两天，仍然没有被搭救的迹象，他们开始绝望。尽管黑暗中谁也看不到别人的脸，但他们可以听到不断有人发出绝望的叹息。当恐惧的时间越押越长，恐惧就变成了更加可怕的绝望，所有人都在等待死亡的到来。

突然老矿工轻轻地咳了一声。

老矿工说,你们听说过十几年前的那次塌方吗?

四位小伙子当然听说过。那次塌方屡屡被提起。他们听说,那次塌方死了很多人。

老矿工接着说,可是你们不知道吧,我是那次矿难的幸存者之一。

的确,他们不知道。平时,他们很少和老矿工交谈。

那次,我熬过了八天。没有食物,没有水,没有光。可我还是熬过来了。知道我是怎么熬过来的吗?

老矿工感觉到,黑暗中的四双眼睛,突然闪现出光芒。

是啊,你吃什么呢?有人问。

老矿工却不回答。

会不会挖蚯蚓吃?……这里有蚯蚓吗?有人硬撑着站起来,点亮唯一的一盏矿灯。他在水洼边,真的挖出了几条蚯蚓。

水呢?有人问。

这不用管。有人回答,现在,我们不是有水吗?

就算你吃蚯蚓,可是你不害怕吗?没有光……

这也不用管。又有人回答,我们现在还有一盏矿灯,我们幸运得多。

不管怎么说,八天时间,也太漫长了吧?有人问,你会做些什么呢?只是躺在那里吗?

仍然听不到老矿工的回答。事实上,自从抛出一个问题之后,他就一直保持着沉默。

我们可以这样,有人提议,大家轮流讲故事,讲有趣的故事。

说不定可以让时间过得快一些。

于是他们开始讲故事。除了睡觉的时间,他们都在讲故事或者听故事。他们没有绝望,他们为什么要绝望呢?有人在没有伙伴没有食物没有水没有光的矿井下熬过了八天,现在这个人就在他们中间,为什么要绝望呢?

最终他们得救了,在被困井下的第五天。当然,每个人都很虚弱。可是救援人员发现,当他们被救出时,每个人都很平静。从他们的脸上,看不到丝毫的恐惧、绝望,以及突然获救的无所适从。他们就像在等待一辆晚点的班车,现在,班车终于来了。

几天后,四个小伙子找到老矿工。他们要对老矿工表示感谢。他们说,假如没有你的经验,也许我们都会死在深深的井下。

可是我没有给你们奉献任何经验啊!老矿工说,除了轮到我讲故事,我不是一直都在沉默吗?其实,找蚯蚓,讲故事,给自己信心,不都是你们想出来的吗?你们应该感谢的,是你们自己啊!

四个小伙子想想,也是。不过他们对老矿工能独自一人在黑暗的井下挺过八天仍然钦佩不已。现在他们急于知道,这个老矿工,他是怎么熬过那八天的?

我根本没有经历那次矿难。老矿工说,那几天我正在休假……在井下熬过八天这事儿,其实是我编出来的。

一个虚构的故事,挽救了四个年轻人的生命。只因为他们坚信,有人经历过更为可怕的灾难。那个人活着,就在他们身边。

他的经历，给了他们无限的信心。

其实处境并没有改变。改变的，只是人的心境。

只要坚信还有比眼前更恶劣更可怕的处境，只要坚信有人曾经在那样的处境下挺了过来，就能战胜绝望，获得新生。

记住，没有绝望的处境，只有对处境绝望的人。

春光美

小路划出一道漂亮的弧线，探进公园深处。公园里春意盎然，不时有桃红粉红将一团又一团绿意打破。柳絮在阳光下轻盈地飞舞，松松软软地落了一地。鸽子们悠闲地踱步，孩子们快乐地玩耍，空气里弥漫着花香，沁人心脾。春天属于山野，属于城市，属于吐绿的枝条，属于勇敢开放的花朵。

春色惹人醉。

女孩的棍子畏畏缩缩，慌乱得毫无章法。灾难突然降临，令她猝不及防。现在几个月过去，她仍然不习惯手里的棍子，不习惯战战兢兢地走路，不习惯眼前无边的黑暗。女孩面无表情，棍子戳戳点点。于是，那棍子，碰到了毫无防备的老人。

老人发出极其轻微的"嘘"的一声。

对不起。女孩急忙停下来，对不起……戳痛你了吧……真的对不起，我是一个盲人……

没关系。老人带着笑意说，你不用解释……我知道，你只是有些不便。

只是有些不便？女孩的神情霎时黯淡下来。可是我看不见了，永远看不见了……就像现在，每个人都可以在这里欣赏春色，我却不能。

可是孩子，老人说，难道春天只是为了给人看的吗？难道春天里的一花一草，只是为给人欣赏而存在的吗？

难道不是吗？

当然不是。老人说，比如我面前就有一朵花……这朵花很小，淡蓝色，五个花瓣……也许它本该有六个花瓣吧？那一个，可能被蚂蚁们吃掉了……花瓣接近透明，里面是鹅黄色的花蕊……我看得见这朵花，你看不到。可是这朵花会因为你看不见它而开得漫不经心吗？或者，就算我今天没有坐在这里，就算我今天没有看到它，就算整个春天都没有人看到它，它会因此而开得没精打采吗？

还有那些山野里的花，有多少人会注意它？或许终其一生，都不会被发现，被关注，被赞美，可是，它们为此而懈怠过吗？还有那些残缺的花，比如被虫子吃掉了花瓣，啃了花骨朵，比如被风雨折断，被石块挤压，比如我眼前的这一朵，它们可曾因为自身的残缺而拒绝开放吗？

春天是花儿们最美的季节，却绝不是唯一的季节。当秋天来临，无数的花儿，会在秋风中结籽。我眼前的这朵小花，也会结它的籽……这与它的卑弱无关……更与它的残缺无关……它是一朵勇敢的花儿，勇敢的花儿都是快乐和幸福的。你认为呢？

你在听吗？孩子。

是的，我在听。

把自己想象成一朵花吧……为什么闷闷不乐呢？为什么要放弃开放的机会？为什么要放弃整个春天呢？

我没有放弃春天……可是我看不到春天……

你可以去触摸，孩子……你可以触摸花草，触摸鸽子，触摸土地和水、阳光与柳絮……其实盲人也可以看到这缤纷的世界，不是用眼睛，而是用心，用爱……

您是说，用爱吗？

是的。在这世上，除了你，还有你的父母、你的亲人和无数关心你的人……如果你连春天都不再热爱，那么，你怎么去爱他们？我知道你看不见春天，可是你的心里，难道不能拥有一个明媚的春天吗？只要你还相信春天，那么你的世界就不会像冰窖一样冷。只要你是快乐的，就能用这快乐感染身边的人。我说的对吗？孩子。

可是这里的春天是什么样子呢？您愿意把您看到的春天告诉我吗？

当然可以，孩子，我很乐意。你的面前有一朵花，蓝色的花，五个花瓣。你的旁边有一棵树，树长出嫩绿的叶子，那些叶子很小，长成漂亮的心形。旁边有一个草坪，碧绿的青草，有人在浇灌它们。再往前,是一条卵石甬道,鸽子们飞过来了,轻轻啄着人们的手心。柳絮落下来了,就像一条一条调皮的毛毛虫……

女孩听得如痴如醉。她的表情随着老人的讲述而变化,然而每一种变化,都是天真和幸福的。似乎,女孩真的看到了整个春天。

离开时,女孩带着灿烂的笑容。她的棍子在甬路上敲打出清脆的声音。她步履轻松,宛如春之精灵。

老人轻轻拍拍身边的导盲犬:虎子,我们该回去了。她戴着很大的墨镜。她悄无声息地走向百花深处。

春光美,春色惹人醉。有时三点两点雨,到处十枝五枝花。

最漂亮的鞋子

一开始谁也没有注意到她的鞋子。她坐在轮椅上,鞋子藏在裙摆里。她衣着得体,笑容灿烂。

是一个笔会,组织者把行程安排得很紧。景区多距市区很远,一群人去乘坐旅行社的大巴,她总是走在最后。上车的时候,她温婉地拒绝了所有人的搀扶,她将身体前倾,双臂撑起大巴车临门的座椅,艰难地上了车。然后,靠着双臂的支撑,身体一点一点向前挪动。很多人盯着她看,赞赏的或者怜悯的目光,她都不理会。她有修长的双腿,可是那腿,却支撑不起她的身体。她在走自己的路,用柔弱的双臂。

她总在笑。看见她的笑容,你会忘记她的腿。然后,等到下车或者上车时,便再一次注意到她。——她拒绝所有人的帮助,她身体前倾，双臂撑起，她微笑着说，我可以。

五天的行程，天天如此。

最后一天下午，难得的自由活动时间，大家结伴出去购物。走在一条繁华的街道上，两旁店铺林立。一家店铺一家店铺逛下来，不觉来到一家鞋店。进了门，想起她在，才感觉有些不妥，想退出来，又觉得太过刻意反而尴尬。看她，却并不在意，笑得更灿烂。她说，我最喜欢逛鞋店啦。

心中不觉一惊。

这才注意到陪伴了她五天的鞋子。

那是一双一尘不染的鞋子。红色，高帮，高筒，高跟，有着动人的弧线和温润的皮革光泽。鞋子既像两朵盛开的红色百合，又像两只尊贵的金樽。鞋子一丝不苟地系了时尚的鞋带，银亮的标识告诉我们，这是一双价格不菲的名牌皮鞋。

我想，其实对她而言，再昂贵再漂亮的鞋子，其作用也仅限于保暖。她走不了路，她坐在轮椅上，她的鞋子踩在踏板上，藏在裙摆里，无人注意。仅仅在上下大巴的时候，她的脚尖才会艰难地轻点一下地面，她的鞋子才会露出一点点红。我一直弱智地认为，对所有有着足疾或者腿疾的人来说，鞋子应该是一种刺目的痛，一种刻骨的伤，避之唯恐不及。

看来是我错了。

她指着脚上的鞋子给我们看，告诉我们什么样式的鞋子最合脚，什么品牌的鞋子物美价廉，不同的鞋子应该搭配不同的衣服。她自信而骄傲地说，我家里，收藏着五十多双漂亮的鞋子呢!

　　还有什么话可说？漂亮的鞋子所代表的，是一颗爱美的心，一种行走在世上的态度。五十多双鞋子所代表的，是一种豁达和自信！她似乎忘记了自己有腿疾，她并不把腿疾当成一件严重的事情。她坦然地接受残酷的命运。万水千山走遍，凭借的，不是脚，而是乐观的精神。

　　非常自然地，那天，她挑走了店里最漂亮的鞋子。她虔诚地捧起鞋子，像捧起一颗勇敢的心。

　　这是你所有鞋子里最漂亮的一双吧？我指指她怀里的鞋子，问道。

　　当然不是，她微笑着说，每一天，我脚上穿着的，都是我最漂亮的鞋子。她指指自己的脚，抬起头，骄傲地说。

尊重每一扇门

少年在山野中迷了路,又饥又渴。他看到一栋木屋,一圈篱笆将木屋环绕。那些篱笆是如此低矮,仅至少年的膝盖。篱笆里面,一位老人正躺在藤椅上休息。他的旁边有一口水井,少年几乎感觉到了井水的清冽与甘甜。

少年欣喜若狂,奔向木屋。他从篱笆上跳过去,站到老人面前。老爷爷,他说,能不能给我一碗水?

老人扫了他一眼。当然可以,我的孩子。老人说,不过你不应该从篱笆上跳过来,篱笆是我的墙,你怎么能够翻墙而入呢?你应该走那扇门。

老人的手指向篱笆的一角,那里有一扇几乎看不出来是门的门。这扇门由细竹片编扎而成,低矮简陋的门与周围的篱笆浑然一体。

少年撇撇嘴，退回去。这一次他从门的位置跨进来，他的腿轻轻一抬，篱笆门就被他抛到了身后。

老爷爷，我想喝碗水。少年第二次对躺在椅子上的老人说。

你又一次犯了错误。老人说，你不应该从门上跨过来……

可是它那么矮……

虽然低矮，但它是一扇门。

少年只好第二次退回去。他弯下身子，轻轻将门推开。他认为自己表现得非常有礼貌。

老爷爷，他说，这一次，您可以给我一碗水吗？

老人摇摇头。你又犯了一个错误，老人说，你应该敲门。

然而它只是一扇篱笆门……您明明看到了我，知道我要进来……

你明明知道我就在院子里，却就是不敲门。老人说，你想到我家里来，难道不必经过我的允许吗？

少年有点急了。他看看老人，老人态度坚决。他只得第三次退回去。他轻轻敲响那扇几乎不能够发出声音的篱笆门，问，我可以进来吗？

老人笑了，起身为少年打了一桶井水。井水果真甘甜清冽，少年一连喝下三大碗。

你可能会对我有些不满。送别少年时，老人说，可是孩子，你应该记住，再简陋的墙，也是墙；再简陋的屋子，也是屋子；再简陋的门，也是门。"风可进，雨可进，国王不可进。"你听说过这句谚语吗?

少年摇摇头。

你听没听说过都不要紧。老人笑着说,不过你应该记住,世上的每一扇门,豪华或者简陋,坚不可摧或者不堪一击,都是神圣不可侵犯的,你必须学会尊重。

事实上,尊重每一扇门,既是尊重他人,也是尊重自己。

把脸洗干净

母亲带着儿子,敲开一扇柴门。天气寒冷,他们在某个屋檐下苦熬了一夜。清晨,开始了乞讨之旅。他们得讨要一点早饭充饥。

开门的是一位老人。这是一所破败的院落,看得出老人的日子并不比他们好多少。

老人看着他们,搓着手。

昨天晚上,刚送走三个人。她说,都是逃荒的……唉……

母亲微笑着,看着老人,等着她往下说。

家里实在……不过如果您不嫌弃,可以等一会儿,和我一起吃一口……

母亲看看儿子,儿子充满期待地看着她。母亲对儿子说,咱们还不太饿，是不是？

儿子不说话。

我们打扰您，不是为了要口饭吃。母亲抬起头，对老人说，我想跟您要一盆水，冷水就行，我和儿子洗把脸。

老人愣了愣，冲母亲笑笑，回屋，砸开水缸里的冰，舀了一盆冷水，又从暖瓶里倒了一点开水，兑好，端给母亲。母亲说了声"谢谢"，转身对儿子说，洗把脸吧。

这是儿子第一次跟随母亲出来乞讨，也是他第一次在别人家洗脸。虽然他认为洗脸并非什么大事，他甚至认为脏兮兮的模样才更像乞丐，更能打动施舍者的心，但他还是听话地弯下腰，认真地洗着脸。

老人回屋。她想给他们找出点儿可吃的东西，然而她什么也没有找到。不过她从绳子上取下一条毛巾。毛巾很破，却干干净净。她将毛巾放到炕头焐热，她希望站在冰天雪地里的那个孩子能觉得暖和一些。

院子里，孩子洗着脸，母亲静静地看着他。

为什么要洗脸？他问母亲。

把脸洗干净，别人才看得起咱们。

可是咱们是要饭的。

要饭的也有尊严。把脸洗干净，人才活得干净。等灾荒过去，等你长大，再想起这件事，你就会庆幸，在这些日子里，你每天都把脸洗得干干净净。

干干净净地乞讨，是这样吗？

干干净净地乞讨，是这样的。

母亲将毛巾还给老人，老人摆摆手，说，送给你们吧，路上用得着。

母亲带着儿子，带着老人送给她的毛巾，安静地离开。寒风瑟瑟的冬日，走在母亲身边的儿子虽然很饿，却还是使劲儿地挺直了身子。

水　果

男孩今天起得很早。他静静地洗脸，刷牙，一遍又一遍地将白色的旅游鞋细细擦拭。然后他坐在椅子上等候他的母亲，满脸兴奋。客厅里阴暗潮湿，男孩的脸上却闪烁着动人的光彩。他去了一趟洗手间，取来笤帚，将餐桌下的几只蟑螂扫出屋子。回来，女人已经起床。他看着母亲的脸，他的表情里，充满期盼。

"不急。"女人说，"会议九点钟才能开完。我们赶在九点前过去就行……"

"不会晚吗？"男孩有些担心。

"不会的。"女人去到厨房，煮了半锅玉米粥，又将咸菜切成均匀的细丝。"先吃早饭吧！"

男孩将脑袋扎进海碗，他"呼噜呼噜"地喝着粥，似乎胃口极好。"他们会不会把水果全部吃光?"男孩把脑袋从海碗里拔出来,说。

"当然不会。"女人笑着,水果只是摆设,没人去动它们。

"既然没人吃,为什么要摆到桌上呢?"

"显得好看吧!"

"那为什么不摆鲜花呢?"

"是啊,为什么不摆鲜花呢?我哪儿知道!这孩子,问个没完没了。"女人将碗筷收进厨房,说。

女人刷着碗筷,悲凉涌上心头。多长时间没给儿子买水果了?三个月?半年?一年?也许儿子不但忘记了水果的味道,还忘记了水果的模样。几天前,他和儿子从医院出来,儿子突然指着一个竹篮,小声问她:"那是什么?"

是草莓。这个季节里,大街上随处可见的草莓。那一刻她用拳头捂住嘴巴,那一刻,她泪如泉涌。

那天儿子为她擦干泪水。儿子说我不想吃,我只是好奇。我真的不想吃,我只是问问那是什么。五岁的儿子非常懂事。非常懂事的儿子,几乎将她所有的收入,全都变成了吊针,药品,护理费,手术费……

女人在两天前去到那家公司。公司很大,她负责打扫一楼至十六楼的走廊和洗手间的卫生。每层楼都设有会议室,每一次会议之后,桌子上都会留下很多水果:梨,苹果,香蕉,橘子……水果们鲜亮诱人,却在会议以后,变成垃圾。那是真正的垃圾,它们会被那个专门负责会议室卫生的女孩装进一个塑料袋,然后丢进公司门口的垃圾筒。女人忍不住问她:"这些水果不能吃了吗?"女孩就笑了。"这是公司的规定",女孩说,"不能用摆放过的水果招待客人……这是对客人的不尊重。"

"就摆了一小会儿,就算招待过客人了吗?"她说,"水果毕竟不是用来看的……"

"在这里,水果就是用来看的。"女孩说,"其实我也舍不得……多好多新鲜的水果啊!"

昨天,她跟女孩偷偷商量,能不能将那些"招待过客人"的水果送给她。女孩爽快地说:"可以啊!到时候你过来,我把水果拿给你。不过千万别让人知道……"

这是女人第一次跟别人讨要东西。她认为那一刻,她是世界上最无奈最尴尬的乞丐。

本不想带儿子去的。可是儿子刚刚出院,她不放心将他一个人留在家里。更何况昨天晚上,当她告诉儿子明天有水果吃时,儿子小声地问她:"妈妈,我可以去看看吗?"儿子的语气就像跟她商量,她能够读懂儿子期盼的眼神。她没有拒绝,她只是嘱咐儿子必须在一楼大厅等着,然后,她把水果给他带来。

儿子果然非常听话。他老老实实地坐在大厅沙发上,一双好奇的眼睛转来转去。女人上到八楼,见到那个女孩。她耳语般悄悄问道:"姑娘,托你的事情,怎么样了?"女孩一脸茫然:"什么事?"她说:"那些水果……"她的声音更低了,她认为她的尊严正在经受着残忍的蚕食。女孩猛地一拍脑袋,万分抱歉地说:"糟了!全扔到门口的垃圾筒里去了!"女人抬起头,艰难地笑笑，说了声"谢谢"，慢慢地往回走。女孩在后面追赶着，说："真的对不起，我给忘记了……如果你需要，我可以再把它们拣出来。"女人说："真的不用了。谢谢你。"

儿子没有盼来他的水果，眼睛黯淡下去，表情极其失望。女人说："要不你去外面玩会儿吧！现在我得工作了。"她将儿子领到外面，那里有一个小花园和一个小垃圾筒。垃圾筒刚刚清洗过，并不脏，甚至干净得就像一个造型奇特的饭碗。垃圾筒里装了香烟壳、碎纸屑以及梨、苹果、香蕉、橘子……

男孩发现了它们。

男孩扯了扯母亲的衣角。"那些水果，我可以带回家吗？"他小心翼翼地说，"它们很干净，很新鲜，我可以多洗几遍，把皮剥掉……"

女人说："不能。千万不能，我的孩子。如果它们盛在水果篮里，盛在盘子里，不管它们多脏，多干巴，它们也是水果；可是现在它们躺在垃圾筒里，那么，不管它们多新鲜，多干净，它们也是垃圾……"

男孩想了想，使劲儿点点头。他跑到垃圾筒前，将一粒遗弃在外面的红艳艳的草莓拾起来，扔进垃圾筒。他转回头，冲女人咧嘴一笑，说："我知道，这是草莓。"

女人冲男孩竖起拇指，笑了。却不小心，笑出一滴眼泪。

弯下你的腰

地下通道的出口处,男人席地而坐。胡琴端立腿上,持弓的手轻轻一抖,曲子就飘了出来。虽不十分悦耳,可是欢快激昂,犹如万马奔腾。男人胡须浓密,长发披肩,表演得极为认真、投入。他的左前方,摆着一个细颈青花瓷瓶。瓷瓶古色古香,朋友说那瓷瓶价格不菲。可是他明明在街头卖艺,一把胡琴,抖得微尘飞扬。

他像一位艺术家,人声鼎沸的大街,是他的舞台。

我和朋友经过时,每人给了他十块钱。男人陶醉于自己的演奏中,并不理睬我们。十块钱落到瓶口,停住,如同一只蝴蝶。蝴蝶静立片刻,偏了身子,降落在花瓶旁边。我愣了愣,想捡起来,终于是没有动。朋友这时从我身边挤上前去,深深地弯下腰,捡起那只"蝴蝶"，连同手里的十块钱，一起恭恭敬敬地塞进花瓶。然后他朝男人笑笑，拉着我离开——自始至终，男人没有看我们一眼。

朋友的举动，令我羞愧，令我不安。

我给了男人十块钱。这十块钱绝不是施舍，因为他在演奏。他在演奏，我听到了，觉得不错，付一点钱，天经地义。当然不付钱也天经地义，事实上从他身边经过的大多数人都没有付钱——付不付钱没有关系，问题是，我付给他十块钱时，没有弯下我的腰。

我应该弯下腰，让钞票落进花瓶而不是落到地上。虽然那一刻男人并没有看我，但我知道，他肯定感觉到了我的态度。一张钞票落进花瓶，对他的演奏，是一种认可；对他本人，是一种尊重。钱落在地上，我的行为就变成了高高在上的施舍。那十块钱，于他而言，便成为嗟来之食。可是对于他，我有施舍的资格吗？

我们为父母弯腰，为爱人弯腰，因为他们是我们的至亲；我们为朋友弯腰，为同事弯腰，因为他们给予我们关爱和帮助；我们为领导弯腰，为客户弯腰，因为他们掌管着我们的钱包，决定着我们的前程；我们甚至为一只宠物弯腰，一条狗，一只猫，或者一只画眉鸟，只因为，它们能够给我们带来片刻的快乐……

可是街头那些乞丐，那些卖艺者，那些衣食无着者，我们何曾为他们弯过腰？我们可以不给他们一分钱，可以目不斜视地从旁边走过，但是，假如有一天，在某个街道，哪怕只是一个闪念，你想给他们一点钱,十块钱、五块钱或者一块钱,甚至仅仅是一枚硬币,那么,请你务必弯下你的腰。

弯下你的腰,对他是一种尊重;对于你自己,又何尝不是呢?

一条鱼的狂奔

他的手里提着一个沉甸甸的冲击钻,腰间别着一个破旧的卷尺。不远处的长椅上,坐着几个等车的人。那里还有一个空位。他需要一个座位,可是他不敢走过去。

他已经累了一天。他把自己悬挂在即将竣工的楼房外墙,用极度别扭的姿势在坚硬的混凝土外壳上钻出一个个大小不一的圆孔。这是他在城市里赖以生存的唯一手段。有时他感觉自己就像一条鱼,一条离开了河川,在陆地上奔跑的鱼。他必须不停地狂奔,用汗水濡染身体。他不敢停下来,否则太阳会把他烤干。

他疲惫极了,两条腿几乎支撑不住他瘦小的身体。他不断变换着站立的姿势,使自己尽量舒服或者看起来舒服一些。没有用。腿上的每一块肌肉都在急速地蹦跳和抽搐。这些微小的抽搐几乎要牵着他，奔向站牌下的那一个空座位。

　　姑娘坐在那里，空位在姑娘身边。姑娘的额头洒着几粒赭红色的迷人麻点。姑娘的眉眼描画得如此精致、迷人。姑娘穿着很长的黑色皮靴，很短的黑色皮裙。皮裙和皮靴之间，露出一截圆润的大腿。他看了姑娘很久。他是用眼角的余光看的。城市生活让他习惯了用余光观察所有美好的东西——越是欣赏美好的东西，越是不动声色。微风轻拂，姑娘身上的香味不断飘进他的鼻孔，让他觉得清雅、美好、幸福、自卑。

　　他上了公共汽车，投下一枚硬币。他希望找到一个座位。他果真找到了。在公共汽车的最后一排，他冲过去，把身体嵌进里面。他几乎在那个巴掌大的硬座椅上平躺下来。他是那么疲惫，坐着有多么幸福。

　　香味再一次钻进他的鼻孔，轻挠着他，让他打了一个羞愧的喷嚏。他把头转向窗外，眼睛却盯着姑娘美丽的脸庞和光洁的肌肤。当然是用余光，他的余光足以抚摸和穿透一切。他再一次变得不安起来。他挺了挺身子，坐得笔直。

　　车厢里越来越拥挤。所有站着的人，都在轻轻摇摆。姑娘倾斜着身子，一只手扶住身边的钢管。姑娘的旁边站着一个男人，身体随着汽车的晃动，不断地触碰到姑娘身上。他的脸红了。好像自己是那个猥琐的男人，好像他攥着的不是冷冰冰的冲击钻，而是姑娘甜藕一样的胳膊。

　　他看到姑娘扭过头来，厌恶地瞪了那男人一眼。男人尴尬地笑笑，做出一个无奈的表情。姑娘没有说话，她艰难地想在自己和男人之间保留一条狭窄的缝隙。汽车突然来了个急刹车,姑娘的努力顷刻间化为泡影。现在她和身边的男人,再一次贴到一起。

他站了起来。他对自己的举动迷惑不解。他对姑娘说,这儿有个座位,你坐。他想他应该是说出了这句话,因为他的嘴唇在飞快地抖动。姑娘看看他,一脸茫然,似乎没有明白他的意思。他只好指指自己让出来的座位,说,这儿有个座位,你坐吧。

姑娘的额头洒着几粒赭红色的迷人的麻点。姑娘的眉眼清秀动人。

姑娘瞅瞅他,再瞅瞅那个空位,又瞅瞅他。姑娘把头重新扭向窗外。姑娘没有动,也没有理他。

他的表情瞬间僵住了。他感觉自己像被当众扒光了衣服,所有人都在细细研究他身上每一个毛孔。他没有坐下。他把脸扭向姑娘身边的男人。他对那个男人说,这儿有个座位,你坐。他听到自己的声音在轻轻颤抖,近乎哀求。

男人笑了。他不知道男人为什么笑,但男人的确笑了。男人的脸上刹那间堆满了快乐的细小的皱纹。男人没有动,甚至没看那个空位。

他有一种强烈的想哭的冲动。座位就那样空着,没有人去坐,包括他。很多人都在看他,表情复杂。他感觉自己被他们的目光撕碎,每个人都拿着其中的一块,细细地研究。

他提前两站逃下了车。他提着那个沉甸甸的冲击钻,慢慢走向宿舍。他感到很累,似乎马上就要瘫倒。他经过一个报亭,停了下来。他把眼睛贴到当天的晚报上。

他对晚报不感兴趣。他只想知道现在离春节，还有几天。

他把冲击钻换到另一只手上。他感觉自己是一条即将脱水的鱼，正被太阳无情地炙烤着。他想明年，自己应该不会再回到这个城市了。因为在乡下，淌着一条清澈的河。

一缕熟悉的清香悄悄钻进他的鼻孔。他再一次紧张起来，他感觉姑娘正站在不远处，盯着他看。

他转过身。他第一次面对姑娘，他看到姑娘迷人的脸庞上带着温暖的笑容。

姑娘说，刚才给我让座的是你吗？他点点头。姑娘说，谢谢！姑娘转身走开。走了几步，再一次停下，扭过脸说，谢谢你啊！然后踅进一家服装店。

他开始了无声的狂奔，他感觉自己就像一条鱼，在炙热的陆地上不停地奔跑。他不能停下，他需要汗水和眼泪的濡染。

他想，明年，可能他还会回到这里。用极度别扭和危险的姿势，在坚硬的混凝土外墙上，钻出一个个大小不一的圆孔。

茶书故里

离开故乡已经太久。他渴望在更广阔的天地里有所作为。

故乡山明水秀,气候温润,物产丰饶,民风淳朴。不仅如此,故乡还出好茶,出名人。然而正因如此,他才毅然离开。他不想被好山好水囚禁一辈子,外面纵然是凄风苦雨,他也应该在最好的年纪,出去闯一闯。

父亲供他读完大学,并不容易。他读大学的所有花销都是父亲从牙缝里省出来的。可是不管日子多苦,父亲每天必做两件事:读书,喝茶。

父亲有一间书房。不大,却极雅致。父亲亲手做好书架,又在书架上摆满了书。父亲每天都会去书房坐一会儿,看看书,喝喝茶。读书的时候,父亲不像一位农民,而像一位作家或者老师。

有人来做客,看到父亲读书的模样,表面上夸赞几句,言语间却带着刺。父亲笑着说:"乡下人也得读书啊!"像是说给客人听的,更像是说给他听的。

父亲喝茶,不太讲究。书房里有一套精美的茶具和一把老紫砂壶,父亲极少用。他喜欢用一个很大的搪瓷缸,抓一把茶叶,添满水,先是"滋溜滋溜"地慢饮,待水温变得恰到好处,就开始"咕咚咕咚"地大口喝,像喝啤酒一般爽豪。对于茶叶,他也从不挑剔。一般情况下,什么便宜他喝什么。父亲说他喜欢苦中带涩的味道,这话也许有几分真,但他知道,父亲主要还是为了省钱。

父亲最喜欢的,其实是故乡的白芽奇兰。

大四那年暑假,他给父亲捎回一罐白芽奇兰。父亲将他带进书房,洗壶,温壶,洗茶,冲茶……一反常态,丝毫不见马虎。父亲说不是这茶有多金贵,而是咱俩能在一起喝壶茶的时间越来越少,程序繁琐些,时间就变长了。父亲说白芽奇兰就像朋友:质美,是茶中君子,交友要交益友,不要交损友;色透,与朋友交往要多一点真心,少一些杂念;香浓,要让朋友感觉到你的正直与热情;味醇,好朋友是用来品的,时间越久,越能品出其中的滋味。父亲说,故乡也是。想了想,又说,人生也是。那天他与父亲聊了很久,直到把一壶茶喝成白水。

接下来的几年,他在城市漂泊,受过很多苦。每隔一段时间,他就会想起父亲的书房和茶。他对别人说,他的故乡是"茶书故里",说这话的时候,心会隐隐作痛。他惊讶地发现自己已不复青春年少，父亲则更显苍老了。亲情与乡愁既像酒，也像茶，更像一本很久没有打开的书。

他娶妻生子，为年轻时那个狂妄的理想尝尽苦头。每年只在春节回一趟家。很多时候，他想，他与故乡、与父亲已经渐行渐远。他需要找到一种与故乡亲近的方式，抵御心底那抓心挠肺的思念。

春天时他回了一趟故乡。他陪父亲喝茶，散步，去三平寺和侯山宫，去灵通岩和林语堂故居，用半个晚上的时间慢慢喝完一壶茶……他说他想回来，陪着父亲，守着几亩茶园和蜜柚林，把日子活出旧时滋味。父亲说，你好不容易才在城市扎下根，哪能说回来就回来？他说这并不矛盾。乡下一个家，城里一个家，乡下的东西卖到城里，城里的东西贩到乡下，这才是经商之道吧？父亲说，这样的事情，很多人做过。他说，可是我不一样。

他说的不一样，不仅指他决定亲自种茶栽柚，还因为，他有一位一生守着故土的父亲。父亲能把一本书读透，把一壶茶品透，这世间，还有什么是他看不透的呢？

他把每年的大部分时间都留在了故乡。种茶栽柚之余，他与父亲喝茶，聊天，散步；回到城市，他经常与客户说起故乡，说起父亲，说起故乡的茶、麻枣、药枕和那位叫做林语堂的人。他说人生其实并无多么高深的道理可讲，读一本书，做一件事，喝一壶茶，守一家人，足矣。

"捧着一把茶壶，把人生煎熬到最本质的精髓。"多年以前，林语堂先生也曾这样说过。

第五辑 老人的忧伤

老人无语了。那天下午,老人没有再说一句话。她将她的小摊收拾干净,然后推着车,一言不发地回家了。

讲述这件事情的时候,老人的表情黯淡而忧伤。我安慰她说,怀疑是人与人之间最本能的交流方式,因为谁也无法做到让别人真正信任自己。

孩子,有些东西不属于你

我在始发站上了公共汽车,坐到最后一排。在我的后面,紧跟着上来一对母女。

妈妈大约三十多岁,戴着无框眼镜。她的女儿五六岁的样子,怀里紧抱着一只毛绒玩具。那时车厢里尚有部分空座,可是小女孩瞅瞅那些空座,然后坚定地指指我,对她的妈妈说:"我要坐到那里去。"

我愣住了。

女人抱歉地冲我笑笑。她低下头,对小女孩说:"咱们去那边,坐那个靠窗的座位吧。"

"不,我就要坐那里!"小女孩再一次指指我。

我不知道小女孩为什么非要坐我这个座位。但我知道现在,她与妈妈杠上了。无论妈妈怎么哄她，她就是站在那里不动。她不去坐，女人也不去，两个人站在狭窄的过道里，任车上的人用异样的目光打量她们。

我想，现在小女孩想要的并非是一个座位，而是一种特权，一种胜利，一种想要什么就能得到的满足感。或许平常在家里，她的要求无论合理与否，都能得到满足。她被惯坏了。

问题是，现在，她不是在家里。

"你应该请求我把座位让给你，而不是跟你妈妈怄气。"我终于忍不住了，提醒她说。

小女孩愣了一下。她看看妈妈，拽着妈妈的手说："我要坐那里，我要坐那里。"

"那你们过来坐吧。"我说，"你和妈妈挤一挤，或者让妈妈抱着你……"虽然我并不想惯着小女孩，可是我实在不忍看她妈妈尴尬的模样。

"不！"她说，"我不要和妈妈一起坐！我要一个人坐！"

这就太过分了。这已经不是胡搅蛮缠，而是带着一点威胁的意味了。

我告诉小女孩，她乘公共汽车是免费的，既然是免费，公共汽车上就没有特意给她准备座位。现在有空座位已经很幸运了，不应该挑三拣四。

"我要坐那个座位！"小女孩对我的话充耳不闻。她一门心思想得到我的座位。

我想起一个词：教养。

那天，直到终点，我也没有给她让座。我始终坐得安安稳稳，再也没有与小女孩说一句话。而她则始终站在我的面前，拽着妈妈的手，每隔一会儿，就说一遍"我要坐那个座位"。

可是，没有用。她的要求在今天注定不会得到满足。

我必须拒绝她。我要让她知道：世界不是她家的客厅，别人的东西不是她怀里的毛绒玩具。不属于她的，并非她靠撒娇或者威胁就可以得到。

最高雅的画作

贵妇人把画家请进屋子。贵妇人说，亲爱的保罗，可以开始了。

画家点点头，掏出画笔。不过夫人，画家说，您完全没有必要化妆。

哦，保罗，我想你搞错了。贵妇人说，我不是让你画肖像，我是想让你给我画一幅世界上最高雅的画作。

世界上最高雅的画作？画家愣了愣，怎么会有这种奇怪的想法？

因为每个人都说我太过俗气！贵妇人的声音尖锐起来，我的儿子、我的丈夫、我的邻居、我的美容师、我的心理医生、宠物店老板、街头流浪汉……他们会偷偷说，嘿，瞧见那个臃肿难看的肥婆了吗？她不读书，不看报，不听交响乐，不看歌舞剧，看不懂艺术品，不参加任何慈善活动。她的屋子里绝没有一个石膏人像，墙上绝没有一幅像样的画作，酒柜里绝没有一件有价值的艺术品……她的眼睛里只有钱。钱，钱，钱，钱是什么东西？

钱是什么东西？画家笑了。

当然是好东西。贵妇人说，喜欢钱有错吗？我的钱既不是偷来的也不是抢来的，那是我丈夫辛辛苦苦赚来的。

那就任凭他们去说吧。画家说。

那可不行。我一定得改变他们的看法，我可不喜欢别人嘲笑我一辈子。贵妇人说，所以，下个星期开始，我打算去剧院听交响乐、看歌舞剧，去博物馆欣赏艺术品，参加一些慈善活动……我还会去买几件像样的摆设，并且，墙上一定要挂一幅高雅的画作。保罗，我知道你是一位伟大的画家，我认为你完全可以胜任……不过你得完全按我的意思去画……很简单，将众多元素融合到一起，使之成为一件世界上最高雅的作品。

没问题。画家点点头，摆开架式，我们开始吧。

好，开始……首先，要有一个主体。贵妇人想了想说，上帝或者神明？太普通。浴女或者农夫？太落伍。这样，你在画面最突出的位置，画一位杰出人物吧。比如科学家、作家、外交官、政治家……

画好了。画家说，他集政治家、外交官、作家、科学家于一身，他是一位伟大的人物，几近于神明……

然后呢，你应该在画作上表现出人类不同于其他物种的高贵与智慧。贵妇人说，比如，一串阿拉伯数字……

照您的意思办。画家说，然后呢？

容我想想。贵妇人说，对了，似乎应该描上复杂细密的花纹，使画面更生动，更有层次。花纹既是点缀，又有深刻的寓意……我说得没错吧？

没错。画家说，接下来呢？

应该再加上一句话吧！贵妇人说，一句表达信仰的话。"我们信仰上帝"，你认为这句话如何？

非常好。画家说，还有吗？

你应该让整个画作呈现出一种灰黑色的基调。贵妇人说，稍偏一点蓝吧……有一种宁静庄重之感……总之别太艳丽，那样太俗……

是的。灰黑色，偏一点蓝。画家说，现在这幅画作基本完成了，您想看看吗？

先不急着看。贵妇人想了想说，总感觉还有些单调。人物，图案，数字，一句话……好像缺点儿什么吧？

缺风景。画家笑着说，风景，建筑，组成画面的重要视觉元素。

对。贵妇人点点头，再添点儿风景吧！

可是画面已经太满太挤，透不过气来了……

添在反面吧。

添在反面？画家问，您确定吗？夫人。

我确定。贵妇人说，是的，添在反面。你说过，一切都按我的意思办。我相信我的要求并不过分。

当然不过分……那就画个教堂，如何？

画个纪念堂吧！贵妇人兴奋地说，费城独立纪念堂！我喜欢费城独立纪念堂！想想看，伟大的人物，别致的花纹，神秘的数字，座右铭式的话，宁静庄重的色调，代表和平的独立纪念堂……上帝啊！我相信，这绝对是世界上最高雅的画作！

画家笑了。他把完成的画作递给贵妇人。

贵妇人的面前，是一张标准的百元美钞。

穷人节

某次出国旅游，恰好遇上当地的穷人节。穷人节？仅这名字，就令人顿生好奇，备感亲切。

穷人节的主要节目，便是扭秧歌。我想这也贴切，我生活的那个城市，有钱人去歌厅、舞厅，去酒店、健身房，穷人们随便找个广场，大喇叭一响，秧歌扭起来，倒也自得其乐。看来秧歌并非是中国穷人的专利，全世界无产阶级都喜欢扭秧歌，只是动作稍有不同罢了。

秧歌队走过来了。队伍的最前面，几百名流浪汉腰扎彩带，头系红绸，组成整齐的方队，声势浩大。也难怪他们高兴，流浪汉终于得到重视，迎来属于自己的节日，怎能不开心呢？更何况，当秧歌扭完，每个人都能够得到一杯免费的热咖啡。

紧随流浪汉的第二方阵，便是我们常说的穷人。他们的方阵最为复杂，有待业者、失业者、工薪阶层，也有破产的企业主。从穿戴上，一眼便能看出他们是穷人。比如某人穿了件名牌上衣，裤子却是地摊货；比如某人虽然穿着一身名牌套装，但鞋子只值十块钱；比如某人穿着一套价格不菲的西装，却系着一条三块钱的领带。更重要的是，他们全都流露出一种卑微的表情，恰到好处地证明着他们的身份。总之一个人的贫穷是掩饰不了的，还好这个城市的人们并没有掩饰，一万多人的巨型方阵，便是证明。

第二方阵之后，便是由白领和小商人组成的方阵。我想他们应该属于这个城市的中产者，怎么也把自己扮成穷人？拽住一个扭得起劲儿的大叔问，那人说，什么中产者！我们穿不起大名牌，住不起大酒店，开不起好车子，买不起大房子，我们是城市里真正的穷人！我告诉他，前面两个方阵里，有人甚至吃不饱饭，你跟他们比，算是富翁了。他听了，反驳说，我可不这么看。何谓穷人？买不起想买的，得不到想得到的，就是穷人。说完，头也不回，扭着屁股往前冲。

再往后，我就彻底看不懂了。如果说第三个方阵还勉强算得上穷人方阵的话，那么第四个方阵中的那些人，一看便是成功人士。他们的方阵大概由二百多人组成，个个穿戴讲究，光鲜亮丽。方阵里，甚至缓缓行驶着很多名牌轿车。这让我很是纳闷，穷人节，你们来凑什么热闹？

我混进他们的队伍，三扭两扭，很快跟一位戴着十个钻戒的中年男人混熟。我问他，难道您也是穷人？他一边扭，一边点点头。我说，可是您看起来很阔绰啊！他说，看起来很阔绰？当然，我有一个很大的公司，固定资产上千万，光轿车就有十几辆，看起来的确很阔绰。可是你不知道，我公司的贷款和欠款加起来，足有三千万之多！我说，那就是说，您不但不是千万富翁，还是两千万"负"翁？男人点点头，扭得更欢。

看来，这个方阵里的所谓的成功人士，远比前几个方阵的人更像穷人。

可是接下来的由不足百人组成的方阵，却是真正的富翁方阵。我问过几个人，他们的净资产，大多超过几千万。这就很奇怪了，他们是这个世界上真正的富人，他们应该过富人节而不是穷人节啊！将我的困惑跟其中一人说了，他笑着答道：从资产上说，我们的确算得上是富人，可是我们缺少属于自己的时间啊！

缺时间也算穷人？

当然。他说，你们可以喝小酒，聊闲天，可以逛公园，看电影，可以用一个下午的时间喝掉一杯咖啡，读完一本书，我们呢？我们恨不得把自己劈成两半来用，把一分钟掰成两分钟来用，我们努力工作，拼死拼活，到头来，为了什么？还不是为了成功？可是真成功了，却失去了人生最宝贵的东西——时间。还有很多人，甚至因此失去家庭，失去朋友，失去健康，我们连人生最宝贵的东西都失去了，你说，我们不是穷人吗？

我并不完全理解他说的话，因为我不熟悉富翁的生活。

我刚刚退出"穷人富翁"方阵，秧歌队伍的最后一个方阵便闪亮登场。那是最为奇异的方阵，他们表情各异，穿戴各异，甚至有人光着膀子。仔细一看，竟能从他们的脸上看到工薪阶层的影子、白领的影子、单位领导的影子、无业游民的影子、百万富翁的影子。很显然他们没有按照要求站到本应属于他们的方阵里，他们彼此开着粗俗的玩笑，有人甚至大打出手。

我小心翼翼地跟一个衣冠楚楚的男人搭讪。

您是穷人？

我是穷人！

您为什么这样认为？

我不知道！

不知道？

不知道！但我确实感觉自己是个穷人！说到这里，他骂出一句粗话，吐出一口浓痰。那口痰正好吐到旁边一个光着膀子文着刺青的年轻人身上，年轻人骂骂咧咧，冲他晃晃拳头，他二话不说，冲上去就是一脚，两个人便扭打起来。

他不知道为什么感觉自己像个穷人，但是我知道。他们成功或者不成功，有钱或者没钱，有地位或者没地位，有时间或者没时间，有文化或者没文化，都无关紧要。重要的是，他们没有素质——做人最基本的素质。我想这个方阵里的人都是如此。那么，他们是这个城市里，彻头彻尾的穷人。

我想说的是，这个秧歌队伍，由两万五千人组成。而这个城市，仅有区区两万五千人。

我只是游客，不是小城居民。然而那天，我想，也许我也应该跟随他们的队伍，扭一把大秧歌。

放龟记

与友人经过花鸟鱼虫市场,见有小龟在卖。龟壳微红,龟眼黑亮,龟爪金黄,煞是喜人。

蹲下来看,随口问:"多少钱一只?"答:"五十块。"这才有些后悔,倒不是心疼钱,而是我一直养不好宠物。花鸟鱼虫,喜欢归喜欢,但到我这里,时间稍长,便无精打采,死伤惨重。忙寻个借口准备逃遁:"今天没带钱。"想不到朋友马上站出来,票子抖得哗哗响:"我有!"小龟于是到我家。

尽管悉心照料,小龟还是渐渐失去初来时的风采。喂它鱼虾,偶尔吃一口,像吃中药般费劲;喂它肉,喂它龟食,根本不予理睬。几个月过去,龟壳不再鲜艳,眼神也开始黯淡。暗自思忖,假如小龟继续在我这里生活,哪天有个三长两短,便是犯下罪过了。于是决定将它放生。

选了个阳光明媚的日子,带上小龟,直奔市郊山脚下的一个池塘。池塘不大,有蒲,有苇,有鱼,还有龟。蒲和苇是土生土长的,鱼和龟则多是人们放生的。有人买鱼买龟,不为饲养,只为行善;也有如我这般,不忍看它死于己手。池塘边繁花似锦,绿树成荫。

刚把龟放进池塘,便走来一个垂钓者。垂钓者无视我的存在,拉开架势,甩出钓线。然后,优哉游哉地为自己泡了一壶工夫茶。

"怎么能在这里垂钓?"我提醒他说,"这里多是放生的鱼。"

"也不全是。怎么断定我钓上来的鱼一定是别人放生的?"

看来,今天我遇到了一个刁民。

"瓜田不纳履,李下不整冠,你懂不懂?去别的地方钓鱼不行吗?"

"当然行。"他说,"可是谁规定不能在这里钓鱼?"

"问题是,万一你钓上放生的鱼怎么办?"

"带回家清炖或红烧啊!"他说,"既然有人把鱼放生,那么,鱼就不再属于放生者而属于大自然了。我从大自然里钓的是鱼又不是大熊猫,这不犯法吧?"

看来,我遇到的不但是一个刁民,还是一个难缠的喜欢狡辩的刁民。

"难道你就没有一点敬畏之心?"我说,"万一你钓上来的是只乌龟怎么办？也把乌龟杀了？"

"你的意思是杀鱼可以，杀乌龟不行？"他说，"什么叫敬畏之心？假如我敬畏蚊子和苍蝇，是不是就可以指责那些拍死它们的人？天生万物，本来就是供人取用的。"正说着话，有鱼上钩。他全神贯注地收线下网，好家伙，一条足足三斤多重的红鲤鱼。"你也喜欢钓鱼吧？"垂钓者一边将鱼从鱼钩上摘下，一边说，"你在河里、湖里、水库里、大海里打上来的鱼，又怎么肯定不是别人放生的呢？"

我哑口无言。我喜欢钓鱼，也喜欢吃鱼。我不能断定那些钓上来的鱼和吃到嘴里的鱼不是放生鱼。可是看着那条鱼在他手里拼命挣扎，还是顿生恻隐之心。于是跟他商量，我买下这条鱼，然后把它放了。

"伪善！"他说，"就算你此刻放掉它，它肯定还会被钓上来。那时谁来救它？肯定不是你，因为你已经走了，你不在现场。因为看不到，所以你心安，是不是？同样的道理，你放生的龟呢？假如哪一天它被钓上来，送进饭店，变成菜肴，那么，最初的凶手是谁？当然是你。可是你的内心依然安宁，因为你没看到这一切。不过，无论你是否看到，你都是凶手。你决定了它的生死，而不是捕龟者、厨师或者食客……"

"可我是为它好才将它放生的。"我急忙辩解。

"为了它好？那你为何不在买来的当天就把它放掉？你把它扔到这个池子里，是因为它无精打采的，失去了赏玩的价值。假如它仍然充满活力，你舍得放生？"

我彻底无语了。我不得不承认,我之所以放掉它,一是担心它死于我手,二是我厌倦了它半死不活的样子。

我怕它死于己手,于是"嫁祸于人"。这于我,是开脱;这于它,是抛弃,是谋杀。我做了杀戮者的帮凶,还美其名曰:放生。

夜里,我梦见自己变成一条小龟。池塘里,池塘外,危机四伏。

鱼的启示

精于垂钓者都知道，假如有大鱼上钩，硬把鱼往岸上拖，是很糟糕的事。其结果，不是钓线被扯断、鱼钩被拉直，就是鱼嘴被撕裂，这时，本已上钩的鱼往往会逃之夭夭。

正确的做法是，当大鱼上钩，钓者对于鱼的挣扎，应该有一个合理的迁就。这时的钓线应该放长，任由鱼拖着跑。等鱼跑累了，再慢慢收线。这时鱼再次挣扎，钓者再次放线，鱼累了，再收。几个回合下来，鱼们往往会精疲力竭，任由钓者拖上岸。

也有精明的鱼，被勾住嘴巴时假装奄奄一息，其实它们是在休息。当钓者快速收线的时候，鱼突然向相反的方向猛地一扯，于是，或钓线被扯断，或鱼钩被拉直，或鱼嘴被撕裂。总之，鱼却是逃了。

但这样精明的鱼，很少。

在生活中，我们也常常被一条无形的线拉紧，我们不停地挣扎，奔突，拼尽全力，结果却无异于自杀。

有时候，休息一会儿，打个盹儿，养精蓄锐，醒来时，体力和精力得以恢复，突然奋力一搏，往往会收到意想不到的效果。

这时，也许你会像那条绷断钓线的大鱼一样，自由了。

我们吓坏了自己

在电视台工作的朋友,给我讲述了这样一则故事:

有一次,他们台的一个娱乐节目组需要在大街上做一个随机采访,朋友正好是那个节目的外景主持人。采访很简单,朋友握着话筒,拦下一个个路人,问,如果我现在能帮您实现一个愿望,那么,您希望这个愿望是什么?回答时间限定在十秒钟。

为这个节目,朋友做了充分的准备。就是说,不管对方怎样回答,他都可以继续问下去,将话题不断延伸。那天他在街上拦下二十个路人,他向二十个路人询问了同样的问题。

结果却令他大为震惊。二十个人中,有十九个的答案基本相同。十秒钟过去,他们的回答是,我还没有考虑好。说这话时,他们表情严峻,眉头紧锁。似乎生怕自己说错,从而失去一个千载难逢的能够实现愿望的机会。

难道他们不知道这只是一个游戏吗？当然不是。谁都清楚我的朋友不会帮他实现任何愿望。既然如此，他们说什么都行，怎么说都行。可是他们仍然不肯轻易开口，他们痛苦地一本正经地思考，然后略带歉意地说，对不起，我还没有考虑好。

甚至有人说，如果给我一天时间思考，如果您明天再来采访我，我会给您一个完美的答案。

我的朋友非常失望。他说，这个城市的人已经习惯了毫无理由的严谨。或者说，他们被自己吓坏了。

被自己吓坏了？我不懂。

是的。朋友说，他们总是害怕出错。或许他们害怕受到我的愚弄，或许他们害怕受到路人的嘲笑，或许他们害怕将自己真实的想法暴露，或许，他们真的害怕失去一次实现愿望的机会……总之，他们失去了回答一个最简单问题的勇气。事实上，生活在这个城市里的人，每天都在承受各种各样的惊吓，有种种顾虑和担心：怕失业、怕失恋、怕降薪、怕成为笑柄等等。或许他们曾见过别人失业、失恋、降薪、成为笑柄，或许他们在以前的生活中曾有过失业、失恋、降薪、当笑柄的经历……或许这一切的发生，真的仅仅因为一句随口而出的没有经过深思熟虑的话，因此，他们只能变得严谨和古板。他们每天都在小心翼翼地过活，生怕出一点差错。他们太缺乏安全感了。

不是还有一个人说出了自己的愿望吗？我问。

那是一个男孩，朋友说。

他的愿望是什么？

给我五块钱！

我们都笑了。

只有孩子才可以无所顾忌地说话，才可以将自己的内心世界毫无戒备地袒露给别人。朋友说，那天我给了男孩五块钱。后来我想，假如那十九个人肯说出自己的愿望，有些愿望，或许我真可以帮他们实现。可是，他们没有说……

第二天你又去采访他们了吗？我问。

没有。那档节目被迫取消了。其实就算我第二天再去采访，他们也不会考虑好。事实上，他们永远都不会考虑好。考虑的时间越长，越难以抉择。一来他们被自己吓坏了，二来他们想要实现的绝不仅仅只有一个愿望。

所以，就算你二十年后重新采访这二十个人，结果也会完全一样。

不，朋友笑笑说，结果肯定不一样。

不一样？

不一样。朋友说，因为那时，说出愿望的那个男孩已经长大了。

老人的忧伤

退休的老人,极不习惯闲散的日子。老人身体健康,有一笔丰厚的退休金,儿女们又常常寄钱给她,衣食无忧的老人,便想找些事做。老人在街上转了半年,最后决定,在某个小学校的门前,摆一个麻辣烫摊。

那里已经有两个麻辣烫摊。因为紧临小学,价格又便宜,他们的生意一直很好。竹签上串了肉、鱼片、火腿肠、蘑菇、蔬菜……摆放得整整齐齐。旁边的大锅里,水咕嘟咕嘟地沸腾着。每串只要一块钱,可谓物美价廉。

物美价廉,有时候,也非常可疑。老人观察那两个小摊很久了,最后得出结论:他们的东西,既脏又没有营养。于是她的小摊支了起来。她告诉我,反正她没有事干,又不缺钱,不妨就赔点钱，让孩子们吃上既有营养又干净的东西。

赔点钱真的没什么。老人笑着说，反正我的钱也花不完。再说，每当看到这些孩子，我就想起我远在国外的孙子和孙女呢。

可是孩子们吃惯了那两个小摊的口味，他们很少光顾老人的摊子。有时候，老人会偷偷拽来一个孩子，告诉他，我的麻辣烫可干净呢。此话传到那两个摊主的耳朵里，他们便不高兴了。难道我们的不干净？一个摊主吊着眼睛说，你可以夸你的东西，但怎么能说我们的坏话呢？

我没有说你们的坏话。老人说，我又不是为了赚钱，为什么要说你们的坏话呢？

你不是为了赚钱？摊主们不相信了，起早贪黑，难道是为了赔钱？

为了孩子们！

谁信！

再逢孩子们放学，两个摊主就吆喝得格外卖力。老人的摊前，几乎一个孩子也见不到了。

老人有些伤心，便开始想办法。她将她的麻辣烫降为八毛钱一串，然而，前来光顾的孩子们仍然寥寥无几。后来，她干脆将她的麻辣烫降为五毛钱一串，开始时还有几个孩子来吃，但是慢慢地，那些孩子们又被另外两个摊子吸引过去了。

这让老人大惑不解。

那天，老人再一次拽过来一个男孩。我的麻辣烫口味不好？她问。男孩说，还行。我的麻辣烫不实惠？男孩说，很便宜。那你们为什么不过来吃呢?

男孩耸耸肩膀,说,卖得这么便宜,肯定有问题。

有什么问题?老人愣住了。

谁知道呢?男孩说,肉有问题,鱼片有问题,火腿肠有问题,蘑菇有问题,蔬菜有问题……也许盐有问题,汤汁有问题,蘸料有问题……

我只想让你们吃到既有营养又干净的东西。老人说,我真的不是为了赚钱。

不是为了赚钱?

我不缺钱。

谁信!

老人无语了。那天下午,老人没有再说一句话。她将她的小摊收拾干净,然后推着车,一言不发地回家了。

讲述这件事情的时候,老人的表情黯淡而忧伤。我安慰她说,怀疑是人与人之间最本能的交流方式,因为谁也无法做到让别人真正信任自己。

可是,他们只是些十二三岁的小孩子啊!老人叹一口气,转过身去。

此时,无限忧伤的老人,肯定在努力忍住一滴眼泪。

心与心的距离

十分钟以前,他来到这个陌生的城市。走在街上,感觉两旁的摩天大楼几乎向他倾倒下来,压得他喘不过气来。抬头看,它们果然在他的头顶上方对接。"只要相距不是太远,所有的东西最终都会长到一起。"奶奶曾这样对他说,"云彩,河流,高山,大树,花草,房子……还有人心。"

几年来他走过很多城市:大的,小的,冷的,热的,粗犷的,温婉的……它们无一例外,拥挤不堪。他从这个城市挤到那个城市,如同一株野草挤进名贵的花盆,如同一条野狗挤进温暖的狗舍。

从地铁口出来,左拐,再右拐,他遇到了那个乞讨的老人。老人缩在墙角,肮脏粗糙的手里擎着一个很大的搪瓷茶缸。老人抖动着嘴唇，抖动着茶缸，散落在缸底的几枚硬币互相碰撞，叮当有声。在乡下，午后或者黄昏，他常常听到这种声音。叮当，叮当，声音从远处传来，慢悠悠地飘进他的耳朵。直到离开故乡，他也不知道那到底是什么声音，究竟来自何方。声音有时让他平静，有时又令他恹恹欲睡。

老人不像是骗子。老人有着乡下人的肤色，乡下人的相貌，乡下人的表情，乡下人的气息。乡下人是有气息的——尽管他们在城里混迹多年，尽管他们从事着与种地毫不相干的事情，他们也很难摆脱那种独特的气息。那气息藏在皮肤中、肌肉中、血液中、骨髓中，一生相伴。

他从老人身上，闻到了这样的气息。老人就像他的奶奶。

他掏出钱包，将几张零钞塞进老人的茶缸。他弯下腰，他不想让老人难堪。他继续往前走，左拐，再右拐，叮当声一路相随。他分辨不出那声音来自遥远的乡下，还是来自老人手里的搪瓷茶缸。

这时，他突然发现，钱包不见了。

钱包塞在牛仔裤后面的口袋里，那口袋一直被他扣得很紧。可是刚才，老人的表情让他忘记了扣上口袋上的扣子。他甚至能够隐约回忆起小偷的模样——小偷轻轻撞了他一下，迅速消失。他转身，往回走，试图找到小偷。他再一次回到老人身边。老人的茶缸捧在手里，里面，他刚才塞进去的钞票已经不见。几枚硬币随着茶缸的抖动发出叮叮当当的声音，他突然开始后悔。

他后悔，不是因为丢了钱包，而是因为，他刚才塞进去的钱已经被老人收起来了。老人收起那几张钱,努力让自己显得更加卑微,更加可怜。老人的做法,令他伤心。

他想找到小偷,找回钱包。他在那几条街道上来回走,来回走。从清晨走到黄昏,他一无所获。他没有吃早饭,没有吃午饭,看样子,晚饭也没有着落。以前,他曾多次忍饥挨饿,每一次,都令他刻骨铭心。现在饥饿感再一次袭来,铺天盖地,他有种想哭的冲动。

他抬起头,看看天空。耸入云霄的两座摩天大楼在他的头顶挤在一起,就像两棵只能靠倚住对方才不会倒下的大树。他想起奶奶。奶奶说:只要相隔不太远,所有的东西,最终都会长到一起。云彩,河流,高山,大树,花草,房子……还有人心。

他靠近老人。他说:"能不能给我……十块钱?"

老人的手猛地一抖。她似乎吓了一跳。

"我的钱包丢了……我一天没吃东西。"他尽量将声音压低,"现在我想吃碗面……十块钱……五块钱也行。"

老人惊恐地捂住茶缸。里面的硬币叮当作响。

老人的冷漠让他有些生气。"我曾给过您一些钱。"他说,"至少五六十块吧……现在我只想拿回五块……我想吃点儿东西。"

老人突然站起身,逃也似的飞跑。颤颤巍巍的老人竟然跑得飞快,搪瓷缸里的硬币响成一片。响成一片的硬币有了虚假的数量,叮当声拥挤不堪。他愣了愣,上前两步,将老人摁倒在地。

"求求您,给我点儿钱。"他说,"三块钱就行……我饿。"

"救命啊!"

"别喊。"他用一只手捂住老人的嘴,另一只手探进老人的口袋。他摸到一张钞票。

"抢劫了!"老人恐惧的声音顽强地挤过他的指缝,迅速变成无数支利箭,射向四面八方。

他惊愕,骇惧,松开老人。扭头一看,三个手持木棍的男人正在朝他跑来。他丢下老人,拐过街角,逃向一条僻静的小巷,手里仍然紧紧捏着那张钞票。他听到叮叮当当的声音,他看到晨雾、夕阳、草屋、土墙、街边的铁匠铺、田野里的油菜花、公园里的雕像、抱成一团的两栋楼房。他想起奶奶的话。奶奶说:只要相距不太遥远,所有的东西都会长到一起,包括人心。

他流下一滴眼泪。狂奔中,眼泪落到地上,竟也叮当有声。

请求支援

你决定成为一名剑客，行走江湖。你认为时机已到，不早不晚。

你的剑叫作残阳剑。这柄剑威力无边，你可以同时削去十五名顶尖高手的头颅。你的独门暗器叫作天女针。你面对围攻，只需轻轻按下机关，即刻便有数不清的细小钢针射向敌人，状如天女散花。天女针一次可以杀敌八十，中针者必死无疑。

靠着残阳剑和天女针，你打败了飞天燕，杀掉了钻地鼠，废掉了鬼见愁的武功。他们全是江湖上一等一的高手，他们全是杀人不眨眼的黑道魔头。从此你声名大振，投奔者众。

现在你拥有一支军队，占有一座城池。你的军队勇士五千，良驹八百；你的城池繁华昌盛，鸡犬相闻。

你不停地和道上的兄弟签署着攻守同盟。你还和神枪张三、铁拳李四、一招鲜王刀结拜为兄弟。你们肝胆相照，荣辱与共。不求同日生，但求同日死。

一切看起来都是那么美好。你囤积粮草，加固城池。似乎四分五裂的天下不久之后就会统一，你将成为至高无上的君王，拥有无涯的江山，无尽的财富，无穷的权力，无数的美女。你沉浸在难以抑制的兴奋之中，你常常会在梦里笑出声。

可是，鬼见愁竟然杀了回来。

其实那天你并没有完全废掉他的武功。你的一个小小的疏忽铸成大错。鬼见愁凭着多年的武功医好了自己，又用三年时间练就了一门邪道武功。现在他率精兵五万，包围了你的城池。

敌人十倍于你，你并不害怕。因为你的勇士们个个以一当十。

你的五千勇士扑出了城。你试图将鬼见愁的五万精兵一举歼灭。你甚至想晚上就可以用鬼见愁的脑袋做一个夜壶。可是你很快发现自己犯下一个错误——鬼见愁的五万精兵，完全以死相拼。他们踏着同伴的尸体往前冲，极度疯狂。你砍断他的矛，他会用拳头打你；你砍断他的胳膊，他会扑上来撕咬你的咽喉；你砍断他的脖子，他还会在倒下去的瞬间，用脚踢一下你的屁股。尽管你的五千勇士个个骁勇善战，可是最后，他们不得不退了回来。

五千勇士，只剩三百。

鬼见愁精兵五万，尚有八千。

你关闭城门，开始四处求援。

你给神枪张三飞鸽传书,让他速来救你。几天后你得到消息,神枪张三早被一个无名剑客杀死在某个客栈。

你千里传音给铁拳李四,让他速来救你。铁拳李四回话说,现在我也被围,自身难保,如何救你?

你在城墙上点燃烽火,这烽火只有一招鲜王刀才能看懂。没过多久,王刀用烽火答曰:我正在攻城略地,无暇管你。你好自为之。

无奈之下,你决定弃城而逃。你已经管不了城中百姓的死活。现在你只想自己逃命。

夜里你率领剩下的三百勇士突围。这注定是一场惨烈的战斗。你挥舞着残阳剑斩下无数头颅。你的天女针霎时消灭掉鬼见愁八十名贴身侍卫。可是当你抬头,你突然无奈地发现,你只剩下一名勇士,而鬼见愁,尚有精兵一百。

你的天女针已经射完最后一根,现在它成了废物。

你的残阳剑已经卷刃并且折断,现在它不如一把菜刀。

你和最后一名勇士逃回城中。鬼见愁甩手一镖,你的勇士瞬间倒地不起。倒下前他为你紧闭了城门。他忠心耿耿。

鬼见愁将城围住,不打不攻。他想将你困死。

其实鬼见愁只剩一百勇士。你只需再有一把残阳剑,再有一管天女针,就可以将他们全部消灭。可是现在你没有了武器,也没有了士兵,更没有了兄弟和朋友。你呼天天不应,叫地地不灵。

等待你的,只有死路一条。

最后时刻,你终于想起了你妈。

你向你妈求援。

你妈六十多岁。

你妈是一位农民。

你妈连鸡都不敢杀。

你给你妈打电话，你说学校又要收钱了，五百块。你妈说，好，我马上给你打过去。

你命令不了别人，你可以命令你妈。

你用这五百块钱给你的游戏卡充了值。你重新为自己装备了残阳剑和天女针。你单枪匹马冲出城外，将鬼见愁和他的一百精兵杀了个精光。

你保全了性命。你还可以行走江湖，招兵买马。

即使在虚拟的世界里，最后时刻支援你的，也只有你妈。

千眼菩提

男人经过古玩市场，见有人在卖千眼菩提。第一次见到千眼菩提，男人诧异于芋头般的东西，经过砂纸简单的打磨，竟呈现出玉般的质地和瑰丽的纹路。问过价钱，男人又惊讶于它的廉价。那天男人坐下来，用了一个多小时，打磨出一个淡绿色的千眼菩提。

男人把它带回家，放在电脑桌上。他告诉女人这是千眼菩提，他运气好，磨到一个绿色的。他说绿色的很少见，串根红绳，正好可当作一个小把件赏玩。他把千眼菩提塞到女人手里，说，你摸摸，玉一样凉，丝绸一样滑。

千眼菩提当然不可能玉一样凉，丝绸一样滑，但因为有着美丽的色泽和自然流畅的花纹，女人非常喜欢。千眼菩提成为男人和女人共同的心爱之物，不管谁在电脑前坐久了，都会拿起来盘几下。日久天长，千眼菩提果真像玉一般凉丝绸一般滑了。男人对它有些爱不释手了，有时出门散步，也会带上它，手掌间盘着，就像大清的贝勒爷。

男人的几个同事来家里做客，有个女同事见到桌上的千眼菩提，大为惊叹。男人就告诉她，这叫千眼菩提，便宜，十几块钱一个。女同事当即把它抓到手里，说，送给我吧。女主人走过来，说，送你一个可以，但不能送你这个，我和涛子盘了两年多呢。女同事便红了脸，没再说什么。

几天以后，女人对男人说，哪天你经过古玩市场，再磨个新的送给她吧。男人说千眼菩提多是白色的，绿色和红色的极少见。女人说送她东西她还挑挑拣拣？男人说她喜欢的是绿色的。女人说，你问她了？男人说，这倒没有。虽然在一个公司上班，但平时很少来往。女人说你肯定问过她了。又说，去磨一个吧！不过十几块钱的东西，省得人家说你小气。

千眼菩提仍然放在电脑桌上，男人和女人只要手里闲着，就会盘几下。它的颜色慢慢变得翠绿，质地也更加温润。有一次，女人的一个朋友来家里小坐，见到它，问女人，是翡翠吗？女人就很有成就感。她说这是我和先生一起盘出来的千眼菩提！朋友就夸赞说夫妻俩能把一个芋头般的草根盘得如瓷似玉，感情一定很好。女人说，是呢是呢。那天女人心情很好，在此之前，她从没有把千眼菩提跟夫妻感情联系到一起。

男人出差时，想带上千眼菩提。他说火车上太无聊，盘一盘打发时间。女人说你是想显摆吧。没答应,也没反对。然后男人就出差了。再然后,男人回来,千眼菩提就不见了。

女人说,假如男人把千眼菩提弄丢了,可以再去磨一个,反正不值钱。男人说,我根本没有带走它。女人说,可是我看见你把它拿在手里了。男人说临行前我把它放到桌上了。女人说可是自打你出差以后我就没有再看见它。男人说再找找吧,肯定找得到。又说找不到也没关系,我再去磨一个就是了,反正不值钱。

最后一句话让女人疑窦丛生。那么钟爱的东西不见了,男人却表现得并不在乎。随后半个月,女人几乎将家里翻了个底儿朝天,千眼菩提仍不见踪影。女人的心情,坏到极致。

她想到了男人的那个女同事。

一天男人回家,女人告诉他,下午她去他公司了,找他的女同事聊了一会儿。男人就怔住了。女人说,一个绿色的千眼菩提,已经被她盘得温润光滑。男人说,你太过分了吧?女人说,我只是经过那里,口渴,你又不在,我去要杯水喝。男人说,那个千眼菩提可不是我送给她的。女人说,可它是绿色的。男人说绿色的千眼菩提只是少见,却并不稀奇。女人说当初你可不是这样说的。又说,今天我真的只是恰巧路过。

不管是不是恰巧路过,反正这件事成为他们之间的一个疙瘩。后来男人又去了一趟古玩市场,磨了一大堆,终于磨到一个绿色的千眼菩提。但是这一个,无论他和女人如何用心去盘,也盘不出原先那一个的效果。

几年后,男人和女人分手了。分手的原因很多,最根本的是他们不再相互信任。不再信任的原因很多,却是从丢失千眼菩提开始的。男人把房子留给了女人,他说,现在我仍然爱你,只是我们的爱真的无法继续。

又过了几年,女人卖掉了她的房子。收拾屋子的时候,那个千眼菩提竟然失而复得!翡翠般的千眼菩提静静地躺在两本书中间,那里她以前或许找过,或许没有找过。

她想给他打个电话,电话未拨通,她赶忙挂了。说什么呢?似乎说什么,都是多余。

第二天去古玩市场,她竟一下子磨到一个绿色的千眼菩提。

怕

他日出而作，日落而息，养鸡，放牛，院角为女儿种满桃红色的指甲花。他喜欢躺在树阴下，枕着锄头，眯着眼，喝女人为他沏好的茶。日子从叶隙间溜走，从禾尖上溜走，从茶香里溜走，从花开花落中溜走，他迷恋这种感觉。可是战争来了，安静的生活突然被打断，他不得不离开。

他带着家眷离开，因为他怕死，怕女儿和妻子遭遇意外。他亲眼看见弹片将一个男人瞬间撕裂，那个男人，是和他一样手无寸铁的农夫。还有远处的枪炮声，俯冲下来的飞机，映红天边的火光，撤进村子的伤兵，蠕动的肠子和流淌的鲜血……这一切把他惊醒，他必须离开，告别祖先留下的土炕、土屋、土地。他曾以为战争与他无关，但现在，战争就在身边，死亡就在身边。

他怕死，更怕别离。

他们随着人群，逃出村子，逃上公路。飞机追赶着他们，炸弹不断在人群里爆炸，残肢断臂随处可见。人群躲进深山，燃烧弹倾泻下来，人被烧成炭，炭继续燃烧，世界变成地狱，地狱灼热滚烫。他不明白身为农民的他们有什么错，他只知道他们无处可藏。又有士兵追赶上来，他们被层层围困，等待他们的，只有死去和被俘。很多人期待被俘，被俘还有生存的机会，但是他不想。他没有做错什么，他不想跪着求饶。

他逃了出去。几百个人，他是唯一逃出去的一个。他追上撤退的部队，成为一名士兵。有老兵劝他不要当兵，老兵说，以我们的装备，这不是打仗，不是拼命，而是送死。他说，我要当兵。老兵说，当兵，肯定活不过三个月；被俘，运气好的话，可以熬到战争结束。他说，我要当兵。老兵说，真不怕死？他说，怕死。但我要当兵。

他怕死，更怕被奴役。

他没有枪。没有枪的新兵很多。冲锋时，他扛起大刀，紧跟着前面的老兵。老兵倒下了，他拾起枪，继续往前冲。战斗打响前，他曾担心自己找不到枪。老兵告诉他，这个最不用担心。他说今天是他当兵三个月的最后一天，正常的话，就该阵亡了。他猜得很准。他还说，现在，当兵两个月就是老兵了。他这才知道，老兵不过二十一岁，三个月以前，还在一个牙科诊所里当学徒。

老兵说得没错，他们不是拼命，而是送死。一波人填进去，一波人又填进去，一波人再填进去，似乎死的不是人，而是牲畜。

长官说，这叫"添油"，这是他们唯一可以选择的战术。他懂。在乡下，冬夜长，想让油灯燃烧不息，就得不停地添油。他想，之所以让士兵们前仆后继，是因为，那火焰可以奄奄一息，但绝不能熄灭。

现在，他怕死，更怕熄灭。

可是战争竟然结束了。战争竟然真的结束了。听到这个消息，他不敢相信，仍然攥着烧火棍般的枪，缩在战壕，不敢出来。他已当兵三年，他是整个师部唯一活过三年的士兵。三年里他杀死过几十名敌兵，他清晰地记得每一个敌兵的模样和临死前的表情。在他以后的生命里，那些死去的魂灵毫发毕现，面目狰狞，夜夜与他纠缠。不管如何，他成为英雄，本应享受英雄的待遇。他却执意回到了乡下，日出而作，日落而息，养鸡，放牛，院角种满桃红色的指甲花。他说我打仗，不就是为了回来吗？那么多人送死，不就是为了今天能过上安宁的生活吗？

多年之后，几乎没有人再记起他曾经是一名士兵。又过了很多年，几乎没有人知道这里曾经被轰炸、被占领、被蹂躏，这里的人们曾经被驱赶、被奴役、被屠杀。每一天，他哆哆嗦嗦地走过乡间小路，布满老年斑的脸努力抬起。他仰望天空，他怕有一天，天空里再次出现密密匝匝的飞机，然后，炸弹呼啸而下。临终前几天，他想告诉每一个人，这里曾经发生过什么。可是他太老了，已经发不出声音。他知道他不会忘记，但他怕活着的人们会忘记。

现在，他不怕死，他怕遗忘。

领养一条狗

第一天,他听朋友说有一批捕获的流浪狗即将被集体处死。处死那批狗的地方叫"犬类检流所",他头一次听说城市里还有这么个地方。"不过,假如有人肯去领养一条狗,那条狗就会得到赦免。"朋友最后的这句话,让他动了心思。

回家跟女儿和妻子商量,女儿挺高兴,妻子却不大乐意。妻子说狗会把家里弄得一团糟。他说不会的。听朋友说,狗有了这种可怕的经历,会非常听话。妻子说,可是你有时间养一条狗吗?喂食啊洗澡啊遛狗啊都需要时间,你又那么忙。他说,女儿我都养大了,何况一条狗?妻子说,那些流浪狗多是残疾狗或者有传染病吧?他说,你放心,我肯定会挑一条健康的好狗。妻子虽然没有继续反对,却能看出她心里仍然不太乐意。不过对他来说,这就够了。他想，当他把一条漂亮、可爱、楚楚可怜的狗带回来，洗干净，养肥，妻子绝对没有不喜欢它的道理。

第二天，他去了那个叫"犬类检流所"的地方。一群被关在铁笼里的狗见到他，全都冲他叫起来。却不是狂吠，那声音更像低吟或者乞求。负责人问他想挑哪一条，他说哪一条都行。负责人问，你带证件了吗？他问，身份证？负责人说除了身份证，还需要在居委会开张证明。他问，什么意思？负责人说证明你有固定住所啊！如果活得连条狗都不如，你还怎么领养？

他想想，也对。领养一条狗，起码得让狗活得舒服。

第三天，他去居委会，那里却没有人。打那个写在玻璃门上的电话，居委会的负责人说，今天是周六，没有人值班。不过他如果有急事，她会马上赶过来。他说是有急事，想开个有固定住所的证明，好领养一条狗。负责人说这就不是啥急事了，起码没有我现在做的事情重要。他问，你现在正做什么事？负责人说，给我的头发做营养。他想了想，给头发做营养，就相当于给狗洗澡了，这事是挺重要。反正离七天的期限还早，不妨等明天再说。

第四天，他又去居委会，那里还是没有人。他给负责人打电话，让她马上过来。负责人说，现在我还在做头发。他说昨天不是做过吗？负责人说昨天没做好，今天换了一家。他说这我不管，你一定得赶过来给我开证明。负责人想了想，极不情愿地说，两小时以后见。他回了趟家，躺在沙发上歇了一会儿，竟然睡着了，梦见自己变成一条狗。醒来再去居委会，那里还是没有人。打电话问，负责人说刚才我去了，可是你不在。等了你一会儿，现在我回来了。他说你应该打我电话啊！负责人说，周一再说吧。反正是七天期限。知不知道你挺烦的？

第五天，星期一，他终于办下一纸证明。本想下午就去"犬类检流所"，可是中午的时候，妻子却突然变卦了。她说有个朋友近来身体不适，去医院检查，大夫怀疑是家里养的狗将她感染。他说这毫无根据，那大夫肯定是个庸医。妻子说，如果不养狗，这一点就肯定可以排除。他说，可是我把证明都开了。妻子说，反正我不同意养狗。如果你敢把狗带回来，第二天我就把它重新扔到大街上去。因为妻子态度强硬，他郁闷了一个下午。晚饭时，再一次与妻子商量，说养条狗没什么的，对培养女儿的爱心也有好处。妻子说，下午院方有消息了，她朋友的病与狗无关。他小心翼翼地问，那就是同意了？妻子说，只准在储物间里养。他笑着说，遵命！

第六天，本打算一早就去领狗，可是公司突然接到一笔订单，需要他去签合同。他跟经理请假，经理问他，一条破狗重要还是二百万重要？——当然是二百万重要。一个上午，就过去了。中午，经理在公司摆了个小型的庆功宴，他喝多了，睡了一觉，醒来已是下午四点。给检流所打电话，对方说他们马上就要下班，"您还是明天再来吧！"对方有些想挂断电话的意思。他说可是明天是最后一天。对方说所以你还有明天。他说明天肯定行？对方说放心吧！六十多条狗，还不够你挑的？然后就把电话挂了。他怕明天还有事，就提前给经理打了个电话，说明天无论如何也得请半天假，他得去领养一条狗。公司经理说，行，只要上午把你的事情做好，就算你下午去领养一个爹，我也不管你。

　　第七天，下午，去检流所途中，他的车子与别人的车子发生轻微碰撞。他想赔对方二百块钱了事，对方却偏要喊警察过来。他说，我得去领养一条狗。对方说，你是想逃吧？他说，要是去晚了，那条狗就没命了。对方说，你是想吃狗肉火锅吧？一句话将他激怒，一拳挥过去，那人的脸就开了花。后来警察赶到，他说尽好话又赔了钱，警察和那人才放他离开。如此一折腾，来到检流所，已是下午三点半钟。他想，幸好是三点半钟，如果是四点钟，那条狗就没命了。

　　可是所有的铁笼都空着，他一条狗都没有看到。

　　狗呢？他问。

　　全处死了啊！负责人摊开两手。

　　不是四点以后才处死吗？

　　早半小时有什么区别吗？我们着急下班……

　　可是我要来领养一条狗啊！

　　可是我们怎么知道你要来？你要来为什么不提前来？

　　可是不是四点以后才处死吗？

　　可是早半小时有什么区别吗？

　　他想哭。后来他真的蹲下来，面对空空的铁笼，抱着头，哭得像个孩子。负责人看不懂了，说，你又不知道你要领养的是哪条狗……你一条狗都不认识，你到底在为哪条狗哭？

　　他也不知道他到底在为哪条狗哭。可是他越哭越伤心。他想让自己停下来，但他就是停不下来。

人生都可以如诗如梦

无论贫富贵贱,人生都可以如诗如梦,生活都可以如歌如画。

即使是一朵已经枯萎凋零的花,它依然有很多美丽的理由。它有过绚烂开放的美艳,它有过被众人欣赏的风光,它依然可以"化作春泥更护花"。而且,它即将变成一粒种子,可以开始对下一个季节的美丽憧憬了。

人们对于善良已经感到陌生了,人们甚至开始惧怕善良,那些因为救助跌倒在路上的老人而被诬陷的善良之举,一次次无情地践踏着残存的善良的记忆。

可是,我们的生命中不能没有善良,如果连善良都被大家拒绝了,我们的生活会是什么样子呢?贝多芬说:"没有一颗善良的灵魂，就没有美德可言。"善良其实是很简单的事，不要说日行一善，就是常想想别做亏心事，再尽力去帮助别人，足矣。

其实，善良是人的天性，善良的人常常能够化险为夷。

很多人都深信沉默是金。但是，沉默应该是分场合分对象的。如果是处在一个人很多很复杂的场合，滔滔不绝的人肯定是会丢丑的，因为听众三教九流，你的演说不会满足所有人的听觉。

如果与你的上司在一起，你更不能无所顾忌地说话，这个时候你应该安静地倾听。但是，当只有两个人在一起的时候，当你接待一个远方来客的时候，你的过分沉默就会让对方认为你是故意的怠慢。

如果是在一个很大的房子里，或者是在安静的黄昏，在稀疏的丛林，在淙淙的溪水旁，你就应该选择沉默和倾听，这个时候你会领略到优雅的无言之美。

土地失去了水分就会变成沙漠，人生最可悲的就是暮气沉沉的人。

人们说笑声是生活的点缀。任何一个人都喜欢看到笑容，因为笑容不仅仅会给自己带来好的心情，也会把欢快带给别人。

有很多人的脸上总是阴云密布，人们很难见到他的笑容。我们难以想象一个满脸悲苦的人生活中会充满快乐的诗意。

其实，一个身心健康的人，一定是常常笑容可掬的。

笑容是伪装不来的，强装的欢笑下一定是一颗虚伪悲苦的灵魂。

我们有多少人一生中的方向是始终如一的？很多人是半途而

废的，也有很多人是浅尝辄止的，甚至很多人一生中都在原地附近踏步。原因很简单，这些人，始终没有找到自己人生的正确方向。所以，不论付出了多少努力，最后都是枉然。

比如，你迷失在了无边的森林里，你只有一个方法可以走出森林，就是循着一条小溪走，沿着小溪必然能够找到河流，沿着河流就必然能够看到大海。

比如，你在大山里遇到了山洪暴发，你只有向山顶攀登才能求生，因为任何一座山顶都没有洪水。

只有方向对了，我们的人生才会有光明的前程。

培根的很多话都是精辟至极的，比如那句"没有爱人是寂寞的，没有仇人也是寂寞的"。

前半句我们都很容易理解，爱人是人生路上的知音和亲人，是漫漫长夜的陪伴和守护，是同舟共济的人生伴侣，是相互欣赏的良辰佳偶。

可是仇人呢？培根所指的一定是英雄好汉的对手，诸葛亮和周瑜那样的惺惺相惜。这样的仇人必定会促使你不断淬炼自己的意志和技艺，不断增长自己的才学和本领，不断驱除自己身上的自满和骄傲。

在这里，仇人就是自己的一面镜子，就是自己不断前进的动力。

任何一个学习书画的人，必然要经过临摹临帖的阶段，选择自己喜欢的前辈大家的作品，刻苦揣摩练习，以使自己心怀开阔，掌握书画艺术的精髓。

这其实也就是我们通常所说的"近朱者赤，近墨者黑"的道理。古人说："见贤思齐焉"，如果选择一个伟大的人物为楷模目标，研究他的成功之路，学习他的人生经验，一直朝着他的方向努力，你也就必然渐渐向大师的目标靠近。

生活总会重新洗牌

每一次参观文物的时候,总是会有不尽沧桑的感觉萦绕心头。我的故乡有一处国务院第一批公布的国家级文物保护单位"武氏墓群石刻",始建于东汉桓、灵时期,全石结构。石刻画像内容丰富、雕制精巧,建筑气派宏大,是我国保存最为完整的东汉石刻艺术珍品。石刻坐落于县城南20公里的武翟山村,当年武氏一族几代人在朝中担任侍郎之职,足见当年武氏一族的煊赫。可是现在到村中寻访,却早已经没有一个武氏后人了。当地的人没有谁知道,文献中也没有任何记载,武氏一族是迁移去了什么地方,还是余脉断绝了。

可以看出,当年几代担任朝中高官的武氏家族,动用大量人力物力历经几十年制作这些画像埋在墓室之中,是为了让富贵的生活永世流传，是为了给后人留下美丽的历史，让后代铭记先辈的辉煌。但是，历史却没有像武氏族人的愿望那样发展，武氏先人恐怕怎么也没有想到，今天他们的墓地上，连一个供奉香火的后人都没有了。

就在我们的村西头，就是著名的孔子七十二贤之一的冉子祠和冉子墓，祠前的两棵古柏树十人才能合抱，传说已经有几千年的历史。既然祠堂和墓地都建在这里，保存又这样完好，这里就一定是冉子的故里，他的族人也一定生活在这里。可是，在我的故乡方圆几十里以内，现在没有一家姓冉的，更没有一个冉子的后人。想象当年，冉家不远百里送孩子去孔子那里读书，家族一定是殷实的富贵之家。冉子又因为成为孔子的高徒，在此设坛授学，书香绵延，冉家是何等的荣耀和辉煌啊。可是今天，面对这一处仅仅作为历史文物存在的古迹，想象着消失隐没在历史长河中的冉氏家族，不免让人唏嘘扼腕。

我还看到过这样一段文字，介绍的是山西榆次的常家庄园。清康熙、乾隆年间，常家的七世祖常进全开始经商，八世祖常威率九世万玘，从事商业活动，赢利颇丰，逐渐使常氏成为晋中望族，成为晋商中的一支劲旅，开始大规模地营造住宅大院。常万玘在车辋村建"南祠堂"，立"世荣堂"，以村西南为轴心，向东、南发展；常万达在村北建"北祠堂"，立"世和堂"，由东向西毗连修建，成一条新街，俗称"后街"。从清康熙年间到光绪末年，经过二百余年的修筑，常氏整整建起了南北、东西两条大街。街两侧深宅大院，鳞次栉比，楼台亭阁，相映生辉，雕梁画栋，蔚为壮观。共占地一百余亩，楼房40余幢，房屋1500余间，使原先四个自然村连成了一片。有谚曰："乔家一个院，常家二条街。"常氏宅院的建设规模当时称为三晋民居建筑之首。

可是，就是这样辉煌宏大的建筑群，而且距今仅仅一百多年的历史，当年人丁繁盛的常家，竟然也消失在历史的烟尘之中了。如今的常家庄园里，竟然没有一个常家的后人了。

面对着沧桑无情的历史，不免让人联想起风云海峡两岸政坛近一个世纪的蒋介石家族。从20世纪初，蒋介石统治大陆几十年，后来又统治台湾几十年，儿子蒋经国接着又统治台湾多年，蒋家王朝在中国近百年的历史上，可以说是没有人能够望其项背的家族。可是，从蒋经国去世，也就是不到30年后的今天，我们还能够从哪里看到或者听到蒋家的任何消息？即使是蒋家统治近半个世纪的台湾，蒋家的痕迹也已经彻底消失，蒋家后人的消息更是没有任何人关心了。

因为风云20世纪初的浪漫诗人徐志摩是在济南西郊的荒山上坠亡的，所以，每到他的忌日，济南的媒体总是发表一些怀念诗人的文章。想象当年，徐志摩那首《再别康桥》是如何的风靡文坛，徐志摩陪同获得诺贝尔文学奖的泰戈尔周游各地是何等的风光，他那些浪漫的爱情又是倾倒了多少文学少女？可是今天，徐志摩的后人中，不要说写诗，就是连说中国话的人都没有了，他们都生活在美国，都成了不会说中国话，更不认识中国字的美国人了。

面对这一个个曾经在历史上辉煌无比的人物和家族，我想起那句"三十年河东，三十年河西"的谚语，也想起孟子说的"君子之泽，五世而斩；小人之泽，亦五世而斩"的断语。

圣人的话和百姓的谚语，其实说的是一个意思。不论多么有本事的人，不论到达了多么高的权位，不论挣下了多么大的家业，也不论拥有了多么煊赫的名声，想千秋万代地传下去都是枉然，因为，历史过不了多久就会重新洗牌，重新安排生活的次序。

想到了这些，就不免为今天生活中那些千方百计贪污受贿，千方百计买房置地，想着让家业永远流传下去的人悲哀。也因此想提醒那些因为暂时的穷困和逆境而丧失斗志、心灰意冷的人，不要屈服于暂时的困境，也不要怀疑历史的公正，因为，下一个机会，也许就是你的了。

生命的豪情与感动

为文讲究有丹田之气，无病呻吟、装腔作势的文章不会有感人的力量。为人也是一样，要有丹田之气，要有一往无前、不屈不挠的气势，才能够愈挫愈奋，走出鲜亮昂扬的人生。

古人论文，讲气贯长虹、力透纸背。唐朝韩愈搞古文运动，就是要恢复汉朝文章的质朴之气。他每为文前要先读一些司马迁的文章，为的是借一口气。以后，人们又推崇韩文，再后又推崇苏东坡文，认为韩文苏文都有雄浑、汪洋之势。苏东坡说："吾文如万斛泉涌，不择地皆可出。在平地，滔滔汩汩，虽一日千里无难。"

今天我们能够读到的像司马迁、苏东坡、韩愈、李白、康梁那样气贯长虹的汪洋之文已经十分困难了，花拳绣腿、故弄玄虚、无病呻吟的文章充斥着我们的阅读。

在我们的身边，活的有气势，总是充满一股豪情的人也是少之又少了。更多的人畏缩在既得利益的小圈子之中，安于现状，亦步亦趋，渐渐沦落为芸芸众生中的狗苟蝇营之辈。

一个没有气势的人，一个没有豪情的人，一个没有性格的人，是不会有什么出息的，更不会有什么建树，不过是大千世界的一具行尸走肉罢了。

我一直努力培养自己的豪情与气势，我发现，当一个人心中具有了一种豪情的时候，生命中就具有了一种大无畏的气势，就具有了一种努力争取的力量，所谓的那些困难和挫折自然就烟消云散了。

我在济南生活多年，在这里我有很多朋友，常常有朋友这样说，与我在一起聊天，会感觉到我的身上散发着一种气势，会有一种感动人心的力量。我相信朋友们的这种感觉。因为，即使是自己，我也时刻被自己感动着，被我的万丈豪情，被我的远大抱负，还有我对生命和自然的热爱。

对于一个已经到中年的人来说，就一定经历了很多人生的苦悲与欢喜。近来写了很多回忆性的文字，我从来没有想到，自己可以从已经过去的岁月里捡拾到那么多美好。

我很多儿时的伙伴和青少年时代的同学，在报刊上读到那些文章之后告诉我，没有想到我们共同经历的时光里隐藏着那么多值得珍藏的记忆。他们说，通过读那些文字，他们又找回了自己天真烂漫的童年，找回了自己意气风发的青年，找回了很多丢失的珍珠一般的经历。

是的,我们的经历就是一笔巨大而珍贵的财富,我们也可以从那些记忆中学习到很多东西。

这几天,山东的媒体一直在报道一个故事:《53年前新泰行乞,幸得恩人救助》。

53年前,15岁的德州人高延德带着妹妹讨饭走到新泰行宫村,16岁的王悦举和母亲常常救助他们,两人在此生活了大半年,度过最困难的一段时间。如今,已儿孙满堂的高延德想寻找当年的恩人,向他们说声谢谢。高延德老人后来曾到新泰找恩人,但没有找到。高延德说,他岁数大了身体也不好,5年前凭着原来的记忆来到新泰,但已找不到那时的村子。高延德说:自己能活下来多亏了恩人,一定要在有生之年找到他们,表达自己的感激之情。

现在,经过媒体的介入,恩人找到了,他带着自己的儿子和精心挑选的家乡的土特产,前往恩人所在的东营拜见恩人,圆了自己感恩的梦。

这是一个感动人心的故事,也是一个让人充满回忆的故事,在这个故事里,老人生命中所有的那一段苦难的经历都化作了生命的美好。

其实,我们每一个人的生命中也一定隐藏着这样的故事。我们难道没有遇到过对我们殷殷教诲的老师?我们难道没有遇到过热心的帮助?我们难道没有过知遇的感激?

一定有。

时光不会等待我们,记忆不会等待我们,我们应该让自己从回忆中走来,把一个个记忆变成生命的感动。

生命的旅行

有一次去北戴河参加《思维与智慧》杂志的笔会，邂逅安徽作家王飚。笔会即将结束的时候杂志社统计返程车票，他拒绝了。他说他要一个人去内蒙古大草原。原来，王飚是一个喜欢旅行四海为家的人，他每年都有两次单独一个人的外出旅行，没有明确的目的地，没有旅伴。他就带一顶帐篷，一架相机，背着一个简单的旅行包上路了。

他告诉我，如果再去了内蒙古大草原，全国没有去过的地方，就一个西藏的墨脱了。

我真羡慕王飚。这样的朋友，在山东我也有好几个。只要到了夏天的假期，他们就从朋友和家人的视野里消失了，消失在不知名的地方。

我能够想象得出他们的超然和快乐。其实，我也喜欢一个人坐车去旅行，一站接着一站的前行，没有目的地。没有起点，也没有终点，我只是在路上。我不属于任何一个风景，也不属于任何一个组织，我只属于我自己。

这个时候，所有的责任和义务都消失了，所有的追逐和名利也消失了，所有的身份和地位也不复存在，我只是一个普通的自己，没有了疲惫的仰望，也没有了倦怠的伪装。我只有一件事，就是安静地坐在窗口，欣赏不断迎面而来的风光。

心灵深处，任何一个人，都会有这样无拘无束的漫游，只是有的人变成了生命的现实，大多数人都只是想想而已的奢望。

有一个常年坚持旅行的朋友有过这样的喟叹：在中国，如果你没有到过柴达木和吐鲁番，没有到过西藏和塔克拉玛干，没有到过长江与黄河的源头，你就不能算有过真正有意义的旅行。

因为，内地几乎所有的风景都是经过精心的打磨和修饰的，都是人为的景观，没有真实和本源，他们早已经面目全非。

真正不会改变和消失的，恰恰是纯粹的本源的真实，而只有在这样的真实面前，你才会领略到发自内心的震撼，才能领略到真正的大美。

我最喜欢去没有开辟出道路来的山坡上攀登，更喜欢去荒野山谷漫游。那里没有开凿的道路，没有各种避开危险的指示，没有人为的景观，自然也少有人迹。

但是，那些地方，总是会有意外的惊喜，总是会有珍稀的奇观，总是会有许多的意料之外。比如，常常会发现清澈的山泉，常常会遇到叫不上名字的奇鸟异兽，至于那些珍贵的树木和花草就更是常有的收获了。

在峡谷的纵深处，在深山的苍翠里，遇见一个飘着炊烟的石头屋或者小木屋，遇见几个采药或者狩猎的农人，就更加不足为奇了。

每当这样的时候，我就常常想，道路和规则是为胆怯、懦弱、没有创建的人设立的，按照设立的规则前行，你不会发现真相，更不会有意外的收获。虽然你前行的道路上多了几份安全，多了几份保障。

在崇山峻岭和幽深的峡谷中摸索穿行，当激荡的山风呼啸而来，当清澈的水流滚滚而来，你不会有一个人冒险的畏惧和孤独，有的只是生命融入大自然壮美奇观的震撼与感动。

十步之内必有芳草

我一直庆幸自己成为一个自由写作的人。一个写作者的幸运,是用瑰丽的语言为自己构筑一个诗意的世界,把哲学引入世俗生活之中,而且有能力让自己生活在烦乱的现象之外。

文学家是能够静观世界的人,通过静观不断有所领悟,不断有所心得,不断获得生活的智慧和滋养。

文学家总与世界上的一切保持着亲近和相思,爱自然,爱人们,爱心使他拥有了无边的温暖。他又因为爱心,不断获取着创作的灵感之源,逐步成为一个超凡脱俗的人,成为一个伟大的人,成为一个富有诗意富有情趣的人。

最难得的,文学家总是精神富足的人。对于一般的人来说,清净,安心,星空,宇宙,都是那么遥远;但是,一个文学家,却时刻生活在这些不同的物象中,享受着常人难以企及的人生境界。

一个文学家,一生都在努力寻找着神奇的天籁,并渴望把这神奇的天籁化为自己的文字,让世界上所有的人们都能够常常听到,感受自然的神奇与美丽。

每一次去海边,都能遇到推销海螺的小商贩,他们总是这样说:你把海螺贴近耳朵,仔细听,就能听到大海的声音。当海螺贴近了你的耳朵,那海浪拍打沙滩的有节奏的轰鸣,果然就排山倒海而来。

一个文学家的职责,就是要把生活中的海螺送给每一个人,让每一个人也都能够听见人生的潮音。

每一个海螺,都有一个与大海息息相关的故事。每一个贝壳,都有过成为珍珠的梦想。每一个人,都有过曲折离奇的人生经历。

一场雨来了,在文学家的眼睛里,满世界流淌的都是甜美的甘霖,是农人的期盼,是土地的福祉。可是,有人的眼睛里,却到处是污浊的泥泞。世界从来没有隐藏过什么,它时刻向人们展示着自己的智慧和美德。但是,却总有一些人抱怨世界和生活。其实,那是他自己的愚笨,他却浑然不知。

一个达到了一定境界的写作者,就已经为自己建立了一个心灵的王国。在这个王国里,他统领着自己的世界,他驾驭着文学的千军万马,构建着自己的宏伟殿堂。

人们大多都在追逐着流行,甚至很多人把自己的才情埋没在了流行的潮流之中。但是，一个文学家却不同，他总是在流行之外保持着自己的清醒。

在一个文学家的眼里，挫折是人生的财富，逆境是成功的阶梯，陷害是生命的历练，不幸与幸运只是一墙之隔的邻居。所以，不论什么样的人生困境，都不会让一个文学家屈服。很容易就被生活打垮的人，很容易就屈服的人，本来也不属于杰出的群体，今天不被别人打垮，明天他也会被自己打垮。

我们总是在取舍之间徘徊，总是在得失之间选择，每一天都有进与退的犹豫。其实，当我们懂得了放下，我们会发现拥有了更辽阔的世界；舍了之后却得到了更多；忘记之后，却有了全新的突破。

一个胸有诗书的人，十步之内，必有芳草。

未来是靠现在决定的

在苏格兰东海岸邓迪市的一个小村子里,一个叫吉芬的美丽姑娘生了一个男孩,但是,吉芬没有结婚,孩子自然是私生子。在村里人异样的目光中,吉芬给自己的儿子起名叫盖利。她决定,不论人们怎么看这个孩子,她都要把孩子养大,她喜欢这个孩子。

盖利渐渐长大了,村里的人都歧视他,小伙伴们都不愿意跟他玩。上学后,他受到的歧视就更多了,同学们都认为他是一个没有父亲的孩子,一个没有教养的孩子,一个不健康家庭的孽种,是他的妈妈行为不检点的恶果。甚至,连老师都认为他是村子里的耻辱,是学校的耻辱。

他生活在几乎遇到的所有人的蔑视的目光中,这种几乎不可超越的心理暗示,使他变得越来越懦弱,自我封闭,逃避现实,不愿意与人接触，变得越来越孤独，甚至越来越仇视所有的人，甚至他的妈妈也让他感到羞耻。

很多时候，他决定要结束这样摧残心灵的生命，他无数次走近大海边想纵身一跃，让无情的波涛洗尽自己身上的污浊；他也无数次把自己关在房间里，想用电流结束生命。但是，他觉得，自己这样死掉了，谁来为母亲洗尽耻辱呢？因此，每一次有了轻生的念头之后，他都很快打消它。

但是，他的困惑，他的忧伤，他的自卑，却一天也没有减轻过。

没有想到的是，他15岁那年，村里来了一个牧师，盖利的一生从此彻底改变了。

他看到村里几乎所有的人都到教堂里去，他也决定到里面去，探听自己命运的秘密。他每次都是等别人都进入教堂以后，才偷偷地溜进去，躲在后排注意倾听。然后，趁别人还没有发现自己的时候赶快离开，免得惹来人们异样的目光。

有一次，盖利听入迷了，忘记了时间，忘记了自卑和胆怯，直到教堂的钟声清脆地敲响，他才从沉思中惊醒过来，可是已经来不及抢先离开了。

通道的人很多，他慢慢随着人群往外走。他几乎处在人群的最后面。他很忐忑不安，他还从来没有这样让自己处在显眼的位置。

突然，一只手搭在他的肩上，他匆忙回头，那人正是新来的牧师。

牧师温和地问："你是谁家的孩子？"

盖利不知所措，不知道怎么回答牧师的问话，他的眼里噙满了泪水。他知道自己最不愿意看到的一幕就要发生了，人们会告诉牧师，这是一个私生子，一个没有教养的孩子！甚至他还隐约的感觉，也许牧师已经知道他是一个私生子了。

可是，担心的事情没有发生，当人们还没有回过神来，牧师的脸上却浮起慈祥的笑容，他和蔼地对盖利说："噢，可爱的孩子，我知道了，我已经知道你是谁家的孩子了，你是上帝的孩子。"

牧师轻轻抚摸着盖利的头，对所有在场的人们发表了一篇简短的演说："这里所有的人和你一样，都是上帝的孩子！过去不等于未来，不论你过去怎么不幸，这都不重要，重要的是你对未来必须充满希望。现在就做出决定，做你想做的人。孩子，人生最重要的不是你从哪里来，而是你要到哪里去。只要你对未来充满希望，你现在就会充满力量。不论你过去怎样，那都已经过去了。只要你调整心态，明确目标，乐观积极地去行动，那么成功就是你的。"

牧师话音一落，教堂里顿时就爆出热烈的掌声。人们在掌声中，也对盖利投来赞许友善的目光。

整整15年压抑在盖利心头上的耻辱坚冰，被博爱和善良瞬间融化。他抑制不住内心的喜悦，感动的泪水夺眶而出。

盖利的情绪从此发生了巨大的变化，他彻底忘记了自己私生子的出身，他不再留意人们的目光，他只是专注于自己的学业。高中毕业，他考取了爱丁堡大学的经济学院。大学毕业之后，他在经济领域大显身手，很快成为苏格兰著名的经济学家。39岁那一年，他当选爱丁堡市市长；届满卸任之后，他弃政从商，成为世界500家最大企业之一的公司总裁。

在我们的身边,很多人都有盖利这样的经历。我们也许有过让自己羞愧的过往,有让自己感觉耻辱的经历和出身,有难于启齿的挫折。但是,如果我们认识到过去只代表过去,而不能决定未来;只有现在的行动及选择,才能决定我们的未来,我们就一定会像盖利一样,脱胎换骨,成为一个坚不可摧的人,成为一个杰出的人。

常问问内心

不论见到谁，问一句：最近干什么呢？对方的回答几乎是千篇一律的：忙啊，太忙了。即使是同窗好友，同乡故旧，大家似乎忙得见面的机会都难以找到。至于周末全家到郊外走走，读几页书，约二三好友谈谈诗文的雅兴就更加不可能了。大家都在忙，忙什么呢？有好多人面对这个问题的时候，自己也不能回答，自己也不知自己在忙些什么，焦头烂额又一塌糊涂。

我们面临的最紧要的问题，也许并不是弄清忙些什么，而是在生活中能够偶尔停下来，问问自己的内心。

秋天就要过去了，我们带孩子去郊外的山坡看过万木萧萧的景色吗？

冬天来了，下了第一场雪。这个时候，我们应该在雪停下来以后，放下手中的工作，带着孩子到空旷的野地去看雪。看着孩子在雪地里打雪仗、堆雪人的快乐情景，你一定会为你的决定而欣慰。你会发现，把工作停下来了，不仅没有损失什么，反而有了很多的感悟和心得。

十年寒窗离开故土来到了城市，在城市里拥有了巨大的成就和辉煌的事业。每一天的日程都是满满的，已经有多长时间没有回故乡看看父母、看看乡亲、看看童年好友了，对今天的你而言，时间就是金钱。但是，假如能够偶尔停下来，抽出哪怕是一两天，离开城市，到故土去，你会从内心深处后悔来得太少，因为你发现这里才是你灵魂的栖息地，除了感受到温暖、亲切、关怀、牵挂之外，在城市里你所面临的所有问题在这里都烟消云散。你会后悔，你丢失的，正是现在渴望的。当再返回城市的时候，你会发现你的视觉已经发生了巨大的变化，心灵也得到了一次彻底的净化。

生活节奏太快了，读书的时间都没有了，因为读书与直接的经济效益距离太远了。但是，假如能够忙里偷闲偶尔停下来读读书，也许，正在面临的种种问题就不是问题了。书中自有颜如玉、书中自有黄金屋的说法已经过时，但读书让人聪慧，读书令人深刻，读书使人心宽阔的作用却没有改变。一个不学无术之徒是成就不了什么大事的。

有多久没有给远方的朋友打个电话、写封信了？把手头的事情暂时推开，让自己已经形成惯性的思路偶尔停下来，打个电话或者写封信，问候一下朋友的近况。你会发现，朋友都有了很大变化，有的朋友已经生疏得如同陌路。友情对于一个人是多么重要，而你却因为没有经常联系而轻易地失去了。

一个人每一天都处在紧张的生活状态中，就像上紧了的发条，只会迫使生命过早地衰老，不会有愉快幸福的心情。偶尔停下来，我们才会领悟到生命的种种况味，因而使自己变得宠辱不惊。偶尔停下来，我们才会蓦然顿悟，人生原来如此。

让我们在纷繁的人世间，偶尔停下来，问问自己的内心，清理清理自己的生活，把有意义的，值得去做的内容留下来，把没有什么意义的忙碌屏蔽掉，让自己的获得简单而有意义。

西村的沙漏

日本企业家西村金助原是一个身无分文的穷光蛋,但是他从没对自己有一天成为富翁产生过怀疑。他始终相信自己可以成功。西村先借钱办了一个小沙漏厂。沙漏是一种古董玩具,时钟未发明前被用来测每日的时辰;时钟问世后,沙漏已完成它的历史使命,而西村金助却把它作为一种古董来生产销售。

本来,沙漏作为玩具,趣味性不多,孩子们自然不大喜欢它。因此销量很小。但西村金助一时找不到更合适的工作,只能继续干老本行。沙漏的需求越来越少,西村金助的工厂最后只得停产。但西村金助并不气馁,他完全相信自己能够战胜眼前的困难,于是决定先好好休息,轻松一下。他每天都找些娱乐,看看棒球赛,读读书,听听音乐,或者领着妻子、孩子外出旅游,但他的头脑一刻也没有停止开拓的思考。机会终于来了，一天，西村翻看一本讲赛马的书，书上说，马匹在现代社会里失去了它运输的功能，但是又以高娱乐价值的面目出现。在这并不引人注目的两行字里，西村好像听到了上帝的声音，高兴得跳了起来。他想："赛马骑用的马匹比运货的马匹值钱。是啊，我应该找出沙漏的新用途！"

就这样，从书中偶得的灵感，使西村金助重新振作起来，把心思又全部放在他的沙漏上。经过几天的苦苦思索，一个构思浮现在西村的脑海：做个限时3分钟的沙漏，在3分钟内，沙漏里的沙子就会完全落到下面来，把它装到电话机旁，这样打长途电话时就不会超过3分钟，电话费就可以有效地得到控制了。

想好后，西村开始动手制作——在沙漏的两端分别嵌上一个精致的小木板，再接上一条铜链，然后用螺丝钉钉在电话机旁就行了。不打电话时还可以做装饰品，看它点点滴滴落下来，虽是微不足道的小玩意，却能调节一下现代人紧张的生活。

担心电话费支出的人很多，西村金助的新沙漏可以有效地控制通话时间，售价又非常便宜，因此一上市，销路就很不错，平均每个月能售出3万个。这项创新使原本没有前途的沙漏转瞬间成为对生活有益的用品，销量成倍地增加，面临倒闭的小作坊很快变成了一个大企业。西村金助也从一个即将破产的小业主摇身一变，成了腰缠万贯的富豪。西村金助成功了，赚了大钱，而且轻轻松松，没费多大力气。可是如果他不是一个心态积极的人，如果他在暂时的困难面前一蹶不振，那么他就不可能东山再起成为富豪。

　　心态是一把双刃剑,是任何一个人内心都具有的基本素质。如果我们像乐观的西村,始终相信自己能够成功,这把双刃剑就会产生巨大的能量,引导我们实现理想。

先拴好自己的骆驼

在印度，有一个师傅带着他的弟子去旅行。师傅在沿途一路上不停地给弟子讲经，而骆驼由弟子负责照顾。

师傅讲得最多的道理是：不论什么情况下都要相信神，相信神是知道一切的，要把自己的一切交给神，神是全能的。

他们因为走了很多路，已经十分疲倦了，天也到了傍晚，师徒两个就找了一处破旧的庙宇休息。师傅对弟子说，我先进去安置地方，你拴好骆驼再来。师傅到了庙宇里，找了一个干净的地方，坐下休息了。

弟子牵着骆驼围着破庙转，想找一个能够拴骆驼的地方，可是，荒郊野岭，破庙外面没有一棵树，没有地方可以拴绳子。

正在犯难的时候，弟子突然茅塞顿开：师傅不是一直教导我要相信神,要把自己的一切交给神吗?我这不是正好可以把骆驼交给神照看吗?弟子喜出望外,对着天空拜了几拜说:全能的神,我把我的骆驼交给你了,我相信你能够为我照看好它,我进去休息了。然后,弟子就把骆驼放在破庙外面的荒野里,进到庙里休息去了。

到了早上,师徒两人醒来了,出了庙门准备继续远行。可是,师徒发现他们的骆驼不见了。他们的衣物和食品,还有经卷、水,都在骆驼背上。

师傅非常生气:让你照看骆驼,你怎么让它丢了?

弟子不服气,他对师傅说:你告诫我要把自己的一切交给神,让我相信神是全能的,我昨天实在找不到可以拴骆驼的地方,所以就把骆驼交给神了。我想,这点小事,全能的神还能做不好吗?

弟子又说:不信你问问神,我昨天傍晚是怎么说的。我说我把骆驼委托给他照看了,而且我虔诚地说我相信神。

师傅看着年轻的弟子,很长时间无语。最后他说:我们不能去远行了,我们丢失了骆驼。你今后要记住,不论多么相信神,也要先拴好自己的骆驼。

印度是一个佛教国家,几乎所有的人都相信神灵的存在,他们遇到问题的时候相信神灵会来帮助他们,在做事之前也会虔诚地向神灵祈祷。但是,印度人也借这个故事教育他们的孩子,不论何时更应该相信自己,如果把自己的一切都寄托给神灵,希望不劳而获,那是痴心妄想。不论神灵多么伟大全能,也不如自己的双手重要。能够帮助自己的,只有自己的双手。

行走在路上

最近的一些日子,我一直在行走中。

我有大段大段的时间居住在我故乡的梅园里。我曾经在那里生活了接近20年,幼年、小学、中学的时光都是在那里度过的。一直到接近20岁,考学出来了,到了城市里。毕业分配到了故乡的县城里,不久又奋斗出来,到了大城市里。

可是,到了中年以后,在城市里打拼了20多年以后,我突然间想念起我的故园,想那里的枣树林、荷塘,想村子周围可以爬上去登高望远的海子墙,想那里的沟沟壑壑,想那里的很多人和故事,想那里的一草一木。

三年以前,我用一个春天的时间,就回去建了一个很大的院子,我给它起了一个名字,叫梅园。我喜欢梅花,爱人的名字中也有一个梅字。有了梅园,我就常常回去居住了,有时一两天,有时三五天,有时甚至居住半个月之久。

间隔了20多年的岁月,一下子都消失了,我的记忆,没有什么缝隙地衔接起来了。乡村里质朴的音乐,乡村里细腻的婚丧习俗,街巷里树梢上重重的月光,都回到了我的视野里。

白天的时候,我去乡亲们的家里串门,看看村里的老人和孩子,看看他们的生活,也到田野里看乡亲们劳作的情境;夜晚的时候,就邀请小时候的故旧到我的梅园里来喝茶,拉拉家常,听他们讲他们自己的故事。

乡村里的一切,都让我陶醉。

因为一篇作品获奖,要去深圳领奖,不久前我去了广州和深圳。到了广州自然要去珠江两岸,去看广州最高的建筑广州塔,去看最繁华的街道上下九商业步行街。可是,珠江两岸璀璨的夜色与广州塔的雄伟都没有留住我的脚步,我花费很多的时间去了国立中山大学。为什么要去那里?因为,那里是我崇敬的学者陈寅恪最后生活工作20年的地方,陈寅恪在那里著书立说,在那里享受国士的待遇,也在那里遭受"文革"摧残,最后又在那里度过了自己最后的时光。

我想的是去那所校园里感受陈寅恪的气息。当地的朋友说,可以与校方联系一下,给我的参观提供一些方便。我拒绝了,我说,我要用自己的眼睛去感受。在校园里,我问了6个不同年龄段的人,6个我看起来像学者、教授或者研究生的人。我向他们打听陈寅恪当年居住的小楼,打听陈寅恪的一些信息。遗憾的是,6个人没有一个人知道陈寅恪。他们对于陈寅恪一无所知,他们不知道中国最有学问的一代大师曾经在这里工作和生活,他们不知道陈寅恪曾经是中大的骄傲和自豪。

我并没有为陈寅恪在中大人心目中消失而悲哀,我把我的遭遇归于岁月。40多年了,已经接近半个世纪,能怪罪谁呢?

我带着在中大的遗憾,从广州越过虎门跨海大桥去了深圳。用任何词汇,都难以形容虎门跨海大桥的雄伟。但是,看到虎门两个字的时候,我立刻想到的还是当年林则徐在这里掀起的焚烧鸦片的运动,那是我们民族不屈不挠的发端。

到了深圳,下榻在东部华侨城具有异域情调的茵特拉根小镇。徜徉在仙境一般的小桥流水之间,我想,不久之前,这里一定还是贫穷落后的沿海渔村,而如今,却已经是可以与世界上任何美丽的风景相媲美了。

所以,深圳人在最醒目的广场上,为邓小平先生塑了巨幅画像。我去了那所画像前留影,我钦佩这个改变了中国的巨人。

深圳的朋友又安排我住在了塑像附近的高楼上,这是我的要求,因为,从居住的窗子里就可以望见香港。隔着那一道铁丝网,我看见了香港的稻田,看见了香港的楼群,还看见了公路上奔跑的汽车。我想象着当年邓小平先生站在这附近的某一个高楼的窗子里眺望香港的情境。他的愿望最终成了现实。他用自己的智慧,改变了中国。

又回到了我生活的城市,我重新坐在了宽大的书房里,但是,我的心,依然在路上。

许　愿

在古印度的时候,有一天寺院里来了一个年轻人,他说他是来许愿的。

年轻人在佛面前很虔诚地许愿完毕,退出佛堂,满面是志得意满愿望马上就要实现的样子。

寺院的僧人看到他的表情,淡淡地微笑着来到他面前。他问这个年轻人什么叫许愿。

年轻人感觉很好笑,内心里想,一个寺院的僧人怎么会不懂什么叫许愿?他回答说:许愿就是许下心愿希望佛能够帮助我实现啊。

僧人有些轻蔑地又问:那么你许下的是什么愿望呢?年轻人说:我希望自己以后能够出类拔萃,有所建树。僧人接着问年轻人：你许愿以后自己打算怎么做呢？年轻人回答：我会每个周末虔诚地来这里上香，希望佛不要忘记了自己，能够帮助自己实现愿望。

僧人语重心长地告诉年轻人说：我们从来不对佛许愿，我们只是发愿。

年轻人十分不解，心想，许愿和发愿有什么区别呢？只不过是叫法不同呀。

僧人看破了他的想法，对他说：我们从来不许下虚无的愿望，我们只是对佛说出心中的所想，然后会在平时努力做自己该做的事；而你却不同，你把愿望丢给了佛，然后就天天等着佛来帮助你了。我确切地告诉你，佛不会因为谁的香火旺而帮助其实现愿望的，佛会看你的内心和行动。那些实现了愿望的人，都是发愿之后而不懈努力的人；那些只会来上香的人，佛很快就会忘记的。

年轻人茅塞顿开，拜谢了僧人下山去了。他没有再来过寺院，而是奋发努力，多年以后，成为古印度著名的哲学家。

也是在古印度时候，慧能禅师在尚未得道之时曾经跟随如空大师学习佛法。日复一日的诵经苦读，让慧能有些忍耐不住，他就问师傅：这些年以来，我不过是师傅羽翼下正在孵化的小鸡，什么时候师傅才能从外面啄破蛋壳，让我早日破壳而出呢？

如空大师微笑着说：被别人啄破蛋壳而出来的小鸡没有一个成活的，母鸡的羽翼只是提供让小鸡成熟和破壳的环境，你突破不了自己，最后只能胎死腹中。

慧能听后还是满脸疑惑，正想开口申辩什么，如空说：天黑了，你应该回去休息了。慧能出门之后，发现外面已经是伸手不见五指的沉沉黑夜，对师傅说：我看不见来时的路啊。

　　如空大师看着慧能，告诉他：如果你心头一片黑暗，就是点燃了蜡烛也是枉然，因为蜡烛一旦被风吹灭，眼前会更加黑暗。只要你自己点亮了心灯，你自然会记得来路，你的天地自然一片光明。

　　慧能听后如醍醐灌顶，心中顿然领悟了师傅的苦心。他后来潜心佛法，最终青出于蓝，成为古印度佛学界的一代宗师。

　　如果我们考察所有那些取得了巨大成功的人，我们也会发现，他们的每一步路，都是依靠自己的努力实现的，别人的帮助只是暂时的，最终要依靠自己才能成就自己。

有多少才华失落在人世间

这个周末，我去参加了小杨的婚礼。作为同乡，我十分清楚这些年以来小杨付出的艰辛，现在看到他就要成家了，从内心里为他高兴。

小杨并不是一个天资聪颖的人，当同学们都拿到了大学的入学通知书的时候，他悄悄地背着行李，从鲁西南的乡村来到了省城的一所铁路职业中专。他常常到我的家里来，诉说自己对前途的无奈和渺茫，现在好的本科都很难就业，哪里会有一个中专生的饭碗呢？

我也没有更好的话可以安慰这个一直在思考着自己的前途和命运的青年，就总是用那句老话鼓励他：机会是为有准备的人而准备的，好好努力，机会总是会有的。

转眼间，两年过去了，小杨要毕业了。这个孩子十分懂事，写得一手娟秀漂亮的字，文章也写得很棒，曾经有一篇散文我还推荐到我所在的报社发表了。但是，这些都不足以让小杨跻身那些浩浩荡荡的求职大军中啊，他只有职业中专的学历。他参加了几次人才招聘会，把自己的求职简历投递了无数的单位，没有任何的消息。到了就要离开学校的时间了，如果再找不到单位接收他，他就必须回到自己的农村老家去。

他在省城的马路上徘徊着，思考着自己的人生之路。在走到和平路东首的时候，路旁铁道部第×工程局的牌子吸引住了他。他仔细地看着大门口企业文化宣传栏上的企业简介，有企业的业务范围，有企业这些年的成就，也有企业领导人的姓名。突然间，一个念头从他的脑海中闪过，我为什么不自荐到这里呢？我学的专业适合这家单位啊。

他没有更多的机会等待了，回到宿舍就拿起笔，毫不犹豫地在抬头上写了局长的名字，然后备述自己的专业知识，详尽地介绍了自己出身农村的经历，并强烈地表达了自己决心献身铁路事业的雄心壮志。他在信封上写上了这家单位的地址，写上了局长的姓名，抱着破釜沉舟的勇气，第二天把信投进了邮筒。他想，能够把自己推荐给这家单位的最高首长，让他看看一个农家子弟决心报效国家的雄心，即使不被录用也可以心安。

把自荐信投递出去以后，他忐忑不安地等待着。他只能祈盼奇迹，因为如果一旦进入正常的招聘程序，学历这一关他就难以逾越。

第3天的上午，他的手机响了，那家单位的办公室打来电话，让他立刻去他们单位的人事处。他匆忙地坐上了公交车。人事处的工作人员给了他一张人事录用表格，那是一张表格。他怀着极其兴奋的心情填完了。工作人员告诉他，局长十分欣赏他的勇气和胆量，并说，他们单位需要这样有勇气的青年，他被破格录用了。

上班的第一天，局长告诉他，他最欣赏有勇气的青年，最讨厌那些还没有走出校门就想着走歪门邪道的人。上班不久，小杨被派去了青藏线建设指挥部，他的出色表现很快赢得了人们的赞誉，完成任务回来的时候，他受到了通令嘉奖。

小杨从青藏线回来就到我的家里来了，还带来了他美丽的未婚妻。她是局长的千金，一所重点大学的毕业生。参加完小杨婚礼以后的几天里，小杨的影子始终在我的眼前晃动。我一直在想，有多少才华失落在尘世间，有多少机会与自己擦肩而过，就是因为缺少一点勇气啊。

人生的机会在哪里？就在自己的手中，就在你自信自强的勇气里啊。

与命运许下承诺

我们为什么而活着?这也许是一个再陈旧不过的话题了。但是,不论这个话题的答案怎么更新,我们有一点是必须恪守的:我们要与命运许下承诺,我们要为远大的抱负和理想而活着!

前不久,一家媒体采访我的时候,请我谈谈理想。我说,现在的年轻人似乎大部分人大学毕业以后,都在为一个饭碗而不遗余力。对此,我很不理解。我想告诉大家的是,如果把一个饭碗,把一套房子当成自己人生目标的话,实在是人生的悲哀。大家想一想,从你出生来到人世间,你什么时候为了饭碗和一张床而忧虑过呢?为什么大学毕业了,反而为此而奋斗呢?

人生必须有远大的理想,必须有远大的抱负。当你有了这些的时候,你才会对暂时的物质条件不以为意。其实,生活的哲学是这样的：当你的理想实现的时候，当你的事业到达了一个高地的时候，所谓那些物质的东西，都不在话下。

在汕头大学2012届毕业生面前，84岁高龄的李嘉诚回忆说，自己六岁时陪家人聊天时，叔叔说起城中老板估计有二十万枚龙银（以古董价计算约值三亿元人民币），祖母说，"不知我们哪一代的子孙，才可能像别人那样。"

李嘉诚说："七十八年过去，我曾在扫墓时倚在祖母的墓边，低声向她说：'我们已经做到了'。"今年3月美国《福布斯》杂志公布最新全球亿万富豪榜，李嘉诚以255亿美元位列第九名。

这个形容自己曾经失去求学机会、没有任何资源、"穷得只剩下希望"的企业家，没有向学生们长篇大论地讲述他如何挣扎求存、奋抗命运变幻无常的故事，而是坦言自己在青年时代，多次拒绝放弃理想以换取"无发展空间"的眼前安逸。

李嘉诚由此勉励那些对现实感到无奈的年轻人，任何"成功秘方"最关键的元素，都是"对成功的欲望远远大于对失败的恐惧"。

李嘉诚回忆起自己当年订立的目标时，语重心长地说："希望你们与命运许下承诺，凭仗智慧和勇气，实现你的梦想及贡献我们心爱的祖国大地和我们彼此共存的世界。"

一代文学巨匠沈从文仅仅有高小毕业的文凭。他12岁就被送到军中学习军事，到了15岁就已经作为一名正式的军人转战湘西的丛林了。

1922年夏天，20岁的沈从文决定离开湘西到更大的世界里寻找理想。他告别了军队,搭上了去北京的列车。军需处给他的27块钱还没有到北京就花光了。在武汉,一位军人借给他10块钱,到了北京的时候,摸摸身上仅剩下7块钱了。此时他的大姐沈岳鑫和姐夫田真一正在北京,他就去找他们。姐夫问他:你怎么到这里来了?沈从文说:我来寻找理想。姐夫十分惊诧:寻找理想?什么理想?沈从文说:想读书,写文章。姐夫听完十分钦佩,很赞赏地说:很好,很好,人家带了弓箭药弩到山中猎取虎豹,你赤手空拳带着一脑壳幻想来北京做买卖。我告诉你,既为理想而来,千万不要让理想失去!因为你除了它,什么都没有。

　　姐姐和姐夫他们不久就回湘西了,年轻的沈从文就开始了他在北京为寻找理想而闯荡的人生历程。他首先报考了燕京大学二年制国文班,但他仅仅高小毕业的文化水平,考试时一问三不知,人家连报名费都退给了他。同班考试的人和老师对他说,你赶快回家吧,这做学问的事不是想做就能做的。而更可怕的是,此时他的经济来源完全断了,他陷入了生活困境。他责问自己,我怎么才能实现我的信仰呢?考不上,我就自学,没有饭吃就卖报纸,帮别人做小工,总之是不能退缩。他在银闸胡同租了一间由储煤间改造而成的又小又潮的小房子,房子仅能放下一张小床和一张小木桌,沈从文称为"窄而霉小斋"。因为房子很小,他微薄的收入除了吃饭还可以应付得了。他很高兴,相信自己又可以为了自己的信仰而奋斗了。他白天去京师图书馆读书,傍晚去街头卖报,晚上在自己的斗室里伏案写作。北京的冬天很冷,他没有条件生火炉,就坐在被窝里写。尽管艰苦的生活和恶劣的条件对于只有20岁的沈从文来说困难太大了,但那个神圣的信仰在鼓舞着他,激励着他,使得他不仅没有被困难吓倒,反而苦中有乐。他读了很多书,写了很多文章,但文章投出去都如石沉大海。

这样的状况持续了两年时间。他开始怀疑自己,自己真的不是搞文学的材料吗?他给当时的知名作家郁达夫等人写信,备述自己对文学的信仰和苦苦追求的艰辛。不料他的信还真的引起了郁达夫的注意,当时已经名满文坛的郁达夫去那个小房子里看望了几乎濒临绝境的沈从文。这个湘西青年对文学的信仰和生活的艰难强烈地震撼了郁达夫,他回去立即写成了那篇著名的《给一位文学青年的公开状》。自此,中国文坛上一段传世佳话产生了,一位世界级的文学大家开始走上文坛。郁达夫的关注,使得天资聪颖,生活阅历丰富,又有了一定文学积淀的沈从文很快名满京华。很多年以后,沈从文在回忆自己的那段经历时告诫后人说,一个人只要有坚定的理想,各种生活的困难就不足为虑了。

1985年,有几个自称"迷途羔羊"的学生,联名给巴金先生写信,要"寻找理想",希望他以"最快的速度"告诉他们实现理想的"神秘钥匙",并以"神奇的力量"带领他们朝着理想飞奔。

巴金先生抱病给几位同学写了回信,谈了他对理想的看法。

巴金说:"把个人的生命联系在群体的生命上面,在人类繁荣的时候,我们只看见生命的连续,哪里还有个人的灭亡?我们每个人都有更多的同情,更多的爱,更多的欢乐,更多的眼泪,比我们维持自己的生存所需要的多得多,我们必须把它们分给别人,不这样做,我们就会感到内部干枯。"他坦率地告诉同学们,"我伏案写作的时候,追求的就是集体的幸福和繁荣。"

最后,巴金先生语重心长地告诉年轻的学生:"我多么羡慕你们。青春是无限地美丽,青年是祖国和人民的希望,未来属于你们。千万要珍惜你们宝贵的时间。只要你们把个人的命运同集体的命运连在一起,把人民和国家的位置放在个人之上,你们就永远不会'迷途'。理想不会抛弃苦心追求的人,只要不停地追求,你们会沐浴在理想的光辉之中。不要害怕,不要看轻自己,你们绝不是孤立的!昂起头来,风再大,浪再高,只要你们站得稳,顶得住,就不会给黄金潮冲倒。"

几个年轻人从巴金先生那里得到了理想的答案,这个答案也从此影响了无数的人。

所有成功者的人生经验里,最重要的成分就是他一往无前的抱负和理想。明白了这个秘密,我们还有什么理由不对自己的人生也许下郑重的承诺?

约翰的困惑

在我们的生活中,原则是神圣而不可侵犯的,但是,很多人却轻易地抛弃了原则。抛弃了原则,自然会受到原则的惩处,这个时候,为自己的行为负责的,就只有自己了。

约翰是一名刚毕业的大学生,一天,他准备好简历以后便去了一家知名企业应聘,经过初试复试的角逐后,他顺利地进入到最后的面试阶段。面试的最后一道题是:有10个孩子在铁轨上玩耍,其中9个孩子都在一条崭新的铁轨上玩,只有一个孩子觉得这可能不安全,所以他选择了一条废弃的、锈迹斑斑的铁轨,他的行为遭到了另外9个孩子的嘲笑。

正在孩子们玩得专心致志的时候,远处有一辆火车从崭新的铁轨上飞速驶来。这个时候让孩子们马上撤离已经来不及了。假设你此时正在现场,而你发现在新旧铁轨之间有个连接卡,如果你选择把连接卡扳到旧铁轨上,那么在旧铁轨上玩耍的孩子就会丧失性命;但是如果你不扳的话,只能眼睁睁看着其他9个孩子丧身在车轮下。现在,火车马上就要驶过来了,你该如何抉择?

约翰思考了几秒以后,觉得这道题很难回答,因为不论是从人性的角度还是从法律的角度,都无法挽回生命的结束,但是看到负责面试的经理表情严肃地盯着自己,约翰知道必须做出回答。约翰仿佛看见一辆飞速行驶的火车正在向9个孩子冲过去,于是他紧张地说:如果非要作决定,那我还是扳吧,毕竟这边有9个孩子……

面试的经理依然表情严肃,他站起来对约翰说:"对不起,你的面试没有通过。"约翰听后有些沮丧,准备离开时,觉得有些不甘心,于是他鼓起勇气问:"可以告诉我应该怎么做吗?"

经理说:"你为什么要去扳铁轨呢?10个孩子中,只有一个孩子做了正确的选择,另外九个的选择是错误的,为什么9个孩子的过错要让一个无辜的孩子来承担?你应该以事物的对错来决定,而不是主观的根据自己情感来判断,既然错了,那就应该承担过错,而不是把过错推到别人身上,因为谁都要为自己的行为负责!"

这个故事,阐述的是哈佛大学教科书中的一个经典理论。这个理论,意在告诫哈佛弟子们:虽然人们常说,原则是死的,人是活的,原则有时可以根据现实的情况进行修订改变;但是,当事情触及道德底线的时候,就不能根据自己的情感判断而改变原则。

任何一个人,都要为自己的行为负责。有时候,也许原则对于大多数人来说是不公平的,但是,如果少数人是正确的,少数人就不应该为错误的大多数人负责,应该负责的,是你自己。

很多时候,原则是神圣的,我们必须对原则充满敬畏。

中年以后

人到了中年以后，就常常陷入沉思了。

很小的时候，跟随父亲去赶集。看着川流不息的往一个方向走的人流，我就想，这些人急匆匆地都去干什么呢？那里有迷人的风景和秘密吗？

后来我终于明白，在岁月的河流里，大家都是一样的，都在急匆匆地向前赶，都急着想知道前方未知的秘密，盼望着到达一个目的地，得到自己想要得到的东西。

可是，当经过千辛万苦到了一个新的高点之后，又会发现，我们得到了自己想要的东西之后，也同时失去了很多珍贵的。而且，我们得到了的东西，并没有当初追求时想象的那样神奇。它并没有改变我什么，我还是我。

所以，真正的智者，是这样一些人，到了一定的境界之后，他就让自己放慢脚步，从容平淡地看待身边的一切，很多事情变得没有那么重要，没有了大喜，也没有了大悲。

我见到过这样的一些人，他们对于自己做过的错事不敢承认，对于自己的过错总是追悔莫及，当被问起的时候，就闪烁其词，顾左右而言他。

这样的人注定成不了大事。一个人，最重要的品质是为自己的行为负责，对于自己的所作所为勇敢担当，而且从不沉迷在自己的过往当中不能自拔。

有些错误，也许是那个年龄段里必须要付出的学费。

有些错误，也许当时是你唯一的选择。

有些错误，在今天看来是错误的；可是，在当初，它可能是正确的。

到了中年之后，我们就应该明白了，我们就生活在当下，就生活在这一刻；只要这一刻是对的，就足够了；过去了的和未来的，都与你无关。

到故乡的县城闲住。我住的房子所在的小区叫盛世花园，是县城新建小区中最高档也是价格最昂贵的社区。原因很简单，它与县里新建的一中为邻，而且，小区的前面，就是县里新建成的人工湖。人工湖的水面很宽阔，湖边修建了环湖公路，湖的岸边建有回廊凉亭，栽种着无数的花草。

我熟悉故乡的县城。二十年前我在县城工作的时候，这里是一片荒无人烟的沼泽河滩，并不很宽阔的小河像一条臭水沟。那个时候，感觉这里距离城市很遥远，是乡村和大地的一部分。我清晰地记得，一个同事的家就在河边的村子里，村子里十分贫穷，每一户人家都希望搬离这里到交通方便的地方。

可是，二十年的光阴，一切都改变了。县里把小河拓宽治理变成了明净的湖泊，在河边建了县里最大的中学，沿着人工湖建的小区，自然就是风景最好的社区了。

傍晚的时候，我站在湖边遐想。我想，任何一条河流都有它存在的价值和理由，它价值低廉的时候你不要小瞧它，那是它还没有到昂贵的时候。

我们每一个人也是这样的，你今天是普通人中的一个，那是因为你还没有到发光的时候。说不定哪一天，你就会像我故乡的那条小河，成为美丽的风景。

我曾经在故乡的县城工作过7年，那时我刚刚大学毕业，二十多岁的年龄，风华正茂。

也许是出身农民家庭，也许是读中文系身上有那种士大夫的悲悯情怀吧，我在那些年里，只要遇到能够帮助的人，都是尽心尽力。有的是村里的人来县城买东西钱不够了来借钱的，有的是来县城的医院治病想找知名的专家的，有的是办一些工作上的事情。我那时做县长的秘书，认识的人多，办一些小事情，帮一些小忙，大家还是都给面子的。在县里7年中，办了多少类似的事情，我也记不清了，尤其是后来我离开县里到省城发展，那些事情那些人，尤其是一些当年的细节，早就忘记干净了。

可是二十年后的今天，当我常常回县城居住，又不断见到当年的那些同学、同乡、同事和朋友的时候，我却被他们说起的很多很多的细节感动了。

比如，有一个韩姓同学，见到我的时候他就立即同他在老家的父亲通电话，说是与我在一起吃饭。他把电话给我让我接他父亲的电话，老人竟然一再称呼我为恩人。我搞不明白，不知道什么时候成了人家的恩人。韩姓同学说，当年他陪同父亲到民政局上访，争取解决父亲作为残疾退伍军人的补助问题。那个问题他们已经上访了很多年都没有解决。他说当时他找到了我，我当即就拿着上访信让县长签了意见给民政局，他们的问题不久就解决了。

这么多年以来，他父亲一直正常领着政府的补助金。他告诉我，他的父亲常常挂在嘴边，说我是他们家的恩人。因为是我帮了他的大忙。他说，特别是当他常常告诉他父亲，我现在事业发展情况的时候，他的父亲总是会说，人家干好才正常，好人就会有好报。

这件事情，我已经没有任何印象了。但是，我知道，以我当年的工作条件，这样的事情，实在是举手之劳。

在故乡的很多天，我还听到了很多类似的故事。这些故事尽管我的印象早已经十分淡漠，但是我的内心却充满欣慰。你的举手之劳帮助了应该帮助的人，这是多么大的人生幸福。

其实，不论我们处于什么位置，也不论我们从事什么职业，如果你有能力帮助别人，就应该伸出援助之手。赠人玫瑰，手有余香，你帮助了别人，你得到的，一定是你想象不到的。

种夹竹桃的道士

出差去杭州，从济南坐上了火车。同一个包厢里，有一对父女，他们也是济南的，去上海师范大学报到，女儿毕业于山东大学文学院汉语言文学专业，考上了上海师范大学的教育管理研究生。我们立刻就熟悉了，山东大学文学院我很熟悉，我有很多朋友在那里执教，老院长孔范今教授，红学家马瑞芳教授，评论家施战军教授，诗人耿建华教授，诗人吴开晋教授等等，都是我熟悉的学者。女孩子毕业于那里，我自然问起这些我熟悉的人。但是，令我吃惊的是，她对于我说到的这些人竟然一无所知。尤其是马瑞芳教授，是中央电视台百家讲坛主讲人，在济南几乎无人不晓，她也不知道。

我又问她，熟悉当代的哪一位作家？她想了想说：都模模糊糊，没有深刻的印象。我又问她，熟悉世界上哪些经典的作家和作品，她也很尴尬地说没有很深印象，学过就忘记了。

众所周知，山东大学的文学院是山东大学的王牌学院，学报就是以《文史哲》命名的。我就问她，对于《文史哲》的印象如何？她说，什么文史哲？我们学校的王牌是法律和经济吧？那么，我说，你在大学的四年中，在文学院的四年，你都学了什么呢？她说，哪里有同学学习你说的这些东西啊，那些东西毕业以后用不上，现在大家都忙着学习公务员考试的应用试题，学习对于就业有用的。

我说，你读过鲁迅的什么作品？他想了想说，读过《狂人日记》。我说，一个初中生也应该熟悉这个啊。

一路上，我们谈了很多，她的父亲听着我们的谈话，看得出也很尴尬，他问我怎么那么熟悉山东大学，那么熟悉文学。我无话可说。我不知道这个女孩子的名字，也无法判断她是否是当今大学生的缩影。我也不知道我们的教育部门对于这样的现象了解多少。但是，我却从内心里为他们担心，一个人的目光如果这样短浅，你一生的前途在哪里？又哪里谈得上造诣和抱负成就？

火车到达江苏无锡站的时候，我突然想到籍贯是这里的国学大师钱穆先生，我对这一对父女讲了一个钱穆的故事，希望能够对于这个新考上研究生的女孩子有所启悟。

钱穆先生常常给他的学生讲这个故事。钱穆青年时代有一天路过山西的一座古庙，看到一位老道士正在清除庭院中一棵即将枯死的古柏。钱穆好奇地问："这古柏虽枯，叶子长势还强劲，为什么要挖掉呢？"老道士说："要补种别的树！"

钱穆问："种一棵什么树呢？"

道士说:"夹竹桃。"

钱穆大为惊异:"为什么不种松柏,要种夹竹桃呢?"

老道说:"松柏树长大,我看不到了,夹竹桃明年就开花,我还看得到。"

钱穆先生听了,大为感叹,他说:"士不可不弘毅,任重而道远。丛林的开山祖师,有种夹竹桃的吗?"钱穆常以此勉励自己的学生:做学问的人,不要只种桃种李种春风,还应该种松种柏种永恒。

钱先生对学生说,这件事让他推想,这座庙的远景是要不妙了,一个没有远见的人担任住持,这个庙哪里还有前程呢?

钱穆在很多场合提到这个经历。他还多次讲到开山祖师,用十年二十年建成一庙,没等松柏长成,就把庙交给徒弟们,自己又到别的名山,白手起家,去造一座新的庙,庙宇越来越多,他的精神也越来越发扬光大,以致名垂千古。

讲了钱穆的故事,不知道这对父女做何感想。

我越来越发现,现在的大学生从一进校开始,都在为一个饭碗而不遗余力。对此,我很不理解。把一个饭碗,把一套房子当成自己人生目标,实在是人生的悲哀。大家想一想,从你出生来到人世间,你什么时候为了饭碗和一张床而忧虑过呢?为什么上了大学了,反而把这作为自己的目标了呢?

人生必须有远大的理想,必须有远大的抱负。当你有了这些的时候,你才会对暂时的物质条件不以为意。其实,生活的哲学是这样的:当你的理想实现的时候,当你的事业到达了一个高地的时候,所谓那些物质的东西,都会迎刃而解。

总有一个目标召唤着我

回故乡参加一个同学母亲的寿宴,见到了很多多年未见的同学故旧。这些同学故旧大多一直没有离开过故乡。大半生了,无论读书还是工作和生活,他们一直没有离开过故土,所以,大家就对我这个在外漂泊了20多年的朋友多了一份关心,也多了一份好奇。很多人都在问我:还打算回故乡吗?在外面总是多了一些艰难和风雨,是一种什么力量一直支撑着你前行?还有人问:当初年轻的时候,在故乡工作前程也是很好的,在故乡总是有这些同学故旧大家可以互相照应,为什么突然一个人离开故乡选择到外面打拼?

我这样回答朋友们:从很年轻的时候开始,我就一直感觉,有一个很遥远的目标一直召唤着我。而我也一直相信,在人世间，有很多路途，是一定要一个人单独去走；有很多时候，是需要单独去面对的。

而支撑着我的力量，一直存在于我的内心深处。这是一种对未来、对远方的神圣的渴望，我渴望自己能够到远方找到一个神秘宁静的世界，那里不仅仅水草丰美，而且人文繁盛，我可以充分发挥自己的聪明才干，那里还有我很多神交多年的志同道合的朋友。

朋友们说，大家都知道你取得了很多成绩，但是，也了解你付出了很多常人难以承受的辛苦。

我很感动于这些故乡朋友对我的理解，这种理解给予了我莫大的宽慰和温暖。多年了，我依然在自己选定的文学之路上艰难跋涉着。每当经过一段时间的摸索，克服了难以逾越的困境和艰辛，到达一个平台的时候，便会被暂时的荣誉与光环所包围，而我依然选择毫不停歇地前行。因为，这个时候，我从一个更高的平台上，看到了远方更加美丽的世界的朝霞。

而一路上经过的那些艰难困苦，都变成了我新征程的经验和宝藏，使我变得更加坚韧和强壮。

我几乎没有犹豫过，也没有过退缩和绝望，更没有软弱过。因为，我总是向那个美好的目标眺望着，总是怀抱着美好的愿望和理想遥望着远方。

我说了这些以后，朋友们还是有很多的疑虑，大家问我，那个目标究竟在哪里呢？如果你一生都到不了那里呢？

我说，那个目标永远在我生命的远方，我已经若干次到达过它的身旁,但是,当我接近了它的时候,它又攀上了另一个山冈。

总有一个目标在远方,每一次的峰回路转,都是一片奇美的风景,我这样告诉朋友们。

暴雨之后会有彩虹

精神救治中心邀请我去与一些病人座谈交流，希望我以一个作家的视角帮助病人找到心灵的出口。

参与座谈的病人中有高级知识分子，有一般工人市民，也有没有文化的文盲，但是他们都有着共同的疾病特征：他们似乎都认为自己已经被生活逼得没有活路了，他们认为自己已经被世界和生活抛弃了，他们已经被家庭所不容。

其中有一个大学的副教授，他的专业是考古，因为评正教授落选。他认为学院的领导们对他有不好的看法，评委们认为他是不学无术之徒，然后他就开始怀疑自己的处世能力和专业能力，甚至开始抱怨当初让自己选择这个枯燥无味专业的导师。因为这个专业的关系，自己不会处理生活中的很多事情，生活的能力越来越差。这样想下来,他渐渐难以走出自己的思维,天天自言自语,最后连研究也进行不下去了,连起码的生活也不行了,进了这个精神医治中心。

座谈期间,我一直都在耐心地倾听他们的心灵之声,了解他们每一个人的心路历程。最后我告诉中心的医生,如果让他们这样就在病室中不断思考下去,病人的病情不仅不会减轻,而且肯定会加重,应该让他们到生活中去,到大自然中去。

因为,我也有很多与他们相同的遭遇。很多时候,当我遭受挫折的时候,也有过与他们一样的情感起伏,有过与他们一样的思想状况。可是,与他们不同的是,自己总能及时找到心灵的出口。

每当我遭受了陷害、怀疑、误会而不快乐的时候,我有一个方法,就是一个人开车去郊外的旷野,去宁静的山坡,去安详的湖边。在这样的环境中,看到随风摇曳的稀疏的丛林,看到自由飞翔的快乐的小鸟,看到宁静中泛着微微波澜的湖水,我总是会突然间产生这样的想法:世界一切如旧,世界并没有我想象的那样糟糕,我自己的生活并不是不可救药,一切都还来得及啊。

或者,当我感觉自己面对一件事情束手无策、走投无路的时候,我就努力让自己忘掉这件事情,重新开始做另一件事情,重新开启新的生活。

我感觉我与那些病人之间的交流产生了一定的效果,因为我从他们的脸上看到了获得理解的宽慰。

我告诉他们,其实,他们遇到的问题,生活中的大部分人都遇到过，这样的遭遇就如天空有晴空万里也有暴雨闪电一样正常。难道我们不相信晴天之后会有阴天，暴雨之后会有彩虹吗？

我单独与那位副教授进行了深入的交谈。我问了他几个问题：你们学院还有比你年长没有评上教授的吗？你的孩子现在学习怎么样？你的学生对你的讲座认可吗？你故乡的同龄人，你的伙伴们现在的生活怎么样你知道吗？

这些问题，立刻让副教授兴奋起来，他的眼睛中立刻闪现出晶莹的光亮。他说，他们学院还有几个比他大几岁的副教授没有评上教授，他的孩子正在读高三，是年级里的尖子生，他是故乡村子里唯一的大学生，他始终是故乡的骄傲和荣耀，是故乡父母教育孩子的样板。他在自己的学生中更是享有很高的威望，他是学院研究甲骨文的权威，只要他讲课的时候，台下常常是座无虚席。

一气说完这些话，他陷入了沉思。很久，他主动告诉我，是啊，我是很幸运的一个人啊，我也是很成功的一个人，怎么到了这步田地呢？

我告诉他，你是很幸运的一个人，只不过，你的更高的目标把你的幸运和光芒遮蔽了。

副教授豁然开朗。就在那天中午，我邀请他去一家咖啡馆聊天。后来，他回到了学院，重新开始了自己的生活和研究，我们成了无话不谈的朋友。

很多事情是不需要弄清楚的

人到中年，与很多朋友和同学已经有了几十年的交往和友谊。每当大家相聚在一起的时候，总是会听到这样的议论：哪一位朋友混得怎么样，哪一位同学的人生道路本来可以有另一种走法，哪一位同窗如果不犯哪一种错误，也许就是一番大境界了。大家似乎总想弄明白一些事情，甚至弄明白一个人，弄明白我们所处的世界。

到了一定的年龄，有了丰富的人生阅历，因此对人生有了很多的感慨，这是正常的。但是，如果仔细想来，我们会发现，人世间的很多事情是没有答案的，很多事情是没有办法说清楚的，我们每一个人的人生道路都充满了不确定的因素，很多重要的人生关口也不是自己能左右的。面对人生，我们自己的力量是十分渺小的，我们的人生之路上，充满了无可奈何与无能为力。

一个优秀的画家，也并不是依靠高超的画技就可以把自己对于大自然的感悟画出来，很多风景，落到纸上，就减弱了它本来的恢宏与壮美。最美丽的风景，还是大自然的本来面目。大自然神奇的韵味，大自然的鬼斧神工，大自然最能够打动我们的内在力量，无论技艺多么高超，也是画不出来的。一旦画出来，本来的美就打了折扣。

一个作家也不是依靠自己丰富的阅历和渊博的学养就可以创作出名垂青史的鸿篇巨制。一部优秀的作品，往往是可遇不可求的。

普通的人也是这样。我们之间是非常要好的朋友，自己感觉对方是完全可以信赖的、非常相投的知己，两人之间相处也非常和谐，可是，如果一定要像公式一样把对方弄清楚，却不容易。而且，你还会发现，如果想弄清楚，你的先前的感觉荡然无存，那些本来美好的情愫都打了折扣，你的朋友已经不是你感觉中的那个可爱的人了。

所以，很多时候，我们总是说到缘分。遇到一个知己，是人生的缘分。遇到一个一生相敬如宾的伴侣，我们往往说是前世的造化。遇到一块美玉，遇到一幅珍贵的画，遇到一个重要的机会，这些，你不能不感谢缘分，因为很多时候，这些东西不是可以求来的，不是依靠自己的努力就可以得到的。

无论人世间还是大自然中的很多事情，是不需要弄清楚的，弄清楚了，一切都变了，变得面目全非，甚至，可爱的东西也变得狰狞可恶。

我们认为一个人是可以信赖的,就真诚地信赖他。我们认为一件事情是美好的,就不要心存怀疑。

郑板桥先生的"难得糊涂",几百年以来被很多人奉为人生宝典。其实,他也没有什么深奥的秘密,就是要求自己不要总想着弄清一切。以这样的心态处世,自然得到的是一份从容,一份悠闲,一份轻松。

谁也不能推卸掉自己的担当

这几年，我结识了很多书画方面的艺术家朋友，常常参加他们举办的一些艺术活动，比如笔会与沙龙，也常常去一些艺术家朋友的家里拜访。在与这些艺术家的交往当中，我渐渐发现，与某位艺术家交流的时候，特别应该注意，不要涉及其他的艺术家。

因为我发现，艺术家都是一些善于嫉妒的人，我明明知道另一位艺术家的艺术水平已经为世所公认，但是，当我怀着敬佩的语气提起那位艺术家的时候，面前的这一位艺术家却顾左右而言他，甚至表现出不屑的表情。或者，有的干脆就直截了当地说：他的那些东西不过如此！然后，就是对自己作品的百般爱护，很有些敝帚自珍的意味。

嫉妒并不是一个巨大的缺点。认识到别人的长处才会发现自己的不足，因为嫉妒别人的长处才会努力用功，因为自觉不如他人才会暗暗较劲。这个时候，嫉妒成了一种前行的动力，成了一种方向的指引。

其实，真正的艺术家是最了解自己的，不论他嘴上怎么说，他的艺术造诣自己是最清楚不过的。艺术欺骗不了任何一个懂得艺术的人。

有些人喜欢滔滔不绝，更多的人喜欢安静。我相信，任何一颗安静的心灵后面，都潜藏着一个思考的精灵。

所以，很多时候，与一个艺术家相对而坐，我们在淡淡的茶香中欣赏他的作品，我能够感觉到来自他内心深处的安详与平静。我知道，这一刻，艺术家真正走进了自己的内心。

其实，也正是这样的时刻，最接近伟大的艺术。

我常常听到这样的话：我多么想自己能够像梭罗一样抛弃了人世间的一切，跑到大山中的湖水边，亲手盖一个茅屋，然后每天生活在大自然的怀抱里。

中国的很多作家也都向往梭罗，希望自己能够像梭罗那样写出伟大的《瓦尔登湖》。

可是，我们能够放下眼前的一切，跑到荒郊野岭中过日子吗？

就是古希腊的哲学家也曾经有著名的发问：我是谁？我要到哪里去？看来，哲学家也发现，自己做的不是自己。

也许有极少数的人可以做心目中的那个自己，可以放下父母，放下孩子，放下社会中的担当，独自一个人远行。但是，我不能。我相信，大多数人都不能。

我们绝大多数的人，都不可能做到自己心中要做的那个人。我们大多都在扮演一个自己不喜欢，自己也不愿意，但是又必须要扮演的角色，在生活的河流中随波逐流。我以为，这就是我们说的担当，个人的担当，家庭的担当，社会责任的担当。

我一直都在努力担当的同时，小心翼翼地守护着心灵中的那个自己；我努力让自己把各种责任做好，又把心中的自己打扮成一个光鲜的客人。我很年轻的时候，就知道人有这样的双重性，因此从来也不回避这样的矛盾，而是努力驾驭这样两个角色。

我想，不论是谁，不论他说得多么天花乱坠，他也不能推卸掉自己的担当。

其实，当我们到了中年以后，自然也就渐渐明白了，对于很多人来说，那个心中的自己，也许应该永远隐藏在那里，你走的是一条无法回头的路。你唯一的方向，是沿着原来的轨迹前行。

东山再起

什么样的人可以被称为强者？成功者的秘诀是什么？

其实，当我们研究了无数成功者的人生经历之后，会意外地发现，这并不是一个很深奥很复杂很神秘的问题，答案很简单：强者的人生词典里没有退却，有的只是重新再来和东山再起！而所有的成功者，他们成功的秘密也没有别的，他们的人生词典里没有怨天尤人，有的只是愈挫愈奋、一往无前！

强者是成功者的同义语，他们因为有远大的人生抱负，所以他们遇到的挫折和困境比普通人更多，但是，他们面对挫折和失败的时候选择重新再来，所以，他们最终东山再起，走向了人生的成功。

有一个关于东山再起的经典故事，成为无数成功者的范例。

一天下午,一个落魄潦倒的流浪汉来到成功学大师卡耐基的门前。尽管素不相识,卡耐基还是很友好地把他让进了自己的会客室。

卡耐基很友善地问他自己能提供什么帮助。流浪汉很诚恳地告诉卡耐基,他昨天下午本来已经决定跳进密歇根湖自杀,结束自己失败的人生。但是,就在要投湖之前,他在湖边的一个小摊上看到了卡耐基先生的一本书,看到摊主正在津津有味地读这本书,就借来读了一会儿,从书中他领悟到人生的真谛,重新有了人生的勇气和希望。他说这本书支撑着他度过了一天,他相信如果能够拜访这本书的作者,则一定能够东山再起。

善于洞察人的心灵的卡耐基,从头到脚打量着眼前这个已经极端落魄的人:脸上布满了疲惫的皱纹,眼睛里黯淡无光,神情茫然,胡须凌乱不堪。卡耐基判断这个人几乎是不可救药了。

但是,卡耐基还是很耐心地说,想听听他的人生故事。流浪汉说得很详细。他本来是做小生意的,经过十几年的积累,积攒下了一定的家业。后来,他看好了一个制造业项目,就把自己的全部财产投资在这种小型制造业上,希望能够彻底摆脱小生意人的卑微处境,实现自己的实业家梦想。就在工厂落成,各种设备开始运转的时候,经济危机爆发了,他无法得到工厂所需要的原料,只好宣告破产。看着用自己的血汗建起来的工厂被银行查封没收,他沮丧透顶,悄悄地离家出走。临走,他给家人留下了不东山再起决不回家的信,希望以此激励自己。但是,出来半年多了,不要说东山再起,就是去公司谋一个饭碗的机会都没有找到。他到处流浪，无颜回家面对家人，多次想到了死。

听完了流浪汉的叙述，卡耐基先生对他说：我已经用极大的兴趣听完了你的故事，我希望我能够给你提供帮助，但事实上，我却无能为力。流浪汉的脸色顿时变得苍白，他自言自语地说，这下彻底完了，没有希望了。

卡耐基先生顿了几秒钟，一字一句地告诉流浪汉：虽然我没有办法帮助你，但是，我知道在这个房子里，有一个人，能够帮助你东山再起！流浪汉跳起来抓住卡耐基的双手，迫不及待地说：看在上帝的份上，请你立刻带我去拜见这个人。

卡耐基先生带他来到自己的书房，书房正面的墙上是一面巨大的镜子。卡耐基让他站在镜子前，告诉他：我要介绍的，就是这个人，在这个世界上，只有他能够让你东山再起。除非你坐下来认真考察这个人的优势和缺点，彻底认识这个人，重新确立这个人在世界上的位置，否则你只能再去跳湖自杀了。

流浪汉完全被卡耐基的话震慑了。他似乎如梦方醒，朝前迈了一大步，抚摸着凌乱的胡须和蓬松的头发，仔细审视着自己。很久，他后退了几步，埋头痛哭起来。过了一会儿，他抬起头来，眼睛中多了一分坚强。他对卡耐基先生说：谢谢你，我找到了帮助自己的人。他健步离开了卡耐基先生的家。

两年以后，有一辆豪华轿车停在卡耐基先生的门前，从车上走下来一位风度翩翩的绅士。卡耐基一眼就认出这个人正是那个流浪汉。他从这里走了以后去一家报社求职，因为他读中学时就写得一手好文章，这些年做生意竟然忘记了。短暂的试用以后，他就得到信任,成了一名出色的记者。

　　临别的时候,他告诉卡耐基先生,若干年以后,他还会再来拜访,他会带来一张签好名字,但是金额空白的支票,受款人是卡耐基,数额请他自己随意填写。因为他坚信自己正在东山再起的路上。

问心无愧

一个朋友说,他已经几年没有去旅行了。

我说,不对,你说的旅行仅仅是指到风景名胜去看风景。其实,旅行的方式有很多种,去看风景名胜是一种一般人都能做到的旅行,去没有去过的地方,了解那些奇异别样的风景。

而旅行的方式还有很多种,其中最重要的,是心灵的旅行。能够到自己的心灵深处,探究自己心灵的秘密,了解自己的心灵家园里那些连自己都没有看到过的风景。

到书中进行阅读的旅行。那些经典的名著,那些影响了无数人的名篇佳构,都是文学家留给人类的宝贵财富。阅读他们,到他们的书中旅行,就等于让自己走进了他们的思想家园,走进了他们的客厅书房,去聆听他们的智慧。

还有一种重要的旅行，是找一些闲暇的时光，去自己的故乡。故乡是人生的来路，是我们一步步成长的地方，循着成长的轨迹，去那些早年摸爬滚打的村头小巷、那些沟沟坎坎、林下塘边，探访那些经历了各种酸甜苦辣的故旧，你会收获到难以言说的温暖。

旅行，并不仅仅是看风物，我们还有阅读，还有心灵，还有家乡。

我们大多数人都认为这个世界缺乏公平，尤其是成年以后，当面临生活中的诸多机会和困难，更会意识到世界对有些人是偏爱有加，而对自己则是吝啬无比。其实，没有什么可以抱怨的，世界就是不公平的，从我们一来到这个世界，不公平就已经注定。有人出生在帝王之家，有人出生在贫寒之家，这样的不公平随处可见。

但是，正因为有了这样的不公平，我们的世界才充满了诱惑，充满了挑战，充满了惊险的趣味。因为，当我们意识到存在这样的不公平之后，我们就开始了为争取公平而进行的抗争与奋斗。所有的寒窗苦读，所有的十年磨一剑，这些励志故事，都是对追求公平的注脚。这个追求的目标，我们通常称之为抱负。

但是，很多人，虽然意识到了这种不公平，却没有去努力奋斗，或者沉沦堕落，或者成了怨天尤人的愤青。

生在富贵之家，甚至生在帝王之家，有时并不是福音，王子与公主最后沦落街头的例子并不少见。生在贫寒之家，也不见得就是坏事，贫寒子弟最后功成名就的故事比比皆是。

因此，所谓公平，都是相对的，也都是可以随时转换的，关键还是我们对待世界的态度。

但是，世界有一种对谁都不偏不倚的公平：种瓜得瓜，种豆得豆。一分耕耘，就有一分收获。理解了这一层之后，所谓的公平，就有了全新的意义。

电视剧《人民的名义》里有一句经典的台词：如果你不做坏事，就没有人能坏你的事。这话发人深省，是的，如果我们问心无愧，又何惧之有？实际上，老百姓千百年前也总结出来了：不做亏心事，不怕鬼敲门！

现在常常被问到这样的话题：怎么才能成功？

我说：你知道你曾祖父的名字吗？你知道你邻居家正在经历的艰难吗？你有一个可以做一整年的严密规划吗？你能够每天为同一件事情持续地发力吗？

如果你不知道，你没有，那么，答案就显而易见了。如果你知道，你正在这样做，那么，你已经接近成功的窗口。

我们常常看到这样的一些人，他们每天昂首挺胸地走在春风里，目光如炬，似乎从来不计较眼前手边的一些小麻烦和小得失。我对青年朋友说，原因很简单，因为那些人有远大的目标，他们的眼光看的是千里之外，哪里会注意到眼前的沟沟坎坎呢？

相反，如果一个人对于人生的目标定位太低，或者根本没有什么目标，自然目光如豆，就会每天斤斤计较于一些鸡毛蒜皮，自然每天怨天尤人，自然每天庸人自扰。我很相信这样一句话：任何一个成功的人，他的内心深处，一定埋藏着一段屈辱的人生经历。所以，当我们看到一个人光芒万丈的时候，应该去到他的来路上，探寻他的经历，从那里寻找成功的秘密。

有人认为，一个人获得了成功，就为自己的人生寻找到了归宿。其实不是，所有成功的人，他之所以与常人不同，就是因为他具有这样一种天性：他从来也不满足于已经探明的东西，永远不会止步不前，永远不会安于现状，他永远走在尝试和探索的路上。

我常常把大诗人桑恒昌先生的一句诗作为提醒自己的座右铭：为了实现自己的理想，一头走到黑，然后继续再往黑处走。

成就越大，与普通人的共同之处越少。

因此，一个成功的人，即使他的成就已经为世所公认，他依然是孤独的。他一定会受到误解、冷落甚至嘲讽。因为，绝大多数的人，不会理解他，也不会认同，他们会抓住他过往的一些曾经让他备受屈辱的细节津津乐道，甚至会发酵式地传播。

而这种遭遇，恰恰是让成功者走向更加辉煌的历练。

阳光来自太阳吗？一个心灵阴暗的人，天天来到太阳下面晒，也不会让他的心灵充满阳光。而一个心态健康的人，即使天天处在暗室，依然心有阳光。

阳光来自我们的知识、学养、态度，具备了这些素质，我们的身心才会光彩照人。

有一句话说得好：假如成不了心态的主人，就必然沦为情绪的奴隶。

能够每天做自己的人是很少的，很多人都是每天要么重复自己，要么重复别人。

很多时候，求人是自讨没趣。因为，轻而易举的帮助，对于你一定没有什么意义和价值。而能够改变你命运的机会，没有人会给你。这样的机会，你只有通过自己的努力才能够得到。所以，一个人，尤其是年轻的人，就应该在很年轻的时候树立这样的理念：万事求自己！

见到对我怀有恶意的人，我反而心怀感激。因为，是这样的人让我清醒：并不是所有的人都喜欢我；我做的事情，并不是所有人都欣赏；我一定还有很多不足和缺点；我的成绩，并不足以完全服众。

遇到这样的人的时候，这样想了，我就多了一分从容和淡定，也多了一分谦卑和矜持，当然，也有的时候会不屑一顾。

我从很年轻的时候，就把平庸视为是不可接受的，是不能容忍的。如果平庸，再世俗，变得庸俗不堪，就等同于形尸走肉一般的禽兽。所以，我一直刻苦努力，就是为了摆脱平庸，不仅仅不能沦为庸俗，而且要活得潇潇洒洒，活得清洁高峻，活得有质量，活得有尊严。

椅子上的尖钉

一家著名的外企上市公司招聘20名员工,对学历并没有严格的限制,只是要求应聘者有良好的习惯,要有观察发现和处理细节问题的能力,要有敬业精神。严格说来,这三条要求,对现在重视学历、重视资历,重视专业技能的时代来说,实在是太宽松了。因此,报名的时候,公司门庭若市,应者云集,来了上千名各个学历层次的应聘者。

公司的考试方式出乎大家的意料,没有书面的考试内容,也没有一般来说面对几名专家口头提问的面试,应聘者就坐在房间正中的一把椅子上3分钟,回答总经理几个漫无边际的简单生活问题。

结果是有19个人被录用。更令人奇怪的是,是否被录用,当场就由总经理一个人当面决定了。最后,被当场通知录用的19个人也没有搞明白,他们是因为什么被录用的;而没有被录用的那些人,也没有搞明白没有录用的原因。

面试结束了,看着所有人疑惑不解的目光,总经理对大家说:大家都经历了我们的考试,考题就在椅子上,可是只有19个人答对了问题,让我们满意。

包括那19个人也迷惑不解:他们答对了什么问题呢?而其他的众人更加不解:他们没有发现有什么问题啊?

总经理笑了,他说:我们的问题是,椅子的平面上有一个露出头来的尖钉,那恰恰是各位的屁股能够感觉到被刺疼的位置。可是,遗憾的是,大部分应聘者感觉到疼痛以后移开了屁股;而有19个人却没有移开屁股,而是告诉我椅子上有一个露头的尖钉,这很危险,要修理好它。有三个人甚至在房间里找到了锤子,把尖钉砸了下去。

这就是我们的题目,我们的理由很简单:一个不注重细节的人,一个没有发现问题能力的人,一个不注重观察生活的人,不论再高的专业素养,我们都不欣赏。如果一个人总是能够发现细小的问题,有着观察细节的良好习惯,再艰难的问题也会解决,因为,不论多么重大的事项,都是由一个个细节组成的。

所有在场的应聘者都鸦雀无声,他们中间所有的人已感觉到了尖钉刺疼屁股的疼痛,可是,大多数人都很懊悔:自己怎么就没有意识到呢?

其实,这不是一个简单的小问题,这恰恰是我们平时生活习惯和生活态度的缩影。如果我们平时养成了观察细节的习惯,养成了把问题解决在萌芽状态的习惯,那你一定就是那19个人中的一分子了。

美国最大的汽车工业巨头福特先生,就是一个十分注重细节的人,他也正是凭借着当年的一个废纸片进入公司,并最终成为公司总裁。

当年,福特大学毕业以后,到总部位于密歇根州迪尔伯恩市的汽车公司面试。当时,公司已经很有名气,前来应聘的人非常多,而且应聘者学历大多都比福特高。福特了解到这个情况,心里没有底,到了喊自己名字的时候,一边顺着走廊往应聘室走,一边低头思考着考官可能考察的问题。

快到应聘室门口的时候,福特突然发现门口的废纸篓边地板上有一小片废纸,他想也没有想就弯腰顺手把废纸片捡起来放到了纸篓里,然后昂首挺胸走进了房间。

三位考官都站起来鼓掌欢迎他,中间一位考官说:欢迎你加入我们的团队,你被录取了。

福特万分不解,他说:我还没有考试啊?

考官说:不,福特先生,你已经考过了,门口的废纸篓就是我们的题目。福特恍然大悟。

进入公司之后,福特从每一个细节做起,不久就做到了公司高管,最后成为公司总裁,并把公司打造成世界一流的跨国集团公司。

很多人认为,福特的成功源于那样一个细小的偶然。也有人认为,考察人不应该仅仅依靠这样一个细节。但是,我们却有足够的理由相信:一个细节可以折射一个人的习惯;一个习惯可以看出一个人的素养;而一个人的素养却反映一个人的综合品格。

奥克斯福的骄傲

　　几乎无法让人相信,就是在这样一个邮票大小的地方,诞生了1949年诺贝尔文学奖的获得者福克纳!这是美国南部密西西比州一个极为普通的小镇,叫奥克斯福。镇子中间有一个面积不大的小广场,广场中央塑有一位出生在这里、在南北战争时期叱咤风云的南方将领的雕像。以广场为中心的十字街上,都是很低矮的欧式建筑,学校、店铺、餐馆、书店,房子都是浅绿色和米黄色的,间或也有一两栋白色的房子,最高的建筑是两层楼的法院。如果不是与著名的密西西比大学牛津分校比邻,这里就是一个普通的人口不足万人的乡村小镇。但是,因为有了大学,就有了许多人气和文气。

　　福克纳一直把自己生活的小镇描绘成"邮票那样大小的",

他说他一生都在写一个邮票大的地方。相比美国辽阔的国土，奥克斯福的确是个小得不能再小的地方，但是，即使是这样小的地方，福克纳也不是住在城里的。在城南，有一片茂密的柏林，有一条乡间公路从小镇通向那里。柏树林面积很大，古木参天、灌木丛生，许多林间小径蜿蜒曲折。就在这密林深处，有一栋白色的小木楼，那是福克纳的故居。小木楼被一圈木栅栏围绕着，院子里长满了不知名的野花。福克纳一生都生活在这里，直到他获得了诺贝尔文学奖也没有离开。在这样一个安静的小镇旁，在这样幽深宁静的密林深处，躲开了生活的纷杂和喧嚣，福克纳用一生的时间思考着所处的世界和人生，给我们留下了18部长篇小说，12部中短篇小说和诗集。

如果去小镇拜访福克纳，小镇上的任何一个人都会自动当导游引导你走向柏树林，告诉你福克纳是二十世纪美国最伟大的作家，并不厌其烦地给你讲述福克纳的趣事。但是，在福克纳成名以前可不是这样的。他的小说《圣殿》出版以后，风靡美国，可是小镇上的人还不知道他已经成了作家。一位从纽约远道而来采访的记者，为了表示自己对作家的尊敬，特意去小镇的理发店修整头发。他发现理发师也姓福克纳，就问理发师和威廉·福克纳是什么关系。结果，理发师感觉是很丢脸的事情，就说，那个游手好闲的二流子，是我不争气的侄子！

小镇上的人们这样看福克纳是有原因的。在成为一个作家以前，福克纳所做的很多事情的确有些匪夷所思。他最早在附近的大学邮局里找到了一个分发信件的工作，但他对于偷拆信件很感兴趣，每天偷拆很多信件，阅读后就扔进废纸篓里。人们自然很快就发现了，他就被开除了，也因此在小镇上名誉扫地。福克纳开始琢磨应该怎样才能恢复名誉出人头地。他发现去当兵是条好路子，如果混个将军就什么名誉都有了。但是，因为个子太矮，体检时就被刷掉了。这个时候，他对于当将军已经鬼迷心窍，遂私自跑到加拿大，没有多久就挂个拐杖回来，说自己在那里加入了英国皇家空军，自己在战斗中从飞机上掉下来摔伤了腿而成了英雄。尽管小镇上的人没有一个人相信他的鬼话，但是他依然每天挂着拐杖在街上招摇过市。后来，他感觉这样假装瘸子充当英雄实在没有什么意思，就扔掉了拐杖又开始在奥克斯福健步如飞起来。

不甘平庸的福克纳最终走向了安静，走向了思考。他的身影从酒吧里消失了，从游手好闲的人群里消失了，从奥克斯福的广场上消失了。他回到了密林深处的家园里。他叼着烟斗，白天在密林的小径里徘徊，夜晚就仰望璀璨的星空，同时如饥似渴地阅读着那些优秀的著作。他从此很少走出柏树林，很少走出那栋小木楼。在此后的时间里，他在这里创作了大量反映美国南方白人、黑人、印第安人生活命运的小说，娴熟地运用意识流和象征手法，开创了美国乡土小说的先河，他的作品直到现在依然被西方文坛视为现代经典。

成为作家之后的福克纳，把时间和安静看得更加重要。他不媚权贵，对于虚荣和热闹更不感兴趣。总统邀请他去白宫参加宴会，他不去。他说：为了吃饭去白宫实在太远了，我年迈体衰，不能长途跋涉去和陌生人一起吃饭。他对人们说：我不是一个文人，我不过是一个农民。

1949年获得诺贝尔文学奖之后，福克纳所在的那个小镇热闹起来，常常有许多慕名而来的游客。一次，福克纳正在打扫车道，一群游客来了，问他有没有见到福克纳先生。福克纳说："我在这里扫了一天了，没见到他。"

就是在这个柏树林中，福克纳66岁那一年骑马时从马背上摔了下来，去世了。这个给了福克纳宁静，给了他灵感，给了他艺术生命的柏树林，最终又接纳了他的灵魂。这个柏树林和小镇，从此成为美国南方永恒的精神圣殿。

第三辑

任何一个人的生日,都值得像耶稣的生日那样庆祝;任何一个人的未来,都充满无限的可能和希望。任何一个人都拥有内在的光华,只是,这种光华在平时被日常的生活所隐没。我们应该给自己一份清醒,认识到自己的光华所在,然后用百倍的努力,让这种光华大放异彩。

你的生日也像圣诞一样值得庆祝

我收到了一封来自故乡的信,写信的人是一个17岁的残疾姑娘,她叫英子。她在信中说,虽然她因为残疾没有进过校门,可是她通过自学可以读书,她很爱好文学,很希望我在回老家的时候能够去她的家里做客,当面看看她的习作……

她的信写了两页。在信的末尾,她说:"老师,如果您能够接受我的邀请,就在我的生日那一天来我们家做客,我的生日是清明节前的一天,我会让父亲劈最好的木材给您烧水喝,请您吃我们自己家的果树上摘的水果,我还打算送您两只我们家养的小白兔,因为我从您的文章中看到,您在济南的家里也养了两只小白兔,我盼望着。"

我能够猜想得出,这个从没有出过家门的残疾女孩,拿出了多么大的勇气给我写这封信。我也能够想象得出,她对这封信的结果,怀抱着多么美好的希望。我没有任何理由拒绝这样一份真诚的邀请。因为我相信,在我的生活中,还没有任何一份邀请,超过这份邀请的分量。

就在一个春和景明的周末,我与妻儿一起,从济南出发,去拜访这位情深义重的女孩。我事先没有给他回信,也没有让当地的朋友事先告诉她,我想,我们的突然到访,也许会给她更大的惊喜。

那是一个普通的农家院落,门口长着两棵巨大的梧桐树。在村里人的指引下,我找到了姑娘的家。村里的乡亲很热情,他们像自己家来了亲戚一样把我们热情地领进了家门。

姑娘的父母都在,他们正在院子里的小菜园中侍弄蔬菜。还没有等我们自我介绍,夫妇两个似乎明白了我们的身份,他们的喜出望外洋溢在脸上。父亲立刻对着房子中喊:"小英子,小英子,鲁老师来了,鲁老师来了!"

妈妈则奔跑一般,去厨房里拿来暖水瓶,就在院子里的枣树下的水泥板桌子上沏茶。然后,又去厨房里拿来几个木凳子,招呼我们坐下,又招呼乡亲们坐下。

就在我们要去房子里看望英子的时候,英子出现在了房门口。她拄着双拐,扎着两根很长很长的乌黑的辫子,一双明亮的大眼睛。显然,我们的到来出乎她的意料。她的眼睛中是惊喜,是激动,还有一些暂时的不知所措。她一边称呼着"鲁老师,鲁老师!"一边对自己的父亲说:"爸爸,你要用我们家的苹果木,给鲁老师烧水喝。"

我说:"英子,什么木都行啊。"

"不,必须用我们家的果园里的苹果木。"她很坚决地对父亲说。

她的父亲立刻对我们说:"一定,一定,我这就去柴房取,我一直都留着,孩子盼望很久了。"

我来到了英子的房间,她的床上,里面靠墙的一面摆满了书籍和杂志,一张陈旧的桌子上摆满了厚厚的习作,有诗歌,有散文,也有小说。

我选了一些她的习作,她的习作,尤其是几篇散文,散发着浓郁的乡村气息,有来自泥土的芬芳,有麦田里的绿意,又有梧桐花的芳香。

她满脸虔诚地问我:"老师,你看我行吗?"

我用坚定的目光看着眼前这个对自己的未来充满期待和梦想的姑娘。我说:"英子,你一定行的。有一句话你知道吗?你的生日,像耶稣的生日一样值得庆祝!"

我看见,英子的眼睛里多了几颗晶莹的露珠。她的面孔上,更多了几分坚韧和希望。

英子对我说,也对在场的人们说:"我从来没有过这样幸福的生日,我今天,是天下最幸福的人!"

告别英子和她的家人,回到我生活的城市,我在当天的日记中记下这样一句话:"任何一个人的生日,都值得像耶稣的生日那样庆祝;任何一个人的未来,都充满无限的可能和希望。"

不要停下你的追问

每一年的诺贝尔奖颁奖活动，都是全世界备受关注的事情。看着一个个伟大的人物走上诺贝尔颁奖台的辉煌，所有的人们也都在思考：他们获得诺贝尔奖的背后有多少常人难以做到的辛苦？他们取得伟大成就的秘密在哪里？甚至还有人想，他们是否都是一些有着超常思维的人？或者，他们是否都有超常的思维方法？

我们都知道丹麦的斐塞司博士因为发明"阳光疗法"获得了1903年度的诺贝尔医学奖，但是却很少有人知道，斐塞司博士是在观察猫晒太阳以后突发灵感发现的这个秘密。

斐塞司博士有一个习惯，喜欢在冬天和春天的午后坐在门前晒会儿太阳。一天他发现家中的母猫挺有意思，跟着他在阳光下安详地打着盹儿。可随着太阳一步一步向西边走去,渐渐被拉长的树影挡住了母猫身上的阳光。没多大一会儿,晒不着阳光的母猫醒了,它站了起来,又踱到另一块有阳光的地方,重新卧了下来,接着悠闲、安详地打盹。

斐塞司博士发现,每隔一段时间,猫就会随着阳光角度的转移而不停地变换着睡觉的场地和姿势。

这一切,在我们一般人看来是那样的习以为常,可是却唤起了斐塞司博士的好奇心。"猫喜欢待在阳光下,那么这说明光和热对它一定是有益的。那对人呢?对人是不是同样有益?"这个想法在斐塞司博士的脑子里闪了一下。可贵的是,他没有停下自己的追问,继续深入地思索着阳光对于人类的作用。不久,斐塞司博士发明的日光疗法便在世界上诞生了。斐塞司博士也因而获得了当年的诺贝尔医学奖。

无独有偶,伟大的地球板块漂移说的创立者魏格纳,也是因为一次对地图注目而创立了理论。

故事发生在1910年。在第一次世界大战中,德国气象学家魏格纳因为在战场上身负重伤而住院。养病期间,他在病房的世界地图上突然发现,大西洋两岸的地形之间具有交错的关系,南美的东海岸和非洲的西海岸之间,相互对应,简直就可以拼合在一起。这个发现让他兴奋不已,他继续沿着自己的思路思考,他推测太古时代地球上的大陆是连在一起的巨大板块,后因大陆不断漂移,才形成今天的各个大陆。

为了证明自己的发现,他进行了大量的考证工作,找到了许多事实，于1912年提出大陆漂移理论，并于1915年出版了《海陆的起源》一书，系统地阐述了大陆漂移说。大陆漂移理论认为，在两亿五千万年前，目前分成各个洲的大陆是连在一起的，那时还没有大洋，以后，完整的泛大陆开始四分五裂，逐渐形成了现在的七大洲。

还有那个我们都知道的牛顿的故事，牛顿因为在果园里看到一只掉下来的苹果而发现了万有引力。

晒太阳的猫，普通的世界地图，苹果的落下，这都是我们再熟悉不过的司空见惯的现象，这些现象就在我们的生活中时刻发生着。可是，为什么普通人熟视无睹，而科学家们却产生了伟大的发现？

争辩不能解决任何问题

在我们的生活中，在我们身边，争辩几乎无处不在，可是，又有多少争辩解决了问题？

南北战争时，当时最著名的记者金里莱曾猛烈地抨击林肯总统的政策，为了让林肯总统同意他的主张采用了各种方式，包括论战、讽刺、甚至谩骂。他就这样不停地攻击林肯。林肯遇刺的当晚，金里莱还发表了一篇文章攻击林肯，文风尖锐，态度粗暴。

这么多激烈的抨击，林肯最终同意他的主张了吗？当然一点也没有。讽刺和谩骂永远都不是解决问题的方法。

富兰克林讲述了自己怎样克服与他人争辩的缺点，从而成为美国历史上最实干、最友善、最圆滑的外交家。

当富兰克林还是一位冒冒失失的年轻人时，一天，一位交友会的老朋友把他叫过去，严厉地批评了一通，他说："本，你太过分了。你太突出自己的意见了，已经伤害了每一位跟你有不同意见的人。你这种态度真的让人无法忍受。现在朋友们都觉得，只要你不在场就会轻松很多。你这么过分，没有谁能教什么了，也没有人打算再说你什么了，因为那纯属白费力气，而且还惹你不高兴。要是你一直这样下去的话，你将很难再学到新东西。"

这次教训是惨痛的，富兰克林把它牢记在心。他意识到自己的人际关系正面临着失败，他逐渐成熟和明智起来，马上改掉了自己粗野和傲慢的坏习惯。

富兰克林说："我给自己定了一条原则，再也不要直接面对反驳别人，也不要武断，甚至也不要用太肯定的措辞，不用当然、毫无疑问等武断性质的词汇，改用我想、我假设，或我想象等词汇。当别人提出不同意见时，不要立即反驳。而是说，在某种情况下，他的观点是正确的，但现在我有一点点意见，我们大家共同来探讨探讨。

"慢慢地，我改变态度的做法起到了作用，与人谈话的气氛也变得逐渐融洽。我的谦虚很容易就被大家接受了，我与人发生争执的机会也减少了。这样，我也不会为了偶尔的过错而不好意思，要是我正确的话，也能更顺利地得到大家的赞同。

"不过刚开始实行这新原则时，我总觉得别扭，好像就不是自己了一样，但慢慢地，就成了我的习惯。此后的50年，我没有再给谁说什么太武断的话。习惯使我在提出新的或修改旧的法案条文时更得到了充分的尊重,也让我在大陆会议里更具影响力。"

你同样拥有内在的光华

春天的时候,我去山东的一所大学做题为"文学与人生"的讲座。讲座即将结束的时候,有一个女同学向主持人举手示意要提问,她坐在最后一排最不显眼的角落位置。

主持人示意她站起来向我提问。我发现,她留着现在的女学生很少见的那种齐耳短发,个子不高,长相十分普通,衣服也是很普通的学生装。

看得出来她很拘谨很腼腆很羞涩的表情。我用手势鼓励她提自己的问题。她对我说:"老师,听了您的讲座,我看到同学们都心潮澎湃,可是,我却没有,因为我没有什么优点。我来自一个普通的农村家庭,我的长相也不俊美,我的智商也不高,我很困惑,而且我也很懒惰,没有什么远大的抱负,我的专业又是普通的专业，我不知道我未来的人生怎么走。"

我没有正面回答她的问题。我问主持人：今天的讲座是大家自愿来的吗？主持人告诉我：从前一天的上午，学校在宿舍和餐厅的大门口贴出了我今天来讲座的海报，今天所有来听讲座的600多个同学都是看了海报自愿来听讲的，同学们来自学校所有的系科和专业，学校没有组织。

我很高兴主持人的情况介绍。我对女学生说：你们学校有上万名同学，今天来听讲座的只有600多人，也就是全体同学的二十分之一，你能够告诉我你为什么来听讲座吗？她回答我说，她喜欢文学，也想请您给我指明一条人生之路。

我告诉这个同学，你能够这样思考人生，你喜欢文学，就已经证明你不是一个平庸的人了。你能够来听讲座，希望能够改变自己，你今天就成了你们同学的二十分之一，这是一个多么高的比例啊，我为你而鼓掌。

我鼓起掌来，主持人也鼓起掌来，同学们都鼓起掌来。我看到，这个同学的脸上表情丰富起来，满脸激昂慷慨的样子。

我对同学们说：任何一个人都拥有内在的光华，只是，这种光华在平时被日常的生活所隐没。我们应该给自己一份清醒，认识到自己的光华所在，然后用百倍的努力，让这种光华大放异彩。

我告诉同学们两个例子，一个是山东的张海迪，一个是原为医生的作家毕淑敏。我说，张海迪是一个足不能出户的残疾人，一天的学校门都没有进过，但是，她通过自学认字以后发现自己很喜欢文学作品，就开始了阅读和写作的历程。30年的时间，她克服了常人难以想象的困难坚持创作，不仅仅成为一个著名的作家，而且成为中国残疾人联合会的主席，受到社会的广泛尊敬。

医生作家毕淑敏，出生于新疆，17岁便来到海拔5000米的青藏高原阿里，在喜马拉雅山、冈底斯山、喀喇昆仑山交汇的西藏阿里高原部队当兵11年。在那样恶劣的环境中，毕淑敏一样怀揣着文学梦想坚持写作，她把藏北的军旅生活用自己的笔表现出来。散发着浓郁高原气息的处女作《昆仑殇》一经发表就引起轰动，并获第四届"昆仑文学奖"，她从此步入中国文坛，成为著名作家。

我对大家说，相比张海迪和毕淑敏，我们大家什么都不缺少，唯一缺少的是我们能否认识到自己内在的光华。我说，张海迪原来在鲁西地区莘县那个偏僻的小县城，毕淑敏起步于遥远而荒凉的藏北高原，她们正是在年轻的时候就发现了自己内在的优势。我本人就出生于鲁西南偏僻的乡村，自己也是从贫穷的乡村一步步走来。

讲座过去已经几个月了，最近我在电子信箱里看到了一封来信，信是那次讲座时最后提问的那个女学生写来的。她告诉我，听了那次讲座之后，她思考了很久，终于找到了自己与他人的不同之处，找到了自己的优势。她告诉我，她坚信自己可以成为一个杰出的人。

不要因暂时的挫折放弃梦想

有一个因人生遭受了暂时的挫折而心灰意冷的青年找到我，不无沮丧地说，他已经厌倦了人生，就要告别这个世界了。他通过多年的努力，研究生毕业，拿了硕士学位，拥有两门专长，可是，到了单位之后做什么都不成功。上司开始怀疑他的能力和真才实学，同事们也都投来异样的眼光。

我静静地听着他的叙述，没有惊奇，也没有指责，而是平心静气地问他：你就没有其他的选择了吗？他说，没有了，我的亲人和朋友都瞧不起我，我的周围都是蔑视的目光，甚至我觉得就是街旁的树都在对我横眉冷对，我的所有的梦想都已经黯然失色，我所有的价值都贬值了，所有的优势也都荡然无存。

他就坐在我的书房里。此刻这个世界上就我们两个人。窗外那片茂盛的白杨正在微风中沙沙作响。我面无表情地看着窗外。他也随着我的目光望着外面的风景。很久以后，我问他，你觉得这片树林是狰狞可恶的吗？你感觉这树叶的响声是充满敌意的吗？他很疑惑地望着我，不解我的意思。我接着拿出一篇我刚刚写完的散文《窗外的风景》给他看。这篇散文写的正是我书房窗外这一片树林的景色。我问他，你难道没有同感吗？他似乎若有所悟。他说，同样的一片树林，为什么在你的笔下成为美丽的风景，而我却感到它们与其他的树林没有什么两样呢？我说，这正是世界的真谛。你今天在我这里看到的是我以这片树林为题写成的散文，我建议你明天到我的隔壁去拜访那位画家，在他那里你会发现他把这一片树林画成了一幅很美的国画。

年轻人似乎明白了什么，他的表情已经由来时的沉重变得轻松明快起来。这个时候，有刷刷的声音从楼下传上来，我知道那是清洁工在清扫路面。我说，这个清洁工每一天都会清扫这一片树林，你知道他看到的这一片树林是什么样的吗？他看到的是每一天哪棵树上落下了几片树叶，哪棵树将要枯萎，哪里需要栽一棵树。年轻人恍然大悟。他说，我明白了，这个树林是不变的，他对任何人都是一样的，一切都是因为不同的眼光。

年轻人的精神完全放松下来。我告诉他，实际上，你的亲朋好友还是你的亲朋好友，他们甚至还不知道你的遭遇，一切都是因为你自己以为他们会怎样看。路旁的树就更没有罪过了，它们与以前一样地生长在那里。而空气，你现在还以为是令人窒息的吗？

年轻人又若有所思地说，我明白了这个道理，我要用健康的心态看待人生。可是，我还有一点疑问，我总是失败，做什么也不成，我感觉自己的价值在别人的眼里已经贬值了，我还能做什么呢？

我笑了。我说，我给你看一样东西。我拿出了一张百元钞票。他疑惑地看着我，不理解我要做什么。

这是一张崭新的钞票，我把钞票毫无折叠地展示给他看，问他，钞票的价值是多少？他十分不解地回答：一百元啊。

我把钞票团成了一个纸团，又问他，这样是多少？他毫不迟疑地回答：价值没有变啊，还是一百元啊。

我又把团成了纸团的钞票放在地板上反复踩了几次，然后捡起来问他：现在呢？现在它的价值发生变化了吗？

研究生毕业的他似乎恍然大悟，他立刻回答我：没有变，它依然是一百元！老师，我明白你的用意了，不论我遭受了什么挫折，我的价值没有变，我还是我，我依然拥有我独特的优势。

年轻人如释重负地走了，我相信他重新找回了自己。

我们的世界本来没有什么复杂的，只是我们把它看得复杂了。你的对手也许本来没有什么恶意的，只是你把人给看扁了。我们的处境本来并没有什么值得忧虑的，正是我们自己把自己给吓坏了。

机会留给有教养的人

不久以前,我应约去一家报社做评委,他们要招聘9名编辑和记者。天气不好,我没有开车,我家附近的公交车也正巧可以到达报社门口。

我上了车。正是上班的时间,车上的人很多,早就没有了座位,我就一手抓住吊环,一手拿起带的报纸看起来。也就是过了两站,一位七十多岁的老人上了车。公交车的喇叭里响起提示:"尊重老人是社会美德,请为老人让座,我们表示感谢!"我就站在车右侧靠前的位置,我的身边就是写着"老残妇孕专座"的位置。可是,我却发现,那上边坐着的一位年轻人丝毫没有让座的意思,他似乎没有听到喇叭里的声音。车上的很多人都看着他。看他无动于衷,我对他说:"青年人,你坐的位置是老残妇孕专座，请你让给老人！"

年轻人似乎没有听到我的声音，他把头扭向了窗外。

任凭车上无数双眼睛投来鄙夷和愤怒的目光，年轻人始终没有让座。我始终看着他，也记住了他的相貌。

到了报社附近的站牌，我该下车了。我惊奇的是，年轻人也在这里下车了。我奇怪，这个年轻人不像是媒体的人员，媒体工作者应该没有这样的素质吧？

到了位于报社大楼2楼的会议室，这里是招聘现场。我坐到了写着我名字的座位后面，专家评委共计4人。

招聘程序开始了，每一个应聘者有5分钟的陈述。今天来的应聘者，都是笔试已经过关的优秀者，我们几位是来把关面试的，主要考察应聘者的基本素质。

第一个应聘者很优秀，我们几位评委一致通过了。

第二个应聘者上来了。看着他，我十分惊诧，这个穿着得体的青年人，不正是我刚刚在公交车上遇到的主角吗？那个不肯为老人让座的人，正是他啊。

他显然也认出了我，上台以后，站在我的面前，他也露出了十分尴尬的表情。

该他陈述了，但是我发现，他已经完全乱了方寸，表情局促，目光闪烁，满脸羞愧，答非所问。

在场的人当中，刚才的故事只有我们两个知道，理智告诉我，我不能当众戳穿他。但是，我内心决定，无论他现场回答问题多么圆满，我也会投上自己的反对票。

结果是显而易见的,他没有通过,他失去了一个人生的机会,而这个机会,也许可以成为他人生成功的起点。

哈佛大学的教科书中也讲过一个这样的故事:

塞姆顿被认为是村上最没有教养的孩子,因为他说话很粗鲁、野蛮。他在路上经常指责人。如果碰到衣着讲究的人,他就会说人家是花花公子;如果碰到穿着破烂的人,他就说人家是叫花子。

一天下午,他和同伴放学回家,刚好碰到一个陌生人从村子里经过。那个人穿得很朴素,但却非常整洁。陌生人手里拿着一根细木棍,棍的另一端还有一些凸起的地方,头上戴着一顶遮阳帽。

塞姆顿打起了这个陌生人的主意。他向同伴挤了一下眼睛,说:"看我怎么戏弄他。"他偷偷地走到那人背后,把他的帽子打掉后就跑掉了。陌生人转过身看了一下,还没等他开口说什么,塞姆顿就已经跑远了。那个人把帽子戴上,继续赶路。塞姆顿用和上次一样的方法想耍那个人,可这回被逮住了。

那个人怔怔地看着塞姆顿的脸,塞姆顿却趁机挣脱了。他感觉在同伴面前丢脸了,就开始用石块砸向那个陌生人。塞姆顿用石块把那个人的头砸破后,害怕了,便偷偷摸摸绕过田野回了家。塞姆顿快到家时,妹妹露琳刚好出来碰到他。露琳的手里拿着一条漂亮的项链,还拿着一些新书。

露琳激动地告诉塞姆顿,几年前离开他们的叔叔回来了,现在就住在家里,叔叔还给家里人买了很多漂亮的礼物。为了给哥哥和父亲一个惊喜，他把车停在了一里外的一家客栈。露琳还说，叔叔经过村庄时被几个坏孩子用石块砸伤了眼睛，不过母亲已经帮他包扎上了。"你的脸怎么看起来这么苍白？"露琳改变语气问。塞姆顿告诉她没有什么事，就赶快跑回家，爬到自己楼上的房间，不一会儿母亲叫他下来见叔叔。塞姆顿站在客厅门口，不敢进来。

母亲问："塞姆顿，你为什么不进来呢？平常可没有这么害羞呀！看看这块表多漂亮，是你叔叔给你买的。"塞姆顿羞愧极了，露琳抓住他的手，把他拉到客厅。塞姆顿低着头，用双手捂着脸。叔叔来到塞姆顿的身旁，亲切地把他的手拿开，说："塞姆顿，你不欢迎叔叔吗？"可是叔叔很快退了回去，说："哥哥，他是你的儿子吗？他就是在街上砸我的那个坏小孩。"

善良的父亲和母亲知道了事情的原委，既惊讶又难过。虽然叔叔的伤口慢慢地好了，可是父亲却怎么也不让塞姆顿要那块金表，也不给他那些好看的书，虽然那些都是叔叔买给他的。其他的兄弟姐妹都分到了礼物，塞姆顿只能看着他们快乐。

哈佛大学意在用这个故事告诫学生们：懂得尊重别人，才会赢得别人的尊重。有教养和礼貌是一个人起码的素养，而没有教养的人会失去很多难得的机会。

杰斐逊小道

对于今天的美国来说,华盛顿作为开国总统的国父地位是毋庸置疑的,但是,还有一个人,他对于美国各项社会制度和法律的建立,对于美国政治文明的奠基,居功至伟。

他就是美国《独立宣言》的起草人,美国第一位国务卿,第二任副总统,第三任总统杰斐逊。

在美国,关于杰斐逊的传说很多,但是有一段传说始终不衰。那是杰斐逊结束了总统生涯,如愿返回老家的庄园许多年以后,在临近7月4日独立日的一天,他接到了在任总统的一封邀请函,总统邀请他到华盛顿一起参加庆祝活动。看完信以后,杰斐逊立刻提笔给总统写了一封回信:"亲爱的总统先生,阅完您的邀请函之后,我恨不得立刻动身前往华盛顿,与您和人们一起分享节日的快乐。但不幸的是，我的女儿刚刚去世，她的葬礼花光了我的积蓄，我没有了去华盛顿的路费，不能立即起程。然而也有好消息，我给州报撰写的一篇文章发表了，稿费近日就会寄来，到时候我会马不停蹄地赶往华盛顿。"

作为一位为美国立国立下不朽功勋的前总统，杰斐逊亲手起草组织和实施了美国几乎所有的基础法律，建立了完善的社会和政治制度，然而他却没有给自己留一条保证退休以后能够荣华富贵，甚至至少可以让自己衣食无忧的法律和条文。他完全有足够的理由这样做。但是，他没有做，他为国家服务结束以后，成了故乡农村里的一介布衣平民。

后来，在美国的首都华盛顿，美国人为杰斐逊建立了高大的塑像，塑像的四周是透明的，四根大石柱的顶部呈拱形结构衔接支撑起坚固的顶部。任何一个参观者都明白，雕塑的含义是指杰斐逊对于美国的巨大贡献。

自从雕塑落成以后，无论是美国人还是世界各地的人们，每一天都有很多人前来瞻仰雕塑，以致从雕塑到白宫之间，渐渐形成了一条被人为清理掉所有障碍的小道，美国人亲切地称之为"杰斐逊小道"。事实上，若干年以来，这条小道时刻都在无声地告诫着在任的每一位总统：你是否在谋取个人利益，你是否在全心全意地为整个国家服务，你是否丢弃了美国总统的优良传统。

杰斐逊对自己的功绩和待遇毫不在意。晚年杰斐逊总结自己一生时说，自己这辈子仅在弗州的宗教自由法案、《独立宣言》

和创办弗吉尼亚大学三个方面有所贡献。

而事实上,美国人受赐于杰斐逊的实在太多了,他不只给了美国人《独立宣言》、《人权法案》,还有美国历史上民主的形成,在平等中觅取自由的原则,美国的货币制度,宗教自由的观念和奴隶应该获得自由的伟大思想;他还致力于最为实际的事业,拓展了美国的领土,发展了西部。任何一个美国人,即使华盛顿与林肯,对于美国和美国人民的贡献都不能和杰斐逊的贡献相提并论。

林肯说:"如果你想证明杰斐逊的伟大,你可以注意下述的事实:持不同政见的人,无论他们的政见多么不同,都可以从他的思想里找到根源。美国的每一个政党,都遵奉杰斐逊为它的导师。"美国人没有称呼杰斐逊思想,但确实比什么主义、思想、理论、学说都更加持久。后来,林肯继承杰斐逊未竟之业,将美国奴隶制度废除。

杰斐逊最喜欢微服私访,几乎每一次的私访都解决一个大的民生问题。一次他穿着一身半旧不新的便服,戴着一顶破草帽,嘴里哼着小调,骑着一匹瘦马来到一家大旅馆,要求住一晚上。

店主见他脏兮兮的,认定杰斐逊是个寒酸的农民,所以粗暴地将他拒之门外,并告诉杰斐逊,自己旅馆里没有可供像他这样穷的农民住宿的房间。杰斐逊并没有发火,什么也没有说,骑上马就走了。不一会儿,一个绅士模样的人走进旅馆,告诉店主,刚才那个邋遢的农民是当今合众国的总统。

店主一听吓坏了,马上四处寻找杰斐逊。很快,他就在附近的一家旅店找到了杰斐逊,并请求他到自己的旅馆住宿。杰斐逊推了推头上的破草帽,慢悠悠地说:"总统和农夫是一个人,既然没有农夫住的房间,也就不可能有总统的房间了。"

也就是从那以后,美国旅馆的老板们再也不敢怠慢那些穿着随意、看似寒酸的人了。就是这样一位在整个美国享有崇高无比的尊敬,为美国人民建立了不朽功勋的伟人,在他去世之前,自己撰写了墓志铭,并嘱咐他人"不得增添一字"。他的墓志铭只有五行文字:美国《独立宣言》和弗吉尼亚宗教自由法的执笔人,弗吉尼亚大学的创办者,安葬于此。而对于他曾当过8年美国总统的经历和他为美国建立的所有的不朽功勋竟只字未提。

就此我们也就不难理解,美国这样一个独立仅仅二百多年的国家,为什么有这样完善的社会和政治制度,为什么有这样高度的经济和政治文明,为什么一直在世界民族之林强盛不衰了。

德国人的百年坚守

前不久，我去参观位于山东济宁戴庄医院内的一个德国天主教堂。目前管理这个教堂的天主教会的周会长引领我参观几栋教堂建筑。教堂建筑已经超过百年，但是，整个教堂建筑依然庄严肃穆，依然完好无损，特别是内壁墙上的各种雕刻塑像依然栩栩如生。

周会长告诉我，天主教会最近收到了德国一个建筑设计院的公函，公函中说，这座教堂的建筑年限已经超过一百年，教堂是一百年之前他们这所设计院的前身设计院设计的，设计使用年限是一百年，从今年开始，他们将不再定时跟踪教堂的建筑安全状况，如果教堂继续使用，他们将不再承担建筑安全责任。公函还用很长的篇幅向天主教会详细介绍了当年他们设计建造时的很多细节，告诫他们应该注意的一些安全事项，又详细推荐了很多个如果遇到安全问题需要修缮时的改造方案。

公函说，虽然教堂的使用年限已经超过了他们当初设计建造的保证年限，但是，他们这所设计院还会对自己的作品负责。公函最后附上了负责人的姓名和三种联系方式。

我看得出，天主教会的周会长在向我介绍这份公函内容的时候，眼神中和语言中始终有一种钦佩和庄严的情绪，一种发自内心的赞赏的情绪。我也是，陪同我参观的所有的朋友也都是。大家都在想，我们的国家之大，有多少建筑历经百年依然完好无损？更重要的是，我们有哪一所设计院始终如一地负责跟踪着自己的作品？不要说是历经百年的作品，即使是最近几十年或者几年的作品？

教堂建造于第一次世界大战开始的1914年之前，此后，德国经历了第一次第二次世界大战，国家陷于灭顶之灾，后来又经过了几十年的国家分裂，到今天，德国作为一个国家整体的概念，早已经多次改变。但是，他们仍然会对一百多年的建筑作品负责！从这样一个小小的细节，我们不难发现，不论他们的国家怎么变，也不论当初的那个设计院是否还存在，这个民族的精神意志没有变，这个民族的负责精神没有变，这个民族的国家传承依然一脉相承！

这个小小的细节，无疑是德国的一个缩影，它告诉我们的是这个国家做事的严谨认真，是这个国家始终如一的负责精神。我想，如果一个国家有了这样的负责精神，有了这样的担当，这个国家必定是世界上无坚不摧的国家，必定成为无往而不胜的国家。

大师的友谊

陈寅恪与胡适从结识到1949年相隔两岸，在几十年的交往当中，两人之间发生了很多感人至深的故事。胡适十分欣赏陈寅恪的才学，不论什么场合，总是极力推荐陈寅恪，并在生活上多次帮助他；而陈寅恪也把胡适看作自己人生学问的知音。

抗战胜利后，应英国皇家学会和牛津大学之邀，陈寅恪去伦敦治疗眼疾。到达伦敦后，由斯图尔德·杜克-埃尔德负责治疗。斯氏是当时第一流的最著名的眼科专家，由于国内手术失败时间太久，一切都已经固化，第一次手术后有进步，但眼睛吸收光线尚无好转，仍模糊；只好进行第二次手术，试图再努力一次把脱离的视网膜粘上，虽然精心，仍以失败告终。医生最后下了双目失明已成定局的诊断书，同时告诉他以后不要再做手术，徒增痛苦。陈寅恪带着无尽的失望,辞去牛津教职,于1946年春搭轮船途经美国回国。

牛津大学邀请陈寅恪出任汉学教授,胡适是主要推荐者。抗战胜利后,国民政府任命胡适出掌北京大学。此时他正在收拾行装准备回国。听到消息后,胡适立即致电陈寅恪,船到纽约后,不妨下船在美国小住一段时间,请哥伦比亚的眼科专家再检查一次,看有无挽救的良方。陈寅恪接到电报,立即将斯氏的最后意见书寄给胡适。胡适收到此意见书后,立即托美国朋友送到哥伦比亚眼科研究所,请麦克尼博士会同同院专家阅读后协商诊治办法。由于是胡适所托,这些专家都很认真,可看过后,一致认为,斯图尔德·杜克-埃尔德尚且无法,他们恐怕也没办法补救。听到这个消息后,胡适"很觉悲哀"(胡适日记语)。

陈寅恪将于第二天到达纽约。胡适先把这个"恶消息"(胡适日记语)写了一信,请准备去接船的朋友带给陈寅恪。在写信时,胡适说他"回想到三十年前我看福布斯·罗伯逊演吉卜林的名剧《灭了的光》",于悲哀中又"不胜感叹"。在第二天日记中,胡适又说:"寅恪遗传甚厚,读书甚细心,工力甚精,为我国史学界一大重镇。今两目都废,真是学术界一大损失。"这段日记,显示出胡适对于陈寅恪双目失明的极端惋惜。

但是,胡适并没有因为专家的定论而不去关心陈寅恪,他依然尽己所能帮助陈寅恪。陈寅恪到了以后,一大早胡适于"百忙"(胡适日记语)中请人立即去银行办理了一张1000美元的汇票,请朋友带给陈寅恪。其实,这个时候,胡适已经卸任大使职务，收入也不高，但是，他还是尽最大努力帮助陈寅恪。

　　两人回国之后，胡适仍然关心陈寅恪的工作和生活。1947年3月，中央研究院准备评选第一届院士。5月22日，胡适提出了人文组的名单，史学方面是四位：张元济、陈垣、陈寅恪、傅斯年。

　　还有一个胡适帮助陈寅恪买煤取暖的故事。季羡林曾经撰文回忆："在解放前夕，政府经济实已完全崩溃。从法币改为银圆券改为金圆券，越改越乱，到了后来，到粮店买几斤粮食，携带的这币那券的重量有时要超过粮食本身。学术界的泰斗、德高望重、被著名的史学家郑天挺先生称之为教授的教授的陈寅恪先生也不能例外。到了冬天，他连买煤取暖的钱也没有。"

　　关于陈寅恪生活的艰难，蒋天枢在《陈寅恪先生编年事略》中也有详细说明："(1947年)是岁甚寒。清华各院本装有水汀，经费绌，无力供暖气，需住户自理。先生生活窘苦，不能生炉火。"季羡林将陈寅恪一家面临的困境报告给了胡适。胡适当年5月，就曾向北平当局警告性地提出"今冬各校燃煤问题的严重"，要求预先设法。听了季羡林的报告，胡适立即催办。季羡林回忆："胡先生最尊重最爱护确有成就的知识分子。当年他介绍王静庵先生到清华国学研究院去任教，一时传为佳话……现在却轮到适之先生再一次'独为神州惜大儒'了，而这个'大儒'不是别人，竟是寅恪先生本人。"胡适再次决定赠给陈寅恪先生"一笔颇大数目的美元"。陈寅恪得知后坚决拒绝，他已经数次得到过胡适的帮助，他知道胡适也不是富翁。但胡适坚决地帮助陈寅恪，不得已，陈寅恪作了让步，拿自己的藏书交换胡适的美元。

胡适让季羡林去清华陈寅恪家中装了一车"西文关于佛教和中亚古代语言的极为珍贵的书"（季羡林语）。陈先生只愿收2000美元。季羡林回忆，"这个数目在当时虽不算少，然而同书比起来，还是微不足道的。在这一批书中，仅一部《圣彼得堡梵德大词典》市价就远远超过这个数目了。这一批书实际带有捐赠的性质"。尽管得到了这一笔数额不少的钱，但陈寅恪仍然不敢随意花钱，精打细算过日子，"闻仅一室装火炉而已。（蒋天枢语）"

在国民党溃退台湾的时候，胡适已经决定跟随蒋介石去台湾。1948年12月初，北平解放前夕，国民党曾派专机到北平要接走陈寅恪，直到12月15日他才因害怕"共产党统治区大家一律吃小米，要我也吃可受不了"，与胡适同机离开北平。他曾说："前许多天，陈雪屏曾专机来接我。他是国民党的官僚，坐的是国民党的飞机，我决不跟他走！现在跟胡适先生一起走，我心安理得。"但到了南京后陈寅恪并没再跟胡适走，而是去了广州。而胡适去了美国，后又回了台湾。

自此，两人没有再见面。但是，胡适无论在美国还是在台湾，依然牵挂着陈寅恪。1955年1月24日，胡适写了篇对冯友兰《中国哲学史》的书评，同时将冯的观点与陈寅恪的相关观点进行了比较，不仅引述了陈的话"中国自秦以后，迄于今日，其思想之演变历程，至繁至久，要之，只为一大事因缘，即新儒学之产生及其传衍而已"，而且认为陈的观点比冯的观点更清楚。可以想象，胡适对于陈寅恪的学术成果是何等的推崇。

睦 邻

　　位于城南山麓的这个别墅区只有几十栋小楼,小楼错落有致地点缀在松柏怪石之间,每一栋小楼都自成一统,独立的草坪,独立的院子,环境清静而优雅。

　　戴家与秦家是相邻两栋别墅的邻居,他们都是前年先后搬来的。也许都是富人的缘故吧,总是不像穷人家那样毫无防范地敞开门扉,两家极少往来。可是,从去年开始,因为夜晚戴家的招待会音响分贝大了一些,而秦家的女人患有高血压,最怕吵闹,两家的女人发生了口角,引起一些不愉快。从此,两家就鸡犬之声相闻,老死不相往来了。

　　两家本来就不认识,互相不知道哪里发财,不愉快也就更不交往了。每当进小区大门或者在小区内的咖啡馆茶社碰面,或者在小道上散步，也假装不认识，两家的关系越发生疏，让人感觉有些淡淡的压抑。

两家的男人都感觉这样不好，在一个小区住着，总是有机会碰面，感觉十分尴尬，况且也没有什么大不了的隔阂。可是，两家的女人不这样认为，我们什么也不求他们，总不能先去道歉吧？总不能自掉身价吧？

戴家和秦家，相邻两栋别墅的主人，就这样陷入了一场无风无雨的冷战当中。

去年夏天，戴家去欧洲旅行，要三个月才能回来。他们没有办法带上那只看家的狼狗，就委托小区的保安照料。

小区的保安是两个青年人，他们也没有照料狼狗的经验，放了狗饲料却忘记喂水，口渴的狼狗半夜里汪汪狂吠。

秦家也有狼狗，从狼狗的叫声中，有经验的女主人很快发现了问题。开始的几个白天里，她看到小区保安来喂狼狗，就判断出来是邻居出远门了。

狼狗总叫也不是办法，不仅仅扰乱得自己不安宁，也心疼那狗。女主人动了恻隐之心，狗不是主人，她与狗总没有过节。于是，她就把喂自己家狼狗的饲料和汤水喂了戴家的狼狗，狼狗立刻就安静下来了。

小区的保安第二天知道了，就对秦家女主人说，我们也不会照料，你们是邻居，就请你们帮邻居照料吧。一个有身份的女人，总不能把自己与戴家有些过节的事情说给保安，尽管内心里有一百个不情愿，就勉强答应下来了。

也就是戴家去欧洲的第三天，秦家的女主人就充当了戴家狼狗的饲养员了。

可是还不仅仅是照料狼狗这一件事。不久，在秦家雇来的工人整理自己家门前草坪的时候，秦家的女人发现戴家草坪上旺长的野草。这等于告诉那些经常光顾小区的盗贼，这家的主人出远门了，家里没有人。家里没有主人，狼狗也是摆设，一个毒面团就把狼狗解决了，小区内曾经发生过这样的事。

女主人的善念又动了，如果邻居家不在的时候，发生了盗窃事件，对邻居是损伤，对自己家也是让人害怕的事情。既然把戴家的狼狗无偿地照料了，干脆，在清理自己家草坪的时候，也顺便把戴家的草坪也一并清理了，防患于未然。

她告诉雇佣来的除草的工人，每次清理草坪的时候，把邻居家的也清理了，她给他们多一倍的费用。

就这样，在戴家去欧洲旅行的三个月的时间里，秦家的女主人，主动帮助与她不睦的邻居戴家照料了三个月的狼狗与草坪。戴家的狼狗得到了很好的照料，草坪一如他们出差之前一样整齐。

三个月之后，戴家回来了。一到自己家的门前，他们首先看到了齐整的草坪，又看到了水灵的狼狗。他们想，一定是小区的保安看到家里没有人，在来照料狼狗的时候把草坪也主动清理了。他对小区的管理有了新的评价，对小区保安的尽职尽责也充满敬意。

进门稍微一停，他们就带上从欧洲带回来的一些礼品去保安部，要表达自己的感谢。可是，到了保安部，听了保安的介绍，戴家的人立刻惊呆了，照顾他们家三个月的是他们家不睦的邻居。

晚上，秦家接受戴家的邀请，去戴家做客。从此，戴家和秦家成为相互照料的睦邻，也成为小区物业表彰的睦邻模范。

天空有朵美丽的云

谁没有看见过飘荡在蓝天之上的云？在没有风的时候，天空是那种明媚的半晴天，一朵朵洁白的云从蔚蓝的天空上缓缓飘过。不论是谁，抬头看着这样的情景，都会心生喜悦。

云的美丽因为地域环境的不同而有很大的差异。北方的云与南方的不同，高山之巅的云与大草原上的云也不相同，乡野的云与城市里的云更加不同。

我登上过云南丽江的玉龙雪山。它是北半球最南的大雪山，高山雪域风景位于海拔4000米以上，主峰海拔5596米。我去的时候是孩子放暑假的时候，正是夏天，但是玉龙雪山依然不负其名。蓝天下的雪山，云蒸霞蔚，玉龙时隐时现；碧空如水，群峰晶莹耀眼；云带束腰，云中雪峰皎洁，云下冈峦碧翠；雪峰如披红纱，娇艳无比。站在雪山之上，实在分不出哪是云哪是冰雪，是山峰在摇还是云在飘。

云让雪山增添了不尽的神奇。雪山不仅巍峨壮丽，而且随四时的更换阴晴的变化而风景各异。时而云雾缠裹，雪山乍隐乍现，似犹抱琵琶半遮面的美女神态；时而山顶云封，似乎深奥莫测；时而上下俱开，白云横腰一围，另具一番风姿；时而碧空万里，群峰如洗，闪烁着晶莹的银光。在这里，云成了艺术大师，稍微地变化，就让雪山变化出另一种风景。

泰山的云与玉龙雪山的云就截然不同了。它没有雪山之巅的云那般的千变万化，但是，却独有雪山所没有的云海波涛。那里的云被称为云海。云海多出现在泰山的夏秋两季。夏季多云雨，云海时隐时现。当云海与山风同时出现时，还会形成漫过山峰的"爬山云"和顺坡奔流直泻的"瀑布云"。

但凡登泰山的人，都盼望着能够在山顶欣赏到泰山有名的日出奇观。这样的机会，就要感谢泰山的云海。没有云海的出现，就不会有壮丽的日出。我曾经有两次机会目睹过泰山的日出。山顶之上，云海沸腾，一轮红日冉冉升起，你不能不感慨大自然的造化与神奇。

庐山的云更加奇异，人们称为庐山云雾。因为，在庐山，究竟哪里是云哪里是雾是很难分辨的，云和雾纠结缠绕在一起，人们就干脆称为云雾了。山上产的茶，当地人也命名为"庐山云雾"。庐山上的云雾，在山下看是云，很像山顶戴帽或是云雾缠腰。站在山上往下看，则是雾，由山谷冉冉升起，忽从头上轻轻掠过，自己不觉之中就处于浓雾之中了。清代作家张维屏曾经写道，庐山云雾"瞬息之间，弥漫四合，其白如雪，其软如绵，其光如银，其阔如海，薄或如絮，厚或如毡，动或如烟，静或如波。"可见庐山云雾的万千美景。

南方的云与北方的云是不同的，北方的云就如北方的男人，厚重而深沉，大气而豪迈，一来往往就是雷霆万钧，气势磅礴。南方的云颇像南方的女人，水灵而活泼，灵巧而优雅，来时也是斜风细雨，淅淅沥沥。

我曾经多次在飞机上欣赏天空的云。在飞机上看到的云与在地面上看到的云真是天壤之别。在地面上看到的云是一片一片的，一朵一朵的，是随风飘荡的；但是在飞机上看到的云却是一堆一堆的，大的像高耸的山峰，小的像一个个蘑菇，都是静止不动的。

在乡村的旷野里看云，实在是一种难得的享受。大片大片的云在蔚蓝的天空上飘浮，那种闲适和悠然，让你物我两忘，尘念顿消。

在大草原上看云就更是一种人生的境遇了。洁白的云高悬在碧绿的草原之上，一群群的牛羊在草原上悠闲地踱步，牧民的蒙古包像一个个可爱的蘑菇。看着看着，你自己似乎就入了美丽的画卷之中了。

云给了我们太多的想象和灵感。没有早晨的云，我们哪里会有充满希望的朝霞满天？没有傍晚的云，我们哪里还会有"夕阳无限好，只是近黄昏"的晚霞之美？

柳色如烟

春天来了,哪里最是好去处?哪里最先透露出春天的信号?

没有另外一个地方比长满柳树的河边最先奏出春天的乐章,去河边看柳!

要说柳树生出万千曼妙的具体地方,最有代表性的就是泉城济南了。济南的环城河两岸,是清一色的柳树;大明湖边,也都是柳树;著名的72泉群里,更是柳树的天下,所以,济南自古有"四面荷花三面柳,一城山色半城湖"的美誉。这副镶嵌在大明湖小沧浪园的对联,成为济南生动的写照。

而与济南的这副对联有一比的是描写扬州瘦西湖的"两岸花柳全依水,一路楼台直到山"。经过千里奔波到达扬州的大运河,两岸杨柳依依,柳色如烟,烟雨江南的景色尽收眼底。这副对联成为扬州二十四景之一"西园曲水"的代名词,镶嵌在石坊上,名曰"翔凫",临岸贴水,状似待客游湖,意境幽远,将乘舟游览瘦西湖所能看到的景致,刻画得惟妙惟肖。

唐朝诗人韦庄的《台城》"江雨霏霏江草齐,六朝如梦鸟空啼。无情最是台城柳,依旧烟笼十里堤。"最能代表河边之柳的风度了。"江"、"雨"、"草"三者交互共融,与岸边杨柳一起构筑出一派迷蒙清幽、如烟似雾的境界。而堆烟叠雾的杨柳绿遍十里长堤,则衬托出大自然生机勃勃、逢春必发的万千景象。

说柳的浪漫和凄婉诗意,首推宋代柳永的"杨柳岸晓风残月"。"寒蝉凄切,对长亭晚,骤雨初歇。都门帐饮无绪,留恋处,兰舟催发。执手相看泪眼,竟无语凝噎。念去去,千里烟波,暮霭沉沉楚天阔。多情自古伤离别,更哪堪,冷落清秋节。今宵酒醒何处?杨柳岸,晓风残月。此去经年,应是良辰好景虚设。便纵有千种风情,更与何人说!"

这首宋词中的代表作,把河岸之柳带进了千年词坛,每当诗家词人到了河边水岸,哪个不发"杨柳岸晓风残月"的吟诵!这首词原为唐教坊曲,相传玄宗避安禄山乱入蜀,时阴雨连日,栈道中听到铃声。为悼念杨贵妃,便采作此曲,后柳永用为词调。这句词抒发的是酒醒后的心境,也是他漂泊江湖的感受。站在河边柳树下,看着随风飘动的杨柳,表达难留的离情;用晓风凄冷表达别后的寒心;用残月破碎表达此后难圆之意,将离人凄楚惆怅、孤独忧伤的感情,表现得十分充分、真切,创造出一种特有的意境。

如果说哪首咏柳的古诗最为著名,当然是唐朝诗人贺知章的

《咏柳》:"碧玉妆成一树高,万条垂下绿丝绦。不知细叶谁裁出,二月春风似剪刀。"

这首诗,把杨柳柔曼披拂的枝条形象,形容、比拟成美人苗条的身段,婀娜的腰身,也赋予了柳树婀娜多姿的浪漫情怀。上句的"高"字,衬托出美人婷婷袅袅的风姿;下句的"垂"字,暗示出纤腰在风中款摆。诗中没有"杨柳"和"腰肢"字样,然而这早春的垂柳以及柳树化身的美人,却写活了。

然而,更妙的是"不知细叶谁载出,二月春风似剪刀。"诗人借柳树歌咏春风,把春风比作剪刀,说她是美的创造者,赞美她裁出了春天。诗中洋溢着人逢早春的欣喜之情。在贺知章之前,有谁想过春风像剪刀?把乍暖还寒的二月春风由无形化为有形,显示了春风的神奇灵巧,《咏柳》也因此成为咏物诗的典范之作。

杜甫的《腊日》有句:"侵陵雪色还萱草,漏泄春光有柳条。"也是歌咏杨柳的名句。诗人告诉人们,忘忧草还承受着雪色寒气的侵袭,可是,柳树的枝条已经开始吐绿,报告人间万物复苏的春天就要来临了。

南宋诗人僧志南的《绝句》"古木阴中系短篷,杖藜扶我过桥东。沾衣欲湿杏花雨,吹面不寒杨柳风。"也是把柳与春风联系在一起。写诗人在微风细雨中拄杖春游,通过小桥,一路向东,正好有东风迎面吹来,杨柳枝随风荡漾,给人以春风生自杨柳的印象。

春天来了,万物复苏,而最先报告春消息的是万千杨柳。柳色如烟,给我们带来了多少美妙的诗意和浪漫。

城市的灵魂

一个城市各个时期的建筑,组成了一个城市的历史。而只有一个城市的历史,才能够铸成一个城市的灵魂。唯有完整地保留了那些标志着当时文化和科学水准,或者具有特殊人文意义的建筑,才会使一个城市的历史绵延不绝,也才会使一个城市永远焕发着灵魂的魅力和光彩。

英国伦敦有好多短街小巷,这些年虽然城市发展很快,但建设部门总是努力保持着这些街巷古老的特色,即使是扩建街道,兴建新的公共设施,也要在保护这些古街巷的前提下进行。这些小街巷都相互联系着,不准车辆通行,只供行人步行。走在这些短街小巷里,除了能找到那些极具特色的房子和店铺外,你会发现许多街巷口、店铺和住宅的门口都悬挂着很有特色的小匾牌,告诉你哪一位科学家、文学家、艺术家或者是对历史有杰出贡献的人曾经在这所房子里居住,当年经常在这条短巷里散步思考。

伦敦人说,在纪念的这些人当中,有一些并不是十分有名的。比如一位叫杰克的画家,他在那所小院子里画了一辈子画,直到逝去也没有成名。但伦敦人认为,即使是这样也很有意义。院门口的牌匾上写着:这是一位为艺术而奉献了一生的画家,请游客不要惊动他。伦敦人认为,纪念这样一位画家,对于一个社区也有着不可估量的价值。

看着伦敦人这么小心翼翼地保护着这些陈旧甚至破败的短街小巷,这些看上去很丑陋的小房子,一种深深的敬意油然而生,这即是伦敦这座城市的文化,这座城市的品位,这座城市深厚的底蕴了。

如果有机会到德国的柏林去,你会发现突然间倒回了一个多世纪,你在不知不觉中已经走在了19世纪的大街上,你会发自内心地感叹这座城市历史的悠久和文化的深厚。其实,作为首都的柏林,历史只有一百多年,在19世纪以前,它几乎没有什么值得纪念和保留的建筑。但正因为历史的短暂,他们才更加珍惜仅有的东西。

自19世纪末以来,在他们的历届政府里,都有一份历史遗迹的档案清单,同时规定,所有80年到100年以上历史的建筑,都是历史文物,都必须无条件地保留。即使是拆除一栋并没有什么特色的民居,都必须经过城市建设部长的批准。事实上,一百多年以来,柏林的历届建设部长批准拆除的历史建筑,只是一些将要倒塌的又没有什么特殊意义的普通民居。稍微有一点价值的建筑，如果将要倒塌，建设部长只会批准拨款修复。而柏林的建筑公司和个人，只可对历史建筑的内部进行装修和改建，对于建筑的外部，只能是在保留原貌的情况下维修复原。

我们知道东西柏林分隔了50多年，这50多年当中，东西有着决然不同的意识形态和社会制度，这决定了他们在建设城市上的不同思路和方法。事实上，经过50多年的各自为政，东西柏林的城市面貌已经全然不同，现在如何把它们统一在一种风格之下，是否把东柏林的那些带有共产主义色彩的建筑统统拆掉，决策者是这样认为的：东柏林的那些建筑更应该无条件地保留，甚至包括那些普通的民居，都是不可多得的历史见证。

最好的例子，是原来在东柏林最为有名的卡尔·马克思大街。当时建设的时候，东德完全是照搬莫斯科的模式，与柏林的整个建筑风格大相径庭，但柏林现在的决策者认为更应该保留它，因为这更能直观地告诉人们，柏林这座城市曾经经历了什么。

"总还是有地方的"。这句话是柏林的建设者进行城市建设的信条和原则。要扩建城市，他们首先想到的是去空闲的地方找，把那些闲置的地方利用起来，而不是盯着已经建了的地方想办法改建。所以，走在柏林的街道和小巷之中，尽管有的时候要拐弯抹角，但你丝毫也不会有不方便的想法，因为你会觉得你不仅仅是在赶路，而同时是在参观一座巨大的古迹陈列馆，你会不由自主地去想，这是一座有着多么悠久历史的城市，这是一座多么有品位的城市。

加拿大的蒙特利尔在保留古迹上更是不遗余力。游客访问这个城市的时候，市长先生会很自豪地告诉你：我们这座城市已经有400年的历史。在17世纪欧洲人刚刚开始登陆美洲大陆的时候，就修建了典型的欧洲特色的教堂、学校、政府办公楼、医院和住宅，那些建筑在美国是看不到的。

一个城市如果没有历史，也就谈不上文化和内涵，很容易让人想象它的肤浅和单薄。一个没有历史的城市，也就没有了城市的灵魂和意志。

在我国，几年前曾经有两次著名的争论，一个是北京的八道湾，一个是济南的万竹园。八道湾是什么地方？鲁迅在那里住了很多年，许多著名的文章都是在那里写出来的。万竹园是什么地方？是历经几百年保留下来的一片古代建筑园林，里面设有李苦禅的纪念馆。北京为是否继续保留八道湾争论了很长时间。济南干脆争论都没有争论，推土机就开始作业了。一时舆论大哗，新闻界、人大代表、政协委员、普通市民共同呼吁保护万竹园，后来中央级的新闻单位也参加进来了，万竹园才躲过灭顶之灾。

北京一直在为是否拆除曹雪芹的故居而争论。处于北京城内的这座宅院，是红学家们公认的唯一一所曹雪芹故居。它不仅具有红学研究价值，而且作为一处典型的清代北京四合院建筑，对于北京的城市民居研究，也有重要的价值。可是有些决策者认为没有保留的价值，因为它没有被列为哪一级的文物保护单位。红学家们四方请命，希望能保留下来。据说，决策者的答复是，院子要拆，可以保留院中的一口古井作为纪念。这是多么可笑而又可悲的事情。既然不认为它有文物价值,保留一口井还有什么意义?

在北京,有一条叫北总布的胡同,其中有一处院落24号院,70多年前,建筑学家梁思成和夫人林徽因曾经居住在这个院落,"太太客厅"因文坛名人、学者大家、社会名流齐聚扬名于20世纪30年代文化圈。最近围绕着梁思成林徽因故居的拆除与保护,文保人士、名人家属、民间、官方文保机构以媒体为平台曾展开了一场笔墨战。媒体报道,权威部门透露梁林故居已被认定为不可移动文物。可是文保人士指责文保部门并未信守承诺,后来梁林故居即遭到部分拆除,院子里门楼空顶,一排正房中间拆了一间,形成一个缺口参差的洞。院内的三层小楼,一层大半已人走楼空,显得很是孤单寂寞。

徐悲鸿旧居位于重庆江北盘溪山上,抗战爆发后,他与妻子居住在此。但现在看到的情形是,旧居空无一人,处处残破,酒瓶子、破鞋、塑料袋等垃圾遍地,野狗狂吠撒欢。从2007年开始,管理单位说徐悲鸿旧居要修复,但方案几经变迁,一直未动工,现在故居破败得更快,花园假山上的佛像等文物已被人搬走。

如果是在伦敦,像八道湾这样的地方,伦敦人一定会这样悬挂上牌匾:"鲁迅正在这里构思他的《狂人日记》,请游客放轻脚步",让每一个来这里的人肃然起敬。而像曹雪芹故居这样级别的文化遗迹,在英法早就当国宝看管起来了。

如果我们来到佛罗伦萨的但丁故居、哥本哈根的安徒生故居、巴黎的雨果故居,来到巴黎近郊奥维尔那间不足7平方米的斜顶而昏暗的凡·高故居，我们会为我们对于文化的无知而羞愧。

一个没有历史的城市，是一个贫血的城市，是一个趣味低级的城市；一个不懂得保护历史的城市，是一个没有品位的城市，更是一个没有灵魂的城市。

扶桑掠影

日本也许是因为自己地域狭小,资源匮乏,或者是因为二战的失败,他们现在不像我们在使用资源上大手大脚,不像我们做事情不紧不慢。这个民族似乎时刻都在警醒着,似乎时刻都在担心着什么,他们珍惜资源,他们珍惜每一分时间。

下关是个港口城市,有几条航线可以直达我国的上海、青岛、大连等城市。我们入住的宾馆就在港口附近,透过宾馆的窗口,可清晰地看到港口繁忙的景象。傍晚,我们到港口散步,看到出出进进的船只依然很多,有不少是来自中国的货船。这些船运来的大多是山西和东北的优质煤。已经来日本几年的朋友大卫告诉我们,其实,他们进口我们的煤现在并不用,而是用巨大的混凝土盒子,把运来的煤装进去密封起来存放到大海里。大卫说，据日本的朋友讲，他们这些年存放起来的煤，已经相当于一个中等煤田了。

这还不是最令我们震惊的。日本煤田很少，他们买了煤存放起来慢慢用可以理解。但是，我们都知道日本的森林覆盖率是世界上最高的几个国家之一，比我国高好几倍。而且，木材不像煤，用完了就没有了，它可以再生，伐一些，再栽上，几年过去又成材了。但日本人不这样想，他们严厉禁止砍伐森林，却大量从我国进口木材。几天以后到北海道的札幌。札幌的港口同下关一样繁忙，看到有很多船是从大连来的，装的都是我们东北的原木。而站在札幌的一个制高点上极目远眺，我们看到的是无边无际的原始森林，甚至就在港口卸木材的岸边，那些比运来的原木还要粗的大树毫发无损地站立着，一车车木材从那一排排茂盛的大树边上通过，运到他们的城市里。

在酒店吃饭的时候，大卫看着我们一个个沉思不语的脸说，日本人用我们的木材不说，你们知道中国那些进口的成品木浆是怎么来的吗？他指着我们每个人手里拿的一次性方便筷说，他们用我们的原木做成方便筷、牙签，用完了再回收，做成木浆出口给我们，一进一出，净挣我们一倍的钱。

我们一个个目瞪口呆：日本人心机竟然如此！

最后一站是东京。我们要去访一位汉学家，引见的是一位日本朋友小林。小林说，东京的车多，坐地铁最快最方便。上车之前，我还真担心地铁会拥挤。我们上的是始发车，车上的座位都空着。我还想着先上车给老年人占个座，但奇怪的是那些日本人上了车以后没有找座的，都在那里站着。直到车开动了，他们才看看身边的座位，确认座位空着没人坐才坐下。一路经过十几个站，我看到他们都是这样，上车不找座；坐着的，一看有老年人或残疾人上来，立刻起身让座。小林告诉我，这在日本是很正常的事情。

就要离开东京了，我到邮局往家里发一个邮件。一进门就有一位小姐给鞠了一个90度躬。到了柜台前，恰好我的前面有一个人，我想就排在那人后面吧，不料门口的小姐立刻几步跑到我的面前，一个深鞠躬说：对不起，耽误您的时间了，请您到那个柜台。小姐领我到另一个柜台，但我发现这个柜台的职能没有我要办的业务。我正在犹豫，里面的小姐已经站起来，问清了我的业务，马上办了起来。这中间，门口的小姐一直没有离开我的身边，一再说，真对不起，耽误您的时间了。也就是两三分钟，业务就办完了，里面的小姐也站起来说：很对不起，耽误您的时间了。直到离开邮局，我一直在琢磨，我一点也没有被怠慢，一点也没有耽误时间呀。

在日本时间不长，但这个民族时时刻刻无处不在的自觉、自醒精神，那使命般的忧患意识，每每想起，都令我不寒而栗。

如歌的青春

青春如歌，没有比拥有青春再令人羡慕的了。在青春面前，一切的功勋与成就都显得懦弱而苍白。因为拥有青春，我们就可以不亢不卑地面对社会与人生；因为拥有青春，我们就可以对狂妄的成功者宣战，可以对自己的失败理直气壮地说等下一次机会。不论处在怎样的人生关口，我们都可以祭出青春的名义。

成功，只是一个阶段的小结。尽管，它也许是别人历经千辛万苦终生奋斗的结果，但对于你来说，它只不过是一个参照，你完全不必为他人的成功而汗颜。你富有的青春，谁能预料会创造出多少这样的成功！如果你已经有了一次人生的成功，你也不必骄傲止步，你应该相信这只是你青春的开场白。你的起点已达到了一个别人企羡的高度，你何不把它伸向更加高远的天空？

失败，同样是一个历程的小结。不能因为自己富有青春而轻视别人的失败。也许那失败者正是因为富有青春才产生了惰性，以为总有无尽丰饶的青春可供挥霍，就不再珍惜手中的日子，结果丧失了机会也失去了岁月。别人的失败，对富有青春者是一种无价的提示。假如自己失败了，决不能就此自暴自弃，因为富有青春，可以用青春的名义自信地重新站在另一个高度，去挽回失去的岁月。但有一点必须警惕：青春不是取之不竭的。

青春是可塑的，它会在珍惜它的人面前无限地伸张，而在挥霍它的人面前则稍纵即逝。因而拥有青春并不等于拥有成功，它是有条件的。青春是难以分界的。它在哪一天来临，将在哪一天消逝，没有人能够明断。因而青春是一种感觉，是对自己的自信力充分估价的结论。青春是进取的代言人，只要保持一颗进取之心，青春就在你的人生旅途中永驻。青春是美丽的，它在珍惜它的人面前总是呈现着鲜艳的色彩，用多姿的富丽装扮着明快的生活。但青春又是残酷的，它对恣意浪费的人总是显示着刻薄与无情。而当这种人试图理解它、珍惜它的时候，它却毫不留情地像电光一闪，躲到生命的尽头去了。它从不给挥霍它的人一个改正的机会，只给你生命的愧悔，只让你看到青春在别人手中光华灿烂而对于自己却遥不可及的残酷。

有人说青春是一个大盗，它把人一生中最珍贵的部分都盗走了，留给少年的只是无知，留给中年的是劳累，留给老年的是无奈，而它自己却独享充沛的精神、睿智的颖悟、健壮的体力。其实错误不在于青春，而在于你自己。你倘若把握了它，善于利用它,你会从它那里得到无尽的财富。

青春是这样的性格,它从不以自己的富有去炫耀于人,也不以自己的速逝警醒昏睡着的人。它始终主宰着自己的命运。不论面对哪一种人,它都显示着自己的大度与从容。它不是一部分一部分地消失,也不是顿然远行,而是在你的不知不觉中,一秒钟一秒钟地慢慢走掉的。因此失去青春的人总是那些粗枝大叶胸无大志者,而那些睿智的人总能认识它而防患于未然,把它的每一点都充分地运用起来。

人的生命是宝贵的,但最宝贵的却是青春。人的生命是一条明静的河流,而青春则是河流中最激越的部分。恰当地把握了青春,生命会由平凡走向崇高,激越的河流则会成为不同凡响的大海波涛。

没有一种不幸可以与失掉青春相比。赫拉克利特说,人不能两次踏进同一条河流。没有比这句话更适合于作青春的定义了。青春就是这样地从从容容而又一刻不停。一个人只有一次,从不给哪个人多一分钟。

生命的甘泉

在人世间生活了这么多年,记不清有多少次接受过别人的帮助。那些帮助过我的人,在我心灵的深处高高地耸立着,像生命的灯塔,朗照着人生的家园。而有些帮助,甚至彻底改变了我的人生观念,成为生命进程的汩汩甘泉……

去年夏天,那个骄阳似火的日子,我临时接受了去鲁西南某县采访的任务。那个县出了个爆炸性新闻,新闻线索是当地一个通讯员十万火急地用电话传给本报总编的。总编当即命我立刻起程,力争首家发出这条必定引起轰动的新闻。我没有来得及准备行囊,拿起平时用的一个公文包就去长途汽车站,立马买票上车,匆匆踏上了征程。

公共汽车驶出了济南乱哄哄的市区,一上水泥公路,热浪般的空气顿时从窗外扑来。我顿然猛醒,这样炽热的天,这样的温度,却忘记了带水。平时都是带上一只茶杯,装凉开水,再带些矿泉水的。而这次走得匆忙,都忘记了。这样的车我常坐,一般中途不停,即使停几次也不允许下车,就又匆匆出发了。我的心里似乎也开始感到有点干渴了。

车继续在旷野中的水泥路上行驶,车速不快,车内的每一位顾客都早已大汗淋漓。

这时我发现隔过道坐着的是一位少妇和一个八九岁的小女孩。那少妇穿一件洁白的薄纱裙,极有风韵。孩子热得早已脱掉上衣,穿一小裤衩,脸色被汗水浸得粉红。那妇人与孩子各拿着一瓶矿泉水喝着。我越发感到口渴,心中干得一阵阵紧缩,嘴唇开始裂了。

车驶进了光秃秃的山区,水泥路更加宽阔,阳光也越发灿烂,空气似乎就要炸开了。我感到心中已没有半点水分的滋润,就像有一堆干柴或一堆黄沙。而对面的母女俩各自拿着那清冽甜美的矿泉水,对着嘴美美地饮着。

我咂咂嘴,强忍着烈火般的干渴抬头遥望远处。

突然那个孩子跑到我面前来,她问我:"叔叔你为什么不喝矿泉水?你不渴吗?"那小女孩极认真,极严肃,不解地问我。

看着那位也向我这边看着的少妇,面对女孩的问话,我停顿片刻答:"叔叔不渴。"答这话的时候,我觉得我的嗓子几乎裂开了,脑子里也混乱得没有一丝清醒。

"不,叔叔,你说谎,我看见你咂嘴了,不渴咂嘴干吗?"

小女孩睁着一对美丽的大眼睛穷追不舍地问我。

我无话可说了。

"妈妈说，撒谎不是好孩子，叔叔你撒谎。"

女孩没等我说话就先说了。我却尴尬地苦笑。少妇微嗔起女儿来："不许胡说。"

"就是嘛，叔叔渴了，没有水，假说不渴。"小女孩聪明地一语破的。

女孩跑到原来的位置上，从自己的旅行包里拿出一瓶矿泉水，走过来递到我的面前，说："叔叔，快喝，会渴死的。"小女孩没有半点虚情假意，一双聪慧的眼睛看着我。这一连串的动作，小女孩用了不过几秒钟。

我真想拿过矿泉水就痛快地喝下去。可是，在这样的旅途中，前面还有很远的路。况且，她们恐怕也没有更多水了。我转目去看那少妇，那少妇的面颊微红，双目里洋溢着对女儿的肯定与欣赏。

良久，我接过了那瓶矿泉水，一口气喝尽，握过小女孩的手说："谢谢你，小天使。"

"这才是好孩子！"小女孩对我说。

一瓶矿泉水像清冽的溪水汩汩流进我干渴的心田。我的干燥的血管瞬间变得滋润而流畅，眼睛也明亮起来，窗外是满野的绿。

整个旅程，我都沉浸在品咂那瓶甘泉般的矿泉水的兴奋之中。来自那个童稚之心的爱强烈地感染着我，而那份清纯之爱，不仅仅浇铸了我的那一次旅程，而且灌溉了我的全部生命，成为我生命之旅的不竭甘泉。

恩重如山

我的好友林就要应加州大学的邀请去做访问学者了。他是我们这些朋友中唯一获得博士学位的人。我去给他送行。在他宽大的客厅里，我们依依惜别还认真地听了他的一段叙述。没想到，林这些年来奋发努力的源泉，原来是从一个偶然发生的故事开始的。

他的家乡在偏僻的乡村，那里很穷，能吃饱饭的人家就算是殷实之家了。他家里4口人，奶奶、父母和他。奶奶常年有病，父亲身体也不好，家里只靠母亲一人。在他8岁那一年，父亲的身体稍稍好一些了，跟着村里人到一个小煤窑去挖煤。不料正赶上了小煤窑坍塌，被砸死了。没有挣到钱，为了埋葬又借了很多钱，家里的饥荒就更大了。

临近春节了,奶奶躺在床上有气无力,母亲出去一整天卖家里仅有的一垛谷草,没有人买,又拉了回来。这个时候,不要说买肉过年,第二天吃的也没有着落。8岁的林已经懂事了,看着母亲悲苦的神情,他想到自己养了一年的两只小白兔。那是父亲活着的时候花1元钱给他买的。父亲说,你要天天割草喂它,它就会生很多很多小白兔,然后把小白兔卖了当学费,就有钱读书了。这一年多,他天天割草,风雨无阻,小白兔已长成了大白兔,过了年就能够生小白兔了。

林经常对奶奶和母亲说,要让小兔子生一院子的小白兔,卖很多的钱,除了上学够用,还要给奶奶治病,买好东西给母亲吃。他实在是舍不得卖啊。可是,看着病床上的奶奶和无奈的母亲,他咬了咬牙说,把我的小白兔卖了吧,好买肉给奶奶包饺子。母亲的泪水刷刷地落下来。她知道那是儿子的全部希望和寄托,可是家里实在没有任何东西可以换钱了,总得让婆婆和儿子吃一顿水饺呀。8岁的他把两只小白兔装进背篓就到集市上去了。他蹲在街口,两只手抓着小白兔的两只耳朵,向过往的行人喊:谁买小白兔!喊了多少遍,过了多少时间,他记不清了。到了中午时,一个穿制服的人在他面前停了下来。他问他为什么卖小白兔,家里的大人为什么让他一个小孩子来卖。他一五一十地全说了,从父亲给他买小白兔,到他养小白兔,还有他的希望和憧憬。

他记得那人听后沉思了很久,而后掏出5元钱,又从上衣口袋里拿出一支钢笔给他说:小白兔不要卖了,还是养着将来上学用，这支钢笔送给你写字。而后那人帮他把小白兔装进背篓，让他赶快回家去。5元钱对于当时的他家来说是笔大钱，他们过了一个很富裕的年，买了肉，买了白面，还有鱼。第二年春天，他的大白兔一次就生了6只小白兔，兔的规模一下子到了8只，后来最多的时候到了30多只。他一年当中卖小白兔能有几十元的收益，足够他上学用的，还能贴补家用。

林博士告诉我，他之所以能读大学，正是这些小白兔的功劳。几十年来，他一直都在寻找那位帮助过他的人，却一直没有找到。他说，他一生受过很多帮助，但只有那一次最令他刻骨铭心。他说，也许那个好心人早就忘记了那样一件小事，他也许永远都不知他的那一次举手之劳，对于当时的那个孩子却是恩重如山。我对林说，我们永远也不可能找到那个人了，但我们有更好的办法可以了却心愿，让我们在自己的生活中，经常做这样5元钱和一支钢笔的事情。

林已经远赴加州。我相信林早已把这个美好的故事讲给了他来自世界各地的学生，而我也一直被这个故事感动着。

处处是福地

一个偶然的机会，我结识了一位很有名气的周易先生。此先生本来是某一个大学的历史教授，专门研究《周易》的，因为造诣越来越深，名声日隆，每天前来问前程问祸福问财路的人络绎不绝，竟然干脆辞掉了职位，广收门徒，专门做起为人卜吉凶的营生来。

在我所在的城市，他的名气非常大。坊间传说，没有一定级别的官员，没有一定规模的企业家，没有一定名气的人，想见到他是很难的。即使能够得到他徒弟的指点，也是值得骄傲的事情。所以，有些通过各种方式真的见到了他，得到了他指点的人，就如醍醐灌顶一般，相信自己洞穿了人生的秘密，可以活得明白，明确自己人生的方向，可以从容地把握人生的成功机会了。

有一天，我因为参加一个文化活动，与这位先生不期而遇。在场的很多人神情肃穆地问一些问题，而我始终没有说话。我想，大约是他看出了我与大家的不同，他反而主动问我：贤兄不想问我点什么吗？

我说：没有什么人生的疑惑，也就没有什么可问的了。

他说：贤兄不相信命理玄机吗？

我很轻松地笑了：我相信命理，但是，我不相信在新婚之夜放进枕头几枚铜钱就能够确保一生富贵。我也不相信婚礼上一对新人喝了交杯酒就能够白头偕老。我更不相信在家里的中堂上供奉了菩萨就可以万事大吉。

他很愕然。他神秘万分地继续问我：贤兄难道不相信人与天地之间存在一种神秘的关系吗？

我说：我相信人是大自然的一分子，人还是万物的灵长，但是，我不相信人可以不通过奋斗就能够抵达彼岸，也不相信有什么人洞察了宇宙的秘密，可以为人指点迷津，更不相信有什么在劫难逃的人生劫数存在。

周易先生似乎被我搞糊涂了，他很不以为意地对我说：那么，贤兄依靠什么原则立世呢？

我笑了，我告诉他，我没有什么固守的原则，如果有，就是一往无前的奋斗，就是孜孜不倦的学习，就是冷静深邃的思考，就是与人为善的信念。我坚信一个人通过自己的奋斗就能够到达人生的制高点；通过坚持不懈的修养，就能够抵达人生的大境界。

我还坚信，外力改变不了什么，改变自己的只有自己的力量。脱离困境的方法只有一个，就是你的坚强意志。

我们谈了很久，最后我们成了朋友。他对我的话有些是赞成的，有些则有保留。我最后告诉他我的一些观点，他未置可否：我相信，如果人世间真有人洞察了成功的秘密，他一定不会把这个秘密告诉别人，而是自己先成功；如果人世间真有人洞察了获取财富的密码，这个人一定先使用这个密码让自己成为世界最富有的人；如果真有人洞察了人世间的吉凶秘密和世道前程，这个人和他的家人必将统治我们的世界。但是，事实上，我们所有见到的玄学先生，都十分落魄，都十分窘迫，也都十分无奈，他们首先并没有光彩照人的人生。

我们不是什么高人，但是，对于我们这些凡人来说，世界处处是福地，人生处处有善缘。如果没有付出努力，想得到，无异于痴心妄想。改变自己的，只有我们自己，把命运交给什么虚无的玄机，不过是痴人说梦。所谓命运，就是不懈努力的代名词，就是个人奋斗的结晶，命运的钥匙永远在自己手里。

读书是风雅乐事

我十分钦佩杨绛先生关于读书的观点：读书好比串门儿——隐身的串门儿。要参见钦佩的老师或拜谒有名的学者，不必事前打招呼求见，也不怕搅扰主人。翻开书面就闯进大门，翻过几页就登堂入室；而且可以经常去，时刻去，如果不得要领，还可以不辞而别或者另请高明，和他对质。

把读书看成拜师访友，是那种没有任何功利的读书，优雅而闲适。如果我们真的能够像杨绛那样去看待读书，把读书当作是去拜访高人名流，那读书就纯粹是一件风雅乐事了。

苏格拉底对于读书另有高论。他声称，一册好书，能够引诱他走遍全世界。他是为求知而读书的，读一本书就了解了世界的一个方面。可以想象，苏格拉底不是像杨绛那样优雅地读书的，可以想象出他的挑剔，他的如饥似渴，他的求知的贪婪，还有他的目光的锐利。而金圣叹那句"雪夜闭户读禁书"的情景就更大相径庭了。他是一个探险家，是一个猎奇者，那种神秘的氛围和意味，那种不为外人道的秘密，或许只有这位伟大的批注家才能享受得了。

但是我们的传统文化里，读书却没有这份风雅的。读书是为了寻找黄金屋、千钟粟和颜如玉的，因而就要头悬梁、锥刺股。这里，读书是为了入仕博名的，读书的快乐当然就荡然无存了，反而让人生出几分胆怯和畏惧。今天我们中的许多人，读书更是全然没有风雅境界和心境了，多是借读书之名，取利禄之实，读书不过是一种装潢而已。家里大大的房子，宽阔的书架，上面像垒积木一样垒满了精装的经典书籍，但不是为了读，而是为了显示学问的。其实，这实在是对书的亵渎。书是用来读的，现在做了装潢用品，岂不是书籍的悲哀？

林语堂认为读书的主旨在于摆脱俗气。黄山谷说不读书便语言无味，面目可憎，话有些过头了。淳朴的乡村农夫目不识丁，并未见其面目可憎，但是说读书摆脱俗气，使人优雅，倒是确切的。

读书的目的有很多，但是有一点是共同的，读书会使人生充实，读书会让我们了解我们不知道的过去的世界，也能够让我们了解我们无法到达的遥远的地方。譬如我们都知道历史中很多的故事，熟悉几千年前的著名人物，我们还知道冰封的南极，知道非洲的撒哈拉大沙漠，知道西伯利亚的原始森林，这些毫无疑问都因为我们读书的缘故。因此说，读书会丰富我们的学识，读书会使我们的认识深刻，读书还会使我们的视野开阔。

读书是有功用的，这毫无疑问。当然，如果能够达到像杨绛先生那样犹如串门访友的达观，则是一种极高的境界了。

时刻被这个世界感动着

为什么我的眼里常含泪水？因为我对这片土地爱得深沉。

每一次读到艾青这句诗，我都禁不住在想，诗人的情感世界里有着怎样的感动，而这些感动又是怎样化作澎湃的激情，才成就了伟大的诗人？

他就这样被自己脚下的土地感动着，感动到满眼泪水。

比如普希金，比如惠特曼，比如徐志摩，比如许许多多的科学家，他们或被祖国的成就和苦难，或被自然界的神奇风景，或被热烈的爱情，或被自己偶然的发现，感动得忘乎所以，感动得激情燃烧，因而产生了伟大的科学发现和不朽的文学作品。

一个人必须有这样一种素质，一种能够被生活和许多常人习以为常的事情感动的素质。年轻的时候，大多数人都有这样一种经历，常常被一些事情感动得热泪盈眶，感动得热血沸腾，感动得激情澎湃，这种感动又往往化为无穷的动力，激励着自己刻苦学习，激励着自己走向理想。这几乎是我们每一个人都有过的经历。但当我们成长起来，当我们成熟起来，当我们有了很多人生的阅历，经历人生的坎坷和沧桑，许多人的感觉变得迟钝，变得麻木了。这是许多人在人生之初就被灌输的一种成熟，是一种让自己适应平庸的成熟。这种成熟，毫无疑问是感动的杀手，它让一个人面对应该被感动的事情时，可以心静如水。

一个人没有了感动，也就什么都没有了。

所以，还有一种人一生都在努力保持自己童真般的感动，努力使自己的感动不因阅历的增加而减弱。因为事情是明摆着的，没有了感动，无疑就没有了敏感，没有了灵性，没有了观察的敏锐和深邃，也就没有了奇异的发现和思考的独特。

即使是这样，感动也会在一天天地变得迟钝，这与很多因素有关。因为我们还有这样一种秉性，一种经历了一次，被感动过一次，就习以为常的秉性。经历越来越多，人生中的第一次越来越少，被感动的机会肯定就越来越少了。江郎才尽和半途而废的许多故事多半的原因就在这里。这个时候，感动变成了深藏于我们心灵深处的品质，需要你时刻提醒和关照，它才会不因外壳越来越厚而被逐渐忘却。这个时候，我们必须努力培养一种能力，一种把自己的感动调动出来的能力。不然，也就不会有诗人，也就不会有一个个伟大的发现了。

常常被这个世界感动着，也常常因自己的一些想法感动着，就一定会感动他人，也一定会感动这个世界。

拒绝阅读就是拒绝美好

一个人对文化品的需求，其实一定程度上就是一个人整体素养的标志。一个拒绝阅读的人，是不可能有很高文化素养的。

现在，大多数的人都在一门心思追逐财富，每天不肯拿出哪怕一个小时来阅读。其实，这些人犯了一个最大的错误：他们不懂得财富只是人的躯壳，文化和信仰才是一个人的精髓。一个只是拥有财富而没有文化的人，不过是财富的管家罢了。

现在的大学里也在发生着让人痛心的事，很多大学生每天仅仅限于自己专业的学习，而没有在社会文化方面加强自己的阅读。其实，他们不明白这样一个道理：如果仅仅限于专业，自己不过就是一个接受了专业训练的文盲而已，自己不过是一个专业工具。比如两个弹奏钢琴的人。两人同样拥有熟练的演奏技巧，一个是有着丰富文化知识的人,他在用钢琴表达自己的情感和追求;一个却仅仅是个熟练的演奏者,他看重的仅仅是钢琴的技法。他们最后的区别是:前者成了伟大的钢琴家,后者仅仅是个钢琴演员。

很多海外的华人,现在最苦闷的事情就是他们的孩子对中华文明的一无所知。他们的孩子接受了良好的西方教育,过着优裕的生活,但是他们的内心却非常空虚。为什么?因为,他们没有了文化的归属感。说自己是华人,对于中华文化一无所知;说自己是外国人,自己又没有外国人的血统。我们所熟知的华人科学家李政道、杨振宁、丁肇中就没有这样的困惑,因为他们都有着深厚的中华文化修养,他们始终认为自己是中华文明的一分子,他们一刻也没有停止过对祖国文明的渴望和追求。

很多华人认识到了这一点,他们开始从国内买大量的国学书籍,让孩子补上国学的课。

但是,事实上,身居国内的人,这样的危险同样存在。很多的富二代、富三代,已经变成了典型的财富管理者,仅仅精于自己家族和企业的业务领域,而对于社会文化则茫然无知。这样的无知和茫然,导致的是他们社会责任的严重缺失,对于国家和民族利益的漠视。

中国慈善事业的严重滞后,富人缺少同情帮助弱者的善良情怀,就是这种缺失的直接后果,说到底,就是文化的严重缺失。

也许我们应该这样认为,我们正面临着一场文化的缺失和危机。放眼社会,有哪些人心怀巨大而崇高的社会责任心在认真地阅读？我们现在不缺少财富，缺少的是文化的素养，是巨大的社会责任心，是善良的人性情怀。而这些，恰恰是一个人的美德，是一个社会的价值核心，是一个民族的道德良心。

专业知识可以换来文凭，可以拿硕士、博士，但是那不是文化。一个社会没有这样的文化氛围，没有这样的文化追求，是可怜的，也是不可能和谐发展的。

阅读使人拥有文化知识，能够培养一个人的道德品格，能够锤炼一个人的崇高情怀。而只有一个人具有了崇高品格的时候，才会赢得他人和社会的尊敬，才能够获得真正的快乐和幸福。

灵魂的芬芳

当一个人面临重大决断的时刻，很难让自己保持轻松愉快的心情。这也许就是人类先天的悲剧：没有冷静愉快的心情，没有高昂的情绪，怎么能够做出正确的抉择呢？

探听偶像的底细，这是普通民众常乐于做的事情。因此，每当有偶像出现的场合，必定是拥挤不堪，人们希望从偶像的只言片语中获得灵感。而事实的情形是，偶像公开的底细是骗人的把戏，真正的底细永远是偶像恪守的秘密。

如果想让别人爱你，你应该首先学会去爱别人。如果想得到别人的帮助，你应该首先学会帮助别人。同样的道理，只有你把天下人视如兄弟，你才能成为天下人的兄弟。

任何人都不可能摆脱良心的折磨。你能够坦然面对自己所有的行为吗？你能够在自己的灵魂面前丝毫也不怯懦吗？你能够理直气壮地表白自己的一生都光明磊落吗？没有一个人是完美的人，我们只要在大多数事情上问心无愧，就可以心安。

人们似乎都在对幸福孜孜以求，幸福似乎永远在可望而不可即的地方。实际的情形是，幸福就在我们身边，就在我们的日常生活中。牵着孩子的手送孩子去学校，陪着老母亲拉拉家常，去外地的时候为爱人捎一件心爱的衣服，周末的下午带着全家去郊外的山坡看野花，多年不见的朋友突然来访，这些普通的细节不都时刻漫溢在我们的生命之中吗？

如果你选择了崇高的德行和高尚的情怀，你就不要再留意随遇而安的利益了。因为，你选择的，正是利益的背面。利益是邪恶的种子，只有彻底背叛了利益的人，才有可能在德行的道路上一往无前。

如果你听到了风笛的声音而没有感动，说明你对于音乐是多么迟钝。而一个人的生活中如果没有音乐，就如同没有甘泉的沙漠一样荒凉。

遇到那些成功的人，我就在想，这些人都是我的阶梯，我将拾级而上，我必须越过他们，而不是仅仅做他们的听众，或者做他们的邻居。我必将在他们所在的世界里安居。

失之交臂是人生的常态，与一个敬仰的人失之交臂，错过一件美丽的事情，眼看着一个大好的机遇匆匆流失。当我们有了一定的人生阅历之后，我们就会明白，这是人生的常态，有得到的欢欣和喜悦，也有失败的颓废和忧伤。人生有差之毫厘的遗憾，也有绝处逢生的惊喜。

经历过了,我们就会明白什么叫失望,什么叫绝望,什么叫无可挽回的超出绝望的无望。这个时候,我们应该做的,是重建自己的信念,编织新的想象,在新的想象之上,构建新的希望。一个人什么都可以放弃,就是不能够放弃梦想。

夜晚的气味,土地的气味,风的气味,阳光的气味,更有花朵的芬芳,你捕捉到了吗?它们让你感动,它们让你热泪盈眶,它们让你的心灵充满希望。

任何人都会有一些痛苦的经历和失败的颓丧。不同的是,有些人常常反省原因,并在不断的反省中收获经验,使自己在后来的人生中成功地避开了失败。有些人就不同了,总是在相同的地方摔跤,总是跌倒在同一个地方。这其实就是一个智者和一个愚蠢的人最本质的区别了。

生命的最大悲哀是不可重复,因此,我们就不要对已经过去的事情耿耿于怀了。无论成功还是失败,过去了就永不再来。当我们在自己的窗口迎接清晨的第一缕阳光的时候,我们应该相信,这个世界上所有的人都与自己一样,我们看到的阳光不比他人多一分一毫。

去剧院里的音乐会不过是去凑个热闹,在那里,你欣赏不到真正的音乐,真正的音乐只适合独自聆听。

一切都是如此,只有在安谧的空间里,我们才能够感觉到灵魂的芬芳。

生命的绿洲

古希腊的一个时期,有这样的习俗:如果一个人想在集会上提出新的法律,他就必须被绳索套住脖子站在讲台上提议案,如果这条法律被大家通过了,人们就拿下绳索;如果没有通过,人们就移开讲台!即便这样严厉无情,当时的古希腊,依然有很多的思想家前仆后继。而正是这样一群人,把古希腊推向了人类思想的顶峰!

当怀疑与恐惧占据了你的心灵,不论原来多么坚强,你的目标、理想、信念、自信必然会土崩瓦解。相反,一个懦弱的人,如果认清了自己的弱点,坚信自己可以成功,就会渐渐聚起永不枯竭的力量,潜在的能力被逐渐激发,不论多么远大的目标,最终一定都能实现。

任何一个人都可以选择善良。一个心地善良的人，日久天长就会渐渐形成慈悲的胸怀，不自觉地关爱他人，对弱者怀有恻隐之心，养成和蔼可亲的性情，依靠自己无私的美德，逐步积累起崇高的威望。

我很幸运，在我很年轻的时候，读到了英国哲学家、科学家、散文家培根的书和印度诗人、文学家、哲学家、社会活动家泰戈尔的书，从那时起，他们就成为我人生的向导。我们的世界，犹如一片荒芜的沙漠，我知道他们已经穿越沙漠，走向了生命的绿洲。在他们的引领下，不论经历多少迷惘与苦难，我都坚定不移，因为，我知道，他们在圣殿的门口，等待着我。

对于一个杰出的人来说，唯一要做的，就是循着心灵的指引，一往无前，铿锵而行。沿途所有的麻雀的聒噪、乌鸦的哀鸣，甚至毒蛇的诅咒，你都不要在意，因为，在人生的终点上，你光芒万丈的身影，迎来的是整个世界的欢呼与掌声。

如果，有很多人心甘情愿追随你的脚步，与你为伍，说明你的品格与追求征服了人们；如果，有人千方百计诋毁、中伤甚至仇视你，说明你已经让那些人望尘莫及；如果，你的举手之劳，就可以帮助一个人，改变一个人，引领一个人打开成功之门，你的德行也将会改变世界。

懦夫总是从未知的领域缩回脚步，而勇者则把目光投向神秘的未来。危机，对懦夫来说是一种危险，而对勇者来说则是一个机遇。事实上，世界上所有的事情，都是这样发生的。

我们每一个人都可以心有怀抱，心地澄澈，拥有自己的大自在，只是，大多数人不愿意割舍下那毫无意义的凡尘蝇头小利。

河流是生命的隐喻，没有河流的绵延不息，就不会有葱郁的绿洲。但是，大多数河流都发源于沙漠。

沙漠与绿洲是生命的两极。绿洲总是给人们舒适与希望，但也容易养成自满与懒惰；沙漠需要勇气与探险，却给人们神秘与金子。

一个内心强大的人，必定平静而淡泊，不论面对何种境遇，都能有一颗从容与安然的心。

世界上最伟大的力量是追求的力量，影响人类命运的，都是一往无前地追求梦想的人，他们具有伟大的魄力，艰难困苦只会激发他们的斗志，生命中从来没有妥协与退缩这些词汇，失败也都成为成功的阶梯。最终，所有的一切，都化为攻无不克、不可抵御的追求的力量。

大地无言，星月无语，我们需要的，是一种超然的情怀。

做真正的自己

苏格拉底和他的学生柏拉图,以及柏拉图的学生亚里士多德并称为"古希腊三贤"。

苏格拉底长相的丑陋,与他的智慧一样享有盛名。这让我们想起这样一句话:上帝赋予了他无与伦比的智慧,就要从他的长相中索取。有趣味的是,苏格拉底从来不介意自己的丑陋让大家难堪,而人们也从没有因为他的丑陋而否认他的智慧。

在两千四百多年前的雅典,有一天,在著名的雅典广场上,一场至今人类无法超越的对话正在精彩上演。

年轻的学生柏拉图问自己崇拜的老师苏格拉底:什么是爱情?

苏格拉底带领他的学生到了一片麦田附近说:你穿越这片麦田吧,去摘一株最大最黄的麦穗回来,但是不能走回头路,而且你只能摘一次。

柏拉图去了，许久之后，他却空着双手回来了。

苏格拉底问他：怎么空手回来了？

柏拉图说道：当我走在田间的时候，曾看到过几株特别大特别灿烂的麦穗，可是，我总想着前面也许会有更大更好的，就没有摘；但是，我继续走的时候，看到的麦穗，总觉得还不如先前看到的好，所以我最后什么都没有摘到。

苏格拉底意味深长地说：这，就是爱情。

柏拉图又问苏格拉底：什么是婚姻？

苏格拉底又带领他的学生到了一片树林附近说：我请你穿越这片树林，去砍一棵最粗最结实的树回来，我要放在屋子里做圣诞树。但是有个规则：你不能走回头路，而且你只能砍一次。

柏拉图去做了。许久之后，他带了一棵并不算最高大粗壮却也不算很差的树回来了。

苏格拉底问他：怎么只砍了这样一棵树回来？

柏拉图说道：当我穿越树林的时候，看到过几棵非常好的树，这次，我吸取了上次摘麦穗的教训，看到这棵树还不错，就选它了，我怕我不选它，就又会错过了砍树的机会而空手而归，尽管它并不是我碰见的最棒的一棵。

这时，苏格拉底意味深长地说：这就是婚姻。

还有一次，柏拉图问苏格拉底：什么是幸福？

苏格拉底说：我请你穿越这片田野，去摘一朵最美丽的花，但是有个规则：你不能走回头路，而且你只能摘一次。

柏拉图去做了。许久之后，他捧着一朵比较美丽的花回来了。

苏格拉底问他：这就是最美丽的花了？

柏拉图说道：当我穿越田野的时候，我看到了这朵美丽的花，我就摘下了它，并认定它是最美丽的，而且，当我后来又看见很多很美丽的花的时候，我依然坚持我这朵花最美的信念，不再动摇。所以我把最美丽的花摘来了。

这时，苏格拉底意味深长地说：这就是幸福。

柏拉图有一天又问老师苏格拉底什么是外遇。

苏格拉底还是叫他到树林走一次，但是，不同的是，可以来回走，在途中要取一支最好看的花。

柏拉图又充满信心地出去了。不久，他精神抖擞地带回了一支颜色艳丽但稍稍蔫掉的花。

苏格拉底问他：这就是最好的花吗？

柏拉图回答老师：我找了两小时，发觉这是最盛开最美丽的花，但我采下带回来的路上，它就渐渐枯萎下来。

这时，苏格拉底告诉他，那就是外遇。

又有一天柏拉图问老师苏格拉底：什么是生活？

苏格拉底还是叫他到树林走一次，可以来回走，在途中要取一支最好看的花。

柏拉图有了以前的教训与经验，充满信心地出去了。

过了三天三夜，他也没有回来。

苏格拉底走进树林里去找他，最后发现柏拉图已在树林端安营扎寨住下来了。

苏格拉底问他：你找着最好看的花么？

柏拉图指着边上的一朵花说：这就是最好看的花。

苏格拉底问：为什么不把它带出去呢？

柏拉图回答老师：我如果把它摘下来，它马上就枯萎。即使我不摘它，它也迟早会枯。所以我就在它还盛开的时候，住在它边上。等它凋谢的时候，再找下一朵。这已经是我找着的第二朵最好看的花了。

这时，苏格拉底告诉他：你已经懂得生活的真谛了。

苏格拉底是在以这样的隐喻告诉他的学生，告诉世人：完美是不存在的，所以，期待完美的人，都是在等待的失望中度过的。欲望是无止境的，如果要脱离堕落的苦海，唯一的方法，是做一个有自制力的人。强大的自制力，会让你沐浴在理性的光芒之下，抵达崇高的彼岸。

我们从苏格拉底的智慧对话中不难得到这样的启示：在别人的影子下活着，永远只能做他的影子。人云亦云地说话，永远不会有独到的主张。做真正的自己，用自己的意识来判断事物，才能建立自己的权威。

这段旷世的对话结束了，不久，苏格拉底被雅典法庭以引进新的神和腐蚀雅典青年思想之罪名判处死刑。而柏拉图在老师去世之后，接过老师的旗帜，继续走进智慧的丛林，最终成为西方客观唯心主义哲学的创始人。

英国作家狄更斯曾经这样充满深情地描述生命的意义：如果我能够弥补一颗破碎的心灵，我便不是徒然地活着。如果我能够减轻一个生命的痛苦，抚慰一个生命的创伤，或者让一只离巢的小鸟回到巢里，我就不是徒然地活着。

第四辑

留下麦穗给过路的人

《圣经》中有几条这样的忠告：你在田间收割庄稼，若忘下一捆，不可回去再取；你打橄榄树，枝上剩下的，不可再打；你摘葡萄园的葡萄，所剩下的，不可再摘，要留给寄居的孤儿寡妇，还有过路的行人。

在以色列，至今有一条不成文的习惯依然被民众遵守：割麦子的时候，一定要留下四角的几片麦子不收割，摘葡萄的时候一定要剩下边缘的葡萄不摘取，自家庄园的门口一定要放上一些干粮。他们这样说，谁都有处于困境的时候，谁都有走投无路的时候，谁都有需要帮助的时候。

德兰修女说过一句话："我们都不是伟大的人，但我们可以用善良的心去做生活中每一件平凡的事。"

法国社会有一个由志愿者兴起的节日,叫露宿街头周。他们动员安居乐业的人们,每年都在那一周到街头去露宿,以体会无家可归、长年露宿街头者的窘迫和艰难,以激发时代的爱心情怀。在政府的管理部门因为奉命整饬市容市貌而将露宿街头者赶走的时候,他们作为社会的另一些成员主动送上关切,以体现人类社会的心灵尚有温暖的一角。

黑格尔在《生命的哲学》里讲述了这样一个故事:一个被执行死刑的青年囚犯,在被押赴刑场时,围观的人群中突然有一个老太太说:看,他那金色的头发多么迷人!那个即将告别人世的囚犯听到以后回转身来向老太太深深鞠躬,并充满感激地说:"如果我的周围平时多一些您这样善良的人,我也许不会有今天。"

俄国作家赫尔岑在自己的回忆录中谈到一个风俗:在寒冷的西伯利亚的乡村,出于对流放者和穷人的关怀,形成了这样的习俗:居民夜间在大门口或者窗台上放一个筐子,里面放一些面包、牛奶或清凉饮料"克瓦斯",如果有流放者夜间逃走路过这里,或者穷人走投无路,饥寒交迫,又不敢敲门进屋,就可以随手取食,以渡难关。

印度的甘地有一次上火车时,一只鞋被车门挤到车外,他立即把另外一只鞋也抛下去,人们觉得奇怪,问他为什么要这样做,他说:"如果一个穷人正好从铁路旁边经过,他就可以捡到一双鞋子,这或许对他很有用。"

在我们西藏的拉萨,每年过年也都有一项必不可少的内容,就是到街头布施穷人。穷人成排地站着,众多布施者拿着零钱一路分过去。有的布施者专挑看着顺眼的求乞者分，而那些自己看着不喜欢的人，就被他跳过去了。这个时候，就会有人告诫不能这样有所遗漏，这样做会使那些落空的求乞者受到伤害。唯有依顺布施，布施完了就结束，才是对的，才不失布施的意义。

还有一个动人的故事是这样的，有一个心灰意冷的青年人，因为遭受了巨大的挫折，决定自杀。在临死之前，他努力回忆自己20多年的人生经历，希望能够找到一个让自己活下去的理由。他想了很久，终于，他想到自己读小学时的一件事情。那是一节美术课，他画了一棵风中的杨树。这时美术老师正好经过他的身后。老师看了他画的杨树之后，感慨地说："多么真实挺拔伟岸的一棵杨树！你也许可以成为一个优秀的画家呢！"多年过去了，自己竟然忘记了老师的赞美和期待，竟然也忘记了继续画画，毕业以后再也没有去拜访过那位可敬的老师。他决定活下去，报答老师的关怀和希望，成为一个画家。

青年人把烦恼和痛苦放在一边，重新燃起生活的希望，去拜访了自己当年的美术老师，重新拜师学画，几年以后，他果然成为远近闻名的山水画家！

英国作家狄更斯曾经这样充满深情地描述生命的意义：如果我能够弥补一颗破碎的心灵，我便不是徒然地活着。如果我能够减轻一个生命的痛苦，抚慰一个生命的创伤，或者让一只离巢的小鸟回到巢里，我就不是徒然地活着。

是的，我们每一个人，都应该具有这样的人生信念：我们不能让自己徒然地活着！

美好的时光

孩子读初中了。从孩子上小学以来的这些年中，每天早晨开车把孩子送进校门，傍晚又开车把孩子从学校接回家里，每天经过的街道都是相同的，街道两旁的楼房是相同的，甚至每天上下车的地点也是相同的。不知道在孩子的心灵中如何面对这刻板机械、雷打不动的天天如此。

近一段时间以来，不断发生的校园惨案更让社会对孩子的安全如惊弓之鸟，校园门口每天如临大敌，父母也必定是亲自牵着孩子的手送进校门，傍晚从校门口牵着孩子的手回家，孩子更没有了片刻的自己可以安排的自由时间了。

那么，我一直在想，属于孩子的天真烂漫的时光呢？孩子去哪里寻找自己可爱的童年呢？

任何一个孩子，谁没有让自己陶醉的天真无邪的美好时光？

我上学的时候，学校就设在村里的祠堂里。从家里到祠堂先是经过一条不长的街，然后是一条窄窄的胡同，胡同的尽头就是我们的学校了。每天背着书包从家里出来，到了街上，第一个要停下来看看的地方，自然是李家的杂货店了。杂货店的老板娘因为长得很胖，我们暗地里叫她胖猪婶。她的店里几乎每天都有新货，收购来的编织工艺品，妇女做得很精致的绣鞋，新下来的水果干货，琳琅满目，应有尽有。每天都经过那里，每天都进去看一会儿，她也没有厌烦的意思，总是满脸堆笑地说我们：快上学去，没有你们要的东西。背过脸去，我们窃窃私语喊胖猪婶。她知道我们在说她的坏话了，佯装生气地追赶我们一阵子，我们则一阵风般早就跑得无影无踪了。

下一站自然是村里的代销点了。代销点里有日用百货，有我们需要的作业本和各种笔墨，还有我们爱吃的糖果。代销点房子有三大间，三面墙上是装满货物的货柜，靠近门口是几个装酒和酱油醋的大缸。代销点里永远都有很多的人，买东西的人，下象棋的人，说闲话的人。酒氅爷爷永远是少不了的，每次见他，他都是端着那只瓷缸子，里面还剩下不到一半的白酒。他隔一会儿喝一口，含在嘴里也不下咽，慢慢品味。见他不论什么时候都在喝酒，我们私下里就叫他酒氅爷爷了。故事大爷更没有缺席过，他有讲不完的故事，从三国到水浒再到聊斋，往往大家都听得入迷。他长得很富态，像庙里的笑面佛。我们有时候听着听着就忘记了上学的事，他会立刻停顿下来说：你们不去上学了？我们猛然意识到之后，立刻就跑了。

拐进胡同以后，走不远就是残疾人阿四的家。他与我同辈，我们叫他四哥。四哥有文化，他是在14岁的时候被雨淋了得了关节炎，后来病情越来越严重，渐渐瘫痪了。他天天坐在轮椅上纺线，母亲把纺的线拿去卖了换钱。他自己还学习了篆刻，会刻各种字体的印章。我们学校的同学几乎都有一枚他刻的印章。他不向我们收钱，只要自己去村外的梨树或者枣树上砍一个小树枝给他，用不了几天，他就肯定会给你一枚精致的印章了。他曾经给我刻过两枚印章，一枚是梨木的，一枚是枣木的，至今我依然保存着。阿四哥读了很多书，尤其是易经和其他一些玄学方面的书，他收集了很多，做了很多研究。到了后来，他渐渐以预测命运和观察风水闻名乡里。我喜欢放学的时候在他那里停留一会儿，听他讲那些离奇的故事。那时候，尽管我还很年轻，但是，从他那里却思考了很多人生的大问题。

学校的后面是一方很大的坑塘，坑塘的四周长满了芦苇，里面种了白莲藕，一到夏天，粉红的和洁白的荷花竞相开放，漂亮极了。坑塘的周边是梨树和果子树。树都十分粗大，有的一个人都不能合抱，很苍老的样子。夏天的时候，一到课间，我们往往溜出教室，或者潜到坑塘里摘莲蓬，或者爬到梨树上偷梨吃。摘莲蓬一般没有人过问，梨树却是有主人的，主人是我的一个老亲。他总是坐在一棵老梨树的下面，拿着一只长长的烟袋，似睡非睡的样子。我们往往从树上偷了梨下来他还没有觉察。有时候他看到了，发现是我，就说，还不熟呢，等熟了再来吃吧。

每天放学以后，那可是我们放纵的时光了。十几人，或者二十多人，或者三四十人，刮风一样地奔向村外的河堤，或者与邻村交界的旷野，摆开阵势，模拟着电影里学来的样子，各司其职，有尖刀班，有爆破队，有指挥部，有卫兵，就开始了激烈的战役。被对方扔过来的石头或者砖头打破头的事情常常发生，但是，第二天又照常上阵了，轻伤不下火线。

小学和初中的七八年时光就这样匆匆地过去了，现在却怎么也回忆不起来当时是否有家庭作业，甚至学校里课堂上的经历也十分模糊，唯有上学和放学路上的经历，学校以外的那些记忆，历历在目，清晰如昨。

那是多么青葱的岁月，多么烂漫的年代，多么美好的时光啊！它们作为一笔多么丰厚的财富储存在我的记忆深处！但是，今天，生活在都市中的我的孩子，他们永远没有我那样上学和放学的路上了，永远没有那样的一笔巨大的财富了。

梦想何时开始都不算晚

孩子放暑假了,我带孩子回到阔别已久的故乡去。村小学是我少年时代读书的地方,我特意让在省城出生的孩子看看爸爸小时读书的条件是多么艰苦。在学校碰到了小学的同学,现在已经担任校长了。

对于我的到来,校长同学很意外,他请来了全体17位老师与我座谈,还请来了几位优秀的学生代表,希望我能够谈一些对教师、对学生都有益的经验。

对于孩子们,我没有特别的话说,我们这些人就是从这所学校走出来的,我始终都不认为学校的条件对于学生成为人才有什么帮助,甚至,恰恰相反。我正是基于这个思考才特意带孩子来重温自己的少年时光的。

老师们的话题自然很多，17位老师各自的情况都不相同。但是，有一点是共同的，大家少年时代的梦想都没有被岁月的尘埃淹没，只是，大家对于梦想的实现都没有太大的信心。

校长是我一个班的同学，我们住的很近，上小学的时候几乎每天都是结伴去学校，自然也是无话不谈。那个时候，我们两个都属于文学青年，只要借到与文学有关的书籍，必定相互传看。写了作文，我们也常常相互读，然后互相提意见，相互提高。当我们写了自己感觉很好的文章的时候，我们两个还偷偷地跑到邮局去给当地的电台和报刊投稿。

可是后来，我考了大学，读了中文系，走上了文学道路，他因为只考了一个中等师范学校当了老师，文学梦就终止了。前些年的时候，我们还有过书信往来，渐渐地，随着年龄的增长，书信也慢慢断了。记得前些年的时候，他给我的信，总是这样说，现在孩子小，家庭负担重，工作也很劳累，等年龄大了，一定再拾起我们共同的文学梦想。

见到我，他很激动。他说，人过中年，自己马上就要退下来了，孩子大了，工作和生活中的琐事也快没有了，心里反尔空落落的。忙忙碌碌半辈子，总感觉虚度了年华，想想当初少年的梦想，心中有万分不甘。可是，他充满疑惑地问我，到了这个年龄了，才开始自己的梦想，岂不是太晚了？

还有一个老师，是教美术的，我知道她从小就喜欢画画，是我们村公认的乡村画家。她说，她也如同校长一样，过去的时光不属于自己，现在年龄大了，很想把全部的时间交给绘画，可是，到了这个年龄，是不是太晚了呢？

我们倾心地交谈着，尽管每一个老师的人生经历都不相同，大家的专业也都不一样，但是，我发现他们都有一颗不甘平庸的心。就眼下的生活来说，自己的每一天都是平凡的，可是，每一个人的心灵深处，都依然闪烁着美丽的梦想。

梦想，什么时候开始都不算晚。我这样告诉故乡的老师和孩子们。我说，国画大师齐白石先生，57岁时背井离乡到北京法源寺，他的画印很少有人问津，生活窘迫。但是，他既不畏贫穷，亦不畏年高，不断从黄宾虹等人的画中吸取营养，焚膏继晷，终于创造了中国画工笔草虫和写意花卉相结合的独特风格，名声大振，成为一代国画大师。

与57岁才开始在北京追求梦想的齐白石相比，我们不是太年轻了吗？

告别了老师和孩子们，返回我居住的城市。我不知道我们的这次座谈会起到什么作用，但是我相信，这些淳朴的老师们，一定开始了自己梦想的旅程。因为，告别的时候，我看到了他们眼睛里闪烁着梦想的光芒。

女性的魅力

没有一个女人不关心自己的容貌。任何一个女人都希望自己长有全世界最漂亮的面孔。不能想象，没有漂亮女人的世界会是什么样子。

但是，女性的魅力却不仅仅在于容貌。

女性魅力的第一要素是美德。人们欣赏一个女人，是一个很复杂的过程，开始是看容貌，但是看久了就开始进入精神层面。看她的生活习惯、待人接物、言谈举止、知识水平、情趣操守等等方面的美德修养。有一种女人，起初看起来也许很一般，但是，相处久了，就会感觉这个女人很有魅力，原因正在于此，这是因为她的修养和内涵超越了她的外表。

很多时候，容貌对于女人确实是一种不可替代的资本，比如影视演员，如果没有漂亮的容貌，在第一关你就被剔除在外了。但是，如果我们这样去看，漂亮的女人各有千秋，真正成功的女人却是少数；漂亮的女人很多，最后成为第一夫人的女人只有一个，我们就可以理解容貌的有限分量了。

有的女性因为容貌而成功，那是因为她很好地把握了自己，依靠容貌敲开了成功之门，又很好地把握了容貌之后的各种要素，不断学习，加强修养，努力进取，成为一个具有杰出品格的女人。

很多漂亮的女人吃了自己漂亮的大亏。因为漂亮面孔膨胀了她的虚荣心，就错误地把漂亮的面孔作为自己终生的资本，以为可以终生用之不竭，忽略了人格和知识的修养，结果容颜易老，最终沦为一个普通的女人。

好性格是女性魅力不可或缺的元素。乐观向上、快乐开朗、与人为善构成了一个女性快乐健康的性格组合。可以想象，一个女人，成天拉着脸怨天尤人，哪一个男人都会避之唯恐不及。

我们夸赞一个女人的时候，常常说她很有气质。气质就是一个人的精神形象，包括情感、知识、智慧、爱心等等方面的修养。

一个优秀的女性，最应该禁忌的，是贪婪、卑下、冷漠与自私，这样的女人，甚至不配做一个母亲。因为这些东西恰恰是一个母亲的天敌。一个母亲，最起码的品格是善良、包容、爱心和悲天悯人的同情心。不具备这些品格的女人就不是一个合格的母亲，也不会是一个可爱的女人。

柔情是女性魅力必不可少的内涵，我们赞赏一个女性的时候常常说她柔情似水，就是说的这个因素。每一个男人内心深处都有脆弱的部分，都渴望在疲倦之后寻找到能够栖息的港湾。这个时候，我们就会发现一个柔情似水的女人有多么重要。

　　一个优雅的女人是模仿不来的，优雅是一个女人内在文化素养的表现形式，是一个女人综合文化素养的自然流露，刻意的模仿只能是令人讨厌的矫揉造作。一个女人也许天生丽质，但是却不可能天生优雅，因为优雅是后天长期修炼的结果。

　　当一个女性具有了这些优秀的品质之后，她就是寒冬里的一盆火，就是酷暑中的一片阴凉，就是一个高贵而具有永久魅力的女性了。

只记住那些感动和美好

当一个人的心中充满了感动和美好情愫的时候,天空一定是澄澈明朗的,世界到处也都是鲜花和微笑,所看到的人,也一定都是善良可爱的。相反,如果一个人的内心总是充斥着仇恨和嫉妒,他所看到的事物一定都是狰狞可怖的,看到的人也必定都长着一双恶毒的眼睛。

《列子·周穆王》有这样一个故事:一个住在宋国叫华子的人,中年之后得了健忘症。早上给他东西,晚上就忘了。在路上忘了走路,在家里忘了坐下来。一家人担心极了,请算命先生占卜,请巫师来祷告,请医生来看病,但均毫无起色。

鲁国有个儒生,自称可以治疗这种疾病。华子的妻子愿意拿一半家产作酬劳。儒生说:"我试试吧!看能不能化解他的心,变化一下他的思虑。"儒生试了试华子的反应,觉得治疗他的病并不困难,但要单独和病人待七天,不能让任何人知道他的治疗方法。

七天过后,儒生真的治好了华子的积年之疾,用的什么办法,自然没人知道。但问题又来了,华子痊愈之后,几乎完全变了一个人。怒逐妻子、臭骂儿子不说,还操戈追起儒生来。一些人逮住了他,问他:"这是怎么了?"

华子说:"唉!我得了健忘症那阵子,荡荡然不觉天地有无,舒服得不得了。如今,我不再健忘了,那数十年来的存亡得失、哀乐好恶,却又一股脑儿涌现在胸怀。要是以后也如此这般,让存亡得失、哀乐好恶的情绪扰个不休,岂非糟糕透顶?这不是叫人更加懊恼的吗?"

这个故事虽然有些夸张,但却告诉了我们这样一个道理:对于生活中那些不如意的烦恼和不快,一定要学会忘记。

《世界科技译报》有一篇报道说,精神病学家卢利亚收治了一位精神严重错乱、已经不能生活自理的病人。他对他进行诊断之后,发现他的疾病没有别的,就是因为他的大脑像计算机一样,只要看到的、听到的、经历过的事情,他都永远地储存起来,不会忘记。这样的超强记忆,导致他的大脑各种信息错乱,运转混乱不堪,完全丧失了正常的逻辑。

医生开的药方很独特,带他到一个荒无人烟的地方,蒙上他的眼睛,不再让他看到听到任何事情,制止他的大脑再存入任何信息,强迫大脑恢复遗忘的能力。

这是两个非常可怕的例子。从两个故事中我们可以看到，遗忘对于我们来说是多么重要。

我们要把自己的大脑当作一个会过滤的筛子，把那些让我们感动的美好留下来，而把那些烦恼和不快忘掉。把那些专门作祟的小人忘记掉，把那些帮助过我们的人记住。

人的一生是有限的，我们的大脑的容量也是有限的，如果我们学会了筛选和过滤，学会了忘记，只记住那些让我们感动和美好的事情，我们就是一个轻松快乐的人了。

遥远的炊烟

在城市生活得久了,常常想起乡村里的炊烟。炊烟下宁静的土屋,果实累累的枣树石榴树和悠闲的鸡鸭羊群。更常常想起炊烟里的母亲。

只要在乡村生活过,有谁不怀念村庄上空那袅袅升起的炊烟?袅袅的炊烟,在房屋的脊梁上盘旋,在树梢的鸟巢旁飘荡,在胡同的拐角里踱步,最后都凝聚成片片朦胧的烟霞。那温暖的烟霞里,有母亲的呼唤,有奶奶的目光,也有父亲洪钟般的声音。

对炊烟的记忆,是一个人心灵深处的情结,是一个人大浪淘沙之后的顿悟,是人生归于平静的从容。

有多久没有看到过炊烟了?城市里没有炊烟,城市里用的是煤气液化气，即使有些许的炊烟，也是有害的气体，是不会让人留恋的。况且，城市里的人们，也没有时间留意炊烟，大家都匆匆忙忙，谁会有时间在意稍纵即逝的炊烟？炊烟只属于宁静的乡村，只属于浑厚的黄土地。

只有当停下了人生的脚步的时候，只有当心灵归于淡雅和安静的时候，那袅袅的炊烟才会从久远的记忆中升起来，瞬间就弥漫了你整个的心灵。

对于有着乡村生活经历的人们来说，童年的时候，炊烟是娘做好的可口的饭菜。伙伴们成群结队去村外的田野里玩耍，去村头的小河里嬉戏。兴致起来，忘记了时间，忘记了回家。这个时候不知道谁说一声，我家房顶上没有烟了，娘做好饭了。大家立刻都齐刷刷地把目光投向村里，纷纷寻找自己家的房顶。不久前还袅袅升起的炊烟，渐渐散尽，娘把饭都做好了。大家自然都收了心，赶快追逐着跑向村里，跑回自己的家里，那里有娘可口的饭菜等着啊。再不回家，娘就要到村口呼唤儿子了。

炊烟是汉子们心底的温暖。太阳升起来了，汉子们赶着牲口，拉着牛车，说说笑笑地到村外的田地里劳作。到了中午，汉子们累了的时候，村里的炊烟也升起来了。这个时候，大家纷纷卸下牲口，在地头坐下，点燃一支烟，大家的目光都会朝向通往村里的小路。那条小路上，渐渐地，成群结队的妇女，提着饭菜从村里的炊烟里走来了。汉子们的疲劳消失了，那不尽的温暖扑面而来了。

炊烟就是远行的游子心中的家园。不论到天南海北还是在都市庙堂；不论你名满天下还是腰缠万贯，最让你动心的，一定是故乡茅屋上升起的那袅袅炊烟啊。不论你遭受了多么深重的重创，那随风飘浮的缕缕炊烟，顷刻之间就把你隐藏在了无边的温暖里。

当我们忆起年迈的母亲，母亲的身影多半是在炊烟里。有多少回啊，当我们从野外回到家里，当我们喊娘的时候，母亲的身影正在炊烟里忙碌。我们的姐妹呢？她们的身影在灶前的火洞边，把小辫子甩在身后，正往炉膛里填着玉米和高粱秸秆，手上和鼻尖上都早已经变成了黑色，像一个演戏的大花脸。

我突然间想起人烟这个词。人烟，就一定是人间烟火，也就是指炊烟了。在千里荒漠的孤独中旅行的人，在浩瀚无边的大海中航行的人，突然看到地平线上升起的袅袅炊烟，会激动得热泪盈眶，那是看到了人间的信号。所有漫漫孤旅的寂寞和苍凉，所有长途跋涉的疲惫和恐惧，瞬间都消失得无影无踪了。

没有风的时候，炊烟是一棵树，从家里的灶房里生长起来，然后与全村的树聚合成一棵参天大树。有风的时候就不同了，家家的炊烟刚刚冒上房顶，就迅速汇集一片，变成一片片灰色的云，漂浮到村庄的上空，最后都消失到无边的旷野里。其实，不论是有风的时候还是无风的时候，乡村上空的炊烟都是一幅动人的画卷，像飞流直下的瀑布，像艳丽多彩的锦缎，像婀娜多姿的少女，像飘忽散淡的烟霞。可是炊烟与画卷又不同，因为炊烟里还有麦子的香味，更有母亲殷殷的目光。

春天的气息

过完了年，又过完了元宵节，喝完了亲人朋友团圆的酒，把过年穿的别致的新衣服收拾起来，把一张张漂亮的贺年卡放到书橱里，把孩子送进学校里，心里就滋生出盼望春天的意味了。

但是，今年的情形与往年相比大不相同。过年以前就立春了，可是春天的气息却很遥远。冬天一向温暖的南方，气候发生异常变化，遭受了百年一遇的严寒和冰冻天气。而冬天应该千里冰封的北方，却干旱少雪。

但是，过了元宵节以后，情形就发生了根本的变化。南方的冰冻在温暖的阳光普照之下，很快就融化殆尽了，一切又都恢复了正常；而北方，覆盖在麦田里的薄薄的积雪，没有几天就变成了湿润的雨露，麦苗由浅黄变得绿油油了，大地一片生机盎然，春天的气息就扑面而来了。

济南正处在黄河岸边，算是在南方和北方中间，今年得到上苍格外的惠顾，没有发生南方的冰冻，也没有遭受北方的干旱。元宵节一过，我就从写作间里走出来，到郊外的旷野里去。果然，路边的迎春花已经露出了一簇簇鹅黄的蓓蕾，而一枝枝梅花正是含苞待放，从山里流出的小溪，清澈的溪水正淙淙流淌。

我的少年时代是在故乡鲁西南的乡村度过的。每年的这个时候，脱下了厚厚的棉衣，换上薄一些的衣服，挎上草筐，就与伙伴们一起到麦田里去了。麦田里有鲜嫩的荠菜，有刚刚露芽的苦菜，都是可口而有营养的野菜。它们就生长在麦垄里，被返青的麦苗覆盖着，需要细心地寻找才能够发现。在麦田里，我们边挖野菜边玩耍，还唱歌，做游戏。通常一个上午，我总是能够挖到一筐的野菜，回到家里，母亲用它们蒸成面团，并做一锅野菜汤。这个时候，父亲就一定会说：又吃上新鲜的野菜了！父亲接着会说：什么佐料都不放，也是鲜美无比呀，这是春天的消息！

那个时候，感知春天是从空气里，从树梢上，从麦田里。现在感知春天的气息，更多的是从日历牌上和电视的天气预报节目中。我突然感觉自己竟然距离自然是那么遥远了。

如今的故乡已经变成了商业气息十分浓厚的市镇，不知道故乡的孩子，是否还会像我的幼年那样，赶在春天的上午挖野菜，但是我却对那时的情景依然充满神往。我是没有机会再回到故乡的麦田里挖野菜了，但是，坐在写作间里想象着那青葱的岁月时光，心中竟然溢满了春天的气息。

气象预报中说,这个周末又有寒流袭来,还有小雨雪。这是自然的,每年都是如此,立春之后,元宵节过了以后,还会有几次寒流的,甚至还会有大一些的雪天。即便是桃花开了的时候还会有,所谓桃花雪。这个时候的气候还是寒冷的,当然已经不是冬天里的严寒了,只是温暖中的冷意罢了。

但是,这丝毫不会减弱人们对于春天的盼望,丝毫不会影响人们迎接春天的心情。春天的雪,过后就是明朗的天空,空气中就是野菜的香味,温度也会立刻升起来。因为,所有的山川,所有的树木,所有的花草,所有的河流,所有的鸟儿,都在排队等待着登场表演呢。

秋天的况味

我最喜欢秋天的况味和意境。

春天是希望的季节,夏天是生长的季节,冬天是收藏的季节,而秋天是收获的季节。秋天的美是成熟的,它不像春天那么羞涩浪漫,也不像夏天那么袒露奔放,更不像冬天那么内向含蓄——秋天是理智的。

一进九月,就有了秋意。秋意在一个多雾的黎明溜来,到了炎热的下午便不见踪影。广袤的北方,一到秋天,最明显的是颜色的变化。似乎一夜之间,漫山遍野的绿色变成了满眼金黄。金黄色的叶子和金黄色的果实,在金黄色的土地上,演奏起金黄色的乐章。

这一切都是从一枚落叶开始的。在某一天的清晨,像平日一样起来晨练，突然发现踩着了一枚叶子，或许是梧桐的叶子，或许是槐树的叶子，亦或许是白杨的叶子。叶子是金黄色的，静静地躺在地上。"一叶落而知天下秋"，你蓦然醒悟，秋天来了。

你会闻到弥漫在天空中的轻微的茴香气息，还有金菊的芬芳气味。

最不同的还是秋天的雨。没有漫天乌云，也没有雷电交加，不知不觉之间，一阵凉风吹来，雨就淅淅沥沥下起来了。而且一下就下个不停，有时是一天，有时是两天，甚至有时候一周都不停。雨是那种细细的雨丝，缠缠绵绵。这个时候，多情的才子是不会待在家里的。一个人走在山坡的小路上，走在青石板的小巷深处，任凭蒙蒙细雨淋湿了衣衫，一首诗或者一篇美文就这样诞生了。

在秋天的村庄里，炊烟与其他的季节也是不同的。袅袅的炊烟，在房屋的脊梁上盘旋，在树梢的鸟巢旁飘荡，在胡同的拐角里踱步，最后都凝聚成片片朦胧的烟云。

秋天的田野里到处都是农人的身影，一车一车的成熟的庄稼行进在弯弯的乡间小路上。间或会有几声欢快的歌声传来，那是农人发自内心的喜悦。天空中有飞翔的天鹅，有排成人字形南飞的鸿雁，湖里是成群的野鸭。它们就像一片阴沉的云朵，使秋天显得更加苍郁。

成熟的庄稼在几天之间就装进了农民的粮仓里，有金灿灿的豆子，有金黄色的玉米，还有各种各样的杂粮。农民把小麦种上，然后就等着度过一个漫长而悠闲的冬季了。

告别了热闹的喧嚣，告别了疲惫的忙碌，告别了艰难的重负，无垠的黄土地轻松地裸露在人们的视野里。它要进行几个月的休整，然后以全新的面孔迎接崭新的春季。

这个时候，只有人生失意的人才会发出"秋风秋雨愁煞人"的喟叹，听到秋风瑟瑟，望见枝枯叶落，生出万般的凄凉；一个健康的心灵自然会感觉到喧嚣夏日后的清新宁静，漫漫寒冬前的果实芳香，更多的体会到"秋风之性劲且刚"的豪迈与刚健，看到的是金风送爽，是硕果累累，是静思收获的喜悦。

湛蓝高远的天空下一朵朵洁白的云，蛮荒的山坡上那被秋霜洗黄的野草，俨然一位饰着金色丽纱的少妇，在萧瑟的秋风中婆娑起舞，展现着迷人的身影。伫立在山顶之上的秋阳，宛如一尊威武的战神，从辽远的过去走向茫茫的未来。

我最喜欢王勃的那句状写秋天的诗句"落霞与孤鹜齐飞，秋水共长天一色"。落霞从天而下，孤鹜由下而上，高下齐飞。秋水碧而连天，长空蓝而映水，水天形成一色。王勃把一个辽阔秋天的意境写到了极致。杜甫的"长风吹白茅，野火烧枯桑"，写的是深秋原野的景象，大风吹卷着原野上的茅草，野火烧着枯萎的桑树。但是，他的意境太过苍凉了，远没有李白"长风万里送秋雁，对此可以酣高楼"的豪迈。

北方的秋天很有些人生的况味，有凄凉的秋风，有肃杀的落叶，有黯淡的烟霞，有枯萎的衰草，但它更多的是丰收的喜悦，是成功的欢乐，是苍茫古朴、丰硕厚重的磅礴气象。

明月照秋夜

有多少游子,在这个明媚的夜晚,借当空明月让思乡的情绪尽情流淌?有多少好友,借了这一轮明月,对酒当歌?有多少诗人,就着这皎洁的清辉,吟咏起缠绵的诗句?又有多少情侣,正望着明月,千里寄相思?

中秋之夜,月色皎洁,月亮最圆,人们把圆月视为团圆的象征。人们用"月圆"、"月缺"来形容"悲欢离合",客居他乡的游子,更是以月来寄托深情。李白的"举头望明月,低头思故乡",杜甫的"露从今夜白,月是故乡明",王安石的"春风又绿江南岸,明月何时照我还"等诗句,都是吟咏中秋明月的千古绝唱。

中秋节与春节、端午节、清明节并称为中国汉族的四大传统节日。"中秋"一词最早出现在《周礼》中。到魏晋时,有"谕尚书镇牛渚，中秋夕与左右微服泛江"的记载。直到唐朝初年，中秋节才成为固定的节日。中秋节的盛行始于宋朝。至明清时，已成为我国仅次于春节的主要传统节日了。

　　古代帝王有春天祭日、秋天祭月的习惯，民间百姓也有中秋祭月之风。到了后来，祭月逐渐演变为赏月，刻板的祭祀活动变成了轻松的欢娱节目。中秋赏月的风俗在唐代最为繁盛，许多诗人都留下了吟月的名篇。宋代以后，宫廷和民间的赏月活动更为丰富，至今各地遗存着许多"拜月坛"、"拜月亭"、"望月楼"旧迹。北京的"月坛"就是明嘉靖年间为皇家祭月修造的。每当中秋月亮升起，于露天设案，将月饼、石榴、枣子等瓜果供于桌案上，拜月后，君臣围桌而坐，边吃边谈，共赏明月。

　　杭州西湖的三潭印月最为有趣。到了中秋之夜，人们会在三个石孔中放上明亮的蜡烛，然后把每个潭的五个洞用玻璃纸糊上，这个时候，每个潭的五个洞犹如五个月亮，加上反射到湖中的五个，就变成了十个月亮，三个潭的加起来就变成了三十个月亮，连同天上的月亮和反射到湖中的月亮，西湖中就出现了三十二个月亮交相辉映的自然奇观。

　　中秋节吃月饼是必不可少的，因为月饼象征着团圆。苏东坡有诗写道："小饼如嚼月，中有酥和饴"，清代的杨光辅也写道："月饼饱装桃肉馅，雪糕甜砌蔗糖霜"。可见当时的月饼和现在没有什么差别。

　　中秋拜月，还有一个浪漫的故事。相传古代齐国丑女无盐，幼年时曾虔诚拜月，长大后，以优良品德入宫，但未被宠幸。某年八月十五赏月，国王在月光下见到她，发现她美丽出众，就立她为王后，中秋拜月由此而来。

千百年以来，人们赋予了月亮许多美丽的传说，从月中蟾蜍到玉兔捣药，从吴刚伐桂到嫦娥奔月，把月宫描绘成美丽浪漫的美好世界。月中嫦娥，是以美貌著称的，所以人们形容女子的美丽常常说"貌似嫦娥，面如皓月"。

明月照秋夜，因为有了美妙的月光，人们的生活增加了一分浪漫，人间增添了无限的诗意。

乡间的清晨

清晨,从林立的楼群中走出来,希望能够寻找一丝白天没有的宁静与清凉。但到处都是小商贩的叫卖声,到处都是人,空气中弥漫着清洁车荡起的尘土,心绪顿然发灰,只好匆匆地躲回到楼群中去,在自家狭小的阳台上,面对着那一方天空,怀想乡间的清晨了。

乡间的清晨,那是怎样的宁静清丽的景色!大地似乎还沉浸在她的梦境中,天空飘浮着一些镀了金边的云,庄稼却像哨兵一样安静地站立着,树梢都纹丝不动,每一株树都是一处绝美的风景。静穆庄严的大背景下,所有的树,都成了色彩浓重的油画中醒目的景致。这个时候,会有星星点点的人从村子的不同方向走出来,提着鸟笼的,挑着担子的,背着草筐的,手拿铁锹的,偶尔还有一两声民间小调在空气中传扬，但却不知是从哪一个人，从哪个方向传来的。

天空是那种纯净的蓝，大地是刚刚被清水洗过的浓绿，星星点点的人便成了这幅巨大的油画中流动的颜色，画就鲜活起来了。有时候会有一缕缕风吹来，风吹来的时候，大地立刻就浮动起来，庄稼都活起来，树梢摇摆起来，庄稼都活跃起来，鸟儿都飞了起来，大地一下子就欢快地醒来了。春天的清晨是最令人神往的，天空没有云彩遮挡，一望无垠，小河的水都散发着凛冽的清凉，有极少的野花开放了，空气中便飘散起一丝丝芳香。夏天就是另一番韵致了，似乎在一夜之间，原野都让庄稼占满了，高秆的作物阻挡住了远望的视线，这个时候的清晨，走在乡间的小道上，不仅仅有白天所未有的宁静与清凉，还增添了大自然的静穆、庄严与神秘。大自然一下子丰富起来，不像春天那样一览无余，变得难以揣测端详。夏天的清晨往往被农人们过早地打破了宁静，农人们趁着清晨的凉爽忙忙农活，太阳一高就躲在村头的树荫下乘凉去了。

秋天的清晨没有了宁静与安然，到处是忙碌的喧嚣与热闹，因为这是收获的季节了。但你只要稍稍注意下天空，就会发现秋天的天空是那么澄澈与高远。湛蓝明丽的苍穹下，白云悠悠，有时会有一排排人字形的大雁向南飞翔。

我最喜欢乡间冬天的清晨，尤其是有雪的时候。大地白茫茫一片，所有的树，都银装素裹。那些丑陋的土丘，那些龌龊的柴草垛，突然间都变成了一个个美丽的蘑菇。走在白雪覆盖的小路上,听着脚下有节奏的吱吱声,一种欢快的情绪便从心底浮上来。在乡间的时候,只要是有雪,我一定早起去看雪,我喜欢那恢宏的苍茫,那无垠的辽阔,那洁白的高雅,那摄人心魄的壮美。

乡间的清晨,沐浴人的身心,洗涤人的灵魂。

夏日的黄昏

童年的时候在乡村,一到了夏天的黄昏,就有一件重要的事情吸引着我走出家门——到村边的树下面,到河边的堤坝上,去捉爬爬。

在城市里,蝉一般是叫知了的,而蝉的幼虫叫知了猴。在我的老家鲁西南就不同,蝉叫嘟了,而蝉的幼虫叫爬爬。吃过晚饭,要么是伙伴们邀在一起,要么是由哥哥姐姐领着、喊着去捉爬爬,大家一阵风似的跑出家门。

有一件事情到现在也弄不明白,为什么爬爬总是到了太阳落山以后才从地下钻出来。它在地下,看不到上面是白天还是傍晚,怎么掌握得这样准时,总是在黄昏的时候爬出来呢?小时候,就这个问题我问父母、问哥哥姐姐多次,但没有人能够告诉我。反正大家都知道一点,只有到了太阳落山以后,爬爬才开始从地下露出头来。

并不是所有的树下面都有爬爬,只有几种树的附近比较多,像杨树、柳树、榆树,其他的树附近就少了,而椿树的下面没有。爬爬就在树冠所能够覆盖的范围以内,离开了这个范围,就肯定没有。也不明白这是为什么,但这些常识却在小小年纪就掌握了。

爬爬从地下往外钻,最初是在地表出现一个很小的洞。只要有了经验以后就会明白,爬爬的洞与其他诸如蚂蚁的洞有根本的区别。蚂蚁洞是那种一看上去就很细窄,洞口比较规则,上下粗细均匀的。而爬爬洞却不同,洞口比蚂蚁洞大,不规则,一看就发现洞口里面很阔大。而且很多时候是在洞口露着爬爬的尖鼻子,或者露着正扒着洞口的两只小爪子。想抓出它来十分简单,一根手指往洞里一伸,它的两只小爪子就抓人手指,一带就带上来了。有个别的也很狡猾,你一伸手,它马上就缩回去,而且会赶紧扒周围的土掩埋自己的洞穴。你的动作稍微慢一些,你再伸手到洞里,会发现它已经没有了。所以,我们都是带着一个小铲子,任凭它怎么狡猾,从洞的一侧一铲下去,爬爬洞就暴露无遗。

天很快就黑下来了。黑天以后,爬爬就都钻出了洞穴,向着树的方向爬。我想,我的故乡一带之所以把它叫爬爬,大概就是根据它这个阶段的特征叫的。如果在松软的沙土地面上,它就很难逃脱被抓住的厄运。因为它爬行的时候在地面上留下了一道很清晰的痕迹,顺着那痕迹去找它,不论它爬到了哪里,都是跑不掉的。但在比较硬的地面就很难说了,你发现了一个新鲜的洞,但却不知道它爬向了哪个方向。尤其是在树比较密集的地方，它钻出地面以很快的速度爬到了树上，钻到了树叶下面，你就很难发现了。

盛夏时候，一般一个傍晚能够捉到几十只。回到家里，母亲就会用盐先腌起来。次日的中午，或者油炸，或者切碎了拌以鸡蛋和葱叶蒸，都是农家孩子难得的美味。

捉爬爬的经历过去二十多年了，但今天回忆起来还是那么历历在目，还是觉得那么饶有趣味。

乡村的星辰

夏天的时候，我到一个幽静的山庄参加一个笔会。山庄坐落在四面环山的山坳里，只有一条窄窄的小柏油路连接着外面的世界。晚上的时候，人们在房间里看电视或者去娱乐场所，我却没有。我看看外面，那是一个伸手不见五指的黑夜。我突然发现，已经有很多年没有见到过这样的黑夜了。近20年以来一直居住在城市里，夜晚到处都是明亮的灯光，无论出行还是散步，到处都如同白昼，哪里有这样漆黑的夜晚！居住在同一个房间里的哲学博士也有同感，他说我们不能放过这个机会，我们应当到这样的夜里去散步，感受感受真正的夜晚。

出了山庄的大门，就立即进入漆黑的夜了。这样的黑夜只是在我的记忆中有过，那是20多年前，自己还是一个乡村少年，在老家的时候。那个时候，只要没有月光，夜晚都是这样的漆黑。但是自从到了城市，这样的夜晚就再也没有见过了。我们凭着白天的记忆，顺着山路往前走。博士说，鲁兄，你抬头看看这灿烂的星空。透过稀疏的树枝，整个的星空出现在我们的视野里。那一个个星辰，耀眼地悬挂在天空里，闪烁着璀璨的光辉。在我的记忆里，它们从来也没有这样明亮过，从来也没有这样醒目过，从来也没有这样让我惊心动魄。无边无际的苍穹上，无数的星辰争艳斗奇，一条宽阔的银河横亘在天空里，一个个美丽的传说这个时候都跳跃着出现在我脑海里，七星马勺，牛郎织女，等等。

我们看了很久，在这个漆黑的夜晚，在这样一个幽静的山坳里，在这样一个没有任何灯光的地方。博士说，我们今夜看到的星辰是最明亮的。我说，是的，因为我们是在一个最漆黑的夜晚。夜晚的星辰，是大自然赋予我们的多么珍贵的美景，但是现代文明却让这美景消失了，我们的孩子就再也没有机会在葡萄架下听老奶奶讲牛郎织女的故事了。他们哪里见过这样浩瀚灿烂的苍穹，这样璀璨美丽的星辰？

只有在最黑暗的夜晚，才能够看到最明亮的星辰，博士说。博士又告诉我，他在几年以前曾经去新疆的天山参加一个学术会议，在那里他曾经有过同样的领悟。他知道天山上有珍贵的药材雪莲，就想着在安排游览天山的时候去采。那一天，他同几个朋友已经爬了很高，遇到了采雪莲下山的当地人。他问他们到哪里才能采到雪莲，他们说，因为雪莲是最珍贵的药材，所以不会长在人们都能够找到的地方，它长在人迹罕至的顶峰，在最险峻的地方，一般人是到不了那里的。

  我同博士相视而笑。是的，大自然的哲学就是这样的，只有在最黑暗的夜晚才能看到最明亮的星辰，只有在人迹罕至的顶峰才会生长珍贵的雪莲。人呢？只有经历过最深重的磨难才会有最深刻的成熟。只有经历过最艰苦的奋斗，才会有最伟大的成功。

秋色斑斓

在郊外的山坡上，秋天的到来几乎是令人惊愕的。一场连绵的细雨之后，气温突然降低了十度，头一天还满山遍野的花朵都枯萎凋谢了，在山顶上盘旋鸣叫的鸟儿没有了踪影，树丛灌木里的野生动物也都藏到了洞穴深处。这般不加掩饰的肃杀和凄凉提醒你，秋天来了。

旷野的憔悴和忧郁会让一个文人感怀万千。当浅黄色的阳光照耀在墙上，当楼下的琴房里响起低沉而哀怨的旋律，当衰败的树叶飘落在白杨树下的人行道上，冷峻的目光会把这一切储藏在记忆之中。

唯有大雁是不肯就范的，她们洞察了季节的无情之后，不惜万里远行，也要去寻找春天。

秋天并不是一下子就占据了统治地位的，就在气温下降了十几度，你赶快加了衣服，以为冬天快来的时候，温度又慢慢回升起来。阳光看上去温煦如初，大地一片祥和。但是，这样的天气大多是靠不住的，温暖的日子没有几天，灰色的日子又来了，风起劲地刮起来。接着，又是一夜散乱的犹如游丝一般的细雨，粗硬的灌木也开始变黄，山坡上和旷野里稀疏的草绿色彻底消失得无影无踪了。

当一个个伤感的文人正感叹着季节的无情之时，正在旷野里收获着庄稼的农人，却唱着一年中最欢乐的歌。辛勤的汗水结出了丰硕的果实，艰苦的付出得到了加倍的回报，一年的希望变成了沉甸甸的现实，幸福的脸上怎能不挂满欢欣和喜悦！

我喜欢秋天，因为没有一个季节像秋天那样色彩斑斓。秋天就像一个高明的画师，那么纵臂一挥，大地上的颜色立刻就如一幅巨画一般涂抹得恰到好处。松柏依然是苍翠的绿色，但是，却增添了漫山遍野的金黄，增添了艳丽的火红。更不要说挂满枝头的果实，妖娆芬芳的菊花，骄傲地昂首大地的高粱。没有一个季节像秋天这样色彩缤纷，没有一个季节像秋天这样果实累累，没有一个季节像秋天这样丰富繁盛，没有一个季节像秋天这样祥和、温暖和安静。

秋天的美好更在于它迷人的澄净，它的干净如洗，它的爽朗开阔，它的泾渭分明，它那弥漫在空气中的果实的气息。还有秋天的湖，别有一番情致，夏天的汪洋恣肆早就沉到了湖底，深邃澄净，波澜不兴，意境高远。

最让人陶醉的，是镶嵌着金黄色花边的向日葵。圆圆的脸盘里，挤满了饱满的果实，争相向太阳展示自己，那种毫无保留的宽阔胸怀，让人肃然起敬。

北方的秋天和南方截然不同。北方的秋天是多彩的，饱满的，丰硕的，干冷的，凌厉的秋风使树木落下片片黄叶，只剩下自己强硬的枝干。花草都隐藏到了大地深处，松软的黄土地一览无余地裸露在阳光下。南方的秋天季节特征并不明显，秋天的树叶依然是苍翠的绿色，没有火红的枫叶，也没有高贵的金黄，到处是四季常青的植物，唯一不同的，大约只有人们的心境。

这样的情怀，对于生活在城市里的人们来说，是不会有的。城市里只有热和冷的区别，哪里有颜色的变化呢？天空是一样的天空，楼群是永远不变的楼群，马路是永远不变的马路。灿烂的季节，斑斓的色彩，只属于城市之外的旷野，只属于黄土地上的生灵。

乡村的月光

白天的忙碌过去了,踏着淡淡的暮色,人们从田间、从集市、从不同方向回到家里。整个村庄很快就从一整天的纷乱中安静下来,从村头传来的几声鸡鸣犬吠,整个村子都清晰可闻。

这个时候,从远处的山顶,从村头的树梢上,月亮穿过薄薄的云层,悄然悬挂在了村子的上空。刚刚暗下来不久的村子,又明亮了起来。但这时的明亮与白天的截然不同,到处都是朦朦胧胧的,像挂着一层轻柔的薄纱。一切都宁静下来,天空像拉上了一幅巨大的黑色帏幔,一轮硕大的玉盘向大地挥洒着无边的清辉,地面上宛如铺上了一层厚厚的水银,空中的风也没有了白天的强劲,变得清爽柔和起来了。

突然间,有一户人家的门"吭"地响了一声。接着就像有谁发出命令似的,"咣咣"的声音从村子的四面八方传来。这是村里人们走出家门的声音。乡村的人们没有吃过饭待在家里的习惯。孩子们早就盼望着天黑了。草草吃了饭,一个个刮风般地跑出家门,聚集到村边的场院里。场院里到处都是柴草堆,有一间间的看护场院的简易土房子。孩子们就开始了玩打仗、捉迷藏的游戏。如果是没有月光的晚上,父母就不会让孩子出门,漆黑一团,担心摔着孩子。只要是有月光,孩子们就自由了。

接着走出家门的是男人们,劳累了一天,吃饱喝足了,男人们放下碗筷,踩着月光,迈着悠闲的脚步,从家里走出来。如果是夏秋天,就到坑塘边;如果是冬春天,就到牛棚里。大家天南海北地乱扯,大到国家时局,小到家长里短,远到古代的传说,近到村里的新闻,人们称这种场合为"拉大云"。街上碰上了,问声干啥去?说"听拉大云去",就明白了。

最后从家里走出来的是女人们。如果是没有月光的晚上,女人们就在家里不出来了,但只要有月光,女人们没有待在家里的。附近几个家庭的女人,有端了纺车的,有拿了针线筐子的,有织席编篓的。年幼的孩子则躺在奶奶的怀抱里,听老奶奶讲月姥姥的传说。老奶奶手指着月亮说,月亮上有一棵大槐树,月姥姥在大槐树下正纺线呢。孩子问,咋听不到纺车声呀?老奶奶说,等长大了就听到了。孩子问,啥时候才能长大啊?老奶奶说,每天多吃一个馍馍就快长大了。听着听着,孩子就香甜地睡着了。

月光使沉静的乡村变成了情趣盎然的田园诗,变成了美轮美奂的山水画,变成了悠扬舒缓的小夜曲。因为有了月光,乡村不再寂寞。乡村的每一块土地,每一棵树,每一棵草,都饱含了令人神往的诗情画意。

挺直的腰杆

这是一个初冬的周末,按照早就答应孩子的计划,我开动了车子,我们要去鲁西南的乡村旅行。正在读初中的孩子要完成一个老师布置的考察课题:考察一个偏远的村子,然后写一篇考察作文。我对孩子说,我们就去鲁西南吧,那里是我们的故乡,对于那里的风土人情,爸爸是有资格当导游的。

从济南往鲁西南方向,有新通车的高速公路,也有220国道。我选择了国道,我想,我正可以借轻松的旅行,给儿子介绍一路沿途的乡村风景。儿子在车上手舞足蹈,一个学期了,他还没有出过城市,当满野的自然景色扑入眼帘,他兴奋极了。

到了济南西南郊外的党家庄,我看到路旁有一个背着行李的中年男子在向一辆拉货的长途车招手。长途车没有停。这里是一座监狱,我猜测这个人一定是一个刑满释放的人要回家去。我的车上只有我和儿子,正好顺路,就捎他一程。我停下了车。看到车停在面前,他很吃惊。我问他:去哪里啊?他说:去梁山。正好顺路,我说:"你上来吧。"他很难为情地看着我,犹豫了片刻说:"我没有钱打出租车。"我笑了,我说:"我的车不是出租车,不要你的钱,顺路捎你。"

他千恩万谢地上了车。车子在起伏不定的山间公路上飞驰,城市的轮廓渐渐远去,一个个在山坡上错落有致的村子掠过车窗。

"十年了,我没离开过那座院子一步。"他掩饰不住自己的激动,很动情地告诉我。

我说:"出来了就好,回家以后,好好过日子吧。"

"我还不知道家里是什么情况。"

"十年中家里没有人来看过你吗?"

"没有,只是捎来过一些东西,我猜想妻子和孩子可能都走了。"

我渐渐知道,他就是十年前轰动济南的抢劫出租车大案的主犯。当年,他和另外两个酒肉朋友谎称去泰山,打一辆新出租车,半路上打昏司机把车抢走。破案之后他被判刑13年,因为在监狱里表现较好,提前3年出狱。

"我给家里丢尽了脸,妻子还能等我吗?我从来也没有奢望过人家会等我。我现在回家,就想看看父母,然后出来打工,我也没有脸面在故乡混下去。"

看着他无奈伤感的样子，我说："也许，她还在等你。她知道你今天回家吗？"

"一周以前，当我知道出狱的确切时间以后我就给家里写了信。"

"也许，你的一家人都在你的村口等你呢！"我安慰他，尽管我也无法确定他的家究竟怎么样了。

"我的父母一直身体不好，不知道他们是否还健在。他们如果健在，是不会原谅我的，我们家世代都是本分人家，他们本来对我寄予很高的期望啊，怎么能够想到我会变成一个强盗！"

我们一路交流着，距离他的家越来越近了，我分明看得出他的渴望与不安。他的眼睛中既有热切的渴盼，又有不安的惶恐。

"变化太大了，那个时候路没有这样宽，农村的房子也没有这样漂亮。唉，我家的房子肯定还是老样子，谁来翻盖啊！"他自言自语。

我不知道怎样安慰他才好。我说："我送你到家吧，你还有很重的行李。"他马上回绝说："不，不，怎么好意思，我跟了你一路了，已经够麻烦了。"

按照我们那一带的风俗，客人到了家门口，是一定要邀请进门喝杯茶的。我说："到了你家门口了，你不让我去喝杯茶吗？"他脸一红，很不好意思地说："那是，那是，进家喝杯茶。"

他指挥着车子行驶在高低不平的乡村土路上，距离他的家门越来越近了，我感觉到他的呼吸越来越急促。进了村子，我看到他故意低下了头。就在我们拐进一个胡同的一刹那,他立刻喊:"停车!停车!"车还没有停稳,他就跳了下去。我看见一对老人、一个中年妇女和一个十几岁的孩子还有几位乡亲站在胡同口上。

我看到他的眼泪夺眶而出,马上跳下车,双膝跪在老人面前。

我和儿子下车目送着他们的身影,我看到了他脸上幸福的神情,也看到了他有力迈动着的双脚和挺直的腰杆。我问儿子:"你知道这是一个怎样的人生故事吗?"

儿子说:"我知道了,这个囚犯家的人并没有因为他犯罪抛弃他。"

是啊,他们没有抛弃他,他们在盼望着他回到自己的家,他可以重新开始新的人生了。

我们到他的家里喝了几杯茶,然后就返回济南了。因为我知道,儿子接受了一次最具体深刻的人生教育,他的考察也得到了意外的收获。

月饼的故事

中秋节,不论生活在乡村还是生活在城市,吃月饼是必不可少的。尤其是现在的孩子,也许他们会以为中秋吃月饼是自然而然的事。

我已经人到中年了,吃过多少月饼,吃过哪些有地方特色的月饼,实在是难以说清了。但是,我记忆最深的,却是小时候在田地大洼里吃的月饼。

中秋节的时候,正是农事最忙的时候,掰玉米,拾棉花,刨地瓜,割豆子,样样作物都成熟了,都抢在这几天回家归囤呢。

那个时候还是人民公社生产队。到了这样的时节,就放秋假了,一般是放一个月。只要是能够拿起镰刀或者能够拉动耙子的孩子,都要跟随大人到田地里去。

去帮忙当然是第一位的,但是,对于我们这些孩子来说,还有一件很有吸引力的事——吃月饼!中秋节的那一天,只要在田里劳动的人,不论大人还是孩子,都会得到一块月饼。甚至运气好的时候,孩子还能够多得到一块。

能够吃上月饼,在那个年代可不像现在的孩子,随便哪一天早点都可以吃的,那是只有到了中秋节的时候才可能吃到的。家里父母肯定也会买的,但是一般也就是一人平均一块,不会有机会吃更多的。

所以,到田里去帮忙收割庄稼,然后像大人一样分一块或者两块月饼,就是孩子奢望中的梦想了。

直到现在,我们这些走出故乡的人,每当聚在一起的时候还常常回忆那样的情景。在大洼里,在明媚的月光下,吃过了晚饭以后,队长开始一天最后的仪式。队长说:今天是中秋节了,我们买了月饼,虽然不多,大家都尝尝。

我们这些孩子分到月饼以后,不会立即吃掉的,我们钻到厚厚的豆叶覆盖着的被窝里去,趴在那里,双手捧着月饼,一点一点地品尝,一块月饼要吃很久才会吃完。吃着月饼的时候,爷爷们自然会讲起月亮的很多故事。

停了一会以后,我们这些孩子会瞪大眼睛看着队长坐的地方。因为,那里往往会有发剩下的月饼。每人一块发放完了,剩下的怎么办呢?十有八九队长爷爷会说:还剩下这几块,给孩子们分了吧,大人吃一块尝尝就行了,孩子正在长身体。

听到队长这样说完,我们几个孩子,往往一下子就齐刷刷地从豆叶堆里钻了出来。然后，队长点着名，给这个一块，给那个一块。

那个时候的月饼，就是普通的粗面粉加白糖做的，吃的时候会有很多碎碎的颗粒脱落下来。油很少，没有现在常见的蜂蜜、五仁、冰糖、青红丝，或者莲子青果。月饼很坚硬很粗糙，有时候甚至会把小小的乳牙硌坏了。但是，现在回想起来，那种味道，却是今天任何昂贵的月饼都比不了的奇异美味。

小的时候吃过几次这样的月饼已经记不起来了，但是，那样曼妙的时光，那样明媚的月光，那样香甜的月饼，却是后来再也没有的记忆了。

乡村的年景

岁月的脚步迈进寒冬腊月，过年的氛围就渐渐浓厚起来了。过年是深刻而久远的记忆，是内心深处难以释怀的厚重情节，就像古街老巷里飘香的陈年老酒。尤其对于身在异乡的游子，伴随着时令的脚步，那种淡淡的思乡的忧愁，就悄悄地荡漾在眼前了。

同样是过年，城市和乡村是截然不同的。城市生活二十多年，我只在城市过了两次年。第一个年是爱人怀了孩子不方便坐长途车，第二次是次年因为孩子太小，后来就再也没有在城市里过年。但就是因为过了这两次，我就再也不愿意过城市里的年了。就像平日一样起床看电视，朋友们互相打个电话问候，吃一顿平时常吃的水饺，同平时的生活哪里有什么两样呢？

可是，在乡村里，那是怎样的情景啊！进了腊月，附近几个集镇上的大集就热闹起来了。几个集镇的时间会错开，大集几乎天天有。每个集镇上都会有说书的唱戏的，鞭炮市里鞭炮声响个不停，牛羊市里公羊捉对牴架。女人们都会聚集在服装市里选过年的新衣服，青年人和孩子们都在牛羊市和鞭炮市里凑热闹。孩子会买下一挂一挂的鞭炮回家。下午集散的时候，从集镇到一个个村子的小路上，无数的鞭炮声就炸响在半空里，传扬到一个个村庄，村庄里的人们就会说：有年味了。

除夕夜，村庄的街道上熙熙攘攘。每家的孩子都打着灯笼到街上来了，大街上，胡同里，院子里，到处是晃动的灯笼，孩子们追逐着，看看谁的灯笼最亮，谁的灯笼最漂亮。

大年初一是男人的世界。凌晨两三点钟，成串的鞭炮声在各个家庭的院子里响起来了，这是吃水饺前必有的项目。然后，家里的男性长辈就会率领着子孙走出家门，去给村里的长辈拜年。我们那个村子很大，这个过程总会持续两三个小时。我们村这些年仅仅高考走出来的学生就有一百多人，大家分布在全国各地，过年的时候基本都会回来，我们这些人自然成为村里的风景。到了每个家庭，给长辈拜年以后，说说自己所在城市的事情，谈谈自己的工作和事业，那种殷殷的关切，溢满情怀。

从初二开始，就是走亲访友的时间了。乡村所有的道路上，南来北往的人络绎不绝。这个项目一直持续到正月十五的元宵节，一直到吃完了元宵，飘荡在乡村里的浓浓的年味才渐渐飘散。

我知道我是永远也放不下乡村的年了。我的孩子尽管出生在都市，但是，在我带他回老家过了几个年以后，他也对于乡村的年一往情深，还没有进腊月，就开始盼望着返乡过年的日子了。

山里的雪

城市迎来的第一场雪,竟然不是一场往年那样稍纵即逝的零星小雪,而是一场漫天大雪。雪悄悄地下了一整夜,早晨醒来推开窗子,楼下一片银白,窗子上,树上,到处是厚厚的积雪。

一到了冬天,第一场雪都是这个样子的,开始的时候,人们以万分的惊喜欢迎它,多半年没有见到它的身影了,人们像期待一个老朋友一样盼望着与它的重逢,在整整一个白天里都翘首盼望着它的莅临。但是,它却总是像捉迷藏似的,很羞赧地躲藏在云层的后面,躲藏在树梢的上面,躲藏在阴冷的屋角里。可是,当你就要忘记它的时候,当你不再关注它的时候,它又铺天盖地而来,飘飘洒洒,迅速弥漫天地之间。

漫天的飞雪,总是给城市带来麻烦,但是,在崎岖的山里,在宁静的湖边，在无边的旷野里，银白皑皑的雪，却是大自然赏赐给人间的奇异美景。

济南的人们是多么幸运，过了外环路，就是无边的旷野和苍翠的山峦了，十分钟的车程，就可以看到安静的湖水了。一场漫天大雪下来，天地之间变成了洁白的世界，任何一个有诗情的人都不应该错过这样的机会，到山里去，到水边去看雪。

平日绿草如茵的田野变得银光闪亮，路边的树和冬青，山坡上的树，都变成了一个个蘑菇或者雪人，羞涩地低着脑袋，全然没有了平日的潇洒。沿着湖岸的公路前行，慢慢欣赏着这里的宁静，你会发现，在这样的雪天，当四周的山峦都被大雪覆盖，湖水却比往日更加澄澈，越发显出它的博大、深邃和辽阔。这样的时刻，它俨然是一个思考着的哲学家。

平日里那一座座巍峨的山，一下子消失在了雪的朦胧里。那满山遍野潇洒挺拔的松柏，都收敛起了那份骄傲，那份高贵，变成了一个个温柔贤淑的少女。

最奇异的，是峡谷中逶迤而来的小河。两旁的山脉都披了洁白的外衣，一切的风景都被隐藏起来，这个时候，只有清澈的河水，依然欢畅地流淌。大自然安静的没有一点声息，河水流淌的声音，成为雪天里唯一的伴奏。

小河上数不清的曲折小桥，暂时都隐藏起美丽的身段，一下子都发胖起来，变得富贵而雍容。

河岸边的农家饭馆大都关了门，但是，也有几家升起了袅袅的炊烟。他们一定知道，在这样的雪天里，一定有诗情画意的文人墨客，结伴来山里欣赏美丽的雪景，他们一定会推开房门，让店家温上一壶好酒的。

对于我来说，每年的第一场雪，都是一件大事，是一个充满魅力和惊奇的事件，我从来不会让它轻易溜走的。一觉醒来，你发现自己处在了完全不同的另一个世界里，这样的神奇，怎能不让你感到万分的震撼？奇异的是，这一切都不是在轰轰烈烈中完成的，它们不是一下子哗啦啦地倒下来的，而是在我们熟睡的时候，在我们全然不知道的时候，无声无息一点一点慢慢飘洒下来。

每当想到这些，我除了感慨造化的神奇之外，就是折服大自然的鬼斧神工。我会驾起车子，到达南部的山区，让自己尽情享受这万千美景。

不灭的灯盏

回故乡的时候,我像往常一样去探望那位一直让我崇敬的百岁老人。亲人们告诉我,不久前老人平静地走了。老奶奶究竟有多大年龄,连我母亲也说不准。我从记事起就见老奶奶是一个步履蹒跚的老太太了。

老人是我故乡宅院的邻居。我自幼就知道邻居住着一位年龄很大的老奶奶。她的家没有院墙,只有两间极普通的土坯房子,那两扇透了很大缝隙的大门也几乎总是虚掩着。老奶奶满头白发,脸上布满了皱纹,一个人住在那间房子里,从来不见亲戚来。

我几乎每天都会到老奶奶的房间里去玩。上学的时候,放学以后也往往是先去老奶奶的家里玩上一阵子。老奶奶总是不停地纺线,而后就织成布,她的床头上堆满了布匹。她有了空闲就做那种男人穿的布鞋，她做的鞋子都挂在墙上，有几百双了。无论春秋冬夏，她家的门从来不关，偶尔出门也不落锁，总是虚掩着。房子里另外还有一张大床总是铺得整整齐齐，像是要等待谁来往，可是又从未见她家里有人来过。

我把心中的疑问告诉母亲，母亲说她在等她的儿子回来。我更加不解，她有儿子，怎么从未见回来过呢？母亲说她也没有见过，听老奶奶说是让国民党给抓去了。母亲说，都几十年了，恐怕早就死了，可老奶奶就是不相信。后来我知道，那是老奶奶唯一的儿子。老奶奶婚后两年丧夫，唯一的儿子17岁时被抓壮丁的给抓走了。

老奶奶坚定不移地相信自己的儿子还活着，早晚是要回到她身边来的。她在自己的整个生命当中注满了这一希望。很多的乡邻劝她找个人家改嫁了再去过新的生活，但她却坚定地保持着自己的希望，把最好的粮食都留着，把给她的救济款都存着，她说等儿子回来盖新房，自己则节衣缩食。

我后来考学离开了故乡。在临别的时候，我去看老奶奶，依然精神健朗的老奶奶嘱咐我的唯一一件事，是到了外面替她寻找她的儿子。乡亲们把这句话当作笑谈，而我却格外重视。我想，正是老奶奶这只心灵的灯盏照耀着她在希望的路上走了这么多年。

这些年，我曾经利用各种机会为老奶奶寻找儿子，我还在台湾的媒体上帮助老人发了寻人启事，尽管我知道这是徒劳的。

老人平静地走了，带着她一生的支持和希望，带着她一生没有实现的牵挂。面对这位执着的老人，一种由衷的崇敬油然而生。老人活了一百多岁，平静地走完了自己的人生。但是，她的人生信念却启发着我们每一个人。一个人，只要在心灵深处，时刻点燃着一只不灭的灯盏，人生的路程就充满了希望与光明。